文章章法論

仇小屏 著

陳序

修辭學本有兩大領域，一爲字句之鍛鍊，二爲篇章之修飾。但由於一直以來僅側注於字句之鍛鍊上，而忽略了篇章的修飾，這可從歷年各大學中（國）文系所開的修辭學課程只講字句之鍛鍊充分看出。因而針對著篇章之修飾加以研究探討的，便相形地減少。這種嚴重的偏差現象，是亟須予以改善的。

所謂「章法」，講的就是篇章之修飾。它是連句成節、連節成段、連段成篇的一種組織方式；通常也稱作「謀篇布局的技巧」。對這種理論，雖然從劉彥和開始，一直到現在，都有專家學者先後加以探討，而且也提出了一些精闢的見解，但對它的範圍與內容，卻語焉而不詳，往往只顧一偏，而未就全面予以研究，實有進一步集枝節爲輪廓、匯涓涘爲江河的必要。所以不揣謭陋，在十幾年前便著手做這種工作，也陸續發表了二十來篇有關之論文，很遺憾地，還是犯了顧此失彼或糾纏不清的毛病。於是在數年前，特地重新加以整理修正，將章法別爲秩序、變化、聯貫、統一等四大原則來疏通、牢籠。

由這四大原則來統合章法，雖不能說已做到點滴不漏的地步，但也大致可以解釋各種文體的章法現象。爲了支撐這種架構，非常希望能從古今文論及文評名著中去爬羅剔抉，尋得它們的理論依據與批評實例。就在機緣湊巧之下，由本書作者以學位論文之形式，精益求精地完成了這份艱巨之工作。

這本論著，原名《中國辭章章法析論》，共六十多萬字。因爲它性屬通論，而且又是兩岸所未見，不僅有著學術價值，更合乎市場需求，所以就在去年（民國八十六年）九月推介至目前臺灣最具規模之一家書局，通過審查，商定將它精簡至三十萬字以內出版。卻由於這家書局正傾全力從事教科書的編纂，就把出版的事拖延下來。一直到今年八月底，這件事被萬卷樓圖書有限公司副總經理梁錦興先生所獲悉，便極力爭取，於是徵得同意，移至萬卷樓以《文章章法論》爲名出版。

這本書將章法的理論與實際，作全盤性的疏理，使它呈現了明顯的輪廓，這對研究文章（包括詩、詞、散文等）章法的人來說，既具有參考的價值；就是對從事文章分析的人而言，也提供了切入的工具；尤其對中學的國文教師來說，更鑄了一把課文結構分析、指導學生作文的鑰匙。因此，這本書的問世，相信是會產生一定的影響力的；而作者在修辭學中有關篇章修飾的領域上，所作全程初航的努力，也是應該給予肯定的。

出版前夕，將此書的性質、價值與出版的經過，略作說明，一則爲等待此書已久的朋友致歉，一則爲此書之問世，表示慶賀的意思。

陳滿銘
於國立臺灣師範大學
民國八十七年九月

自序

關於辭章章法，前人留下繁富的珍貴資料；但可惜的是未曾作過有系統的整體觀照，因此本書即試圖彌補此一缺憾。在進行時，首先確立了章法的四大原則，即「秩序律」、「變化律」、「聯絡律」、「統一律」，分別尋出其理論基礎，再就這四大原則在辭章中被運用的實際情形，一一加以討論，終於獲得如下結果：

在秩序律上：「言之有序」是創作的第一個要求。而創作時可按時間、空間和事（情）理的展演次序來進行敍述。其中時間的次序有兩種：一種爲「由昔而今」，是「順敍」；一種爲「由今而昔」，是「逆敍」。而空間的次序則可分爲「由遠而近」、「由近而遠」、「輻射式」、「包孕式」、「由高而低」、「由低而高」等六種。至於事（情）理的內容則大致上可分爲「本末」、「貴賤」、「親疏」、「程度淺深」、「情緒變化」及「其他」等六類。經研討後，發現篇章結構若合乎秩序律，則作品自然會呈現出清晰簡明的特色；不然，就散漫不成篇章了。

在變化律上：變化律和秩序律具有相反而相成的關係；因爲一味求秩序，未免失之呆板，可是如果只講求變化，也容易有淩亂之弊，因此必須相互配合，才能呈現文章整體之美。一般說來，要使篇章富於變化，可以在敘事時採「今昔今」式的時間結構，而不是只讓時間以直線式來進行；還有，也可以在空間上作不同的安排，譬如形成「遠、近、遠」、「近、遠、近」、「遠近錯間」等形式，或作視角的轉換等，都足以營造出特別的效果；另外，巧妙地運用插敘和補敘，也會使辭章更搖曳生姿。

在聯絡律上：對聯絡律的探討，幾乎佔了本書二分之一的篇幅，所以會如此，當然是因爲一篇作品若要聯絡緊密，可資利用的方法很多，因此討論的空間自然也隨之增大。我們發現聯絡的方式可大別爲基本的聯絡和藝術的聯絡兩類：基本的聯絡是靠著聯詞、聯語（包括某些修辭技巧）、關聯句子、關聯節段來達成的；而藝術的聯絡則須善用方法和材料，以求竟功；其中除聯語、關聯句子和節段不能予以分類外，聯詞可分爲直承、轉折、擴展、總括等四種；而方法至少可分爲賓主、虛實、正反、抑揚、立破、問答、平側、凡目、縱收、因果等十類，這十類都靠著彼此相生相成中所形成微妙的呼應，而使篇章聯繫起來，成爲一個整體；至於材料可分爲「物材」與「事材」兩種，以形成前呼後應和首尾呼應的效果。在這方面，自古以來，無論是在理論的建立或實際的批評上，都有十分出色的表現。

在統一律上：創作的最終目的即在於呈現意旨，而經過精密的組織和蘊釀之後，最能凸顯主旨的那一、二語句，可能出現在篇首、篇腹或篇末，甚至始終不出現，而須讀者於篇外去意會。同時，要將組成全篇的字、句、段、章統整起來，使它們全部向主旨靠攏，那麼就非得借助於「綱領」的力量不可；而其中大部份的時候，綱領是單軌的，但雙軌的也屢見不鮮，甚至有多至九軌者。通常而言，軌數的增多，代表所要統整的材料也愈多，是要煞費苦心去安排的。經檢視古今作品，我們可以發現，一篇文章如無主旨或綱領來貫串它，使前後文維持一致的思想情意，是不會成爲好文章的。

這四大原則是蘊藏在所有篇章中的共通理則，在本書中，我們是據此來尋繹篇章呈現於外的種種型態，到底各自起了什麼樣的作用；同時，也藉此探求的成果，來證明這四大原則之不可移易。相信經過這番爬梳搜尋、刮削洗磨的工夫之後，我們應更能掌握各種章法的理論與實際，更貼近文學的本質，更瞭解文學是如何應和著人性中的審美本能，一同完成美好的共振。

本書能順利完成，得歸功於陳滿銘教授的持續指導與改正，並得力於家人及諸多畏友的鼓勵與協助，又承蒙萬卷樓允爲出版精簡本，以適應廣大讀者之需要，在此一併致深摯之謝意。不過由於章法變化多端，牽扯極廣，而筆者又才疏學淺，漏誤在所難免，敬祈博雅君子不吝指正。

仇小屏 於台北市南港
民國八十七年八月

目錄

第四章 聯絡律

第一章 緒論

第一節 章法與文學創作

自對中國文學稍有涉獵以來，即有一個問題常常盤旋在腦海中：到底文學創作有無法則可循呢？

自古以來，這個問題，也一直是爭議的焦點之一。有人認為「文章本天成，妙手偶得之」，所謂「文無定法」，正說明了文學創作乃作者心領神會之下，信手揮灑而成的，了無規則、法度可循。蘇軾即持此種看法，他在〈詩頌〉中說：

沖口出常言，法度去前規。人言非妙處，妙處在于是。

強調一任自然，反對拘泥於前人的規矩。袁宏道在〈敘竹林集〉中亦說：

往與伯修過董玄宰，伯修曰：「近代畫苑名家，如文徵仲、唐伯虎、沈石田輩，頗有古人之筆意否？」玄宰曰：「近代高手無一筆不肖古人者，夫無不肖，即無肖也，謂之無畫可也。」余聞之悚然曰：「是見道語也。」故善畫者，師物不師人，善學者，師心不師道；善爲詩者，師森羅萬象，不師先輩。

朱彝尊也有類似的意見：

僕之於文，不先立格，惟抒己之所欲言，詞苟足以達而止。恆自笑曰：平生無大過人處，惟詩詞不入名家，文不入大家，庶幾可以傳於後耳。（〈答胡臬書〉）

王士禎等《師友詩傳錄》也說道：

歷友答：「按長短句，本無定法，惟從浩落感慨之致，卷舒其間，行乎不得不行，止乎不得不止；因自然之波瀾，以爲波瀾。」

這也是認爲不可拘執於古人死法中。曾國藩〈湖南文徵序〉中就說得更清楚了：

嘗聞古之文，初無所謂法也。《易》、《書》、《詩》、《儀禮》、《春秋》諸經，其體勢聲色，曾無字相襲。即周、秦諸子，亦各自成體，持此衡彼，畫然若金石與卉木之不同類，是烏有所謂法者。後人本不能文，強取古人所造而摹擬之，於是有合有離，而法不法名焉。若其不俟摹擬，人心各具自然之文，約有二端，曰理、曰情。二者人人之所固有，就吾所知之理，而筆諸書，而傳諸後，稱吾愛惡悲愉之情，而綴辭以達之，若剖肺肝而陳簡策，斯皆自然之文，性情敦厚者，類能爲之。而淺深工拙，則相去十百千萬，而未始有極。

馮桂芬〈復莊衛生書〉也表達同樣的意見：

蒙讀書爲文三四十年，所作實不少，而才力荼靡不能振，天實限之，亦何敢侈口論文？顧獨不信義法之說。……文之佳者，隨其平奇濃淡；短長高下，而無不佳。自然有節奏，有步驟，反正相得，左右咸宜，不煩繩削而自合，稱心而言，不必有義法也；文成法立，不必無義法也。（見《近代文論類編》二三五頁）。

這樣看來，果眞文學創作之妙諦是無可言傳、無法可循的嗎？似乎也不盡然，古人持相反意見者多不勝數，譬如劉勰劃時代的鉅著《文心雕龍》，由卷六到卷九所討論的都是「文學創作論」，而統攝全論的〈總術〉篇即說：

才之能通，必資曉術，自非圓鑒區域，大判條例，豈能控引情源，制勝文苑哉？是以執術馭篇，似善奕之窮數，棄術任心，如博塞之邀遇。

這段話很清楚地表達了劉勰爲文必先曉術的看法（參考《文心雕龍讀本》（上）二三頁、（下）二五六頁）。而韓愈的〈柳子厚墓誌銘〉中也說：

衡湘以南爲進士者，皆以子厚爲師，其經承子厚口講指畫爲文辭者，皆有法度可觀。

《唐書、文藝傳》亦稱：「韓愈、柳宗元、李翺、皇甫湜等，法度森嚴。」又倪士毅《作義要訣》中，引宏齋曹氏之語云：

作文各自有體，或簡或詳，或雄健或穩妥，不可以一律論。蓋文氣隨人資稟，清濁厚薄所賦不同，則文辭隨之，然未有無法度而可以言文者。法度者何？有開必有合，有喚必有應，首尾當照應，抑揚當相發，血脈宜串，精神宜壯，如人一身，自首至足，缺一不可，則是一篇之中，逐段逐節、逐句逐字，皆不可以不密也。（《四庫全書》一四八二—三七三頁）

這段話進而將「法度」的內容作了大概的介紹。此外，元、揭曼碩在《詩法正宗》中說：

學問有淵源，文章有法度。文有文法，詩有詩法，字有字法。凡世間一能一藝，無不有法，得之則成，失之則否。（《詩學指南》一八頁）

明、唐順之〈董中峰侍郎文集序〉亦云：

漢以前之文，未嘗無法，而未嘗有法。法寓於無法之中，故其爲法也，密而不可窺。唐與近代之文，不能無法；而能毫不失乎法，以有法爲法，故其爲法也，嚴而不可犯。密則疑於無所謂法，嚴則疑於有法而可窺。然而文之必有法，出乎自然，而不可易者，則不異也。（《古文法纂要》二三一—二三二頁）

明、李夢陽〈答周子書〉也說道：

文必有法式，然後中諧音度，如方圓之于規矩。古人用之，非自作之，實天生之也。今人法式古人，非法式古人也，實物之自則也。

清代評論家對這點有更多的發揮，如方苞便說道：

《春秋》之制義法，自太史公發之，而後之深於文者亦具焉。義，即《易》之所謂言有物也；法，即《易》之所謂言有序也。義以爲經而法緯之，然後爲成體之文。（書《史記貨殖傳》後）

姚鼐亦云：

文章之事，能運其法者才也，而極其才者法也。古人文有一定之法，有無定之法。有定者所以爲嚴整也，無定者所以爲縱橫變化也，二者相濟而不相妨。

汪琬也認爲：

> 如以文言之，則大家之有法，猶弈師之有譜，曲工之有節，匠氏之有繩度。不可不講求而自得者也。（見《中國古代散文藝術》一五〇頁）

方東樹在《昭昧詹言》中很簡明地說：「欲學杜、韓，須先知義法粗胚。」（卷八）然後便詳列許多詩歌的作法。劉熙載《藝概、文概》更談到：

> 書法二字見《左傳》，爲文家言法之始。《莊子·寓言篇》曰：「言而當法。」晁公武稱陳壽《三國志》高簡有法，韓昌黎謂經承子厚口講指畫，爲文辭者悉有法度可觀，歐陽永叔稱尹師魯爲文章簡而有法，具見法之宜講。

而吳曾祺《涵芬樓文談》中列有「明法」一節，其中談及：

> 體既定矣，然後後可以言法。法者，如規矩繩尺，工師所藉以集事者也。無法則

雖有般輸之能，無所用其巧。大抵文章一道，其妙處不可以教人，可以教人者，惟法而已。（一五—一六頁）

在談了許多寫作時應注意的事項之後，又說：「總而言之，法之所在，守其常，不可不知其變；明其一，不可不會其通。」宋文蔚的《評註文法津梁》中，談到「謀篇」時也說：

人之思想，隨世界而日新。言爲心聲，文字之於言，其尤精者也。凡議論識見，屬於造意者，宜與時俱新，正不必蹈襲前人，若夫規矩法度，前人講之已熟。如製器之有繩墨，其運用之合法與否，即文章巧拙之所分。初學作文，非熟玩前人所作，不能得其運用之法。（四七頁）

在看了那麼多家的說法後，我們幾可肯定辭章章法的存在與價值，但是若斤斤拘執於法，詞章便會失去生氣與新意，因此如何能驅使法，而不爲法所驅使，便是一個很重要的課題。孟子有一段話說得很好：「不以規矩，不能成方圓」，又說：「能與人規矩，不能使人巧。」這完全道盡了有法、用法而不爲法縛的奧妙。宋、魏慶之《詩人玉屑》引朱晦庵語云：

李太白非無法度，乃從容於法度之中，蓋聖于詩者也。（卷十四）

元、郝經在〈答友人論文法書〉中，也說了同樣的道理：

文有大法，無定法。觀前人之法而自爲之，而自立其法。（《陵川文集》）

宋、呂本中亦持相同的見解：

學詩當識活法。所謂活法者，規矩備具，而能出于規矩之外，變化不測，而亦不背于規矩也。是道也，蓋有定法而無定法，無定法而有定法。（見〈夏均父集序〉）

有類似看法的人尚多，如明人唐順之《董中峰侍郎文集序》：「未嘗無法，而未嘗有法，法寓于無法之中。」還有葉燮《原詩》：「法有死法、活法。」沈德潛《說詩晬語》亦云：

詩貴性情，亦須論法，亂雜而無章，非詩法。然所謂法者，行所不得不行，止所不得不止，而起伏照應，承接轉換，自神明變化於其中。若泥定此處應如何，彼處應如何，不以意運法，轉以意從法，則死法矣。試看天地間水流雲在，月到風來，何處著得死法。

姚鼐在〈與張阮林書〉也有短短的兩句說：「古人有一定之法，有無定之法。」而劉大櫆在《論文偶記》中亦云：

古人文章可告人者惟法耳。然不得其神，徒守其法，則死法而已。

諸如此類，不一而足。倘若能如前引諸家所述，靈活運用辭章諸法而不為其法所限，則不僅對文學創作大有裨益，而且也有利於吾人從事鑑賞與批評，這也是我之所以寫作這本書的最大原由。

第二節　章法之定義及其基本原則

我們在前面討論了章法的存在，以及運用章法的原則，但對章法尚未下一明確之定義。雖然在很早以前即有人對章法的內容進行探討。如《文心雕龍》中就有許多精闢的見解；明、歸有光《文章指南》中也出現「章法」一詞；明、王驥德在《曲論》中甚至列有談論「章法」的專章；清、李漁《閑情偶寄》中對有關文章結構的理論，談得更爲系統而精審……，但爲它下定義則屬晚近之事，如章微穎《中學國文教學法》中即說道：

> 章法就是文章構成的型態，也就是句成段、段成篇，如何組織起來的方式。（二四頁）

《紅旗》雜誌一九五九年第十二期〈關於寫文章〉一文中說：

> 要寫好一篇文章，就要講究章法，也就是要考慮如何開頭，如何結束，如何分層次、分段落，這實際上就是整理自己的思想，使它具有清晰的條理。（見《文章學》九八頁）

王德春主編的《修辭學詞典》，對「章法」的解釋是：

文章布局謀篇的方法，包括材料的取捨和詳略、敍述的順序、過渡和照應等，分爲線索、剪裁、疏密、呼應、波瀾、理序、懸念、點睛等問題。（二一五頁）

陳滿銘的《國文教學論叢》中，也談到了「章法」：

所謂的章法，是指文章構成的型態而言，也就是將句子組合成節段，由節段組合成整篇的一種方式。（二七頁）

成偉鈞、唐仲揚、向宏業主編的《修辭通鑑》，對「章法」的看法是：

章法指的是將語言材料進行最佳組合，連綴句群，組段成篇的方法，即布局謀篇的方法。（六八一頁）

可見章法是綴句成節段，組節段成篇的型態，也就是謀篇布局的一種方法。

不過，辭章章法的領域何其廣袤，很難用幾個固定的格式去牢籠它們，所以才會有「文無定法」的說法；但是每個作家在謀篇布局之際，無疑地都會受到人類共通理則的支配，以致寫成的作品，在各式各樣的枝葉底下，都無可例外地藏著有一些基本的、共通的幹身（參考《國文教學論叢》二七頁）。因此，欲研究辭章的章法，首要的工作便是將支配辭章寫作的共通理則尋找出來，然後才能接著探討這些理則在辭章裡運作時，會使辭章的型態產生何種變化，而這些變化又如何使得作品更合乎人類審美的需求。

這些共通理則的內容是什麼呢？曹冕的《修辭學》談到「篇之格律」時，將它大別爲四類「統一律」、「銜接律」、「變化律」、「側重律」。他對「統一律」所下的定義是：

> 篇有篇旨，段有段旨，句有句旨。句之旨統於段，段之旨統於篇，是爲篇之統一。（一〇一頁）

這裡的「統一」顯然是指主旨而言。「銜接律」則是：

言篇法而及銜接，則古人所謂血脈者是也。（一〇四頁）

所謂的「血脈」即爲綱領，它也在篇章中起著統整的作用，所以應歸入「統一律」方爲恰當。「變化律」的重點是：

文章之道主乎變……古之作者，言無同聲，章無同格。（一一四頁）

指出文章須有變化的大方向。而關於「側重律」，他說：

篇法側重之點有二：一在篇首，一在篇末。（一二七頁）

他認爲文章須重起、結。

蔣建文在《從作文原則談作文方法》中，說道：

所謂作文原則，就是作文本身必須遵守的法則。如果對這種法則不加注意，便無法把文作好。但是究竟什麼是作文原則呢？一般認爲作文原則有統一（Unity）、聯貫（Coherence）、語勢（Emphasis）。關於這三項原則的簡單解釋：統一是思想一致，切合事理；聯貫是連繫良好，關係清楚；語勢是形成重點，引起注意。（一頁）

他言簡意賅地說明了他所認爲的作文的原則。

蔣伯潛的《中學國文教學法》中談「結構」時，以爲謀篇布局應注意下列三點：

(1)層次……最要緊的，還得安排文章底層次。層次分得不清，排得不好，便有含糊凌亂之病。（八一頁）

(2)聯絡：層次既已分清排好，還得求其聯絡。如果每段獨立，不相聯絡，便不能成爲一篇文章了。（八三頁）

(3)變化……可是也有以變化出之的。因爲平鋪直敍，文章終少生氣。（八六頁）

他所說的第一點「層次」便是指文章內容的安排須有秩序；而其餘兩點也都是文章構成的

必要原則。

章微穎《中學國文教學法》認爲「章法」是：

> 就整篇說，亦可概括之於三個原則：一是秩序的原則，要看材料分量次第配排得適宜不適宜；二、聯貫的原則，要看從頭至尾前後連續得順不順當；三、是統一的原則，要看統體是否維持著一致的意思，同樣的情調。（二四頁）

這樣的看法是極爲透闢的。

張壽康的《文章學導論》中也列有「三律論」，分別是「語言合體律」、「觀點材料統一律」與「層次律」。所謂「語言合體律」是包括兩方面的內容，即「文章的語言要合乎社會的位置」（四四頁），和「文章的語言要合乎文體的要求」（四九頁），但這並不包括在章法的範圍內。而「觀點材料統一律」的重點則是：「不論總觀點和分觀點，都必須和材料統一。……觀點和材料的關係，是互相依存的，是統帥與被統帥的。」（五四—五五頁）這近於章微穎所說的統一的原則。至於「層次律」中的「層次」所指爲「……就是作者思路的順序」（五七頁），所以將此順序作適切的表達，便是合乎「層次律」了。

邸巨的〈篇章修辭初探〉（收於《修辭學論文集》第二集）中認爲：

> 首先……內容與篇章必須具有統一性。其次，篇章的實質問題，是處理「局部」與「整體」關係問題，也就是「分」「合」的問題。……「分」，就涉及到各個部份的順序問題，就是各部份要先後有序，「合」，就涉及到連貫問題，就是最後意思要連貫。再其次……除內容連貫外，段（局部）與段（局部）的界隔要靠篇章（即結構）綴連。要使文章語氣貫通，脈絡分明，必須「天衣無縫」地「過渡」；同時，爲了使文章完整周密，必須有照應，也就是前呼後應。因此，完整性也是篇章要求之一。……再有，爲了使文章的內容鮮明生動，篇章結構也需要藝術性。（二九一—二九三頁）。

因此，他在最後作個歸納：「統一性、連貫性、完整性、藝術性是篇章結構的基本要求。」（二九三頁）

鄭頤壽的《辭章學概論》也認爲在調整文章的層次時，須注意「連貫性」，他說：

> 人的血脈，必須通暢，如果某個部位阻塞了，就會有癱瘓或死亡的危險。寫文章也是這樣，必須上連下接，一氣呵成。（八一頁）

還有「層次性」：

> 文章段落層次，或由前至後，或由後至前，或由上到下，或由下到上；或從表至裡，或從裡至表；或從大而小，或從小而大……一般說，都像螺旋似的，一層一層地推進；像剝筍一樣，一層一層地揭示中心。這就是文章的層次性。文章的層次是客觀事物層次的反映，修改結構，也要注意這個問題。（八二頁）

以及「周密性」：

> 文章是有機的統一的整體。修改文章，要注意前後一致，緊針密線，使之天衣無縫，無懈可擊。（八三頁）

「連貫性」和「周密性」都著重辭章的聯貫、照應問題，而「層次性」則注意到文章內容的安排須有次序這一點。

陳滿銘在〈章法教學〉（收於《國文教學論叢》）一文中，說道：

（章法）大抵說來，可以用三個原則來加以概括，那就是：秩序、聯貫和統一。（二七頁）

並且分別作了解說：「秩序原則：這是就材料次第的配排來說的。」（二八頁）、「聯貫原則：這是就材料前後的接榫來說的」（四二頁）、「統一原則：這是就材料情意的統一來說的」（五四頁）。

鄭文貞的《篇章修辭學》則將篇章修辭的基本規律概括爲三種：

統一律：一篇文章是一個有機整體，無論內容還是形式，都應該統一。……變化律：文章要有變化……表現形式要隨著情境的變化而變化，不能千篇一律……。適體律：適應不同語體的不同要求，恰當運用語言。（十二—十三頁）

除了最後一點外，其餘兩點都是布局時應注意的原則。

成偉鈞等主編的《修辭通鑑》談到「章法」時，認爲篇章應有如下的特點：

(1)完整細密。從內容到形式，都要成爲一個完整的有機的統一體……(2)脈絡貫通。文氣流暢貫通，形式和諧一致。各個部份均衡勻稱，意思連貫、銜接緊密。……(3)條理清晰。材料按部歸類，不相混雜，條分縷析，脈絡分明。(4)靈活多樣。變化多姿，巧妙新穎，有創造、有新意，有起伏，有波瀾。（六八二頁）

這是四點分別近於「統一」、「聯絡」、「秩序」和「變化」的原則。

王更生在「文章學」課堂上的講義〈文章學研究初探〉中，曾提及文章是有規律可循的：

首先就是得體。……文章應該正確運用語言體裁。……其次是「統一」。文章要言之有物，言之有理，這包括觀點和材料兩個方面，這兩個方面在文章中是統一的。……再其次是「秩序」。文章在詞、句、段、篇的結構方面的要求是言之有序。

他注意到了「統一」和「秩序」在篇章中的重要性。

張會恩、曾祥芹在主編的《文章學教程》中說：「文章本體規律是從古代和現代的各種各樣的文章中抽象出來的，它超越著一切具體的文章，但又支配著一切文章的具體表現。」（三一七頁）而這規律可大別爲三類：

> 層次律：層次是文章內容和形式的秩序，是作者思想和表達的步驟。一切文體都遵循「言有序」（《周易．艮》）的法則。文章的語言正是依據作者的「意序」，由先而後地延展的，思想內容的層次決定了語言結構的層次……。銜接律：銜接是文章內容和形式的聯絡，顯示出作者思想和表達的縝密。……語言形式的外部銜接取決於文章意脈的內部連貫。……統一律：一篇獨立完整的文章必然要求內容和形式的統一。它只有一個意旨，各部份應環拱於中心，爲著中心而存在，字句章篇，次第相從。（三一八—三一九頁）

這些都是相當精闢的見解。

曾祥芹主編的《文章學與語文教育》，曾引用張會恩的說法說：

> 文章學家張會恩提出了文章寫作的「三律」：意貫律、言接律和得體律。（一七四頁）

然後分別針對這三律作解說：「意貫律：所謂『意』，包括觀點和情感，古人叫主腦、主旨等。所謂『意貫律』，即『意』的貫通是雙向的，是可順可逆的。……也就是由篇旨，可以推出章旨、句旨，由章旨、句旨又可回歸到篇旨。」（一七四頁）「言接律」則是「即文章語言的有序銜接。語言表層結構的『言接』，是其深層結構『意貫』的外在形式。」（一七六頁）而「得體律」的定義是：「即文章整體要具備適應性。適應一定的時空環境和語言環境，合乎一定的分寸。包括內容上的得體；文章體裁的得體；語言的得體。」（一七八頁）

在前引諸家的說法中，一再出現的「合體律」並不包括在章法的範疇中，應歸入文體論方爲適當。其他的意見經整理之後，我們可以發現「秩序」、「變化」、「聯絡」、「統一」四大原則，可以大致涵蓋章法的內容。因爲辭章首先必須言之有序，才能使人一目瞭然；其次要注意加以變化，才不致板滯；再說辭章若沒有顧及聯絡、照應的話，便會如同一盤散沙；而最重要的是，創作的目的乃在表達意旨，因此使全篇向主旨（綱領）靠攏，形成統一，是必不可少的。

另外很值得注意的一點是，前面所述的四大原則固然可以毫無疑問地適用於一篇之中，但同時也可以適用於一段、一節之中。因爲篇章是由節段所組成，而節段又是由字句所組成的；篇章既會依此四大原則來組織節段，同樣地，節段也會據此來組織字句。這個道理早在劉勰的《文心雕龍·章句》篇就已說得很清楚：

> 夫人之立言，因字而生句，積句而爲章，積章而成篇。篇之彪炳，章無疵也；章之明靡，句無玷也；句之清英，字不妄也；振本而末從，知一而萬畢矣。

元·程端禮也說：

> 每篇先看主意以識一篇之綱領，次看其敘述抑揚、輕重、運意、轉換、演證、開闔、關鍵、首腹、結末、詳略、淺深次序，既於大段中看篇法，又於大段中分小段看章法，又於章法中看句法，句法中看字法，則作者之心不能逃矣。譬之於樹，通看則由根至表，幹生枝，枝生華葉，大小次第相生而爲樹；又折一幹一枝看，則各自有枝幹華葉，猶一樹然，未嘗毫髮雜亂，此可以識文法矣。（見《修辭學》一四頁）

曾國藩在〈答許仙屏書〉中，也談到：

古文者，韓退之氏厭棄魏晉六朝駢儷之文，而反之於六經兩漢，從而名焉者也。名號雖殊，而其積字而爲句，積句而爲段，而爲篇，則天下之凡名爲文者一也。

朱庭珍《筱園詩話》也認爲：

古人詩法最密，有章法，有句法，有字法。而字法在句法中，句法在章法中，一章之法又在連章之中，特渾含不露耳。（卷二）

近代諸家也有言及此者，如章微穎在《中學國文教學法》中說道：

章法就是文章構成的型態，也就是句成段、段成篇、如何組織起來的方式。（二四頁）

鄭文貞的《篇章修辭學》亦稱：

句受制于段，統于段，段受制于篇，統于篇。（一二頁）

所以，我們可以確定，此四大原則不僅可適用於全篇，也可以適用於節段，本書所析論者，即以此爲範圍。

第二章 秩序律

在從事文學創作時，將自己的意思很有次序地表達出來，使讀者易於瞭解，幾乎是每個創作者的第一個考量。所以文章會自然形成秩序，是一個很重要的現象，而且很早就爲人所注意到了。

早在《周易．艮卦》之五爻辭中，即有「君有序，悔亡」的說法，孔穎達疏云：

言有倫序，能亡其悔。

它的意思是：說話的內容須有次序，才能將自己的心意傳達清楚，也才不會有遺憾發生。因此「言有序」一直是說話或寫作的最高法則之一。

《文心雕龍．章句》篇有言：

若辭失其朋，則羈旅而無友；事乖其次，則飄寓而不安。是以搜句忌於顚倒，裁章貴於順序，斯固情趣之指歸，文筆之同致也。

劉勰在此首先說明敍述事情時若違背了層次，那麼會造成難安於心的結果；而且因爲章是由句構成，所以劉勰指出句的組合不能顚倒，然後再強調篇章的剪裁須有次序。

高琦的《文章一貫》收有《文筌》的「體物七法」，其中第五則是「量體」，其說法是：

量物之上下、四方、遠近、久暫、大小、長短、多寡之則而體之。

其中「上下、四方、遠近」是屬於空間的，「久暫」是屬於時間的，「大小、長短、多寡」是屬於事理方面的；去觀察這中間的變化，然後將之體現出來，表現在篇章中，自然而然地就會形成一定的規律。

王葆心的《古文辭通義》有如下的一段話：

《荀子集解》引郝氏懿行釋「持之有故，言之成理」曰：「故者，資於故實之故，謂其持論之有本也；成理，謂其能成條理也。」（卷十三，十一頁）

所謂「能成條理」應是由於娓娓道來，合於次序之故。王葆心《古文辭通義》還引述了方苞的說法：

> 方氏〈書震川文集後〉曰：「孔子於〈艮〉五爻詞釋之曰：言有序。〈家人〉之象繫之曰：言有物，凡文之愈久而傳未有越此者也。」……又望溪評《史記・十二諸侯年表》，約其詞文，去其繁重，以制義法曰：「春秋之制義法，自太史公發之，而後之深於文者，亦具焉。義即《易》所謂『言有物也』；法即《易》所謂『言有序也』。義以爲經而法緯之，然後爲成體之文。」（卷十三，四頁）

「言有物」是指篇章須有內容，「言有序」則如前文所述，是指表情達意須有秩序。方苞藉著這些話，強調文章秩序律的重要。

陳澧〈復黃芑香書〉有言：

> 昔時讀〈小雅〉『有倫有脊』之語：……倫者，今日老生常談所謂層次也，脊者，所謂主意也。……有意矣，而或不止有一意，則必有所主，猶人不止一骨，而脊骨爲之主，此所謂有脊也。意不止一意，而言之何者當先，何者當後，則必

有倫次。即止此一意；而一言不能盡意，則其淺深本末，又必有倫次，而後此一意可明也。（見《古文法纂要》，二三四頁）

陳澧先說倫即「層次」，然後又解釋文章中的層次是如何形成的。不過他也是偏重在秩序律中的事（情）理部分。

包愼伯〈樂山堂文鈔序〉說：

文之所以精者，曰義、曰法，故義勝則言有物，法文則言有序。然以有物之言，而言之無序，則不辭。故有物者不可襲而取，有序者可以學而致。是以善文者，必盡心於法以爲言，而不敢縱其所欲也。（《古文法纂要》，二三九頁）

他也是引了「言有序」之語，並說明言若無序，會造成「不辭」的結果。

包世臣〈雲都宋月臺古文鈔序〉也說：

蓋文之盛者，其言有物；文之成者，其言有序。無序而勉爲有序之言，其既也，可以至有序；無物而貌爲有物之言，則其弊有不可勝說者。夫有物之言，必其物

> 備於言之先，然言之無序，則物不可見，而言不可以行遠。故治古文者，唯求其言有序而已。……而言之又循乎程度，是則可以爲有序矣。（《古文法纂要》，二三九頁）

他也同時談「言有物」和「言有序」，但在這兩者中，似乎更重視「言有序」；因爲他認爲使文章合乎秩序律的技巧，是可以學習得來的；而且文章有清晰的層次，才易於爲人所瞭解，才能流傳久遠。

唐彪的《讀書作文譜》列有「先後」一條，並加以解釋說：

> 文章當先當後，苟得合宜，雖命意措詞，不甚過人，而大概已佳。若位置失宜，當先反後，當後反先，雖詞采絢爛，思路新奇，亦紊亂不成章矣。且位置失宜，則步步皆成窒境，欲成篇且難，而遑問其美惡乎。故先後位置，臨文不可不細心斟酌也。（八四頁）

唐彪在此處很詳細地說明了爲什麼文章須合乎秩序律的理由。

曹冕的《修辭學》在講到「段與段之銜接」時，說：

段落中有顯明之銜接者，莫如空間之界畫、時間之界畫及事理之界畫。空間之界畫，如左氏紀重耳周游列國；時間之界畫，如柳子厚〈封建論〉，歷數古初以至唐代；事理之界畫，如匡稚圭〈戒妃匹勸經學威儀之則疏〉。（八九頁）

曹冕認為篇章當中段與段之所以能銜接在一起，莫不依於空間、時間、事理的次序，而且各舉一例以為佐證。這個見解是十分精闢的。

章微穎的《中學國文教學法》在談「章法」時，列出了三個原則，第一個便是「秩序的原則」，他說：

要看材料分量次第配排得適宜不適宜。（二四頁）

就最普通者言，則有依時間、空間（多屬記敘文）或事理演展（多屬論說文）自然的過程前後層遞的（五三—五四頁）

這種依著次序一級進一級的關係，若用於字句，便是修辭格中的「層遞」；若用於篇章的修飾，便是屬於秩序律的範疇了。

鄭頤壽的《辭章學概論》在講到「層次的調整」時，有很精闢的看法：

> 段落層次，按照全文層次關係的不同，有時間前後層次，空間方位層次，認識感情層次，邏輯推理層次等等。時間前後層次，有順敘、倒敘、插敘、補敘……。空間方位層次，有前後、左右、上下、表裏……認識感情層次，或由片面到全面，由現象到本質，由褒揚到貶斥，由貶斥到褒揚，由歡喜到悲哀，由悲哀到歡喜……。邏輯推理層次，有歸納推理，演繹推理，類比推理，有立論、駁論，有原因、假設、條件及其相應的結果……。（八〇—八一頁）

後二者其實可以合併起來，成爲事（情）理層次；另外有些小項目也可以調整一下，譬如插敘、補敘應歸入變化律，歸納推理、演繹推理就是聯絡律中的凡目法……等等，但儘管如此，這段話一方面很周全地列出了秩序律中的大項，另一方面也補充許多細目，很值得參考。

陳滿銘有一篇文章〈章法教學〉（收錄於《國文教學論叢》），在探討「秩序原則」時，說：

> 這是就材料次第的配排來說的。通常，作者係依空間、時間或事理展演的自然過程作適當的配排。這種配排的方式，最常見的，以空間而言，有「由近及遠」、「由遠及近」、「由小而大」、「由大而小」等；以時間而言，有「由昔及今」、「由今及昔」等；以事理而言，有「由本及末」、「由末及本」、「由輕及重」、「由重及輕」、「先實後虛」、「先虛後實」、「先凡後目」、「先目後凡」等。（二八頁）

其中「事理展演」類中的「先凡後目」、「先目後凡」，陳滿銘後來歸至聯絡律中。張會恩、曾祥芹主編的《文章學教程》認爲「文章的內部規律」中，有「層次律」一項，作者認爲：

> 層次是文章內容和形式的秩序，是作者思想和表達的步驟。一切文體都遵循『言有序』（《周易·艮》）的法則。文章的語言正是依據作者的『意序』，由先而後地延展的，思想內容的層次決定了語言結構的層次。……它是客觀事物發展的階段性和作者思維的條理性在文章結構上的反映。（三一七—三一八頁）

他也將層次的安排歸納爲幾種：「以時間推移爲序安排層次，形成縱式結構；以空間轉換爲序安排層次，形成橫式結構；以時空交錯爲序安排層次，形成縱橫交錯式結構；以事理邏輯爲序安排層次，形成邏輯結構；以情感軌跡爲序安排層次，形成意識流式結構。」

從古到今的各家說法幾乎都是一致地肯定「秩序律」的重要，而且往往將之列在結構原則的第一位，這大概也是因爲它有較明白的痕跡，易於辨認之故。近代的文論家並且將它的內容劃分出來，雖然略有小異，但大體上，我們可以用時間、空間或事（情）理的展演爲依據而分爲三類。

第一節　屬於時間者

一、理論

時間像一根永不斷絕的繩索，無止盡地向過去、未來延伸開去，而世間的一切變幻，都依附於其上；因此，這條繩索又彷彿劃上了刻度般，可以記載一切的變化滄桑；以此爲依據，將之依序敘述下來，就形成了篇章中屬於時間的秩序律。

劉勰的《文心雕龍·神思》篇有云：

故寂然凝慮，思接千載。

王更生在《文心雕龍讀本》中解釋說：「這兩句是就時間而言。當一個人寂靜無聲，凝神思慮時，他的聯想力，可以與千載以上的聖賢相契合。」（下）六頁）這固然是在講為文運思時想像力奔馳的情狀，但在構思時既已關顧到「時間」這一要素，那麼在發而為文的時候，自然而然地不會撇開「時間」而不予考慮。

陸機的〈文賦〉也有類似的說法：

觀古今於須臾，撫四海於一瞬。

因為在筆端之下，可以收納古今，所以在篇章中對「時間」要素如何處理，絕對是值得觀察的。

明·高琦的《文章一貫》，在「章法」一章中，先講了「順下者」（這是屬於事理的秩序律），接著就說「逆上者」：

有逆上者，愚嘗因韓子之文而變之曰：舜蓋得之堯也，禹蓋得之舜也，湯蓋得之

> 禹也，文、武、周公蓋得之湯也，孔子蓋得之文、武、周公也，孟子蓋得之孔子也，不識千載而下，亦有得之於孟氏者乎。如周子云：聖希天，賢希聖，士希賢。亦是法也。

他所變的韓子之文是〈原道〉，其原文是：「堯以是傳之舜，舜以是傳之禹，禹以是傳之湯，湯以是傳之文武周公，文武周公傳之孔子，孔子傳之孟軻，軻之死，不得其傳焉……」，這裏所依據的次序是：「堯——舜——禹——湯——文、武、周公——孔子——孟軻」，是按照時間的先後來寫下的；將它稍作變化之後，大體上仍是依照這個秩序，但是在一句之間，卻變成由「今」至「昔」的關係，因此稱爲「逆上」，也就是我們現在所說的「倒敍」。另有一例是引周子之言，則又是屬於事理者，容後再作討論。

章學誠認爲敍事之文變化無窮，因而其敍述的方法也有多種多樣，因此他說：「蓋其爲法，則有以順敍者，以逆敍者……」（參考《漢語修辭學史綱》，五一二頁），他並未明言何謂「順敍」、「逆敍」？但我們可以推定：「順敍」是指由過去、現在推至未來，而「逆敍」則剛好相反。

沈德潛《說詩晬語》卷上有這麼一段話：

義山「此日六軍同駐馬，當時七夕笑牽牛」，飛卿「回日樓臺非甲帳，去時冠劍是丁年」，對句用逆挽法。詩中得此一聯，便化板滯爲跳脫。

周振甫在《詩詞例話》中，對此有所解釋：「逆挽法，不是順序說，是顚倒一下，先說後的，再說前的。」（一五四頁）他又接著說：「敍事詩也有用逆挽法的，實際上就是倒敍。」（一五五頁）所以我們若再回頭看沈德潛所舉的例子，會發現都是第一句「今」、第二句「昔」的結構，「由今到昔」是倒敍法，沈德潛則稱之爲「逆挽」。

俞樾的《古書疑義舉例》以爲「古人多有以倒句成文者」，其中的一種作法是：「有序事不以順序而以倒序者」，從這段話可以看出兩層意思來：他先肯定敍事有依照時間先後者，所以顚倒此種先後次序者就是「倒句」。這和我們現在所說的「順敍」和「倒敍」的觀念是一樣的。

李穆堂《秋山論文》說：

文章惟敍事最難，非具史法者，不能窮其奧窔也。有順敍……順敍最易拖闒，必言簡而意盡乃佳。

「順敘」乃是依時間先後爲次而敘述，好處是明白易懂，但就怕寫得像流水賬一般，所以他說「必言簡而意盡乃佳」。

劉熙載《藝概・賦概》有言：

> 賦兼敘列二法：列者一左一右，橫義也；敘者一先一後，豎義也。

他以「橫」、「豎」來稱「空間」、「時間」，頗爲形象化。賦體的特色是鋪排，因此賦家針對時間來鋪敘，可以先說「昔」，再說「今」、或「未來」，不管或順或逆，總之是以時間之次爲依歸。

許恂儒《作文百法》中有一法名「縱論法」，他說：「縱論者，題目之範圍本廣，縱言高論敷陳題義是也」（（二）五頁），而其中的一種作法便是：

> 或曰縱言者，猶豎說也。蓋自上古以及近代，自前日以至今日，其勢皆縱，故追溯古事以證今事，順序歷陳以爲議論，皆縱論之法也。

這種作法所涵蓋的時間甚廣，由昔推至今，是很有秩序的。

鄭文貞的《篇章修辭學》則將「由今至昔」的敘述方式稱爲「逆敘」，他說：

逆敘就是把層次間的時間先後完全倒過來敘述。假設按時間先後劃分安排層次是一——二——三——四，逆敘就是把它倒過來按四——三——二——一安排。

（一八三頁）

這樣的解釋十分明白易懂。

陳滿銘在《國文教學論叢》中，談到「秩序原則」時說：「以時間而言，有『由昔及今』、『由今及昔』等……」（二八頁），這段話可以總括我們前面的討論，即屬於時間的秩序律有兩種：一種是依次敘述，即「由昔及今」，我們通常稱之爲「順序」、「直敘」或「縱式」結構；另一種是顚倒其次序來記述，即「由今及昔」，我們稱之爲「逆敘」，也有人將它稱作「倒挽」、「倒敘」；但「倒敘」一詞也可以是「追敘」的異稱，因此在這裡以不用爲宜。

二、例證

以時間爲線索的篇章非常多，或順或逆，都有明顯的軌跡可循，前人也爲我們留下許多實際批評的佳例。

(一)順　敘

我們先來看運用順敘法者：

楊仲弘的《杜律心法》（收錄於《詩學指南》）中，收有〈宣政院退朝晚出左掖〉：「天門日射黃金榜，春殿晴曛赤羽旗。宮草微微承委珮，爐煙細細駐游絲。雪殘蓬萊常五色，雲淺鳷鵲亦多時。侍臣緩步歸青瑣，退食從容出每遲。」在末聯下有註語云：「前六句言侍朝之事也，此二句方言退朝晚出也。」（二二二頁）可見此詩是依照時間的先後而寫成的。又如〈紫宸殿朝口號〉：「戶外昭容紫袖垂，雙瞻御座引朝儀。香飄合殿春風轉，花覆千官淑景移。晝漏稀聞高閣報，天顏有喜近臣知。宮中每出歸東省，會送夔龍集鳳池。」在末聯之下亦有評云：「前六句言入朝之景與事，結句方言退朝之事。」（二二四頁）與前首相同，採取的也是順敘法。

過商侯的《古文評註全集》曾評賞賈誼的〈過秦論〉，他說：「千迴萬轉，只是論秦如此之強；又千迴萬轉，只是論陳涉如此之微」（二三九頁），在前面「論秦如此之強」的部分，先從秦孝公敘起：「秦孝公據崤函之固……取西河之外」一段，是「敘秦強之始」（二三六頁）；接著：「孝公既沒，惠王武王……弱國入朝」一大段，則是：「此段結上惠文武昭之盛」；然後用數句帶過孝文王、莊襄王；而最後的大段篇幅都是在敘始皇事，所以是以時間爲序，依次寫成的。

林雲銘的《古文析義》中也有一些值得一看的例子，如李斯〈諫逐客書〉採「凡目法」的結構，「目」可分爲兩部分，分別以人、物爲重點；在「目一」的部分，是依時代的先後，引了四位秦代君王的事蹟，來證明用客之利，第一個是「繆公」：「昔者繆公求士……遂霸西戎」一節，林氏評：「用客成功之君一」（二三一頁）；第二個是「孝公」：「孝公用商鞅之法……至今治強」一節，林氏評：「用客成功之君二」；第三個是「惠公」：「惠王用張儀之計……功施到今」一節，林氏評：「用客成功之君三」；第四個是「昭王」：「昭王得范睢……使秦成帝業」一節，林氏評：「用客成功之君四」；這樣的引證，當然十分清晰而且有說服力。又如《戰國策·鄒忌諷齊王納諫》的總評是：「其行文自首至尾，俱用三疊法」（八七頁），檢視其文，篇首部分問其妻、問其妾、問其客，就是依照時間先後，形成「三疊」。篇末部分亦有：「令初下……數月之後……期年之後，雖欲言，無可進者」，林氏評：「文亦三變」。其他尚有按事理秩序而形成「三疊」者，就不在此處敘述了。

吳楚材選、王文濡評註的《古文觀止》中，運用順敘法的例子有方孝孺〈深慮論〉，此文首段是議論，從「當秦之世」開始，則是歷引古事以爲證，所以在各小段之下分別有註語云：「引秦事一證」、「引漢事一證」、「引東漢、魏、晉一證」、「引唐事一證」、「引宋事一證」（五四一—五四三頁），然後接著又是一段議論。因此我們可以看到在引證的部分，所依據的線索是時間。另如《左傳·曹劌論戰》記敘的是整個戰爭的始末，評云：「未戰考君德，方戰養士氣，既戰察敵情」（二〇頁），短短十五個字，便將此文大意總括無遺；而且也明確地顯示出此文的寫作方式是「順敘」。

王文濡的《評註宋元明詩》，關於順敘法的例子有薩都剌〈燕姬曲〉：「燕京女兒十六七，顏如花紅眼如漆。蘭香滿路馬塵飛，翠袖籠鞭嬌欲滴。春風駘蕩搖春心，錦箏銀燭高堂深。繡衾不暖錦鴛夢，紫簾垂霧天沈沈。芳年誰惜去如水，春困著人倦梳洗。夜來小雨潤天街，滿院楊花飛不起。」總評云：「從繁盛寫到衰落，潯陽琵琶，同此感慨」（八〇頁），由昔到今，由盛而衰，滄桑之感自然從篇外帶出。又如楊萬里〈明發新淦晴快風順夜泊樟鎮〉：「雨到中宵歇，心知逗曉晴。排雲數峰出，漏日半江明。風借輕帆便，天催嬾客行。不應樟鎮酒，無意待人傾。」這首詩由出發寫到停泊，由早寫到晚，都是按照時間先後敘次來寫，所以總評說：「首兩句寫晴，次兩句寫明發，五六兩句寫風順，末兩句寫泊樟鎮，一氣銜接，層次井然。」（一四四頁）

王文濡的《古文辭類纂》中收有司馬遷〈秦楚之際月表序〉，其前面幾句：「初作難，發於陳涉。虐戾滅秦，自項氏。撥亂誅暴，平定海內，卒踐帝祚，成於漢家。」眉批云：「分三層作提，以見漢之天下，半由僥倖而得之。」（二一二頁）也就是說，此段按時間之先後，可分爲「發於陳涉」、「自項氏」、「成於漢家」三層，秩序井然。

劉坡公的《學詩百法》中，曾針對一些詩篇作分析，其中亦有依時敍寫之例，如劉長卿〈逢雪宿芙蓉山主人〉：「日暮蒼山遠，天寒白屋貧。柴門聞犬吠，風雪夜歸人。」他的賞析是：「右詩第一、第二句，寫將雪之兆；第三句，寫山家形景；直至末句，方點出雪字。而寄宿之意，已盡在其中矣。」（四四頁）詩開始時的天候是將雪未雪，詩結束時已雪花紛飛，而時間的流轉已在其中帶出。又如岑參〈和賈至舍人早朝大明宮之作〉：「雞鳴紫陌曙光寒，鶯囀皇州春色闌。金闕曉鐘開萬戶，玉階仙仗擁千官。花迎劍佩星初落，柳拂旌旗露未乾。獨有鳳凰池上客，陽春一曲和皆難。」他的看法是：「右詩全在早朝二字寫景。首聯一句寫出門，一句寫到城，早朝之意已見；第二聯一句寫近殿未朝時，一句寫到殿已朝時；第三聯寫早朝早退之景，層次何等井然；末聯纔拍到和詩本意。以此結束，饒有趣味。」（四七頁）採用的分明也是順敍的方式。又如杜甫〈下終南山過斛斯山人宿置酒〉：「暮從碧山下，山月隨人歸。卻顧所來徑，蒼蒼橫翠微。相攜及田家，童稚開荊扉。綠竹入幽徑，青蘿拂行衣。歡言得所憩，美酒聊共揮。長歌吟松風，曲盡河星稀。我醉君復樂，陶然共忘機。」他說：「起四句言下山，承四句言訪友，轉四句言置酒，末二句言就宿，層次分明，詩情淡遠，不愧爲金科玉律也。」（九二頁）可知此詩層次之分明來自於對時間的有序安排。

陳滿銘有一篇〈談運用詞章材料的幾種基本手段〉（收於《國文教學論叢》），在「順逆」中有一項是「就時間而言者」，其中「順敘」的例子有辛棄疾〈菩薩蠻〉：「**葛巾自向滄浪濯，朝來漉酒那堪著。高樹莫鳴蟬，晚涼秋水眠。竹床能幾尺，上有華胥國。山上咽飛泉，夢中琴斷弦。**」他說：「寫的是醉後晝眠的情景，作者在此詞的上片，首先拈出『朝酒』，然後接以『晚眠』，將題目點醒；下片則承上片的『眠』字，從入夢說到夢醒，暗寓感慨作結。敘次由昔而今，井井不亂，很明顯的，是順著時間的自然展演過程，依序遞寫而成的。」（頁三九〇）

㈡逆　敘

看過了「順敘」的例子之後，我們現在要來探索「逆敘」在辭章中的表現情形。首先我們會發覺「逆敘」的例子比起「順敘」來要少得多。而且僅有的一些例子多集中在詩詞上，篇幅也多半不長。這是因爲「逆敘」嚴格限定須「由今而昔」，但篇幅稍長的作品（散文的篇幅就比較長），通常由現在逆溯至過去後，會再迴筆寫現在，形成「今昔今」的結構，這便成了先「逆敘」而後「順敘」，應歸入「變化律」中。所以造成「逆敘」的例子頗爲少見的情況。

張夢機、張子良編著的《唐宋詞選註》中，選有李後主〈望江南〉二首：其一爲「閒夢遠，南國正芳春。船上管絃江面綠，滿城飛絮混輕塵。忙殺看花人。」其一爲：「閒夢遠，南國正清秋，千里江山寒色遠，蘆花深處泊孤舟。笛在月明樓。」這兩首詞的結構完全相同，首句「閒夢遠」是夢醒時心中的感喟，是「今」；而第二句以下全是記夢中景況，是「昔」，所以結構是由夢醒逆敍至夢中。後面的詩箋並引唐圭璋之語：「此二首皆後主居汴追懷故國之作，故曰『閒夢遠南國』云云，寫景愈美，寄恨愈深矣！」（四八頁）從這段話中我們更可以瞭解，李後主爲何要採用這種結構來安排詞章的內容了。

張淑瓊主編的《唐宋詞新賞》收有皇甫松的〈夢江南〉：「樓上寢，殘月下簾旌。夢見秣陵惆悵事，桃花柳絮滿江城，雙髻坐吹笙。」王錫九賞析道：「『樓上寢，殘月下簾旌』。詞的一開頭，寫夢醒後的深夜景象，是做夢人身處的客觀環境。」（㈠四八頁）所以這二句所記的時間是「今」。然後又說：「『夢見』句純爲敍述之語，是聯絡全詞前後的紐帶。前兩句，是夢者身處的實境；後兩句，則是夢中情景。」（㈠四九頁）這就說得更清楚了：首二句是「今」，後三句是「昔」，這首詞的時間序是屬「由今而昔」的。《唐宋詞新賞》還選了李後主的〈望江南〉：「多少恨，昨夜夢魂中。還似舊時遊上苑，車如流水馬如龍，花月正春風。」劉學鍇認爲：「『多少恨，昨夜夢魂中。』開頭陡起，小詞中罕見。所『恨』的當然不是『昨夜夢魂中』的情事，而是昨夜這場夢的本身。夢中的情事固然是他時時眷戀著的，但夢醒後所面對的殘酷現實卻使他倍感難堪，所以反而怨恨起昨夜的夢來了。……以下三句均寫夢境。『還似』二字領起，直貫到底。」（㈡四七頁）從這段分析中看來，此詞的寫法和前一首是相類的。

陳滿銘有一篇〈李白的〈憶秦娥〉〉（登載於《國文天地》十一卷八期），詞的內容是：「**簫聲咽，秦娥夢斷秦樓月。秦樓月。年年柳色，灞陵傷別。樂遊原上清秋節，咸陽古道音塵絕。音塵絕。西風殘照，漢家陵闕。**」他分析道：「這闋寫別恨之作，是採由「今」（夜有所夢）而「昔」（日有所思）的形式寫成的。」（六四頁）又道：「所謂『日有所思，夜有所夢』本來寫秦娥因有所見而有所思，由有所思而有所夢，作者卻將日夜先後的順序倒轉過來，用的是逆敘的手法。」（六六頁）這又是一個很好的例子。

㈢四季更迭

時間遞進所形成的次序，還會用另一種形式表現，那就是四季的更迭。辭章中時見「春、夏、秋、冬」輪番敘次的情形，尤其在寫景文字中更是常見。

李扶九《古文筆法百篇》在賞析蘇軾〈超然臺記〉時，說：「若中四方四時之波，亦古文常套。歐公集中兩用，皆用簡筆，長公集中兩用，皆用弔古之筆，各出一奇。故雖恆徑，亦不落俗，于此可悟套寫之法。」（四四頁）周明《中國古代散文藝術》中，曾對這番話作了說明：「歐陽修的兩處是這樣處理的：『野芳發而幽香，佳木秀而繁陰，風霜高潔，水落而石出者，山間之四時也。』（〈醉翁亭記〉）『掇幽芳而蔭喬木，風霜冰雪，刻露清秀，四時之景無不可愛。』（〈豐樂亭記〉）不難看出，歐公爲不落俗套，一是隱去春、夏、秋、冬四字，二是行文力求變化，前一篇不用『風高霜潔』，也不用『而』字，後一篇則把春、夏合成一句，秋冬之景重新組合，不寫『風霜清秀，冰雪刻露』，而用現在的句式，就顯得整齊中有變化，蘇軾的兩處也不落俗：『春夏之交，草木際天，秋冬雪月，千里一色。』（〈放鶴亭記〉）『臺高而安，深而明，夏涼而冬溫，雨雪之朝，風月之夕，予未嘗不在，客未嘗不從。』（〈超然臺記〉）蘇軾的兩次寫四時之景用的是簡筆，他也力求多變，避免駢化。前者本可寫成『秋冬之時，雪月千里』，現在的句式較爲靈動。後者明寫夏、冬，隱去春秋，而代之以朝夕，也是變化地處理四時。」（一六七頁）經這樣的處理之後，景觀顯得多變而豐富。

宋文蔚的《評註文法津梁》在評蘇軾〈放鶴亭記〉時，於「春夏之交，草木際天；秋冬雪月，千里一色，風雨晦明之間，俛仰百變」一段之下，評註云：「敍亭外四時之景」（一七四頁），雖然此四時之景不可能同時出現，但爲了增加景觀的可看性，散文家仍常將此四時收納於一篇之間。

周明的《中國古代散文藝術》在談到「山水散文」時，曾對「四時置景」的現象加以討論，他說：「景觀記不是遊記，寫景不受具體時間的限制，因而可以寫出四時變化的景物，使山水之美更多姿多態。」（一六六頁）並予舉例說明：「白居易的〈廬山草堂記〉在四面寫景之後，緊接著又按四時置景，『其四旁耳目、杖履可及者，春有錦繡谷花，夏有石門澗雲，秋有虎溪月，冬有爐峰雪。陰晴顯晦，昏旦含吐，千變萬狀，不可殫記。』就是按春、夏、秋、冬的順序排列。」（一六六－一六七頁）他的分析十分細密。

第二節　屬於空間者

一、理　論

一般而論，「空間有伸張性，因爲任何物體都據有一定的方位、距離、體質、形態和排列次序，即由長、寬、高三個方向所構成的三維空間，空間有廣延性，是因爲空間三維的延展是無限的，從物體的任何一點向前後、上下、左右延伸，都會無盡無窮。」（《詩美學》三六三－三六四頁）而空間是人類活動的舞台，人的行跡散布於此，自有其規則可循，依此規則記錄下來，表現於篇章中，便形成空間的秩序律了。

《文心雕龍·神思》篇有云：

悄焉動容，視通萬里。

王更生認爲：「這兩句是就空間而言，當一個人悄然不語時，思路運轉於心，揚眉瞬目之際，便能觀察到萬里之外的景物。」（《文心雕龍讀本》六頁）體察於心，發而爲文，自然而然地，空間的觀念便會體現在篇章之中了。

陸機的（文賦）說：

觀古今於須臾，撫四海於一瞬。

文學家的筆端自由地馳騁在無垠的空間中，記載思路的同時，也記載了空間的延展。

宋代山水畫家郭熙在《林泉高致》中說：

山有三遠，自山下而仰山巔，謂之高遠；自山前而窺山後，謂之深遠；自近山而望遠山，謂之平遠。

所謂「詩中有畫、畫中有詩」，所以此種繪畫技巧，對於文學也有很大的啟發作用。

楊仲弘的《詩法家數》（收於《詩學指南》）談到「登臨留題之詩」時，說：「宜寫四面所見山川之景」（三三頁），所以此類詩對空間的處理是呈輻射狀的。

劉熙載《藝概．賦概》中有一段話：

〈離騷〉東一句、西一句、天上一句、地下一句，極開闔抑揚之變，而其中自有不變者存。（㈢二頁）

這就說明了〈離騷〉中對空間的處理有用方位者，也有以高、低爲次者。此外他還說：

賦兼敍列二法，列者一左一右，橫義也；敍者一先一後，豎義也。（㈢，八頁）

他將以空間爲描述主體者，稱爲「橫義」，與時間的「豎義」相對，很能抓住這兩者的特性。

陳衍的《石遺室論文》對文章中常出現「東南西北」方位的情形，作了一番檢討：

古人文字，凡屬地理者，每言四至。《禹貢》：「東漸於海，西被於流沙，朔南暨，聲教訖於四海。」……東坡本之以作〈凌虛臺記〉云：「嘗試與公登臺而望，其東則秦穆之祈年槖泉，其西則漢武之長楊、五柞，其北則隋之仁壽，唐之九成也。計其一時之盛，閎極偉麗堅固，而不可動者，豈特百倍於臺而已哉？」……皆撫今弔古，感慨系之。但屢用之，亦足取厭。（《古文法纂要》一八一頁）

他作了一番溯源的工作，又將蘇東坡的作品拿來當作例子，總結他的看法是：「凡屬地理文字，每言四至，至屢用之，亦足取厭。」

黃永武的《中國詩學──鑑賞篇》曾特別討論「時空變化」，他拈出空間變化的一種情形是：

在空間上由遠寫到近，畫面逐漸收縮，而由大物寫到小物的。（六六頁）

這與前面提到的輻射狀的空間處理方式相反，此處是將空間由大範圍縮小到小範圍，再凝聚到一點上，形成包孕式，十分有特色。還有一種是：

在空間上由近寫到遠的例子更多，畫面逐層擴張，而所寫的事物也是由小而大的。（六九頁）

與前一種說法的不同之處，不僅是因爲此處是「由近而遠」，更重要的是空間呈直線型地延伸。

黃永武另一本《中國詩學——設計篇》也講到「空間的擴張」，他說：

讓畫面移動，由近及遠，由小景物的描寫而擴張至大景物，像用一個伸縮的鏡頭攝影一樣，畫面的視野愈來愈廣闊，詩中的空間也就愈來愈擴張，這小景物與大景物的比例懸殊愈大，愈能快人耳目。（五六頁）

而要達成這種效果，有三種方式。第一種就是空間呈直線狀向外拉開（五六頁），第二種就是：「也可以用高下懸絕的比例」（五七頁），最後一種的空間則呈向外輻射狀地展開（五七頁）。接著他又談到「空間的凝聚」：

與空間的擴張相反，讓畫面由遠及近移動，先寫大景物而後縮小至小景物，畫面

> 移近來，使視野愈來愈細小，詩中的空間也就像凝集起來一般，最後選擇一個空間的凝聚焦點，把精神集中在上面，給予特寫，使這個凝聚的焦點分外凸出。（五八頁）

所以空間的設計是由遠而近地逐步拉回的。

劉錫慶、齊大衛主編的《寫作》，曾討論記敘類文章安排層次的方式，有一種是：

> 以空間的變換安排層次。可以大及小，可因小擴大，或依東西南北，或按前後左右，或點、線、面依次展開，或上中下順勢寫起，筆筆敍來，絲毫不亂。（七八頁）

他在這兒談到了許多種安排空間的方法，很有啟發性。

李元洛在《詩美學》裡說：

> 空間，除了大與小之外，詩人的藝術表現還有仰觀、俯察、前瞻、後顧、遠視、近觀、左顧、右盼八種方位和角度。所以莎士比亞曾在《仲夏夜之夢》中說：

「詩人的眼睛在神奇的狂放的一瞬中，便能從天上看到地下，從地下看到天上。」（四二〇頁）

處理空間的角度是可以如此變化多端的。

陳滿銘的《國文教學論叢》在講到「秩序原則」時，對空間方面提出了「由近及遠」、「由遠及近」、「由小而大」、「由大而小」四種處理方式（二八頁）。而陳弘治的《詞學今論》也認為謀篇布局的方法中，包括了「由遠而近」、「由近而遠」、「由外而內」、「由內而外」（二四四頁）等四種。

在看過各家說法之後，我們可以發現空間的安排方式眞是變化多端、各有其妙。統括起來，可以分為三大類：「遠近」、「大小」、「高低」；「遠近」法主要又可分為兩種：「由遠而近」、「由近而遠」；「大小」法也可分為「輻射式」和「包孕式」；「高低」實則就是「俯仰」，隨著視線角度的變化，也會造成「由高而低」或「由低而高」的效果。

二、例證

(一)遠近

空間中最引人注意的，首先便是遠近的距離了。遠近距離的拉開，可以靠人的行跡，也可以靠視線的投射，甚至只是思緒的縱馳，都可以達到同樣的作用。距離一擴展之後，所能容納的事物便多了許多，篇章的內容往往因此而豐富起來，這便是遠近法的妙用。「遠近」法可分爲兩大類：「由近而遠」和「由遠而近」，一是放開，一是收回，相同的地方在於路線是呈直線狀，我們先來看「由近而遠」者：

吳楚材選、王文濡評註的《古文觀止》收有王勃〈滕王閣序〉，此文中間部分描寫閣外的景色，先是：「層巒聳翠，上出重霄，……桂殿蘭宮，列岡巒之體勢」一段，註云：「此段言閣在山水之間，乃近景也」（三〇四頁）；接著：「披繡闥，俯雕甍……雁陣驚寒，聲斷衡陽之浦」一段，注云：「此段言閣極山水之外，乃遠景也」。所以王勃的空間設計是由近處拉向遠方，以充分顯出滕王閣傍山臨江的氣勢來。

顧亭鑑編纂的《學詩指南》中也有很好的詩例，如孟浩然〈過故人莊〉：「故人具雞黍，邀我至田家。綠樹村邊合，青山郭外斜。開軒面場圃，把酒話桑麻。待到重陽日，還來就菊花。」在第三、四句之下分別有評：「近景」、「遠景」。又道：「二句承言莊外之景」（一二四頁），所以此聯所寫的是赴約之時所見的沿路景色，先由身旁寫起，再推擴至遠方。

林景亮的《評註古文讀本》評戴名世〈數峰亭記〉說：「自『至於遠山』至『可樂也』爲次段，此段純寫遠山，合前段之近山，乃以遠近爲層次」（一六二頁），很明顯地，第一段先描述了近處的山勢，然後在次段才敘述遠山之狀，所以這是「以遠近爲層次」的。

喻守眞的《唐詩三百首詳析》中有一些很不錯的例子，首如韋應物〈滁州西澗〉：「獨憐幽草澗邊生，上有黃鸝深樹鳴。春潮帶雨晚來急，野渡無人舟自橫。」這首詩的層次相當清楚：「此詩可分作兩層看法，首次二句是近看，三四兩句是平望。」（二九六頁）這樣對近、遠兩處景物加以重點描寫之後，一幅荒江渡口的景象，便宛然在目。又如張祜〈題金陵渡〉：「金陵津渡小山樓，一宿行人自可愁。潮落夜江斜月裡，兩三星火是瓜洲。」首句交代題面，次句點出主旨——「愁」，三四句便是寫景，他分析道：「即以『愁』字，轉入下二句的夜景。三句是下望江中，四句是遠望隔岸；長江夜景，幾爲道盡。」（三〇七頁）

陳滿銘的《詩詞新論》也有一些例子。如晏殊〈浣溪沙〉：「小閣重簾有燕過。晚花紅片落庭莎。曲闌干影入涼波。　一霎好風生翠幕，幾回疏雨滴圓荷。酒醒人散得愁多。」他分析道：「此詞抒寫落寞情懷，是採先條分、後總括的形式所寫成的。在條分的部分裡，作者很有次序地把映入眼簾的具體景物，由室內寫到室外，首先是重簾下的過燕，其次是庭莎上的落花，再其次是涼波中的闌影，又其次是一陣好風下的翠幕，最後是幾回疏雨中的圓荷。這些由近及遠的景物，對一個『酒醒人散』後的主人翁來說，每一樣都足以增添他的一份愁，所以作者便結以『酒醒人散得愁多』一句，將條分的部分總括起來，點出一篇之主旨作收。」（八頁）就是因爲空間向著遠處擴張，所以才能容納如許景物。

我們在前面看了好些空間呈直線狀，由近而遠地擴張的例子，但是另外有一種情形是：篇章中的記敍是依據遊蹤所及，因此由起點到終點，所走的路徑不一定是直線，但因爲其方向是直指向目的地的，所以也可以歸在這一類中。

林雲銘的《古文析義》選有元明善〈檥槎亭記〉，篇首部分有一段：「昔君錫挾能放遊，浮河、達淮，亂江，而南歷吳越，西至於鄂衡，又至于沅澧，踰洞庭，下彭蠡」，評註云：「歷敍放遊所經之處」（三三一頁），如此以一連串的地名，把他的路線標識得很清楚。又如屈原〈涉江〉中間有一段，也是敍述他被放逐江南、涉過湘江的經過，首先「哀南夷之莫吾知兮……邸余車兮方林」一段，是「未濟時先徘徊一番」（五四一頁）；其次是「乘舲船余上沅兮……淹回水而凝滯」一段，爲「方濟時又徘徊一番」；然後爲

「朝發枉陼兮……雖僻遠其何傷」一段，是「既濟後又計度自慰一番」；最後「入溆浦余儃佪兮……雲霏霏而承宇」一段，是「入浦之後又入林，入林之後又入山，歷盡許多惡境，方知所如也」，對於自己的行程，敘得一絲不亂，所以林氏又說：「以上敘見放之涉歷」。

王文濡的《評註宋元明詩》中有陸游〈小舟遊西涇度西岡歸〉：「小雨重三後，餘寒百五前。聊乘瓜蔓水，閒泛木蘭船。雪暗梨千樹，煙迷柳一川。西岡夕陽路，不到又經年。」他評道：「由雨寫到晴，由水寫到陸，寥寥數十言，可當一篇遊記讀。」（一四三頁）可見得他完全是依照遊蹤所及而寫的。

朱宗洛曾評柳宗元〈小石城山記〉，道：「由山出石，由石寫城，由城及旁，由旁及門，由門而上，既上而望，因望而異境。」（見《柳文選析》二三八頁）他所指的是此文首段：「自西山道口……類智者所施設也」，由他的分析看來，這段的寫法也由遊程之始寫到遊程之末。

杭永年的《古文快筆貫通解》在評陶淵明的〈歸去來辭〉時，對「舟搖搖以輕颺……載與載奔」一段，道：「此一段寫歸去之慶幸」（中五九頁）；接著「僮僕歡迎……撫孤松而盤桓」一段，是「此一段敘初歸之樂」，而且眉批又評得更詳細：「敘到門，敘入徑，敘入室，看他一路一序都是慶幸」，淵明一路歸去的雀躍之狀，宛然在目。

喻守眞的《唐詩三百首詳析》中，也注意到這一類的情形，如王維〈歸嵩山作〉：

「清川帶長薄，車馬去閒閒。流水如有意，暮禽相與還。荒城臨古渡，落日滿秋山。迢遞嵩高下，歸來且閉關。」他分析道：「此詩是描寫一路歸去之景，層次當然要很整齊，寫景當然要切時令」（一五一頁）足見這些景色都是藉歸途一一帶出。又如李白〈渡荆門送別〉：「渡遠荆門外，來從楚國遊。山隨平野盡，江入大荒流，月下飛天鏡，雲生結海樓。仍憐故鄉水，萬里送行舟。」他認爲：「凡是寫山水之景，雖要存眞逼肖，還要入理。此詩所寫山水，我們在他字句中可以想見作者是沿江東下，經過荆門小峽，順流到湖北境，所以有頷聯平野山盡，大地江寬的景象。再查地圖，長江自出荆門以後即南流入平原。所以我們有時竟可將古人的詩篇，作爲地理上的參考。」（一六九頁）可見得此詩也是以遊蹤爲據的。

林東海的《詩法舉隅》賞析了李白〈峨眉山月歌〉：「峨眉山月半輪秋，影入平羌江水流，夜發清溪向三峽，思君不見下渝州。」他道：「明朝王世貞《藝苑卮言》卷四說：『此是太白佳境，然二十八字中有峨眉山、平羌江、清溪、三峽、渝州，使後人爲之，不勝痕跡矣。益見此老爐錘之妙。』這首詩是李白二十六歲離蜀時的作品，寫了從清溪經過黎頭、背峨、平羌三峽，前往渝州（今四川重慶）的江行體驗和思鄉感情。」（三三頁）如此一路寫來，宛如行雲流水，順暢至極。

另一種情況爲「由遠而近」者，比較起來就少見得多，可能是與我們將視線與思緒投向遠方的習慣相反的原因吧！

楊仲弘《杜律心法》（收於《詩學指南》）選了一首〈望野〉：「西山白雪三城戍，南浦清江萬里橋。海內風塵諸弟隔，天涯涕淚一身遙。惟將遲暮供衰病，未有涓埃答聖朝。跨馬出郊時極目，不堪人事日蕭條。」並道：「此詩言望野之際，遠則見雪嶺，近則見南浦」（二二九頁）可見得首二句寫景的空間安排是由遠而近的。

顧亭鑑的《學詩指南》中也有一例，那就是蘇頲的〈奉和春日幸望春宮應制〉：「東望望春春可憐，更逢晴日柳含煙。宮中下見南山盡，城上平臨北斗懸。細草偏承迴輦處，飛花故落舞觴前。宸遊對此歡無極，鳥弄歌聲雜管絃。」在頷聯和頸聯之下各有評語說：「二句承明『宮』字，寫望中遠景」、「二句望中近景」（一二七頁），總評並說：「此篇寫景明切，步驟安詳，其章法最爲老當」，所謂「步驟安詳」，應是說空間的安置頗有層次吧！

吳闓生的《古今詩範》中，收有元好問〈泛舟大明湖〉：「長白山前繡江水，展放荷花三十里。看山水底山更佳，一堆蒼煙收不起。山從陽丘西來青一彎，天公擲下半玉環。大明湖上一杯酒，昨日繡江眉睫閒。晚涼一櫂東城渡，水暗荷深若無路。江妃不惜水芝香，狼藉秋風與秋露。蘭襟鬱鬱散芳澤，羅襪盈盈見微步。晚晴一賦畫不成，枉看風標誇白鷺。我時駿鸞追散仙，但見金支翠蕤相後先。眼花耳熱不稱意，高唱吳歌扣兩舷。喚取樊川搖醉筆，風流聊付與他年。」此詩前寫景、後抒感，而寫景的部分又是由遠而近來寫。所以他在首二句之下評：「以遠勢逆起」（一九二頁），在「昨日繡江眉睫間」一句下又評：「倒落到題，奇變不測」，也就是說：「看山——睫間」一段，才是針對大明湖而寫，後面所發的感慨也是由大明湖上的人、事所引起的。

陳滿銘的《國文教學論叢》也談到「由遠而近」的例子，如辛棄疾〈西江月〉的下半闋：「七八個星天外，兩三點雨山前。舊時茆店社林邊，路轉溪橋忽見。」他分析道：「下片，主要是寫夜行黃沙道中所見到的各種景物，依次是：1.遙天外的疏星 2.山嶺前的雨點 3.溪橋後的茆店，這是依「由遠及近」的順序來寫的。」（四〇頁）眞是好一幅恬靜的農村夏夜之景。

張堂錡的《黃遵憲及其詩研究》中，也曾談到詩歌中的空間由遠而近的情形，如〈哀旅順〉：「海水一泓煙九點，壯哉此地實天險。砲台屹立如虎闞，紅衣大將威望儼。……」他說：「這首詩主要是描寫旅順要塞的天險威嚴。前兩句就是從遠觀、俯視的角度，點明旅順乃天設奇險。三、四句則從近觀、仰視的角度，由自然奇設寫到人工經營，申說炮台之雄偉，武器之精良。由遠而近，由俯而仰，視覺角度變化生動。」（一九〇頁）「由遠而近」的空間變化，果眞具有特殊的效果。

㈡大　小

「大小」是指空間的大小，由小空間擴張至大空間，形成的是「輻射式」的空間變化；由大空間凝聚至小空間，所形成的又是「包孕式」的空間變化，兩種都非常具有特色。我們先來探討「輻射式」的情形：

楊仲弘的《杜律心法》（收於《詩學指南》）中，收有〈望嶽〉：「西嶽崚嶒竦處尊，諸峰羅列似兒孫。安得仙人九節杖，拄到玉女洗頭盆。車廂入谷無歸路，箭栝通天有一門。稍待秋風涼冷後，高尋白帝問眞源。」其首二句的意思是：「嶽鎭特尊，故諸峰序列其下，如子孫之侍父祖而不敢亢也」（二二九頁），所採取的視角就是由中心向四方投射出去，形成輻射式。

過商侯的《古文評註全集》談到司馬相如〈諭巴蜀檄〉，在開始的部分，寫「陛下即位，存撫天下，集安中國」，是分成四個方位依次寫來的，所以接著便是：「然興師出兵，北征匈奴，單于怖駭，交臂受事，詘膝請和」，他說：「此段言北路已討」（二九四頁）；然後「康居西域重譯，請朝稽首來享」，是「此言西路已討」；再來「移師東指，閩越相誅，右弔番禺，太子入朝」，是「此言東路已討」；最後「南夷之君、西僰之長，常效貢職，不敢怠惰，延頸舉踵，喁喁然皆鄉風慕義，欲為臣妾，道里遼遠，山川阻深，不能自致」，是「此獨接西南夷」，然後倒入本題。

林雲銘的《古文析義》選有王粲〈登樓賦〉，首段是：「登茲樓以四望兮，聊假日以消憂，覽斯宇之所處兮，實顯敞而寡仇。挾清漳之通浦兮，倚曲沮之長洲。背墳衍之廣陸兮，臨皋隰之沃流」，他評道：「應上四望」（六五六頁），其實接著的幾句也是四望之景：「北彌陶牧，西接昭丘，華實蔽野，黍稷盈疇」，相當切合題目。又如杜預〈遺令〉，前有：「其造冢居山之頂，四望周達」，後面有一段為之相應：「然東奉二陵，西瞻宮闕，南觀伊洛，北望夷齊，曠然遠覽，情之所安也」，他認為：「『東奉二陵』四句，應上『四望周達』」（六六三頁），確實如此。

汪武曹對柳宗元〈柳州山水近治可遊者記〉，有如下的評語：「零零碎碎敘去，而其中自有線索，打成一片，此天下奇文也，若但以其將南北東西分敘，而謂為似史記天官書，猶皮相耳。」（《柳文選析》二三七頁）此文一開始就說：「古之州治，在潯水南山石間，今徙在水北直平四十里，南北東西皆水匯」，其後的篇幅就根據「南北東西皆水匯」一句作發展，所以依次是：「北有雙山……」、「南絕水……」、「又西……」，最後一段雖未標出方位，但應是東向無疑。

李扶九的《古文筆法百篇》，談到蘇軾〈超然臺記〉時，說：「若中四方四時之波，亦古文常套」（四四頁），「四時」在前面時間的順敘中即已交代過了，而「四方」是指：「南望馬耳常山，出沒隱見，若近若遠，庶幾有隱君子乎。而其東則廬山，秦人盧敖之所從遁也。西望穆陵，隱然如城郭，師尚父齊威公之遺烈，猶有存者。北俯濰水，慨然大息，思淮陰之功，而弔其不終。」一段，是按「南——東——西——北」的次序，依次敘出的；而他說此「亦古文常套」，表示古文當中常見到如此的敘次法。

宋文蔚的《評註文法津梁》，對柳宗元的〈永州新堂記〉也作了賞析，中間有一段：「凡其物類，無不合形輔勢，效伎於堂廡之下；外之連山，高原林麓之崖，間廁隱顯，邇延野綠，遠混天碧，成會於譙門之內」，他將它分爲兩部分，分別評曰：「此堂下之勝」、「此堂外遠眺之勝」（一〇四頁）；末段的部分又有：「夫然，則是堂也，豈獨草木土石水泉之適歟？山原林麓之觀歟？」前面是「指堂下所見」，後面是「指堂外遠處所見」，都是將眼光由小範圍擴大至四面八方。

喻守眞的《唐詩三百首詳析》，有許渾的〈秋日赴闕題潼關驛樓〉：「紅葉晚蕭蕭，長亭酒一瓢。殘雲歸太華，疏雨過中條。樹色隨關迥，河聲入海遙。帝鄉明日到，猶自夢漁樵。」他道：「此詩題中雖沒有宿字，但在字句中可以看出是那夜宿在驛樓，秋晚雨過，四望風物，因動吟興」（一九六頁）其頷聯中所出現的華山和中條山，夾峙黃河南北，而頸聯中的潼關和大海又各在相反的方向，所以中二聯所包括的範圍極大，呈輻射狀向外拉開。

看過了這些例子之後，我們可以發現：輻射式的空間設計，往往是因爲人在高處眺望，然後按四方方位依序寫成的；當然，例外的情形也有。而這樣的寫法可以包容最大的空間，收納最多的事物，因此，對於篇章中所蘊釀的情感，不論是曠達或感傷，往往也可將其強度撐到最高點，而且持續向外無限地擴散。

另一種「包孕」式的空間設計，是將空間壓縮下來，凝聚到一點上，所以能夠抓住所有的注意力，集中表現焦點事物；而且因爲其空間是經過壓縮的，所以這種方式也善於傳達壓抑憂鬱的情感。我們可以來觀察一下以下諸例：

《應制詩式》（收於《詩學指南》）中有宋之問〈三月二十日承恩樂遊園宴〉：「樂游形勝地，表裡望郊宮。北闕連雲頂，南山對掌中。皇情貸芳月，旬宴美成功。魚戲芙蓉水，鶯啼楊柳風。春華看欲暮，天澤戀無窮。長袖招斜日，留花待曲終。」在前四句之下，有評註云：「四句一氣，抒寫望中之景」（二五三頁），接著的四句又是寫「園中之景」，而且其餘的句子也是承接著前四句敘寫園中歌舞之狀，因此空間是由大而小，而且重心放在園中的種種情事上。

宋文蔚的《評註文法津梁》中，也有很好的例子，首如韓愈〈送廖道士序〉的首段：

「五嶽於中州衡山最遠。南方之山，巍然高而大者以百數，獨衡爲宗。最遠而獨爲宗，其神必靈。衡之南八九百里，地益高，山益峻，水清而益駛，其最高而橫絕南北者嶺。郴之爲州，在嶺之上，測其高下，得三之二焉，中州清淑之氣於是乎窮。」此段是以空間大小爲依據，可以分爲四層：首先，他認爲第一句是「合宇內名山言，是第一層」（二四〇頁）；然後「南方——爲宗」一段，是「合南方諸山言，是第二層」；接著「最遠——者嶺」一段，是「從衡山轉入嶺，是第三層」；而「郴之——乎窮」一段，又是「從嶺轉入郴州，是第四層」。範圍越來越小，焦點也就越來越集中。另外，歐陽修的〈醉翁亭記〉也是用了一樣的手法：「環滁皆山也，其西南諸峰，林壑尤美，望之蔚然而深秀者，瑯琊也。山行六七里，漸聞水聲潺潺，而瀉出於兩峰之間者，釀泉也。峰回路轉，有亭翼然臨於泉上者，醉翁亭也。」他也是將這段文字分爲四層：「自滁說到山是第一層」、「從山表出西南諸峰是第二層」、「從山說到水是第三層」、「從水說到亭是第四層」（二〇八頁），我們好像看到電影的鏡頭由遠拉到近，一直逼近到中心點上，給予放大的特寫。

黃永武的《中國詩學——設計篇》曾特別討論到「集中心力去凝視細小的景物，予以極大的特寫，使景物因純淨孤立而變成突出的意象。」（二一九頁），並以劉禹錫的〈春詞〉爲例：「新妝宜面下朱樓，深鎖春光一院愁，行到中庭數花朵，蜻蜓飛上玉搔頭。」他說：「少婦由立體的朱樓降至平面的春院，鏡頭是很寬廣的。到第二句只剩下一個少婦面對著春院。第三句範圍更縮小，變成少婦站在中庭的花徑上。第四句範圍再縮小，特寫的鏡頭縮小到少婦頭髮上的玉搔頭！……末句特寫一隻蜻蜓停在美人的玉搔頭上，這短暫沈靜的一刹那，給了讀者何等深刻的印象！言外那種『人比花嬌、見賞無人』的愁情，自覺逼臨眉睫，惹人憐惜了。」（三一頁）那份深深的愁情，就是由包孕式的空間結構，所醞釀、逼發出來的。

李元洛的《歌鼓湘靈》對趙師秀的〈約客〉，曾特別作過賞析：「黃梅時節家家雨，青草池塘處處蛙。有約不來過夜半，閒敲棋子落燈花。」他說：「『黃梅時節家家雨』，詩人首先推出了一個時間與空間比較闊遠的畫面……『青草池塘處處蛙』，這個畫面的時空較前一個畫面的時空爲小……『有約不來過夜半，閒敲棋子落燈花』，就是由戶外而室內的人物之景了。」（三九九－四〇〇頁）這樣的空間安排，使得主人翁心中的孤寂愈加深稠。李元洛的《詩美學》也觸及了「空間的大小映照」，並以孟浩然〈臨洞庭湖上張丞相〉一詩爲例：「『八月湖水平，涵虛混太清，氣蒸雲夢澤』三句，極寫洞庭湖涵混汪洋湖天相接的壯觀，是一個闊大的平面性空間，而第四句『波撼岳陽城』，卻著眼於一個較小的立體性空間，如此大小相形巨細映照的結果，巨因細而不致空無所依，小因大而精神飛動。」（四一四－四一五頁）這說明了「包孕」式空間的妙處。

陳滿銘的《詩詞新論》收有〈詞的章法與結構〉，其中有「大小法」，他以辛棄疾

〈踏莎行〉來說明：「夜月樓臺（最大），秋香院宇（次大），笑吟吟地人來去（次小）。是誰秋到便淒涼？當年宋玉悲如許（最小）。（下略）」他說：「這是辛棄疾〈踏莎行〉詞的上半闋，題作『庚戌中秋後二夕，帶湖篆岡小酌』。作者在這裡，先寫明月下的樓閣，再寫樓閣中的院宇，然後由院宇中的人群收到人群中的一人——以宋玉自比的作者身上。範圍由大而小，層層遞進，寫來極有秩序。」（五四頁）詞中的悲涼氣氛因而也愈加凝聚。

㈢高　低

在三種分類中，「高低」是爲數最少的一類，在這些少數的例子中，又以「俯仰」所構成的高低變化，爲數最多。我們先看「由低而高」者。

林雲銘的《古文析義》中，收有晁補之〈新城遊北山記〉，其中有一小段：「松下草間有泉，沮洳伏見墮石井，鏗然而鳴；松間藤數十尺，蜿蜒如大虺；其上有鳥，黑如鴝鵒，赤冠長喙，俛而啄，磔然有聲」，他評道：「分敘松上、下、中間之物」（七九七頁），這是由低而高，依序寫成的。

顧亭鑑的《學詩指南》中，也有一例，即李益〈夜上受降城聞笛〉：「回樂峰前沙似雪，受降城外月如霜。不知何處吹蘆管，一夜征人盡望鄉。」這首詩先寫景、後抒感，寫景的部分也是先從低處寫起，再將視線拉高，因此在一一句之下分別有註語云：「下視夜景」、「仰視夜景」（一四九頁），並順此帶出最引人相思的明月來，拍合題旨。

林景亮的《評註古文讀本》，收有張裕釗的〈北山獨遊記〉，文中敘寫他爬山的經過，也是由低寫到高：「遂一日奮然獨往，攀籐葛而上，意銳甚。及山之半，足力勑，止復進，益上則澗水縱橫，草間微徑，如煙縷結曲交錯出，惑不可辨識。又益前，聞虛響振動，顧視來者無一人，益荒涼慘慄，心動欲止，然終不釋，鼓勇益前，遂陟其巔，至則空曠寥廓，目窮無際。」眉批云：「山半一層，益上一層，又益前一層」（一五四頁），空間的次序非常清晰。

宋文蔚《評註文法津梁》曾賞析柳宗元〈永州萬石亭記〉，其中有一段：「直亭之西，石若胺分，可以眺望。其下青壁斗絕，沈於淵源，莫究其極；自下而望，則合乎攢巒，與山無窮」，他評道：「此敘眺望之景」（二二五頁），而且，很明顯地，柳宗元眺望的視線是由下往上拉，視角逐漸增大。

李元洛的《歌鼓湘靈》中，曾帶讀者看黃景仁〈新安灘〉：「一灘復一灘，一灘高十丈。三百六十灘，新安在天上！」他說道：「從浙江東部的桐廬去安徽西南的屯溪，沿新安江而溯迴從之，沿途淺灘棋布，小舟要竹篙與縴繩力挽才能上行。黃景仁這首詩從仰視的角度，運用了長距離全景鏡頭，加上數量詞的運用和重複，出色地表現了灘行之險和自已驚絕不置的主觀感受。」（四六六頁）這是相當特別的一首詩，全詩的趣味都來自於特別的空間設計。

「由高而低」的例子，有王勃〈滕王閣序〉一文，在過商侯《古文評註全集》中，對文中四句：「**層巒聳翠，上出重霄；飛閣流丹，下臨無地**」，評道：「吾登閣而仰觀其上，則見層疊之巒，高聳其翠色，直上出于重霄，此閣之當山也；俯瞰其下，則見飛出之閣，四流其丹影，宛下臨於無地，此閣之映水也」（四三九頁），眉批又云：「豎寫一番」，很能掌握其特點。

顧亭鑑所纂之《學詩指南》，錄有常建〈破山寺後禪院〉：「**清晨入古寺，初日照高林。曲徑通幽處，禪房花木深。山光悅鳥性，潭影空人心。萬籟此俱寂，惟聞鐘磬音。**」在五六句之下，分別有評云：「仰看」、「俯看」（一一三頁），所以空間是由高而低的。

宋文蔚的《評註文法津梁》有柳宗元的〈陪永州崔使君遊讌南池序〉，開始有一小段是：「**其上多楓柟竹箭哀鳴之禽；其下多芡芰蒲蕖騰波之魚，韜涵太虛，澹灩里閭，誠遊觀之佳麗者已**」，他說：「以上敘南池之勝」（二五九頁），而其方式就是將所見景致分爲高低，略作描寫。

劉鐵冷的《作詩百法》中也有一例，那就是〈新雁〉：「湘浦春深始北歸，玉關搖落又南飛。數聲飄去和秋色，一字描來背晚暉。紫閣高飛雲冪冪，霸川低渡雨微微。莫從思婦臺邊過，未得征人萬里衣。」他說：「第五句寫高飛，第六句寫低渡，上下傳神」（一〇〇頁）大雁高翔低飛的姿影，被摹寫得生動極了。

喻守眞的《唐詩三百首詳析》也收有一些例子，如韓翃〈同題仙遊觀〉：「仙臺初見五城樓，風物淒淒宿雨收。山色遙連秦樹晚，砧聲近報漢宮秋。疏松影落空壇靜，細草春香小洞幽。何用別尋方外去，人間亦自有丹邱。」中間二聯用以摹寫景物，先以包孕式，由觀外收縮至觀內，觀內的部分又是由高寫到低，他說：「頸聯再寫觀內的景物，上句是高處的空壇，下句是低處的小洞。」（二四〇頁）又如劉方平〈月夜〉：「更深月色半人家，北斗闌干南斗斜。今夜偏知春氣暖，蟲聲新透綠窗紗。」他分析道：「本詩上半是仰觀，下半是俯察，上半因月色而及星象，下半因聞蟲聲而知春暖，都是互爲因果的句法。讀此詩即覺有一種靜穆幽麗的環境，橫在眼前。」（三〇〇頁）經過這樣的賞析之後，這首詩的動人之處，全都呈現出來了。

周明的《中國古代散文藝術》曾講到宋起鳳的〈核工記〉：「文章先由總體寫起，然後依次寫上、中、下三區……作者首先記述了上區，包括山嶺、城牆、城樓及更卒。中區爲山寺，有老松、僧舍、僧人。下區爲河灘，包括小舟及舟上之人。寫完了三部分，又錯落地用高阜鍾閣、山頂的星月和水上的波紋將上、中、下三部分聯繫起來，構成一個意境渾融的整體。」（二二六—二二七頁）這用的也是「由高而低」的寫法。

不管是「由低而高」或「由高而低」，它呈現的是一個上下延伸的空間，因此也能收納許多景物，使篇章內容豐富；而且它特別能表現高峻的感覺，是別種空間安排所做不到的，黃景仁的〈新安灘〉就是顯例。

第二節　屬於事（情）理者

一、理論

事理的推闡和情理的推展，都自有其邏輯，按照這種邏輯來發表議論或敘事抒感，都會形成秩序。

宋·陳騤的《文則》中有一段話：

> 文有上下相接，若繼踵然，其體有三：其一曰：敘小至大，如《中庸》曰：「能盡其性，則能盡人之性；能盡人之性，則能盡物之性；能盡物之性，則可以贊天

地之化育；可以贊天地之化育，則可以與天地參矣。」此類是也。其二曰：敍由精及粗。如《莊子》曰：「古之明大道者，先明天，而道德次之；道德已明，而仁義次之；仁義已明，而分守次之；分守已明，而形名次之；形名已明，而因任次之；因任已明，而原省次之；原省已明，而是非次之；是非已明，而賞罰次之。」此類是也。其三曰：敍自流及原。如《大學》曰：「古之欲明明德於天下者，先治其國；欲治其國者，先齊其家；欲齊其家者，先修其身；欲修其身者，先正其心；欲正其心者，先誠其意；欲誠其意者，先致其知。」此類是也。

這三段文字都是按著「積小至大」、「由精及粗」、「自流及原」的一定標準來作表述，相當整齊；不過統括言之，這三類實則都是依循「本末」的標準來寫，前二者是「由本而末」，後者是「由末而本」。

明·高琦編的《文章一貫》在「章法」中曾談到「順逆」，他先談「順下」者：

> 有順下者，《大學》：「知止而後有定，定而後能靜，靜而後能安，安而後能慮，慮而後能得。」「古之欲明明德於天下者」二節亦同。《論語》：「知之者不如好之者，好之者不如樂之者」皆是。

這裡選錄了三段文字：「知止而后有定」段，是「由本而末」；「古之欲明明德於天下者」段，是「由末而本」；「知之者不如好知者」段，是依程度的淺深來遞進的；所以都是屬於「事理」的部分。至於「逆上」者，是：

> 有逆上者，愚嘗因韓子之文而變之曰：「舜蓋得之堯也，禹蓋得之舜也，湯蓋得之禹也，文、武、周公蓋得之湯也，孔子蓋得之文、武、周公也，孟子蓋得之孔子也，不識千載而下，亦有得之於孟氏者乎。」如周子云：「聖希天，賢希聖，士希賢」，亦是法也。

「韓子之文」一段，是以時間爲次，在前面就討論過了；至於「周子之言」則是以「天、聖、賢」爲序來敍述的。

明·歸有光的《文章指南》中，也有四條法則是與此有關的。首如「逐事條陳則」：

> 諸葛孔明〈後出師表〉，通篇條陳時務，雖是奏書之體，然布置嚴整，學者熟之，非惟長於論策，而他日必優於奏疏矣。

〈後出師表〉由「未解一」寫到「未解六」，十分有次序地逐事條陳，完全合於秩序律的要求。次如「文勢重疊則」：

> 李遐叔〈政事堂記〉，臧哀伯諫魯桓公納宋郜鼎，夏文莊〈廣農頌〉，此三篇文字，文勢如峰巒層出。如波濤疊湧，讀之快心暢意，不覺其煩，此正舉業者所當取之以爲法也。

其中〈政事堂記〉前半部以「議之」、「易之」、「誅之」、「殺之」的次序來交代政事堂的功能。〈臧哀伯諫納郜鼎〉在第二段依次以「儉」、「度」、「數」、「文」、「聲」、「明」六德來表明人君應有之美德；在第三段一開始又重複一次，十分有次序。〈廣農頌〉則以有患「邊幅未闊、威武未震」、「歲月易逝、容髮易朽」、「嬪御未廣、歌舞未工」、「巡幸未遍、遊賞未普」，依次寫來，極有秩序。因此，所謂「峰巒層出」、「波濤疊湧」，也就是指形成規律的秩序啊。還有「一級高一級則」：

> 文字自下説上，如登九層之臺，漸陟其頂，是謂一級高一級也，如錢公輔〈義田

> 記〉似之。

在〈義田記〉中，有三處地方用到此法則：其一是「嫁女者五十千……幼者十千」，以錢之多寡順序寫下；其二是「晏子曰：『自臣之貴，父三族……齊國之士，待臣而舉火者三百餘人。』」是以由親而疏的次序來記述；其三是「嗚呼，士之都三公位……其下爲卿大夫、爲士……」，以地位之貴賤爲次。這種方式若用於字句，便是修辭格中的「層遞」，如用之於篇章，就是秩序律的範疇了。末如「一步進一步則」：

> 文字由淺入深，如行萬里之途，漸到至處，是謂一步進一步也。如王子充〈文訓〉似之。此則與上則不同，讀其文章自見。

此則與上則不同處，不過多了義理的內涵。例如〈文訓〉第二段由「天文」開始，敘到「地文」、「人文」、「學文」；第四段由「排偶之文」開始，敘到「詩詞之文」、「科舉之文」、「古文」、「朝廷之文」、「論史之文」、「諸子之文」、「六經之文」，是極有次序的。

－77－　秩序律

明·李騰芳《山居雜著》中有「文字法三十五則」，其中一法曰「剝法」：

此法由淺入深，由粗入細，由外入內，由客入主，漸漸剝出爲妙。如孟子對梁惠王，先言殺人以梃與刃，以刃與政，然後說到惠王率獸食人；謂齊宣王，先言王之臣有託其妻子於其友而凍餒之，及士師不能治士，然後說到齊宣王四境不治，此皆剝法也。

周振甫在《文章例話》中，對此法有相當詳細的闡述：「這裡指對人提意見，尤其是對有權勢的人提意見，要注意效果。倘先提出結論，怕對方接受不了，反而把事情弄僵。因此先從遠處講起，讓對方自己作答，然後一層一層深入，觸及到這個問題，讓他不能不同意這個結論。」（㊂，五九頁）

來裕恂的《漢文典》曾講到「層疊法」：

層疊法者，一層重一層，如韓愈〈伯夷頌〉最爲著明。其起二句，已含下四層矣。餘若〈臧哀伯諫魯桓郜鼎〉、李遐叔〈政事堂記〉、夏子喬〈廣農頌〉，文勢皆如峰巒層出，波濤疊湧，讀之快心暢意，不覺其繁。（二三一頁）

韓愈〈伯夷頌〉剛開始的幾句是：「士之特立獨行，適於義而已，不顧人之是非，皆豪傑之士」，接著的一段：「信道篤而自知明者也，一家非之，力行而不惑者，寡矣；於一國一州非之，力行而不惑者，蓋天下一人而已矣；若至於舉世非之，力行而不惑者，則千百年乃一人而已耳。」已含有三層，其次遞到「主」：「若伯夷者，窮天地亙萬世而不顧者也……」，這一大段便是第四層。其他三例在談歸有光《文章指南》時，便已分析過，在此不贅述。總之，這都是因爲在事理上層層推進而產生的效果。

錢鍾書《管錐篇》中說：

> 宋玉〈登徒子好色賦〉：「天下之佳人，莫若楚國，楚國之麗者，莫若臣里，臣里之美者，莫若臣東家之子。」按「佳」「麗」「美」三變其文，造句相同而選字各異，豈非避複去板歟？此類句法如拾級增高，……西方詞學命爲「階進」。……〈管子·權修〉一篇中屢用不一用，「地之守在城」云云凡四進級，「故地不辟」云云凡五進級，「天下者國之本也」云云凡六進級，則鈍置滯相，猶填匡格，有「動人嫌處只緣多」之嘆。

他強調在運用秩序原則時，一定要避免過於整齊而流於呆板的弊病。

鄭義淑的《孟子文章修辭析論》也談到「層遞法」，而且談得更加精審：

至於何謂層遞法，一般言之，層遞即指排比若干句型相似之語句，而其文意上下相接，或由淺漸深，或由小漸大，或由輕漸重，或由低而高，或反其道而行，自然表現層遞美之修辭法也。層遞可分爲遞升、遞降。凡將文意層累遞進，而意象之重點置於最後，襯出意旨之所在者，爲「遞升」；將文意重點置於前，而後層層跌折而下以示現意旨者，爲「遞降」。此種句法之成立，須有二以上之事物，且須有大小之分，以便依次排列，有所歸宿。層遞技巧之功能，乃隨文強弱升降，因而產生變化，以增進文辭之美。層遞之原則有二：一則須具一貫之秩序；二則須合乎邏輯思維。（七三頁）

他提出「遞升」、「遞降」的觀念，也就是我們常說的「順」、「逆」，並將層遞的內容區分得愈加精細，而且所提出的二原則，也十分確當。《修辭通鑑》中也談到「層遞」，其中有一些意見很值得參考：

運用層遞格有一定的基礎。1.客觀事理存在著千差萬別，如果對同類事理從一個

角度劃分，便可以發現它有許多乃至無窮的層次。……2.客觀事理在不斷地發展、變化。（六二〇—六二一頁）

他也將它分爲兩類：「根據事理變化的方向，層遞可分爲遞升和遞降兩類，遞升，又叫遞增、階升（像階梯一樣步步上升），如由小漸大，由淺漸深，由低漸高，由短漸長，由近漸遠，由少漸多，由輕漸重。遞降，又叫遞減，階降（像階梯一樣步步下降），如由大漸小，由深漸淺，由高漸低，由長漸短，由遠漸近，由多漸少，由重漸輕。」而其作用是：「由於它按一定的順序排列，因而條理十分清晰，給人以明顯的層次感、變化感，用來說理，可以將道理說得一步比一步深刻；用來敘事，可以把事物發展變化的過程敘說得清晰、形象；用來抒情，可以使感情一步一步地加深。」

看過以上諸家的說法之後，我們可爲事（情）理之秩序律理出一個頭緒：首先它可以細分成很多小類，如「本末」、「淺深」、「輕重」……等等，而每小類依其事理展演方向的不同，又可分爲「順」和「逆」；底下我們就以此爲據，用實例來進行討論。

二、例證

(一)本末

凡一件事情原原本本、極有次序地敘出，就是「由本而末」；反之，即是「由末而本」。此外，值得注意的是，「因果」關係本來也屬於此類，但是呈「因果」關係的篇章爲數頗眾，且具有鮮明之特色，而「因」與「果」之間又相互呼應，所以我們將它獨立出來，歸入「藝術的聯絡」中。

林雲銘的《古文析義》有一些例子，如谷永〈訟陳湯疏〉後半部分云：「今湯親秉鉞，席卷喋血萬里之外，薦功祖廟，告類上帝，介冑之士，靡不慕義，以言事爲罪，無赫赫之惡。《周書》曰：記人之功，忘人之過，宜爲君者也。夫犬馬有勞於人，尚加帷蓋之報，況國之功臣者哉。」它首先以陳湯之事爲言「功最大」、「罪最小」（六三〇頁），自然該賞；次則引《周書》之言，說明：「即功過相等亦當守此訓，乃進一層說」；然後又以犬馬相形，見得：「功臣有過而不宥以報之，是待人反不如待物也，又進一層說」；因此我們可以知道：這段是由末推至本，順序是逆向的。又如呂不韋〈任地〉開始就說：「后稷曰：子能以窐爲突乎？子能藏其惡而揖之以陰乎？子能使吾土靖而甽浴土乎？子能使保溼安地而處乎？子能保雚夷母瑤乎？子能使子之野盡爲冷風乎？子能使藁數節而莖堅乎？子能使穗大而堅均乎？子能使粟圜而薄糠乎？子能使米多沃而食之彊乎？」他評道：

「已上敲問一番……其問地六句由地而草而風，問苗四句由藁而穗而粟而米，皆有定序，是章法妙處」（五四八頁），這章法之妙是由秩序得來的。

吳楚材選、王文濡評註的《古文觀止》曾評析〈文帝議佐百姓詔〉，中間一段爲「意者，朕之政有所失，而行有過與，乃天道有不順，地利或不得，人事多失和，鬼神廢不享與，何以致此？將百官之奉養或費，無用之事或多與，何其民食之寡乏也？夫度田非益寡，而計民未加益，以口量地，其於古猶有餘，而食之甚不足者，其咎安在？」這段話出現了三個問號，評註者分別評道：「一詰」、「再詰」、「三詰」（二三〇頁），而且這三問也是由本而末來安排的。

李扶九的《古文筆法百篇》中，賞析王安石的〈遊褒禪山記〉時，認爲中間議論的部分合乎秩序律的要求，即「故非有志者不能至也，有志矣，不隨以止矣」一段，眉批云：「一層，接入主義」（一三一頁）；其後：「然力不足者……而又不隨以怠」一段，眉批云：「二層，應上『方足以入』句」；其後：「至於幽暗昏惑……亦不能至也」一段，眉批云：「三層，應上『又足以明』句」，層次十分清楚。再如蘇軾〈潮州韓文公廟碑〉篇首部分有三層，這三層分別連用四個排比句來構成，即：「王公失其貴……儀秦失其辯」，是第一層；「必有不依形而立……不隨死而亡者」，是第二層；「故在天爲星辰……而明則復爲人」是第三層。如此很明顯地形成文意遞進的痕跡，所以眉批云：「自王

公失貴至此三層，皆疊句、氣雄力厚。」（九六頁）

宋文蔚的《評註文法津梁》，評韓愈〈送王秀才序〉時，說：「文凡三層，第一層以阮陶之詩，見得〈醉鄉記〉是有託而逃，借以抒其不平。第二層提出顏曾，見得以聖人爲師，則心能樂道，自無不平。第三層拍到正面，即以樂道之心，化其不平之意」（三三一三四頁），所以層層推出，最後方結出本旨。

王基倫的《孟子散文研究》舉了好些例子，來說明「層遞以貫珠」，譬如〈離婁下〉篇，孟子曰：「自得之則居之安，居之安則資之深，資之深則取之左右逢其原。」又如〈盡心下〉，孟子曰：「充實之謂美，充實而有光輝之謂大，大而化之之謂聖，聖而不可知之之謂神。」他說：「以上各例，皆於文意上遞相接續，『結上生下，意脈相連，是謂貫珠勢也！』此皆爲遞升之例。」（一六一頁）這裡的「遞升」都是指由本推至末。然後他又談到「遞降」，並舉〈公孫丑上〉爲例：「不得於言，勿求於心；不得於心，勿求於氣。」還有〈盡心下〉：「民爲貴，社稷次之，君爲輕。是故得乎丘民而爲天子，得乎天子爲諸侯，得乎諸侯爲大夫。」他認爲：「此則文意重心在前，因而下文語句之相接，在補述其意而後止，是爲遞降之例。」（一六一頁）這就是由末推至本的佳例了。

我們從上述的例子中可以看出：形成「本末」的秩序者，多半是議論性的文字。

㈡淺　深

凡一件事情在演變的過程中，它的情況有愈趨輕微或愈趨嚴重者，將它記錄下來，便會形成秩序。

金聖歎批的《才子古文讀本》中，收有司馬遷〈報任安書〉，其中有一段文字：「太上不辱先，其次不辱身，其次不辱理色，其次不辱辭令，其次詘體受辱，其次易服受辱，其次關木索被箠楚受辱，其次剔毛髮、嬰金鐵受辱，其次毀肌膚、斷肢體受辱，最下腐刑極矣。」評語說：「層次而下，說已被辱爲極」（上，一九八頁），所以此段是以「辱」字爲依據，按其程度淺深順序述說。又如嵇康的〈琴賦序〉，乃是賦之前的序文，全篇分爲兩軌：「音聲」和「文字」，都是由淺而深，漸次寫入，所以它的評語分別是：「先作淺淺說。此說音聲」、「亦先作淺淺說。此說文字」、「始作深深說。此說文字」、「始作深深說。此說音聲」（下，一七頁），顯然也是以事理的演展爲序的。

林雲銘的《古文析義》亦有很好的例子，如《左傳‧鄭伯克段於鄢》中有一段：「祭仲曰：都城過百雉……無生民心」，林氏評：「上言『君不堪』，就莊公一人利害言；此言『國不堪』，就通國之人利害言，進一層說。上言『早爲之所』，此則直言『除之』，以其貳兩鄙，有罪可聲也」（一六頁），所以其敍次，前者是「由小而大」、後者是「由輕而重」，都合乎秩序律。後面又有：「大叔又收貳以爲己邑……厚將得衆」，林氏評：「上云『生心』，猶介在兩歧之間；此則直恐其棄此而歸彼也。一步緊一步。」這也是交代了事態愈趨嚴重的狀況。

吳楚材選、王文濡評註的《古文觀止》收有《國策·鄒忌諷齊王納諫》，全文多處用到「三疊」法，其中亦有以事理淺深爲序者，如：「王曰：善。乃下令群臣吏民能面刺寡人之過者，受上賞；上書諫寡人者，受中賞；能謗議於市朝，聞寡人之耳者，受下賞。」評道：「下令之辭，三疊應上」（一三九頁），又如：「令初下，群臣進諫，門庭若市；數月之後，時時而閒進；期年之後，雖欲言無可進者。」又評道：「文亦三變」，十分有層次感。另外李陵〈答蘇武書〉中談到漢之薄情，也分作三層來表達，他先以蕭何、樊噲、韓信、彭越、鼂錯……等人爲例，是「講薄字第一層」（二六三頁）；其次以先將軍李廣爲例，是「講薄字第二層」；再來將重心轉到蘇武身上，是「講薄字第三層」；經此層層加深，不禁發出「漢亦負德」的感慨。

林景亮的《評註古文讀本》對《史記·孔子世家贊》中的一段：「余讀孔氏書，想見其爲人，適魯，觀仲尼廟堂車服禮器，諸生以時習禮其家，余低回留之，不能去云」，有這樣的評語：「將讀書、觀廟、習禮分作三層寫，遂使結尾『至聖』二字已躍然紙上」（二六—二七頁），司馬遷對孔子的認識是由淺而深，那就愈使人有仰止之情了。

呂武志的《杜牧散文研究》，認爲〈罪言〉是：「……則承接平藩之主張，提出上、中、下三策」、「上、中、下策，三層文意，先正後反，由淺入深，逆轉順承，血脈通貫，其敷衍綿密有致，過渡自然生姿矣！」（一七三—一七四頁）從「由淺入深」的安排，可以看得出它是合乎秩序律的。

(三)貴　賤

貴賤顯然是指人之地位或物之珍貴程度而言，這方面的例子也頗多。過商侯的《古文評註全集》收有〈趙威后問齊使〉，在開始的部分，趙威后一連提出三問：「威后問使者曰：歲亦無恙耶？民亦無恙耶？王亦無恙耶？」註道：「通篇以民作骨，所以三問故意顛倒，如空隕石，大奇」（二〇七頁），原本「王」的地位最高，此時反而置在末位，這是作者有意的安排。

林景亮的《評註古文讀本》，談到蘇軾〈記先夫人不殘鳥雀〉，認爲：「此段入題後分兩層寫，一寫尋常之鳥，一寫珍異之鳥」（四七頁），他是說蘇軾記其母惡殺生，分別舉鳥雀和桐花鳳爲例，而一賤一貴，可分作兩層。另外袁枚〈黃生借書記〉中有一段：「子不聞藏書者乎？七略四庫，天子之書，然天子讀書者有幾？汗牛塞屋，富貴家之書，然富貴人讀書者有幾？其他祖父積，子孫棄者無論焉。」眉批云：「曰天子、曰富貴、曰子孫，明係三排，其第三排卻稍變化，是爲化板爲活法」（一五六頁），也就是說層層遞減，雖有次序，但有時難免呆板，此時語句稍作變化，便可挽救此種缺失。

鄭義淑的《孟子文章修辭析論》也有好些例子，如〈萬章上〉五：「天子能薦人於天，不能使天與之天下；諸侯能薦人於天子，不能使天子與之諸侯；大夫能薦人於諸侯，不能使諸侯與之大夫。」她說：「此段語句之排列，爲『天子→諸侯→大夫；天→天子→諸侯；天子→諸侯→大夫』，此種造句爲由上及下之遞降法也。」（一七四頁）次如〈盡心下〉十四：「民爲貴，社稷次之，君爲輕。是故得乎丘民爲天子；得乎天子爲諸侯；得乎諸侯爲大夫。」她分析道：「此段語句之排列，爲『民→社稷→君』與『天子→諸侯→大夫』，前者爲由下及上乃遞升之例；後者爲由上而下，亦爲遞降之例也。」（七四頁）可見在短短的一段中，出現了兩種相反的排列方式。

㈣親疏

有時候，也可以用關係的親近與否來排列。金聖歎《才子古文讀本》曾評賞《戰國策·韓非初見秦王》，其中有一段：「內者，吾甲兵頓，士民病，蓄積索，田疇荒，囷倉虛；外者，天下皆比意甚固」，他又特別在底下註明「內者」、「外者」（上·一二九頁），分明顯示出這兩者的不同。

林雲銘的《古文析義》中，收有《戰國策．鄒忌諷齊王納諫》，它的總評說：「自首至尾，俱用三疊法」（八七頁），除有二處是應用「時間」的秩序律之外，其餘都合乎「事（情）理」的秩序原則。譬如：「曰：吾妻之美我者，私我也；妾之美我者，畏我也；客之美我者，欲有求於我也」一段，他評道：「人情歷歷勘破」；又如：「今齊地方千里，百二十城，宮婦左右，莫不私王；朝廷之臣，莫不畏王；四境之內，莫不有求於王；由此觀之，王之蔽甚矣」，註語云：「把『私』、『畏』、『有求』三句盡情翻弄，止生出『蔽甚』二字」，這是由親而疏所產生的不同心理，依次排列，便合乎秩序的要求。

林景亮的《評註古文讀本》對李東陽〈記女醫〉中的一段：「且傳引譽之於鄰里而不足，則譽之鄉黨；而不足，則又譽之姻戚識之人」，眉批云：「引譽分三層寫，一層進一層」（一六三頁），這也是依照「由親而疏」的次序寫的。

林奉仙的《十五國風章節之藝術表現》中，在講「次序法」時，有特別成立一類「倫理次序」，所以例子就更多了，如〈鄭風．將仲子〉：「將仲子兮，無踰我里，無折我樹杞。豈敢愛之？畏我父母。仲可懷也；父母之言，亦可畏也。（一章）將仲子兮，無踰我牆，無折我樹桑。豈敢愛之？畏我諸兄。仲可懷也；諸兄之言，亦可畏也。（二章）將仲子兮，無踰我園，無折我樹檀。豈敢愛之？畏人之多言。仲可懷也；人之多言，亦可畏也。（三章）」她分析道：「『人之多言』，固然可畏，但究竟不如父母諸兄弟之言更爲可畏，所以詩人把『父母之言』放在第一章，把『諸兄之言』放在第二章，末章才說到『人之多言』，次序有條不紊。」（一一六頁）

(五)情緒變化

一件事情的推展，常可由當事人情緒的變化帶出。

過商侯的《古文評註全集》中，收有〈馮煖客孟嘗君〉，其中描寫馮煖三次彈劍而歌，而他人的反應是：「左右以告」、「左右皆笑之以告」、「左右皆惡之」，眉批云：「始而告、繼而笑、終而惡，曲寫入情」（二一九頁），人情在此歷歷畢現。

馮李驊《左繡·宣公十四年》說：「此爲第一首寫生文字，寫得怒容可掬。又不寫他如何怒法，只就袂上、屨上、劍上、車上逐一添毫，便令怒氣拂拂從十指中出，奇絕。不惟楚子兩番說話，早帶怒色，並申舟及華元，亦語語亢厲，都爲末路蓄勢。此篇法一線處，蓋筆墨眞有臭味也。」他所指的那段文字是：「投袂而起，屨及於窒皇，劍及於寢門之外，車及於蒲胥之市。秋九月，楚子圍宋。」寫楚莊王之怒，極有層次，極有聲色。

林奉仙《十五國風章節之藝術表現》欣賞了許多詩篇，其中不乏情緒變化的佳例，如《召南·摽有梅》：「摽有梅，其實七兮。求我庶士，迨其吉兮。（一章）摽有梅，其實三分。求我庶士，迨其今兮。（二章）摽有梅，頃筐塈之。求我庶士，迨其謂之。（三章）」她認爲：「這是一首寫女子急於成婚的詩。第一章說樹上梅子黃落，只剩七成，望男士擇吉日來迎娶。第二章說梅子只剩三成，望男士趁今日來迎娶。第三章說梅子已經落盡，望男士開一個口就成。全詩將女子渴望結婚的心情，表達的淋漓盡致，而傳神之處，就在『七』、『三』、『盡』（頃筐塈之），和『吉』、『今』、『謂』六個字中，一層緊於一層，層層遞進，這就是層遞法。」（八九—九〇頁）

王更生的《韓愈散文研讀》，對〈祭十二郎文〉也有精采的評析：「在布局方面，結構謹嚴而又富變化，過接清楚，轉換自然。全文段落、層次甚至語句之間，互有聯繫，又通過迴環轉折，使意思一層翻進一層。如第三大段寫到得知老成死訊後，從信說到疑，再從疑說到信，再把老成之死歸於神明、天理、壽數。接著又寫自己不久將隨老成之後死去。寫痛極之後反視死爲幸，轉而想到自己死後，二人的幼子難以避免的遭遇，層層轉換，變化無窮。而字字句句，情眞意摯，如血似淚。」（二四一—二四二頁）心情之回環轉折，完全曲曲道出。

㈥其　他

事（情）理的秩序中，尚有許多無法歸入上述類別者，我們可以略舉數例來看：

吳闓生的《桐城吳氏古文法》中，收有司馬遷〈報任安書〉，其中一段是：「故禍莫憯於欲利，悲莫痛於傷心，行莫醜於辱先，詬莫大於宮刑」，他評道：「此四句由遠及近」（五三頁），此處的遠近並非指空間而言，而是指距文章重心的遠近，也就是自旁說來的意思。

林景亮的《評註古文讀本》中，有彭翊〈小木匠〉，文中先用孟子之語：「養其大者為大人，養其小者為小人」，點出「大」、「小」字，眉批云：「借孟子作答，從『大』字說到『小』字，既有秩序，且有證據」（七二頁），然後落到木匠上，又先說大匠，再說小匠，眉批又云：「此段先說大匠，次說小匠，大小相形，優劣自見」，所以此文中的秩序是「由優而劣」所形成的。

周振甫的《文章例話》，曾賞析柳宗元〈至小丘西小石潭記〉，其中對「全石以為底，近岸，卷石底以出，為坻為嶼，為嵁為岩；青樹翠蔓，蒙絡搖綴，參差披拂」一段，他說道：「上面寫露出水面的石頭，是靜態；這裡寫蒙絡的翠蔓，是動態」（二一一，六〇頁），由靜而動，也是一種秩序。

黃永武的《中國詩學——鑑賞篇》談到賈島的〈客思〉詩：「促織聲尖尖似針，更深刺著旅人心。獨言獨語月明裡，驚覺眠童與宿禽。」他分析道：「這詩的布局，就聲音而言，由靜而喧，就人物而言，由少而多，所描寫的景物也隨著增多，空間自然也逐句加大了！」（七一頁）所以短短一首詩中，就出現了三種秩序，十分具有層次感。

鄭義淑的《孟子文章修辭析論》，曾引〈離婁上〉·八爲例：「夫人必自侮，然後人侮之；家必自毀，而後人毀之；國必自伐，而後人伐之。」她說：「此段由個人、家、國之次序，擴張敍述，論證以自侮爲人侮之因。亦爲遞升法也。」（七五頁）這段或許可以說是以人數多寡爲次。

劉衍文·劉永翔合著的《古典文學鑑賞論》，在賞析馮子振的〈題楊妃病齒圖〉：「華清池，一齒痛；馬嵬坡，一身痛；漁陽鼙鼓動地來，天下痛！」，說：「你看它由小及大，由點及面，發展得極其迅速，又極其有序。」（三三九頁）這首詩的巧妙完全是由次序的安排而來。

第三章　變化律

我們在前一章談了「秩序律」，接著要講的是「變化律」。「秩序」和「變化」看似相反，實則有相成的關係。因爲有秩序才能凸顯出變化，沒有變化也就無所謂秩序。如一味求秩序，則未免呆板，此時便須有所變化以爲補救；而只講究變化，也容易顯得凌亂，因此又必須在凌亂中求次序。這點，自古以來，人們就已注意到了。

儒家的經典之一——《易經》，由其名義，即可顯示出「變」與「常」相反而相成的關係。《易經·乾鑿度》云：

《易》一名而含三義，所謂易也、變易也、不易也。

然後鄭玄把第一義改爲易簡，其餘二義不變，不論如何，「變易」正是《易經》最大的特色。

朱熹在《朱子語錄》中云：

韓文千變萬化，無心變；歐陽有心變。（《古文辭通義》（下）卷十一，三〇頁）

他雖未說明韓文、歐文是如何變化，但總是肯定了文章須有所變化的重要性。

宋·李塗的《文章精義》云：

文字須要數行整齊處，數行不整齊處，意對處文卻不必對，文不對處意卻對。（《古文辭通義》（下）卷十一，二七頁）

所謂「不整齊處」、「文不必對」，講的不就是變化嗎？

宋代的胡仔在《苕溪漁隱叢話》中說道：

律詩之作，用字平側，世固有定體，衆共守之。然不若時用變體，如兵之出奇，變化無窮，以驚世駭目。

唐代的五律有四種基本句式，這種句式可以使形式整齊、音節和諧，但一味全用常式，未免有單調之感，用變式則可補救這種缺點。

魏叔子述伯子之言，謂：

> 變化有二法：一由規矩者，熟於規矩，能生變化；一不由規矩者，巧力所到，亦生變化。既有變化，自合規矩，則不專指敍事文言之，要其所謂以巧力變化而合規矩者，非天姿特絕者不能，學者但熟於規矩，以生變化可耳。（見《古文辭通義》（下）卷十一，三二頁）

固然有些變化是天才所縱，不可羈縻；但有些變化其實也是有原則可循的，我們在此章所討論的變化即屬後者。

王葆心的《古文辭通義》引惲子居之語，曰：「古之作者言無同聲，章無同格」（卷十一，三一頁），這也強調了變化的重要。

蔣氏的《十室遺語》云：

> 凡作文，先於參差中求整齊，而後能以整齊爲參差。整齊中有參差，文也；參差中見整齊，章也。《左》、《國》之文多整齊，當於整齊中求其流動處；《國策》、《朱子》、《史記》之文多放縱，當於放縱之中求其嚴整處。（見《古文

辭通義》（下）卷十一，二八頁）

顯然他也注意到「常」與「變」看似矛盾而實爲互補的微妙關係。

陳耆卿談論葉水心的文章，說：「譬如牡丹，他人只一種，水心能數十百種，蓋極文章之變者」（見《古文辭通義》（下）卷十一，二三頁），他的看法也是文尚變化。

劉大櫆《論文偶記》云：

> 文者變之謂也。一集之中，篇篇變；一篇之中，段段變；一段之中，句句變；神變，氣變，境變，音節變，句字變，惟昌黎能之。

可見得他也重視文章章句的變化。

袁枚在〈與韓紹眞書〉當中，提到：「貴直者人也，貴曲者文也。天上有文曲星，無文直星。木之直者無文，木之卷曲者有文。」（見《小倉山房尺牘》卷六）所謂「曲」便是「不直」，便是富有變化。

《古南餘話》中說：

余昔題《簡堂文集》，《詩·序》云：文章者，應有之義，與自然之聲，皆合乎逆順、奇偶之節，則人人視之而眼明、聽之而心通耳順，遂相與詠嘆傳之。傳世之文如是焉已矣。逆順屬義，用筆之百千，意外巧妙，而仍在人人意中者是也。（見《古文辭通義》（下）卷十一，二九頁）

這段話之中的「逆順」，或可用以解釋變化律與秩序律的相對關係。

方東樹的《昭昧詹言》道：

七言長篇，不過一敘、一議、一寫三法耳。即太史公亦不過用此三法耳，而顛倒順逆、變化迷離而用之，遂使百世下目眩神搖，莫測其妙，所以獨掩千古也。一敘也，而有逆敘、倒敘、補敘、插敘，必不肯用順用正。……（卷十一）

其中「逆敘」應歸入秩序律，而「倒敘」、「補敘」、「插敘」則確乎是「變化律」的內容。

吳曾祺的《涵芬樓文談》道：

敘事之文，有追敘、補敘、類敘、插敘諸法，所以布置合宜，以見用神之暇。……總而言之，法之所在，守其常不可不知其變，明其一不可不會其通。（十六頁）

這裏也提到了造成文章變化的諸般法則。

王葆心的《古文辭通義》列有「文局之參差與整飭」，他說：

整飭者，參差之對，欲救參差，須明整飭。文中專尚參差則入碎，專尚整飭則入排。（卷十一，二七頁）。

這也都說明了變化的重要與避忌。

蔣伯潛的《中學國文教學法》也談到「變化」，他道：

層次明順，前後聯絡，謀篇布局，已思過半矣。可是也有以變化出之的。因爲平鋪直敘，文章終少生氣，我們姑且就記敘文來舉幾個例吧。如《左傳·城濮之戰》已敘到楚圍宋，宋告急於晉，晉爲救宋禦楚，命將出師了；忽又插入「晉侯始入而教其民……」一段；蘇軾〈方山子傳〉，已敘到他遇方山子而宿其家了，忽又轉到「獨念方山子少時」的情形：這都是追敘。又如《史記·屈原傳》，已敘到「王怒而疏屈平，」本當逕接下文「屈平既絀……」云云，忽把作〈離騷〉一段夾入中間；魏禧〈大鐵椎傳〉，大鐵椎送宋將軍登空堡上，告誡他道：「愼勿聲令賊知汝也，」本當逕接下文「客馳下……」云云，忽然插入「時雞鳴月落，星光照曠野，百步見人」三句：這都是插敘。又如柳宗元〈梓人傳〉，文中僅云「梓人」，末方把梓人姓楊名潛敘出；蘇軾〈遊桓山記〉，文中屢云「二三子」，末方補出從遊八人底姓名：這都是補敘。有這種種變化，文章方覺得不板滯。（八六頁）

在此最值得注意的，是他提出「追敘」、「插敘」、「補敘」，作爲變化的方法，眞是一大創見。

宋廷虎等編的《修辭新論》中說：

語言形式的齊整和變化來源于美學上的形式統一和變化這一原理，即：統一而有變化，變化中也要有統一。……因此在美的觀念上，人們常常以統一爲美，不統

> 一爲不美。但如果僅有統一而沒有變化，又不免使人覺得單調平板。因爲「人類心理卻都愛好富于變化的刺激，大抵喚起意識須變化，保持意識底覺醒狀態也是須要變化的。」這樣，變化又成了美的對象的另一個要質。（二二二頁）

他所謂的「統一」義近於「整齊」，他比較深刻地說明了辭章須有變化的心理因素。

鄭文貞的《篇章修辭學》對「篇章修辭的基本規律」，提出三大原則，其中第二個便是「變化律」：

> 文章要有變化……表現形式要隨著情境的變化而變化，不能千篇一律（一二一三頁）

他並且在「段落的內部變化」中提出「次序的變化」（五八頁），而這種變化是：「如前面所說，段落層次的劃分和安排應該以客觀事物內在的聯繫爲依據，正確地反映它。但是，有時候爲了增加段落的波瀾，卻可以不完全按照客觀順序來安排，比如寫事件，可以不完全按照事情發生的經過順序來寫，而是把後發生的事情提到前面說，然後再回過頭說先發生的事情；或者在事件敘述的過程中，中斷本事件的敘述，插進有關事實的敘述或說明交代。」（六二頁）他所說的兩種方式，前者是「倒敘」，後者是「插敘」，他又講到：「又如空間順序，可以由大及小，或由小及大；可以由近及遠，或由遠及近，也可以同時并用，既由大及小，又由小及大，既由近及遠，又由遠及近。」（六四頁）前面所講的都是秩序律中的「順逆」，唯有最後一種「既由近及遠，又由遠及近」，才是屬於變化律。

陳滿銘在《詩詞新論》中，收有一篇〈常見於稼軒詞裏的幾種詞章作法〉，其中提到一種「錯間法」，其作法是：

> 這是把昔與今、小與大、近與遠，或虛與實，互相間錯而寫的一種作法。（二五八頁）

互相間錯所造成的效果就是變化。

以上諸家大體上都肯定了篇章中變化的必要，但多數並未提出具體的內容；雖然也有一些其他的說法，但是也多集中在字句和音韻應如何變化，而這些並不在本書討論的範圍之內。所以擷取前人的理論菁華，再融入一些個人的想法之後，似乎可以認爲篇章中的變化應包含下列三大項：時間上的「今昔今」（亦即「追敘」）、空間上的「遠、近、遠」，和「插敘、補敘」。

第一節 屬於時間者

一、理論

時間的推演會形成秩序，如前面討論過的「順敘」和「逆敘」；同樣地，時間的跳躍交錯也會形成變化，並有其特別的效果，所造成的結構是「今昔今」，而這「昔」的部分，我們通常稱之爲「倒敘」或「追敘」。

李穆堂的《秋山論文》曾談到：

文章惟敘事最難……蘇子瞻〈方山子傳〉，則倒敘之法也。（見《古文法纂要》五七頁）

今檢〈方山子傳〉的寫法，是先從現在之事敘起；而「獨念方山子少時……自謂一時豪士」一段。則拉回到過去；然後再回到現在作結。這樣的敘事法當然是「倒敘」。

至於蔣建文的《從作文原則談作文方法》則稱之爲「追敘」：

敘事文通常依事實發生先後順次敘述，但有人嫌這種敘述法太平凡而加以變化：如把以前的事放在後面敘述，叫做追敘。例如蘇軾〈方山子傳〉把「獨念方山子少時」一段，放在「晚乃遯於光黃間」之後。（一四五頁）

顯而易見，蔣氏所謂的「追敘」就是李穆堂所說的「倒敘」。

鄭文貞的《篇章修辭學》說：

倒敘就是先寫事情的結局或事件發展過程中的某一片斷，而後倒過頭去從事情的開始寫到結束。（一八二頁）

這樣的說法和前面是一樣的。

林承坏的《辛稼軒詠物詞研究》，曾提出一種時間的安排法：「由今而昔而今者」，他說：

這是比較特殊的一種構篇形式，先寫眼前景象，然後回顧從前，通過回憶之筆以

寫過去，來表現現在之感懷。（二三五頁）

由他的說明足以看出這種結構的特色。

二、例證

這種時間上產生變化的例子，在篇章中屢見不鮮，我們可以舉一些來看：

楊仲弘的《杜律心法》（收於《詩學指南》）中載有〈野人送朱櫻〉：「西蜀櫻桃也自紅，野人相贈滿筠籠。數回細寫愁仍破，萬顆勻圓訝許同。憶昨賜霑門下省，退朝擎出大明宮。金盤玉筯無消息，此日嘗新任轉蓬。」他分析道：「此詩公因野人之贈，而憶中朝之賜也。言西蜀偏方，而櫻桃之實，亦及時而熟，故云也自紅；其送饋出於野人，以籠盛之，所以細細傾出，至於數回，猶恐其觸破，傾出雖多，怪其勻圓如許之同也。第三聯遂憶往時任左拾遺之時，同沾省臣之賜，擎出大明宮門，多少光榮，豈比野人之贈哉。因感君恩，遂言今日玉食不知有此時物否，而我乃猶得嘗新，則宜自寬任其流寓若斷蓬之轉矣。」（二三九頁），這首詩的第一、二聯用以記載今日之事，第三聯則是回憶過往，末聯才又拉回現在，頗富於變化。

過商侯的《古文評註全集》中，曾分析錢公輔的〈義田記〉，它的前半部敘述范文正公好施與的經過，也是採「今、昔、今」的結構。一開始：「范文正公……咸施之」一段，是根據目前的印象來敘述；隨後「方貴顯時……此其大較也」一段，則顯然是追溯到過去，是「昔」；但此文特別之處，是「昔」的部分還形成「逆敘」，所以接著又是：「初公之未貴顯也……而終其志」一段，眉批且云：「提一句，追敘」（六五〇頁）。然後：「公即歿……遺其子而已」，則又是落到現在。又如歸有光的〈滄浪亭記〉採「先敘後論」的結構，敘的部分用到了追敘法，亦即「浮屠文瑛……以爲亭者」一段，記的是今時之事；而用「余曰」二字，將時間拉回到過去，即：「昔吳越有國時……以來二百年」一段；最後：「文瑛尋古遺事……爲滄浪亭也」一段，才又回到現在。註語云：「此二段敘亭與庵終給廢興之由」（八五〇頁），此二段是指「余曰」以下的兩段，因爲是記其始末，自然會用到追敘的方式。

林雲銘的《古文析義》，也析論了白居易的〈琵琶行〉，在「自言本是京城女，家在蝦蟆陵下住。十三學得琵琶成，名在教坊第一部。曲罷常教善才服，妝成每被秋娘妒。五陵年少爭纏頭，一曲紅綃不知數。鈿頭銀篦擊節碎，血色羅裙翻酒污。」一段之下，有評語曰：「已以追言早年之遇合」（七三八頁），實則接著的幾句：「今年歡笑復明年，秋月春風等閒度。弟走從軍阿姨死，暮去朝來顏色故。門前冷落鞍馬稀，老大嫁作商人婦。」也應該歸入這段追敘中；而其前後的詩句則都是描寫現時的情景，所以形成了

「今、昔、今」的結構。

顧亭鑑纂輯之《學詩指南》，中有杜甫〈秋興〉之五：「蓬萊宮闕對南山，承露金莖霄漢間。西望瑤池降王母，東來紫氣滿函關。雲移雉尾開宮扇，日繞龍鱗識聖顏。一臥滄江驚歲晚，幾回青瑣點朝班。」前二聯很明顯地是就現時而言的，第三聯則是：「以追憶受知明皇事作轉」（一三三頁），末聯則又接回到現在。

吳闓生的《古今詩範》評有〈古詩〉：「上山採蘼蕪，下山逢故夫。長跪問故夫，新人復何如。新人雖云好，未若故人姝。顏色類相似，手爪不相如。新人從門入，故人從閤去。新人工織縑，故人工織素。織縑日一匹，織素五丈餘。持縑將比素，新人不如故。」在「新人——閤去」兩句下，有註語曰：「古詩中此等橫插之筆最爲超逸，後人無從追步。」（六頁）所謂「橫插之筆」，其實就是追敘。

吳闓生的《古文範》，有《史記·淮陰侯列傳贊》，這則短文也用到了追敘法：「太史公曰：吾如淮陰，淮陰人爲余言：韓信雖爲布衣時，其志與衆異，其母死，貧無以葬，然乃行營高敞地，令其旁可置萬家，余視其母冢，良然。假令韓信學道，謙讓不伐己功，不矜其能，則庶幾哉於漢家勳，可以比周召太公之徒，後世血食矣，不務出此，而天下已集，乃謀畔逆，夷滅宗族，不亦宜乎。」這段追敘是借淮陰人之口道出，直到「可置萬家」爲止，而其作用是：「補敘韓信微時態度」（一〇二頁）。吳闓生的《桐城吳氏古文法》中也有例子，即韓愈〈答李翊書〉，他引方望溪之語曰：「『自抑又有難者』至此（註：即『雖如是，其敢自謂幾於成乎』句），言『無望其速成』」（九四頁），而此一大段即形成了「今、昔、今」結構。首先：「抑又有難著……，學之二十餘年矣」，他評道：「先用此句總束一筆，然後從始至終，層層追敘，文勢便不散漫」（九三頁）；追敘的部分依茅鹿門的說法，可分爲五級：「始者……之爲非笑也」爲第一級；「如是者……說者存也」爲第二級；「如是者……沛然矣」爲第三級；「吾又懼……肆焉」爲第四級；「雖然……而已矣」爲第五級，是按照時間層層遞進，而：「氣，水也……幾於成乎」則作一總束，又將時間歸結至目前。又如韓愈〈祭柳子厚文〉一開始即先提到子厚已死，其後再歷歷追懷子厚生平，所以汪武曹評：「從死逆說起。」（一四五頁）所謂「逆說」即表示所用的非順敘法。

杭永年的《古文快筆貫通解》錄有諸葛亮〈後出師表〉後面的部分：「夫難平者事也，昔先帝敗軍於楚，當此時，曹操拊手，謂天下已定，然後先帝東連吳越，西取巴蜀，舉兵北征，夏侯授首，此操之失計，而漢事將成也。然後吳更違盟，關羽毀敗，秭歸蹉跌，曹丕稱帝，凡事如是，難可逆料。臣鞠躬盡瘁，死而後已，至於成敗利鈍，非臣之明所能逆睹也。」很明顯地，「昔先帝……難可逆料」一段是追溯前事，而其作用是：「此一段舉往事之難料，以引起下文後事之難料也」（中）四九頁）。

黃永武的《中國詩學——設計篇》，曾賞析劉禹錫的〈楊柳枝〉：「春江一曲柳千條，二十年前舊板橋。曾與美人橋上別，恨無消息到今朝！」他說道：「在春江柳岸畔，作者走上了一座板橋，就在走上橋去的刹那間，他想到曾和一個美人走在橋上，在詩中就將這刹那回想的時間擴張開來，嵌入了在回憶中有二十年那樣漫長的時間，重現與美人分別的場景，然後再回到今朝的板橋上。」（五三頁）首句是「今」，中二句是「昔」，末句又回到了「今」，敍次是有變化的。

陳滿銘有一篇〈談運用詞章材料的幾種基本手段〉（收於《國文教學論叢》），談到「順逆」的並用時，在「時間」方面，舉了三個例子，都是「今、昔、今」的結構，此處所引爲第一個例子——溫庭筠的〈菩薩蠻〉：「如今卻憶江南樂，當時年少春衫薄。騎馬倚斜橋，滿樓紅袖招。翠屏金屈曲，醉入花叢宿。此度見花枝，白頭誓不歸。」他說：「作者首先以起句提明重至江南引起快樂回憶的事實，拈出『江南樂』三字，作一總括，以生發下文；接著以『當時年少春衫薄』五句，承上句的『江南樂』，將時間由現在推回到『當年』，寫當年流浪江南的無限樂事；然後以結二句，將時間又由『當時』拉回到現在，反照篇首的『樂』字，寫『未老莫還鄉，還鄉須斷腸』的悲哀作收。很顯然的，這是採先逆後順的形式所寫成的一首作品。」（頁三九五）

「今、昔、今」結構所造成的最重要的效果是：將以往的人、事、情挑出來重現，正好與眼前景況作個對照，由此可激發出蒼涼、傷感、慨嘆、豁達、欣幸……等種種情緒，等於是在平順中來一次大震宕，效果自然會很突出，這便是變化律的妙用。

第二節　屬於空間者

一、理　論

空間的變化所呈顯出的型態，較爲繁複多樣，有「遠近遠」、「近遠近」、「近遠近遠……」、角度的轉換等，都使空間的構成活潑多變，而且具有不同的效果。但是空間的變化較需要費心的安排，因此與有秩序的空間結構比較起來，例子就少多了；而自來注意及此的文（詩）論家們也很少，使得這種情況更加明顯。

黃永武的《中國詩學——設計篇》談到「空間的轉向」時，說：

> 詩中空間的取景，不外以遠觀、近觀、仰視、俯視、前瞻、後顧等六種角度去攝取景物，詩人攝取景物時，有時是全從一個角度一個定點去攝取，有時則將攝取點前移或後退，有時則左右遠近俯仰轉向。……至於前後遠近上下的轉向，則造成空間角度的轉換，詩人常將這種多角的視點複合在一首詩裏。（六〇頁）

他在這裏揭示了空間的靈活調度、視角的不斷轉換的可能性。

同樣的看法也陸續有人提出，如鄭文貞的《篇章修辭學》中說：

又如空間順序，可以由大及小，或由小及大；可以由近及遠，或由遠及近；也可以同時使用，既由大及小，又由小及大，既由近及遠，又由遠及近。（六四頁）

陳滿銘的《詩詞新論》中也列有「錯間法」，他說：

這是把……近與遠……互相間錯而寫的一種作法。（二五八頁）

另外，陳弘治的《詞學今論》中，談到謀篇布局時，也不忘列上一項「由遠而近，又由近而遠」，以及「由外而內，又由內而外」（二四四－二四五頁），這是值得人注意的。

這些說法提醒了我們，不要忽視篇章中空間的變化，它們和其他的作法一樣，都更加豐富了文學的藝術性。

二、例　證

(一)遠近遠

關於「遠近遠」的例子，在吳闓生的《古今詩範》中可以找到，那是柳宗元〈登柳州城樓寄漳汀封連四州刺史〉：「城上高樓接大荒，海天愁思正茫茫。驚風亂颭芙蓉水，密雨斜侵薜荔牆。嶺樹重遮千里目，江流曲似九迴腸。共來百粵文身地，猶自音書滯一鄉。」這首詩的結構是先寫景後抒感，前六句寫景的部分，又形成「遠近遠」的變化；即首二句敍遠景，次聯則將視線拉回，他評道：「二句近景」（二三二頁）；第三聯重又遠眺，所以是「二句遠景」；經由這樣的變動之後，己身所在才能和遠方的友人一線聯繫起來。

黃永武的《中國詩學——鑑賞篇》，曾賞析李賀的〈夢天〉詩：「老兔寒蟾泣天色，雲樓半開壁斜白。玉輪軋露濕團光，鸞珮相逢桂香陌。黃塵清水三山下，更變千年如走馬。遙望齊州九點煙，一泓海水杯中瀉。」他說：「前半是由遠景寫到近景，後半又由近處遙望遠景」，又說：「前四句寫夢魂奔月時，漸行漸近，月裏的景物，愈來愈清晰；由月色而見雲樓，由雲樓而見瑤車，由瑤車而見鸞珮，所描寫的事物愈見精小，而景物卻在不斷地放大，不斷地接近。這種描寫的手法，不僅是畫面的表出，還像一幅在移近來的圖畫，直逼到眼前來！後半四句從天上遙望人世，整個中原像九點煙影，江洋大海也只像一杯水在幌動罷了，前半首的視野由大而漸小，後半首回望時則由小而至極大，近景這般精細，遠景這般模糊，使讀者也像在星際飛行，親見星球間互望的景象了。」（六七頁）詩人的藝術手法，眞是高妙極了。

李元洛的《歌鼓湘靈》，也選了杜甫另一名篇〈望嶽〉：「岱宗夫如何？齊魯青未了。造化鍾神秀，陰陽割昏曉。蕩胸生層雲，決眥入歸鳥。會當凌絕頂，一覽衆山小。」他認爲：「這首詩，『望』字爲通篇之眼，第一聯寫『遠望』，第二聯寫『近望』，第三聯寫『細望』，第四聯寫『極望』，全詩由此而構成一個完美的藝術整體，可稱陣法森嚴，無懈可擊。」（一〇〇頁）「細望」實則爲「近望」再推近一層的說法，因此此詩很明顯地是用「遠、近、遠」的結構。

陳弘治的《詞學今論》，談到謀篇布局時，列有一種「由遠而近，又由近而遠」的結構，並以李白〈菩薩蠻〉爲例：「平林漠漠煙如織，寒山一帶傷心碧。暝色入高樓，有人樓上愁。　玉階空佇立，宿鳥歸飛急。何處是歸程？長亭連短亭。」他分析道：「此詞前半段的寫法是『由遠而近』，後半段的寫法是『由近而遠』，正合乎一個望歸者的神情。」（二四四頁）另外，還有一式是「由外而內，又由內而外」，如歐陽修〈踏莎行〉

下片：「翠葉藏鶯，珠簾隔燕。爐香靜逐遊絲轉。一場愁夢酒醒時，斜陽卻照深深院。」他說：「此段首兩句寫外景，第三句折入內景，末兩句又由室內推向室外。」（二四五頁）所用的實則也是「遠、近、遠」的形式。

陳滿銘的《詩詞新論》中，收有一篇〈落花微雨燕歸來〉，賞析了晏殊〈踏莎行〉：「小徑紅稀，芳郊綠遍。高臺樹色陰陰見。春風不解禁楊花，濛濛亂撲行人面。　翠葉藏鶯，朱簾隔燕。爐香靜逐遊絲轉。一場愁夢酒醒時，斜陽卻照深深院。」他說：「作者在此，依序藉著小徑的殘紅、郊野的綠草、道上的楊花、葉裡的藏鶯、簾間的隔燕、靜室的爐香和深院的殘陽，先由遠而近，再由內而外地描繪了殘春裡所見靜謐寂寞的景象，從而糅襯出『愁』來。」（一一一頁）顯出這首詩的空間也是用「遠近遠」的方式來安排的。

(二)近遠近

另外，空間也可能會形成「近、遠、近」的變化，如楊仲弘的《杜律心法》（收於《詩學指南》）中，有〈滕王亭子〉：「君王臺榭枕巴山，萬丈丹梯尚可攀。春日鶯啼修竹裏，仙家犬吠白雲間。清江碧色傷心麗，嫩蘂濃花滿目班。人到于今歌出牧，來游此地不知還。」此詩前六句用以寫景，末二句用以抒感。而前六句中的第一聯，點出了亭的位置，然後：「第三句言亭前之物，第四句言山上之物，第三聯又詠庭前之景」（二四一頁），這分明形成了「近、遠、近」的空間安排。

《應制詩式》（收於《詩學指南》）中，也有一首詩的空間是以「近、遠、近」的方式來安排的，即宋之問〈奉和幸三會寺應制〉：「六飛迴玉輦，雙樹謁金仙。瑞鳥呈書字，神龍吐浴泉。淨心遙證果，睿想獨超禪。塔湧香花地，山圍日月天。梵音迎漏徹，空樂倚雲懸。今日登仁壽，長看法鏡圓。」其首末二聯分別是「總起」、「總結」（二五二頁），第一聯寫的是「寺中物象效靈」，第二聯則是寫「寺外所見」，第三聯又是寫「寺中法會之盛」，由這種安排看來，空間是有由近而遠，又由遠而近的變化的。

王文濡的《評註宋元明詩》中，有謝翱的〈效孟郊體〉：「閒庭生柏影，荇藻交行路。忽忽如有人，起視不見處。牽牛秋正中，海白夜疑曙。野風吹空巢，波濤在孤樹。」它的第一聯寫庭中所見，第二聯作爲過渡，所以第三聯就順理成章地寫遠方的天和水，第四聯則又將視線拉回到庭中的樹上。王文濡評道：「寫景清適」（三六頁），這種寫景的特色，就是由於作了「近、遠、近」的空間安排的緣故。

陳滿銘的〈落花微雨燕歸來〉（收於《詩詞新論》），分析晏幾道〈蝶戀花〉：「欲減羅衣寒未去。不卷珠簾，人在深深處。殘杏枝頭花幾許。啼紅正恨清明雨。　盡日沈香煙一縷。宿酒醒遲，惱破春情緒。遠信還因歸燕誤。小屏風上西江路。」他說：「起三句，寫思婦深鎖空閨、怯於減衣且面對春殘的情事，以表出思婦之怨。『殘杏』二句，則由屋內移到屋外……到了下片，就空間來說，又由屋外拉回屋內。」（一一二頁）由屋內至屋外，再回到屋內，愁緒更是被關鎖在內，一觸四溢了。

㈢遠近相間

還有一種方式是一近一遠交錯數次而成，楊仲弘的《杜律心法》（收於《詩學指南》）中即有一例，那就是〈對酒〉一詩：「**城上春雲覆苑牆，江亭晚色靜年芳。林花著雨臙脂濕，水荇牽風翠帶長。龍武新軍深駐輦，芙蓉別殿謾焚香。何時詔此金錢會，暫醉佳人錦瑟傍。**」此詩爲先寫景、後抒感的結構，第一聯的作用是：「此二句一篇之綱領」（一二三頁）所以分別出現「苑牆」和「江亭」，底下四句就據此來發揮。第二聯的註語是：「林花乃苑牆所見，水荇乃江亭所見」；第三聯則是：「上貼苑牆一句，下貼江亭一句」。所以從第一聯到第三聯，所構成的空間變化是「遠近、遠近、遠近」。

黃永武的《中國詩學——鑑賞篇》中，還有王維的〈送賀遂員外外甥〉：「**南國有歸舟，荊門泝上流。蒼茫葭菼外，雲水共昭丘。檣帶城烏去，江連暮雨愁。猿聲不可聽，莫待楚山秋。**」他說：「拙著《詩心》中曾說：這首詩有一個別致的布局，凡出句都就近物寫，且寫一個較小的事物；收句都就遠景寫，且寫一幅壯闊的景色。如一句寫身旁的『歸舟』，收句『荊門泝上流』是寫上游迢迢千里；三句寫岸旁的『葭菼』，收句『雲水共昭丘』是寫天邊茫茫一片；五句寫船旁的『檣烏』，收句『江連暮雨愁』是寫江上淼淼不絕；七句寫耳旁的『猿聲』，收句『莫待楚山秋』是寫秋山的蕭蕭無邊。這種一近一遠相布置、一小一大相對待的構思，完全是畫面的示現。」（六六頁）

陳滿銘在〈常見於稼軒詞裏的幾種詞章作法〉（收於《詩詞新論》）中，提出「錯間法」，其中有一類是「遠近相間的形式」，例如〈好事近〉：「和淚唱陽關，依舊字嬌聲穩（近）。回首長安何處，怕行人歸晚（遠）。垂楊折盡只啼鴉，把離愁勾引（近）。卻笑遠山無數，被行雲低損（遠）。」他認為：「這首詞的上闋，先就眼前室內的別筵寫起，再由此伸展到室外遙遠的去處——長安（指臨安而言），以寫『怕行人歸晚』的心情。過片則先承篇首二句，借眼前的垂楊與啼鴉，點出離愁；再承上片三、四兩句，說到歸途中被行雲低損的無數遠山。這些情景，一遠一近，相間相揉，使行間充滿著無限的離情。」（二五九頁）詞人對空間的處理，眞是精細極了。

四視角的轉換

除了以距離遠近不同而形成變化之外，視角的轉換也會使得空間的安排趨於生動、活潑。

顧亭鑑纂輯的《學詩指南》，就有一個很好的例子，那是岑參的〈與高適薛據登慈恩寺浮圖〉：「塔勢如湧出，孤高聳天宮。登臨出世界，磴道盤虛空。突兀壓神州，崢嶸如鬼工。四角礙白日，七層摩蒼穹。下窺指高鳥，俯聽聞驚風。連山若波濤，奔湊似朝東。青槐夾馳道，宮館何玲瓏。秋色從西來，蒼然滿關中。五陵北原上，萬古青濛濛。淨理了可悟，勝因夙所宗。誓將挂冠去，覺道資無窮。」除了末四句為說理之外，前面都用以寫景。其首四句是「四句總起，先從下至上」（一〇九頁），接著四句是「言高聳」，然後二句一轉，是：「此從上臨下」。隨後的八句以二句為一組，分別是：「東寓春景」、「南寓夏景」、「西寓秋景」、「北寓冬景」。所以總評又說：「於登臨之景，兼上下四方言之，雄渾悲壯，層次井然不紊」，視角的變化，使得景色愈加豐富明麗。

喻守真的《唐詩三百首詳析》，對許渾〈早秋〉也有精細的分析，原詩是：「遙夜泛清瑟，西風生翠蘿。殘螢棲玉露，早雁拂金河。高樹曉還密，遠山晴更多。淮南一葉下，自覺洞庭波。」她說：「頷聯上句是俯察，下句是仰觀。頸聯上句是近看，下句是遠望。從高低遠近描繪早秋景物，即是有話可說，不感枯窘。」（一九五頁）

李元洛的《歌鼓湘靈》中引用了葉維廉《維廉詩話》中的一段分析：「詩中雕塑的意味，莫過王維的〈終南山〉一詩。太乙近天都（遠看——仰視），連山到海隅（遠看——仰視），白雲回望合（從山走出來時回頭看），青靄入看無（走向山時看），分野中峰變（在最高峰時看，俯瞰），陰晴眾壑殊（同時在山前山後看——或高空俯瞰），欲投人處宿，隔水問樵夫（下山後，同時亦含山與附近環境的關係）。」（四六八頁）視角的多次變化，可以很明顯地看出。另外他自己也賞析了張衍懿的兩首詩：〈進峽〉和〈瞿塘峽〉：「峽自夷陵東，江從白帝懸。兩崖如劍立，百丈入雲牽。石出疑無路，雲開別有天。往來頻涉險，千里正茫然。」（〈進峽〉）、「歷數西南險，瞿塘自古聞。水從天上落，路向石中分。如馬驚秋漲，哀猿叫夕曛。乘船千里疾，回首萬重雲。」（〈瞿塘峽〉）他說：「這兩首詩，都具有葉維廉所說的『全面視境』的美學效果。『峽自夷陵東，江從白帝懸』，〈進峽〉首聯入手即從『峽』與『江』落筆。『夷陵』即今之宜昌，爲西陵峽之入口處，第一句爲平視的近景。白帝城高，下臨瞿塘峽，大江浩蕩東去，第二句是平遠之景。首聯構成了長江三峽長卷圖的輪廓畫。頷聯頸聯是從由低至高的仰視角度來寫，但其中又有變化。『兩崖如劍立』，分寫左右群山之險，『百丈入雲牽』，集中表現群山之高；『石出疑無路』，寫江流之狹，緊扣開篇的『束』字，『雲開別有天』，表地勢之高，照應前面的『懸』字，這兩聯是高遠之景，頗具開啓的層次和縱深感。結聯以『往來』、『千里』收束，從首尾和平面完成了長江三峽長卷的最後一筆。〈瞿塘峽〉是〈進峽〉的姊妹篇，後者是進三峽，主要寫山，前者是下三峽，主要寫水。在『歷數西南險，瞿塘自古聞』的一筆概括的塗抹之後，詩人就極力渲染瞿塘之險。『水從天上落』，筆法有如王維的『分野中峰變』，是從高空俯瞰的動景；『路向石中分』，是動態的平遠的畫面。『如馬驚秋漲』，是俯視的鏡頭，『哀猿叫夕曛』，是左右平視的景色。結聯對瞿塘之險和自己的出峽行程，作了平面的同時又是深遠的概括，極盡煙雲縹緲之致。這兩首詩，都是運用了傾向不一致的散點透視法，極具雕塑性，因爲雕塑藝術依賴三度空間展現物體的外貌和結構，而古典詩歌的多重透視法，最易產生主體效果，能使讀者在欣賞中不禁產生『山隨萬轉』的美感。」可見這兩首詩所呈現的空間是多變的。

第二節 插敘與補敘

一、理論

要使辭章產生變化，除了可在時間、空間的安排上多費心思外，也可以靠插敘、補敘的手法來達成。插敘、補敘在篇章中到處可見，用途也很廣泛，但卻常常被混爲一談，因此有釐清的必要。

宋·李塗的《文章精義》中說：

永叔〈醉翁亭記〉結云：「太守謂誰，廬陵歐陽修也。」是學《詩·采蘋》篇「誰其尸之、有齊季女」二句。(見《文淵閣四庫全書》集部四二〇、八〇六

頁）

《召南·采蘋》的原詩如下：「于以采蘋？南澗之濱；于以采藻？于彼行潦。于以盛之？維筐及筥；于以湘之？維錡及釜。于以奠之？宗室牖下；誰其尸之？有齊季女。」全詩共十二句，可分爲六組，都以一問一答的方式聯結起來，但前面五組都是用「于以」來發問，而且歷述祭品、祭器、祭地，感覺上爲一整體；但是末二句則不然，形式忽變，而且在此方點明祭者，與一般敍述方式有別，因此我們可以知道：這就是「補敍」；也就是在篇章末尾補足前面就應該交代的事情，而歐陽修的〈醉翁亭記〉師承此一手法，也是在篇末方點明作者姓名。

章學誠認爲敍事之文變化無窮，敍法也有多樣，他指出：

蓋其爲法，則有以順敍者，以逆敍者，以類敍者，以次敍者，以牽連而敍者，斷續敍者，錯綜敍者，假議論以敍者，夾議論而敍者，先敍後斷，先斷後敍，且敍且斷，以敍作斷，預提于前，補綴于後，兩事合一，一事兩分，對敍、插敍、明敍、暗敍、顚倒敍、回環敍。（見《漢語修辭學史綱》五一二—五一三頁）

其中「補綴於後」應是指「補敘」，而且他也提到了「插敘」，指出此二者爲敘事文的作法。

沈德潛的《說詩晬語》卷上提到：

> 少陵有倒插法，如〈送重表姪王砅評事〉篇中，「上云天下亂」云云，「次問最少年」云云，初不說出某人；而下倒補云：「秦王時在座，眞氣驚户牖」，此其法也。〈麗人行〉篇中，「賜名大國虢與秦」，「愼莫近前丞相嗔」，亦是此法。

他所舉的第一個例子中，「秦王時在座，眞氣驚戶牖」二句，是安插在珪母的一段話之後、敘貞觀時事之前，等於截斷了原本的敘述次序，因此是「插敘」。而〈麗人行〉中的「就中雲幕椒房親，賜名大國虢與秦」二句亦是如此，從敘美人服飾轉到肴饌之精時，突然插上此二句，當然是「插敘」。但「炙手可熱勢絕倫，愼莫近前丞相嗔」則是安置在篇末，用作補充，因此是「補敘」。因此所謂的「倒插」是指不按平常的次序來敘述的意思，而其手法可分爲「插敘」和「補敘」兩種。

唐彪的《讀書作文譜》則講到「帶敘」，他說：

帶者，或中間，或末後，只將數語帶及之是也。……然亦必有關係，或爲他年他事張本者則帶之，或理與事可以相通，見於此則可省於彼者則帶之。（八九頁）

這些都是插敍、補敍可包含的內容；因此見於中間者即爲「插敍」，見於末後者即爲「補敍」。另外他也談到「挨講穿插」：

凡作文有挨講，亦有穿插，挨講多，穿插少，自有分寸總貴合宜而用也。但穿插貴於自然，不可勉強，《史記·酷吏傳》，郅都、寧成、義縱、趙禹、張湯事，皆穿插成文；〈藺廉列傳〉，相如、廉頗、趙奢事，亦多插敍。因其人其事，原有關涉，可以交互，故交互成章耳。惟交互故錯綜變化，所以其文如蛺蝶穿花，遊魚戲水，令人讀之起舞也。（頁九一）

「挨講」大概就是指順次說來，「穿插」則可解釋爲「插敍」，如〈藺廉列傳〉中講過了完璧歸趙、澠池會、將相和三個故事之後，突然插進：「趙奢者……」一段，與前後截然分開；但另一例〈酷吏列傳〉則依次敍述十個酷吏，並不能稱作「插敍」。

王葆心的《古文辭通義》引《佔畢叢談》之語，云：

> 敍屈原而忽入張儀請獻商於之地一段，此文章穿插法也。（卷十，一五頁）

因爲此段在表面上與屈原無關，好似截開原文而逕行插入一般，此即所謂「插敍」。又說：

> 敍屈原而忽入「楚有宋玉、唐勒、景差之徒……」一段，此文章帶見法也。

這一段補於傳末（因爲「太史公曰」一段爲贊），所以可以算是「補敍」。

李穆堂《秋山論文》說：

> 文章惟敍事最難，非具史法者，不能窮其奧窔也。有順敍，有倒敍，有分敍，有類敍，有追敍，有暗敍，有借敍，有補敍，有特敍。……敍中所闕，重綴於後爲補敍。

他很簡明地點清了補敍的特色。

方東樹的《昭昧詹言》中談到了「參差」，並說：

專用之行文，陳敍情事。……不肯平順說盡，故用離合、橫截、逆提、倒補插遙接。

所謂「參差」，指的就是變化之致，而這種效果是可以用「補、插」達成的。他又說：

一敍也，而有逆敍、倒敍、補敍、插敍，必不肯用順用正。（《近代文論類編》二四四頁）

這段話也在強調詩、文須有變化，而補敍、插敍是方法之一。

蔣兆蘭的《詞說》有言：

詞之爲文，氣局較小，篇不過百許字，然論用筆，直與古文一例。大抵有順筆、有逆筆、有正筆、有側筆、有墊筆、有補筆，有說而不說，有不說而說。（《近

代文論類編》二〇三頁）

這表示不僅是散文，詞作中也可能用到補敍法。

吳曾祺的《涵芬樓文談》中說：

> 敍事之文，有追敍、補敍、類敍、插敍諸法。所以布置合宜。以見用神之暇。此其大較也。（一六頁）

他肯定補敍、插敍的功用，在於增加文章的姿態。

林紓《春覺齋論文》曾討論「用插筆」，十分細膩精到：

> 事有在文中若不相涉者，然不補敍其事，則于傳中本事爲無根；若不斟酌位置，又類陳先代之寶器于席間，夾亡親之遺囑于詩卷，不惟不倫，而且無理。……夫文體貴潔，原不應牽涉他事；然一事有一事之源頭，不能不溯遠因，過簡則鮮晰，過煩則病腿，過疾則苦突，須在有意無意同用插筆請出，旋又歸入正傳，此劉彥和所謂「理枝循幹」者也。《左傳》爲文家敍事祖庭，每到插敍處，輒用一

「初」字領起。如宣公二年敍晉靈不君，以伏甲困趙盾，至提彌明鬥死，盾幾不出，忽得靈輒而死。然靈輒事與本事相隔至遠，只得用一「初」字補入靈輒前迹，則救盾始非無因。史家全循此例，用爲插補之法，而《史記》用之尤極自然。魏善伯曰：「筋骨穿插處不落小家。」亦正言插筆之難耳。……且穿插非嵌附之謂，亦非挖補之謂。不得間隙，不能嵌而附之；不見窾竇，亦非挖而補之。法在敍到吃緊處，非插筆則眉目不清，故必補其所以致此之由；敍到紛煩處，非插筆則綱要不得，故必揭其所以必然之故。總之，須近自然，無嵌附塡塞之弊，方爲佳筆。

他揭示了插筆的功用，以及應用的時機，十分值得參考。

來裕恂的《漢文典》也列出「插句」加以討論，他說：

插句者，于正文中，忽插一他句。如《孟子》：「洚水警余，洚水者，洪水也。」《史記·項羽記》：「亞父南向坐。亞父者，范增也。」（一八二頁）

實則這便是「插敍」，此處作解釋用，而且也不必以一、二句爲限。

曹冕的《修辭學》在談到「敘述文之各法」時，提及「補敘法」：

> 補敘法者，敘現在之事未畢，中間須補敘往事一段，然後事之首尾能完整也。（二〇五頁）

其實這是「插敘」中的一類——「追敘」，而且因爲應用廣泛，已獨立出來，成爲時間變化的一種形式。而他談到「插敘」時，是說：

> 插敘法者，敘述事實時，有情節或人物來歷不明，須於其中插入敘之，然後原委能明澈也。（二〇七頁）

並以《左傳·宣公二年》敘晉靈公不君，欲殺宣子，回溯到宣子田於首山事，以交代靈輒之來歷爲例子，但這也是「追敘」。

蔣建文在《從作文原則談作文方法》中，就將追敘、插敘、補敘分開來談：

> 敘事文通常依事實發生先後順次敘述，但有人嫌這種敘述法太平凡而加以變化：

如把以前的事放在後面敘述，叫做追敘。例如蘇軾〈方山子傳〉把「獨念方山子少時」一段，放在「晚乃遯於光黃間」之後。又在敘述一件事情時，中間夾敘一段別的事情，叫做插敘。例如《史記‧屈原列傳》把屈原作《離騷》的緣由與對於《離騷》的批評，夾在「王怒而疏屈平」和「屈平既絀」之間。又在一件事情敘完後，再加敘一段，叫做補敘。例如王安石〈遊褒禪山記〉在結尾時才述出四人姓名是。（一四五頁）

這三種敘法的相異點，經此說明，已很明顯地被呈現出來了。

鄭乃臧的《中國古代文論家手冊》對「插敘」的說法，也很值得參考：

在順敘過程中，爲了推動情節的發展，更好地刻畫人物性格，表現主題，暫時把順敘的線索中斷，插入與主要情節有關的另一件事情的敘述的方法……插敘部分常常安排在文章的中間而不在首、尾。（四五九頁）

他把插敘的過程及其部位說明得很清楚。

鄭頤壽的《辭章學概論》認爲「插敘」是：

> 就是在敍述的過程中，因爲表達上的需要，突然中斷主線，而插入另外一些敍述。（一二九頁）

王德春的《修辭學辭典》對「插敍」的解釋是：

> 在情節和語句展開的過程中，暫時離開主要話題，插入另一內容，作爲對主要情節的補充；或插入作者的議論或抒情，表示對客體的態度。（一九頁）

《修辭新論》中亦說：

> 插敍除回憶性質，即插進對某個人物或事件的回憶，以形成與當前的對比外，還有一種是對文章中某些內容加以交待、說明、評論，有時與事情發展的順序關係不很大。（三〇三頁）

他們都認爲插敍是中斷原來的敍述次序，但插敍的內容儘管多樣，畢竟仍是與主題相關的。

陳滿銘分別針對「插敘」和「補敘」寫了〈插敘法在詞章裏的運用〉（收於《作文教學指導》），以及〈談補敘法在詞章裏的運用〉（登載於《國文天地》第十二卷第六期）。談插敘時，他將插敘的內容分作「用以解釋的」、「用以追敘的」、「用以具寫景物的」、「用以拈出主旨（綱領）的」（五三〇—五四二頁）四種，但是其中第二種追敘，已抽出來歸入時間的變化中了。其次他在分析補敘的功用前，先說：「所謂補敘，是對前文所漏敘或語焉不詳者加以補充敘述的意思。」（三八頁）而它的功用可包括「補敘事情發生的時間」、「補敘事情形成的緣由」、「補敘人名或追懷親友、舊遊」（三八—四三頁）。不管是插敘或補敘，陳氏都舉了很多例子，可供參考。

二、例證

(一)插敘

插敘是將篇章從中截斷，插入一段文字來敘寫的方法；這段文字的作用很廣泛，除了可以是追敘（已歸入時間中）外，還可用以解釋、開拓文（詩）境、議論、抒感、具寫景物與拈出主旨（綱領）等，以下我們依次來看。

1.用以解釋者

林雲銘的《古文析義》曾分析《後漢書·虞詡平朝歌武都二寇》，中間一段敘戰事：「詡因其兵散，日夜進道，兼行百餘里，令吏士各作兩灶，日增倍之，羌不敢逼」，此時忽然插入一段問答：「或問曰：孫臏減灶而君增之，兵法曰：行不過三十里，以戒不虞，而今日且二百里，何也？詡曰：虜衆多，吾兵少，徐行則易爲所及，速進則彼所不測，虜見吾灶日增，必謂郡兵來迎，衆多行速，必憚追我，孫臏見弱，吾今示彊，勢有不同故也。」他註道：「前只敍事，此處若不發明，無以知其妙用，故借『或問』而答之」（六五三頁），這等於是解釋前文，接著才又敍戰事的發展，故爲插敍。

吳楚材選、王文濡評註的《古文觀止》也有好些例子，譬如《國策·鄒忌諷齊王納諫》一文，在「其妻曰：君美甚，徐公何能及君也」之下，接著二句：「城北徐公，齊國之美麗者也」，評道：「插注一筆，妙」（一三八頁），很明顯地，這二句等於是爲鄒忌之問與不自信作註腳。《史記·屈原列傳》也有同樣的情形，史遷先寫道：「屈平疾王聽之不聰也，讒諂之蔽明也，邪曲之害公也，方正之不容也，故憂愁幽思而作〈離騷〉」，然後又寫道：「離騷者，猶離憂也」，這二句是用來解釋〈離騷〉的，所以評說：「註一句，下忽入議論，奇妙」（一九四頁）。不止如此，此文後幅敍屈原之流放云：「屈平既嫉之，雖放流，睠顧楚國，繫心懷王，不忘欲反，冀幸君之一悟，俗之一改也」。又突然插入：「其存君興國，而欲反覆之，一篇之中，三致意焉」，評道：「忽又轉倒〈離騷〉上」（一九七頁），這也是插敘。隨後才是接著敘述懷王終不召回屈原之事。

陳滿銘的〈插敘法在詞章裏的運用〉（收於《作文教學指導》），對這一類的插敘也有所探討，並舉了例子，如沈復〈兒時記趣〉：「一日，見二蟲鬥草間，觀之，興正濃，忽有龐然大物，拔山倒樹而來，蓋一癩蝦蟆也。舌一吐而二蟲盡爲所吞。」他認爲：「照一般順序來寫，在『拔山倒樹而來』句後，緊接的是『舌一吐而二蟲盡爲所吞』句，而作者卻在中間插入『蓋一癩蝦蟆也』一句，以解釋『龐然大物』究爲何物。而作者覺察『龐然大物』爲『一癩蝦蟆』，原是『神定』以後之事，結果卻先在這裡點明，即可以節省文字，又得以適時指明『龐然大物』爲何物，以增強文章的感染力，是很富於技巧的。」（五三二－五三三頁）

2.用以開拓文（詩）境者

金聖歎批的《才子古文讀本》中收有一篇枚乘的〈上諫吳王書〉，一開始先泛泛地自舜、禹……等先王引起，然後忽然插入一句：「故父子之道，天性也」，註語云：「看他斜插『父子天性』句，意言君臣理同，卻不甚明白，然誦之，又自成渾然」（（上）二〇四頁），顯然作者是卻以此句引起君臣一倫，所以這句插敘有開拓文境的效果。

過商侯的《古文評註全集》，談到賈誼〈過秦論〉時，注意到此文前面歷敘秦之先世，卻在惠王、武王和孝文王、莊襄王之間，插入一大段論其他諸侯的文字，即「**諸侯恐懼……弱國入朝**」一段，眉批云：「忽用閑筆寫諸侯作反襯」（二三六頁），事實上這段話並非無謂，而是更加重了強秦如日東昇的氣勢。

吳闓生的《古今詩範》選有漢樂府的代表作——〈孔雀東南飛〉，其中敘述劉蘭芝含淚拜別婆婆之時，插入小姑一段：「**卻與小姑別……嬉戲莫相忘**」，註語云：「插入小姑一段，與上言『繡腰襦』皆是事外曲致，文情旁溢之處，在古文中此境最高，左丘明、史公最工此等，後人所不能及」（一〇頁），由這段評語可以看出，這段插敘的確使詩境更動人了。

3.用以議論、抒感者

吳闓生的《古今詩範》中，即有一例，那就是杜甫的〈大歷三年春白帝城放船出瞿塘峽久居夔府將適江陵漂泊有詩凡四十二韻〉，此詩一開始便寫景，敘瞿塘峽之險急，而在其中突插入四句：「**神女峰娟妙，昭君宅有無。曲留明怨惜，夢盡失歡娛**」，吳氏引姚云：「上下寫峽中險急，卻入此四句，意態甚閒，此為神妙」（二一四頁），它所以神妙，可說是來自於善用插敘法來抒感罷了。

王文濡的《清詩評註》中，賞析了袁枚的〈同金十一沛恩遊棲霞寺望桂林諸山〉，其評語爲：「遊山詩不過狀寫景物，乃於中篇忽發奇議，以洩靈祕，非才大如海者不辦」（九五頁），所謂「篇中奇議」是指：「我知混沌以前乾坤毀……何以耿耿群飛欲刺天」一段，這是將寫景之句擘開，硬插入一段議論，足見插敘法的神妙功用。

喻守貞的《唐詩三百首詳析》中，也有類似的例子，即韓愈的〈石鼓歌〉，喻氏道：「『陋儒——滂沱』爲第四段，是懷疑這樣的古文字，爲什麼不收入詩經？並且也怪孔子刪詩的粗心。在敘事後忽夾入一段議論，足見昌黎的才氣。」（八八頁）而且在此段之後又是敘事，所以這段議論很明顯地是插敘性質。

阮廷瑜的《李白詩論》在欣賞〈沐浴子〉：「沐芳莫彈冠，浴蘭莫振衣。處世忌太潔，至人貴藏暉。滄浪有釣叟，吾與爾同歸。」時，說：「詩共六句，首二句一截，末二句一截。中間處世兩句，則是轉軸。」（七四頁）中間二句是議論，置於全詩中央，是插敘的寫法。

4.用以具寫景物者

林雲銘的《古文析義》收有屈原的〈湘君〉一文，此篇末尾的部分寫巫覡在水邊徘徊，就在一段敘事句之中，突然夾入二句寫景：「烏次兮屋上，水周兮堂下」，他評道：「淒寂之景現前矣」（五三八頁），這便是插敘的妙用。

吳闓生的《古今詩範》中，也選錄了〈古詩十九首〉，其中的第八首：「冉冉孤生竹，結根太山阿。與君爲新婚，兔絲附女蘿。兔絲生有時，夫婦會有宜。千里遠結婚，悠悠隔山陂。思君令人老，軒車來何遲，傷彼蕙蘭花，含英揚光輝。過時而不采，將隨秋草萎。君亮執高節，賤妾亦何爲。」其中有一段「傷彼——草萎」是將重心放在蕙蘭花上加以描寫的，因此註語云：「以蕙蘭爲喻，特起波瀾」（三頁），就因爲插入此四句，使得全詩更富情味。又如韓愈〈送僧澄觀〉一首，一入手處便敘送僧澄觀的場面，在一片如火如茶中夾入一句：「清淮無波平如席」，此句純是寫景，似與上下無涉，但註語云：「插入一句，意接而語斷，此用逆筆之法」（一三八頁），所謂「逆筆」，換句話說，即是插敘。

陳滿銘的〈插敘法在詞章裏的運用〉（收於《作文教學指導》）一文，談到「用以具寫景物的（插敘）時」，舉了四個例子，第一個例子是蔣士銓〈鳴機夜課圖記〉：「既而摩銓頂曰：『好兒子！爾他日何以報爾母？』銓稚不能答，投母懷，淚涔涔下，母亦抱兒而悲。簷風几燭，若愀然助人以哀者。記母教銓時，組紃績紡之具，畢置左右；膝置書，令銓坐膝下讀之。母手任操作，口授句讀，咿唔之聲，與軋軋相間。」他指出：「這截文字，主要在敘事，而作者在『母亦抱兒而悲』與『記母教銓時』之間，插入『簷風几燭，若愀然助人以哀者』兩句，以外景襯托內情，使得抽象的情感得以具象化，更何況作者又把這個『風燭』的外景加以譬喻、擬人化呢！這就越發增強了文章的感染力了。」（五三六頁）這分析透闢極了。

5.用以拈出主旨（綱領）者

吳楚材選、王文濡評註的《古文觀止》中選有《左傳·宮之奇諫假道》一文，其中有宮之奇的一段話：「宮之奇諫曰：虢，虞之表也，虢亡，虞必從之，晉不可啓，寇不可翫，一之爲甚，其可再乎？諺所謂『輔車相依，唇亡齒寒』者，其虞、虢之謂也。」這裏面出現了全文的綱領：「虢亡，虞必從之」，所以註語云：「通篇著眼在此」（二三頁），而這綱領是以插敘的方式帶出來的。

吳闓生《古文範》中的《史記·衛將軍驃騎列傳贊》，也出現了插敘的文字：「太史公曰：蘇建語余曰：吾嘗責大將軍至尊重，而天下之賢大夫毋稱焉，願將軍觀古名將所招選擇賢者，勉之哉。大將軍謝曰：自魏其、武安之厚賓客，天子常切齒，彼親附士大夫，招賢絀不肖者，人主之柄也。人臣奉法遵職而已，何與招士，驃騎亦放此意，其爲將如此。」在「驃騎亦放此意」之下，有註語云：「隨手插入驃騎」（二〇三頁），表明此爲插敘，而此句亦剛好點明了此文主旨。

陳滿銘的〈插敘法在詞章裏的運用〉（收於《作文教學指導》），也針對此項舉了好些精采的例子，如韋莊〈菩薩蠻〉：「勸君今夜須沈醉，尊前莫話明朝事。珍重主人心，酒深情亦深。　須愁春漏短，莫訴金盃滿。遇酒且呵呵，人生能幾何。」他說：「此詞上片起首兩句與下片四句，敘的是主人勸客的言詞，是前後聯貫的。就在這聯貫的句子中間，作者特地插入『珍重主人心，酒深情亦深』兩句，以統括全詞，將『情深』的主旨從容拈出，使人讀後有著無盡的『情深』意味。」（五四〇頁）

6.用以補充者

吳闓生的《古文範》收有蘇代〈約燕昭王書〉，文中「告魏」一段曾用到「插敘」法：「告魏曰：我舉安邑，塞女戟，韓氏太原卷；我下軹道，道南陽封冀，包兩周，乘夏水，浮輕舟。彊弩在前，銛戟在後。決滎口，魏無大梁；決白馬之口，魏無黃濟陽；決宿胥之口，魏無虛頓邱。陸攻則擊河內，水攻則滅大梁。魏以爲然，故事秦。」此段文字用作插敘的是「彊弩在前，銛戟在後」兩句，他評道：「二句頓宕」（六六頁），由於這二句補充說明其兵力之精銳，因此也加強了行文的氣勢。

吳闓生的《古今詩範》中，錄有〈古詩十九首〉，其第五首是：「西北有高樓，上與浮雲齊。交疏結綺窗，阿閣三重階。上有絃歌聲，音響一何悲。誰能為此曲，無乃杞梁妻。清商隨風發，中曲正徘徊。一彈再三歎，慷慨有餘哀。不惜歌者苦，但傷知音稀。願為雙鴻鵠，奮翅起高飛。」當中有兩句：「誰能為此曲？無乃杞梁妻」，乃是擘開敘寫樂聲的句子而嵌入的，他評道：「倒點夭矯」（二頁），所謂的「倒點」就是在後面才補上奏樂者的意思。

李扶九的《古文筆法百篇》在談到王禹偁〈待漏院記〉時，認為此文既已談了賢相和奸相，結構嚴整、呼應完密，但卻在後面加上一段談庸相者：「復有無毀無譽，旅進旅退，竊位而苟祿，備員而全身者，亦無所取焉」，這是因為：「帶補庸相亦足為戒」（眉批語）（一二頁），很明顯地，這也是用作補充的一種插敘。

林景亮的《評註古文讀本》中，收有胡天游的〈書侯振東〉，他認為自「明之亡也」開始，為第二段，可分為五層：「其敘法則錯綜變化，……其首層以城中之人比振東，次層以振東之意比懋脩，是為比例敘法。次三兩層為遞敘法。四層書懋脩欲賞東，為插敘法。末層述振東生時語，為補敘法。」（一二〇—一二一頁）所謂插敘即：「令以此益多振東，方厚賜之」二句，用以補敘一些戰事之外的細節。

7. 其他

金聖歎批的《才子古文讀本》中，收有枚乘〈上諫吳王書〉，其中有一段是：「夫以一縷之任，繫千鈞之重，上懸無極之高，下垂不測之淵，雖甚愚之人，猶知哀其將絕也。馬方駭，鼓而驚之，繫方絕，又重鎮之，繫絕於天，不可復結，隊入深淵，難以復出，其出不出，間不容髮。」註語云：「此段以繫絕爲喻，中忽插『馬驚』二句，卻不照顧」（（上）二〇四頁），「馬驚」二句可啟發「繫絕」之喻，但文句若不相涉，所以作者所用的是插敍手法。

林雲銘的《古文析義》也有一些插敍的例子，譬如《左傳·燭之武退秦師》，在燭之武說服秦王的一段話中，插入「夫晉何厭之有」一句，與上下句並無明顯的聯繫，其作用是在於強調晉國貪得無厭，因此註語云：「再喝一句」（三二頁）。次如《前漢書·朱買臣傳》在「（朱買臣）數年坐法免官，復爲丞相長史」之後，很突然地接上一句：「張湯爲御史大夫」，註語道：「插入張湯作後案」（六四一頁），可見得這一句插敍是爲了與後面呼應而安置的。又如張溥〈五人墓碑記〉篇首一段：「五人者，蓋當蓼洲周公之被逮，激於義而死焉者也。至於今，郡之賢士大夫，請於當道，即除魏閹廢祠之址以葬之。且立石於其墓之門，以旌其所爲，嗚呼，亦盛矣哉。夫五人之死，去今之墓而葬焉，其爲時止十有一月耳。夫十有一月之中，凡富貴之子，慷慨得志之徒，其疾病而死，死而湮沒不足道者，亦已衆矣，況草野之無聞者與，獨五人之皦皦，何也？」當中的讚嘆：「嗚呼！亦盛矣哉！」在敘事句中突兀而出，乃是插敘，有感嘆作用，因此林雲銘評道：「先贊一筆」（八三二頁）。

何焯《義門讀書記》評韓愈〈許國公神道碑〉，其中有一段是接在「有其舅兵與地」之後，「自吾舅歿」之前：「當此時，陳帥曲環死，而吳少誠反，自將圍許，求援於逸淮，啗之以陳歸汴，使數輩在館。公悉驅出斬之，選卒三千人，會諸軍擊少誠許下，少誠失勢以走，河南無事。」他說道：「先敘擊走少誠。然後敘誅劉鍔事，便不平直，此左氏敘事法也。若今人則於『有其舅兵與地』下，即接『自吾舅歿』云云矣。」（《韓昌黎文彙評》二五一頁）因此這一段插敘的作用在使文章更靈動多變。

吳闓生的《古文範》收有魯仲連的〈遺燕將書〉，其中一段是這樣的：「且楚攻齊之南陽，魏攻平陸，而齊無南面之心，以爲亡南陽之害小，不如得濟北之利大，故定計審處之。今秦人下兵，魏不敢東面，衡秦之勢成，楚國之形危，齊棄南陽，斷右壤，定濟北，計猶且爲之也，且夫齊之必決於聊城，公勿再計。今楚魏交退於齊，而燕救不至，以全齊之兵，無天下之規，與聊城共據期年之敝，則臣見公之不能得也。」當中一句：「且夫齊之必決於聊城，公勿再計」，十分鋒銳俐落，吳氏評道：「忽提筆作英決語，氣象咄咄逼人。先大夫嘗訓闓生曰：曾文正公嘗言爲文要有劍氣，謂其鋒穎森然欲斷處也。如此二語，正曾公之所謂劍氣者也。今案亦是再三頓挫之法。」（七四頁）可見得這二句插敘所起的強調作用是十分突出的。

韓兆琦編注的《史記選注匯評》，在賞析〈管晏列傳〉時，曾引吳見思之語：「管子一傳，中嵌鮑叔一段閑文」（一六四頁），他所指的是：「鮑叔既進管仲，以身下之。子孫世祿於齊，有封邑者十餘世，常爲名大夫。天下不多管仲之賢而多鮑叔能知人也。」前後都用以敍管仲事，此處忽然插入這一段，乃是以插敍的方式帶敍鮑叔牙，手法高妙。

(二)補　敍

補敍在外形上最大的特色是：它總是在篇章之末；而且與前面自成一個整體的文字相比起來，它像是另外附加上去似的。而補敍的用途不外乎是補充前面的篇幅所不便容納，卻又必須一提的內容，譬如寫作的時間、緣由、人名……等等。它使得辭章簡潔、不枝不蔓，但又不會喪失其完整性。

1. 補敘時間者

林景亮的《評註古文讀本》中有幾個例子，如蘇軾〈書淳于髡傳後〉末二句是：「元祐六年六月十三日，偶讀史記書此」，林氏認爲：「自『元祐』以下爲末段，此段用意以爲自有此作，則後之讀史者始知髡別有苦衷，非僅以酒徒自命，故并年月日而詳記之，重其事也」（一六一一七頁），他將這段補敍的作用解釋得十分清楚。又如蘇軾〈記與歐公語〉最末一段是：「元祐三年閏八月十七日，舟行入穎州界，坐念二十年前見文忠公於此，偶記一時譚笑之語，聊復識之。」他說：「自元祐三年以下爲末段。此段記語之時與語之地」（四八—四九頁），這也是補記時間的。

陳滿銘的〈談補敍法在詞章裏的運用〉一文中，對於這一類補敍，舉了好些例子，茲引數例如下：「它的功用有多種，首先是補敍事情發生的時間，這種最常見，皆置於篇末，如柳宗元〈始得西山宴遊記〉說：『遊於是乎始，故爲之文以爲誌。是歲元和四年也。』這補敍了作記的年份。……又如范仲淹〈岳陽樓記〉說：『時六年九月十五日。』這補敍了作記的年、月、日。因篇首云『慶曆四年春』，所以在此省略了『慶曆』的年號。……又如曾鞏〈墨池記〉說：『慶曆八年九月十二日，曾鞏記。』這補敍了作記的年、月、日與作記人的姓名。」（三八—三九頁）

2. 補敍事情形成之緣由者

宋·呂東萊的《古文關鍵》中，有韓愈〈送文暢師序〉，最末三句是：「余既重柳請，又嘉浮屠能喜文辭，於是乎言」，注云：「此二句見得昌黎不是有意予文暢」（七三頁），可見這幾句補敍文字道盡了韓愈作此序的心事。

林雲銘的《古文析義》中也有二例，其一是黃省曾〈謁漂母祠記〉：「因奠之椒醑，再拜勒文於祠上」，他評道：「敍作記」（八一六頁），認爲這二句補敍了當時勒文的情事。其二是許獬〈古硯說〉：「不能盡述，述其近似者，作古硯說」，他也評道：「自言作記之意」（八二七頁），這表示作者在此補述了作記之因。

林景亮的《評註古文讀本》中，收有張裕釗的〈北山獨遊記〉，在篇末也出現了補敍：「余既得其意而快然以自愉，於是嘆余向之勌而惑且懼者之幾失之，而幸余之不以是而止也，乃泚筆而記之。」眉批云：「回顧前文，篇法完善」（一五五頁），因爲這段補敍說明了作此文的緣由。另有胡天游〈送皇甫生序〉，其末段是：「皇甫生去燕，謁予來別。予無車，將以言爲車，而庶幾生之能載也，故爲說以贈」，他評道：「自『皇甫』以下爲末段，此段揭明贈言之意」（一六〇頁），寫法和前篇相同。

陳滿銘的〈談補敍法在詞章裏的運用〉，也搜羅了許多此類的例子，茲引二例如下：「如《左傳·莊公十年》的〈曹劌論戰〉說：『既克，公問其故，對曰：「夫戰，勇氣也。一鼓作氣，再而衰，三而竭；彼竭我盈，故克之。」夫大國難測也，懼有伏焉；吾視其轍亂，望其旗靡，故逐之。』這顯然是針對上一段文字加以補敍的，補敍的是曹劌於齊人三鼓而後鼓（養士氣），視轍登軾而後馳（察敵情）的理由。這理由是沒辦法在爭勝於分秒之際所能說明的，所以補敍於後，以見曹劌能『遠謀』於方戰之時與既勝之後。又如李斯〈會稽刻石〉說：『從臣頌烈，請刻此石，光垂休銘。』這補敘了刻石的原因。又如元結〈右溪記〉說：『爲溪在州右，遂命之曰右溪。刻銘石上，彰示來者。』這補敘了『刻銘石上』與『右溪』命名的因由。」（三九－四一頁）

3. 補敘人名者

過商侯的《古文評註全集》中，有倪元璐的〈題元祐黨碑〉，其末段是：「石工安民乞免著名，今披此籍，諸賢位中，赫然有安民在」，過商侯說：「補出碑上無名之人得傳作結，咄然而止，筆力橫甚」（八六二頁），這段話已把補敘的作用交代得很清楚了。

林雲銘的《古文析義》，選了張溥的〈五人墓碑記〉，這篇文章也用到補敘法，見於末段：「賢士大夫者冏卿因之、吳公太史、文起文公、孟長姚公也」，他評道：「記請於當道者姓字」（八三四頁），作者在篇末方將葬五人的賢士大夫的姓名補出，用的正是補敘法。

陳滿銘的〈談補敘法在詞章裏的運用〉，也有許多類似的例子：「如歐陽修〈醉翁亭記〉於篇末說：『醉能同其樂，醒能述以文者，太守也。太守謂誰？廬陵歐陽修也。』這補敘了作者的身分與姓名。又如王安石〈遊褒禪山記〉於篇末說：『四人者：廬陵蕭君圭君玉，長樂王回深父，余弟安國平父、安上純父。至和元年七月某日，臨川王某記。』這除了補敘作記之人與時間外，又補敘了『四人』的姓名，以交代前文『**余與四人擁火以入**』的『四人』……。」（四一—四二頁）餘則不再贅引。

4.再出一意、開拓文境者

用補敘來再出一意、開拓文境，明代謝枋得的《文章軌範》就注意到這種情形，如柳完元〈桐葉封弟辨〉末三句是：「**或曰：封唐叔，史佚成之**」，註云：「此一結尤高」（七八頁），它的高明處在於擺落前文，推出另一看法。

林雲銘的《古文析義》中，選有王世貞〈藺相如完璧歸趙論〉一文，其末云：「**若其勁澠池、柔廉頗，則愈出而愈妙於用，所以能完趙者，天固曲全之哉**」，註云：「又以餘意作結，健甚」（三四三頁），所謂的「餘意」，也是指前所未出的新意。

吳楚材選、王文濡評註的《古文觀止》，在評析宋濂〈閱江樓記〉時，也注意到補敘的特別作用。對於此文末段：「**臣不敏，奉旨撰記，欲上推宵旰圖治之功者，勒諸貞珉；他若留連光景之辭，皆略而不陳，懼褻也。**」評道：「結又補出此意，何等鄭重」（五三七頁），這種意思也是前文所未提及的。

李扶九的《古文筆法百篇》，收有劉曾的〈漢關夫子春秋樓記〉，此文也運用了補敘法：「**或曰：夫子之神在天下，家尸户祝，而成斯樓者，皆秦晉人。意者其有私祝乎，非**

也，譬之日月經天，普海同照，而扶桑崑崙之區，炙光倍近。夫子晉人也，而秦與晉親，亦猶扶桑崑崙之民，雖不求私照，而得以習睹其日月者，天下實莫能爭也。我秦晉人之成斯樓也，亦若是焉云爾」，眉批云：「以下餘波。就秦晉人生情，妙」（一〇一頁），原本以爲全文截然而止了，想不到補敍處又更添一意，使得文情更蕩漾多姿。

5. 其他

林雲銘的《古文析義》中，收有《前漢書・朱買臣傳》，其末二句是：「買臣子山柎，官至郡守右扶風」，註云：「帶敍其子」（六四一頁），這也是補敍的用途之一。《應制詩式》（收於《詩學指南》）中，有一首宋之問的〈三月二十日承恩樂遊園宴〉：「樂游形勝地，表裏望郊宮。北闕連雲頂，南山對掌中。皇情貸芳月，旬宴美成功。魚戲芙蓉水，鶯啼楊柳風。春華看欲暮，天澤戀無窮。長袖招斜日，留花待曲終。」在末二句之下有註云：「補出歌舞作餘波」（二五三頁），這樣來補充前所遺漏的細節，使作品更耐人尋味。

宋文蔚的《評註文法津梁》，對歐陽修〈峴山亭記〉中出現的補敍，也有一番看法。原作是：「若其左右山川之勝概，與夫草木煙雲之杳靄，出沒於空曠有無之間，而可以備詩人之登高，寫離騷之極目者，宜其覽者自得之。至於亭屢廢興，或自有記，或不必究其詳者，皆不復道也。」就在「覽者自得之」和「皆不復道也」之下，宋氏分別加註云：「此以撇筆作補筆」、「再撇一筆作補收」（一九六頁），他認爲這個補敘是作撇筆之用。而來裕恂的《漢文典》對「撇句」的解釋是：「文欲置此事而論他事，則用撇句。」（一八二頁）可見補敘的功用是蠻多的。

林景亮的《評註古文讀本》，收有一篇歸有光的〈筠溪翁傳〉，其補敘的作用十分特別，是藉以補出主旨：「或曰：筠溪翁非神仙家者流，抑巖處之高士歟？」其眉批云：「此段傳筠溪翁並非立異鳴高，卻好以『處士』二字爲全篇收束文字」（二一七頁），主旨「處士」是在篇末方始點出。

陳滿銘的〈談補敘法在詞章裏的運用〉，也收有一些例子，其補敘的作用各有不同：「又如晁補之〈新城遊北山記〉於篇末說：『既還家數日，猶恍惚若有遇，因追記之。後不得到，然往往想見其事也。』這除補敘作記因由外，又補敘了對舊遊的追念。又如歸有光〈項脊軒志〉於篇末說：『庭有枇杷樹，吾妻死之年所手植也；今已亭亭如蓋矣。』這補敘了庭中的枇杷樹，表達了對亡妻深切的懷念之情，使文章的韻味更爲深長。」（四二—四三頁）

第四章 聯絡律

篇章之構成，是由字、句、段、篇連綴而成，如何使各自獨立的語言單位聯合起來，組成一個嚴密的整體，則必得靠聯絡的工夫不可，所以聯絡之作用是很大的。

劉勰的《文心雕龍·章句》篇云：

> 句司數字，待相接以爲用；章總一義，須意窮而成體。其控引情理，送迎際會，譬舞容迴環，而有綴兆之位；歌聲靡曼，而有抗墜之節也。尋詩人擬喻，雖斷章取義，然章句在篇，如繭之抽緒，原始要終，體必鱗次。啓行之辭，逆萌中篇之意；絕筆之言，追媵前句之旨，故能外文綺交，內義脈注，跗萼相銜，首尾一體。

這段文字的重心就在探討聯絡之必要。尤其是「啟行之辭，逆萌中篇之意；絕筆之言，追媵前句之旨」四句，說明了文章必須一路照應的道理；而「外文綺交、內義脈注」二句，則又顯示出內在的義脈一氣貫注時（屬於統一律的範圍），表現在外的文辭，就會綺麗交錯，互為呼應的情形。

元·陳繹曾《文說》有云：

凡文如長篇古律、詩騷古辭、古賦碑碣之類，長者腹中間架或至二三十段，然其要亦不過作三節而已。其間小段間架極要分明，而不欲使人見其間架之跡，蓋意分而語串，意串而語分也。（《四庫全書》一四八二——二四六頁）

他在這裡是括散文、韻文而言，指出「意分而語串、意串而語分」，顯然是談到了聯絡的作用。

元·倪士毅在《作文要訣》中說：

要是下筆之時，説得首尾照應，串得針線細密，步步思量主意，句句挑得明緊，教他讀去順溜。又大概文字全在呼喚，有時數句全在數個字挑剔得好，須是十倍精神。自此之外，又有一項法度；一篇之中，凡有改段接頭處，當教他轉得全不費力，而又有新體，此雖小節，亦看人手段。

他所謂「首尾照應」、「針線緊密」、「呼喚」、「改段接頭處……轉得全不費力」，講的都是聯絡之能事。

方苞〈書五代史安重誨傳後〉有云：

> 記事之文，惟《左傳》、《史記》各有義法。一篇之中，脈相灌輸，而不可增損。然其前後相應，或隱或顯，或偏或全，變化隨宜，不主一道。（《古文法纂要》，二三二頁）

可注意的是，所謂的「前後相應」分明是指聯絡之事；而「或隱或顯」也許可以理解爲藝術的聯絡和基本的聯絡；至於「或偏或全」則指的是聯絡的範圍既可以是全篇，也可以是節段。

唐彪的《讀書作文譜》中亦云：

> 文章不貫串之弊有二：如一篇中有數句先後倒置，或數句辭意稍礙，即不貫矣；承接處字句或虛實失宜，或反正不合，氣即不貫矣。

前半所言是「秩序律」之事；後半的「承接處字句或虛實失宜」，指的是聯接詞（句）的使用要恰當；而「反正不合」則屬藝術的聯絡的範圍。

王葆心的《古文辭通義》引謝氏之語曰：

> 凡文平直者，由多承語詞；矯變者，由多轉語詞。順承衍去，勢無不竭，輾轉相生，意乃不窮。其始必用虛字領之，老到者或刊落虛字，挺承挺轉，若起結用否，各有其妙，惟在得宜而已。（卷十一，二一頁）

他所說的「虛字」當指聯詞，而且他注意到它有直承聯詞和轉折聯詞之分，這些都是基本的聯絡的內容；至於「刊落虛字」而達成聯貫者，則已屬藝術的聯絡之事。

王葆心的《古文辭通義》中，曾引初級師範學堂章程，認爲：

> 凡教學童作文者……教篇法入門之法有三：一文氣聯貫，二劃分段落，三反正分明。（卷九，四六頁）

其第一、三項都屬聯絡之事，可見得聯絡律在篇法中的地位了。

劉師培在《漢魏六朝專家文研究》中說：

古人文章之轉折最應研究，第在魏晉前後其法即不相同。大抵魏晉以後之文，凡兩段相接處皆有轉折之跡可尋，而漢人之文，不論有韻無韻，皆能轉折自然，不著痕跡。……使後人爲之，不用虛字則不能轉折（如事之較後者必用「既而」「然後」，另起一段者必用「若夫」之類）。不分段落則不能清晰，未有能如漢人之一氣呵成，轉折自如者也。（一七—一九頁）

他將文章轉折分爲用虛字和不用虛字兩類，認爲前者較遜，後者較優；其實這兩者一屬基本的聯絡、一屬藝術的聯絡，都屬聯絡之能事，只要運用得好，似無優劣之分。

曹冕的《修辭學》中，也曾談到「銜接律」。他在「段之格律」中，對「銜接律」的看法是：

語言文字，實與思想相表裡。整理其思想，爲聯貫而有倫次，則發爲語言文字，亦應聯貫而有倫次。（八五頁）

他在這裡，似乎合秩序律和聯絡律而為言，但究其細目，可以發現他所討論的多為聯絡之事。首先，他說：「昔人謂句與句之相續，不外起承轉結之四端，而起承轉結之流利，全在乎虛字之用」（八六頁），這裡所談的是基本的聯絡中的聯詞。其次他又談到「句與句的銜接」和「段與段之銜接」。前者又可分為「明銜接」和「暗銜接」，而這兩種都著重於篇章中運用材料所形成的彼此呼應的關係。後者則分為「無顯明之銜接者」和「有顯明之銜接者」，其中第一種指的是藝術的聯絡中的賓主、虛實……等方法，而第二種則屬於秩序律的範圍（八六－八九頁）。因此，總括說來，他主要仍在強調聯絡的重要。

蔣伯潛的《中學國文教學法》曾特別列出「聯絡」來討論，他說：

層次既已分清排好，還得求其聯絡。如果每段獨立，不相聯絡，便不能成為一篇文章了。聯絡有二種：一是基本的聯絡，一是藝術的聯絡。基本的聯絡只要幾個重要的連詞沒有用錯，便不至有文法上的毛病。例如承接，則用「是故」、「於是」之類；轉接，則用「然而」、「雖然」之類；推展，則用「若夫」、「講到」之類；總束，則用「總之」、「由此觀之」之類。藝術的聯絡卻要更進一步，用修辭的技巧了。（八三頁）

他在這裡提出一個很重要的觀念，那就是聯絡可分爲基本的和藝術的兩種。基本的聯絡前面已經講過，藝術的聯絡則可分爲六種：「呼應法」、「層遞法」、「分析法」、「綜合法」、「過渡法」、「問答法」（八三—八五頁），其中「呼應法」指的是材料相互呼應所達成的聯絡；「層遞法」則屬秩序律之範圍；而「分析」和「綜合」顯然都可歸入「凡目」法；至於「過渡法」強調的是以句子達成聯絡，應屬於基本的聯絡；而問答法則無疑是屬於藝術的聯絡。蔣氏的此種說法爲聯絡律規劃好大概的藍圖，極具卓識。

章微穎的《中學國文教學法》談到「關於聯絡照應的方式」時，先強調了聯絡的重要：

> 文章以各種不同的思想材料，各個不同的語句節段，組合成統一有秩序的整體，這種組合的情形，就是結構，全靠聯絡照應的意匠本領。聯絡好像關節的連續，以穩密靈活爲上。（五三頁）

其次，他也認爲聯絡可以分爲基本的和藝術的兩種：

> 基本的聯絡，宜注意聯詞聯語的使用——聯詞聯語，髣髴是它的接榫。如用「所

以」、「因之」等類是直承，用「然而」、「可是」等類是轉折，用「至若」、「講到」、「抑有進者」等類是推展，用「要之」、「總之」、「由此觀之」等類是總束……（請讀者參閱語、文法聯詞之使用）。但也有接而不用榫的——聯絡而不用聯詞聯語的，這乃是聯詞聯語的省略，我們便得留意他前後語氣的變化，看所省略去的是何種聯詞或聯語。亦或有整整一句或一小節，看去也自有其意義，穿插其間，而實際上乃是聯絡作用的（如李陵〈答蘇武書〉：「前書倉卒，未盡所懷，故復略而言之」等是），我們統須指點學生知道。（五三頁）

這裡面談到了聯詞、聯句和聯段，至於「接而不用榫」的，很可能是用修辭方式達成的效果。至於藝術的聯絡，則爲：

比較得更進一步，有時文辭方面不著痕跡，學生不能洞悉他的高妙，最易輕忽過了，我們尤須隨處指示，使學生多多的體會。這也難說必須何種定型才是好的，就最普通者言，則有依時間空間（多屬記敍文）或事理演展（多屬論說文）自然的過程前後層遞的；有分節分段各似獨立，而精神意趣仍復一氣貫串，髣髴藕斷絲連的；有先條分後總括成歸納的；有先總括後條分成演繹的，有以一語輕輕渡過的；有以問答緊緊連繫；但求明白它在文中前後作成聯絡的手段，倒不必硬派它叫什麼方式。至於照應，好像氣脈的貫通，有前呼後應的，有正伏反應的，有一路相為提喚接應的，實也可說是藝術的聯絡之一種，而更需要高明的意匠本領。（五三—五四頁）

這裡面依時間、空間、事理演展而層遞者，似該歸於秩序律；至於其他條分、總括、問答等，明顯是指聯絡的方法而言；而照應則是靠材料的運用所形成的。他又說：

現代文章的格式，通行分別為段，自成起訖，段與段之間，不一定有基本的聯絡，可是全篇總是統一有秩序的整體，其所以仍能不至散漫無歸者，就是多靠藝術的聯絡和照應。（五四頁）

可見得藝術的聯絡的重要了。

黃錦鋐的《中學國文教材教法》對此亦有所闡發：

一篇文章，除了剪裁安排遣詞造句的技巧外，還須有聯絡照應的組合，也就是把

> 文章一段一段的聯貫起來，使相互沒有關係的各段，聯成一氣。這種聯絡，有的文章表示出一種很顯然的聯絡線索，有的文章則無形中很巧妙的使段與段之間有銜接轉折的作用，使前後段密切的聯繫起來。前者我們稱之爲基本的聯絡，後者稱之爲藝術的聯絡。（一一九頁）

而且他將基本的聯絡很有系統地分爲「用聯詞作上下文的接榫」、「用聯語作上下文的接榫」、「用關聯的句子做上下文的接榫」、「用關聯的段落做上下文的接榫」（一二〇頁）。而藝術的聯絡則包括了「首尾呼應法」、「暗伏明應法」、「一路照應法」、「層遞接應法」、「過渡聯絡法」、「聯絡的省略」（一二一—一二四頁）；前三者指的都是所用的材料彼此的互相呼應情形；而「層遞接應法」則涉及秩序律的內容；至於後二者更是在運用材料時作爲聯絡的妙法了。

鄭文貞的《篇章修辭學》也提到「銜接的手段」，包括「詞語手段」、「句段手段」、「辭格手段」（一九九—二〇二頁），而最後一種特別值得注意：「不少修辭方式，如比喻、借代、拈連、對比、對偶、排比、設問等等，都可以用作銜接的手段」（二〇二頁），這是別人所未發現的；這些都是基本的聯絡之事。

曾祥芹主編的《文章學與語文教育》提到「言接律」，他說：

所謂「言接律」，即文章語言的有序銜接。語言表層結構的「言接」，是其深層結構「意貫」的外在形式。（一七六頁）

這種看法十分有見地。

陳滿銘在〈談詞章聯絡照應的幾種技巧〉（收於《國文教學論叢》）中，對聯絡的看法是：

詞章的各種材料，除了要排定它們的先後次序外，是須進一步的用有形或無形的銜接手段，把它們聯成一氣的。這就像裁剪一件衣料，在排好各個部位的順序後，須再用絲線，或內藏，或外露，將它們連綴起來，否則就無法使它們聯貫成一個整體了。這種銜接的手段，大致說來，可分爲兩種：一是有形的，稱基本聯絡；一是無形的，稱藝術聯絡。（四〇九頁）

他同樣將基本的聯絡分爲聯詞、聯語、關聯句子、關聯節段（四〇九－四二二頁），而且在聯語的部份中，他特別提到：「另有因修辭方式，如感嘆、呼告、鑲嵌、類疊、頂眞等，也使某些詞語充當了上下文接榫的」（四一九頁）；不管那一類，他都舉了很多例子。至於藝術的聯絡，他將之區分爲「局部性的前呼後應」和「整體性的一路照應」，前者是：「這是就前後局部材料或思想情意的一種呼應而言」（四二七頁），而後者是：「這是就全篇思想情意或材料的一種照應而言」（四三七頁），也都有許多例子作爲佐證。

將上述說法歸納起來，我們可以發現聯絡律的內容，首先可大別爲基本的聯絡和藝術的聯絡兩大部份；而基本的聯絡的內容，計有聯詞、聯語（包括修辭方式）、聯句、聯段四項；藝術的聯絡則又可區分爲方法和材料兩種，其中方法是指賓主、虛實、正反……等彼此呼應的手法；而材料則可分爲物材、事材，而其呼應的方式又有前呼後應、首尾相應等，至於所謂「一路照應」，由於已涉入「統一律」的範圍，極易與「綱領」混爲一談，故不列入聯絡律來進行討論。

第一節　基本的聯絡

一、理　論

基本的聯絡在外形上顯而易見，因而也蠻早爲人所注意。

《文心雕龍·章句》篇說：

> 至於夫、惟、蓋、故者，發端之首唱……據事似閑，在用實切。巧者迴運，彌縫文體。將令數句之外，得一字之助矣。

他所舉的「夫、惟、蓋、故」四字，便是聯詞；而且「巧者迴運」等語雖然並不是針對聯詞來說，但拿來用在聯詞上，也是相當貼切的。

明·歸有光的《文章指南》對此著墨甚多。他列了「文勢如貫珠則」和「文勢如走珠則」，並解釋說：

> 結上生下，意脈相連，是謂貫珠勢也。如柳子厚〈晉文公守原議〉似之，韓退之〈原道〉、蘇明允〈春秋論〉亦可與此參看。
>
> 轉換員活，略無滯礙，是謂走珠勢也。如柳子厚〈送存義序〉似之，韓退之〈獲麟解〉亦可與此參看。

將這兩則合併起來看，我們或許可以說：前者是屬於基本的聯貫手法中的「以直承聯詞作上、下文接榫者」，以歸有光所列之〈原道〉爲例：「故道有君子小人」、「是故君者，出令者也」、「以事其上，則誅」，其中「故」、「是故」、「則」都是直承聯詞。後者由「轉換員活」看來，指的應是「以轉折連詞作上、下文接榫者」。如〈獲麟解〉：「雖婦人小子」、「然麟之爲物」、「然則，雖有麟，不可知其爲麟也」、「雖然，麟之出，必有聖人在乎位」，其中「雖」、「然」、「然則」、「雖然」都是轉折聯詞。另外還有「綴上生下則」，他說：

文章前面各意分說，後又總扭過下立論，是謂綴上生下也。論體例用此法，如范希文〈岳陽樓記〉、蘇子瞻〈醉白堂記〉可以爲式。

這說的也就是「用關聯節段作上下文之接榫」。以〈岳陽樓記〉爲例，「第二段於敘述了岳陽樓的大觀，亦即常景之後，有節文字說：『然則北通巫峽，南極瀟湘，遷客騷人，多會於此，覽物之情，得無異乎？』有了這節文字作上下文接榫，……自然就可以把常景一截過到變景一截，用三、四兩段來實寫『覽物異情』種種。」（見《作文教學指導》四四二—四四三頁）

李騰芳在《山居雜著》中說：

> 此法即文字過脈也，貴空而不貴實，如山岩巉絕之際，飛梁而行。貴輕而不貴重，如江河浩蕩之中，一葦而過。貴隱而不貴顯，葩香暗度而人不知。此文字之妙也。讀歐公《醉翁亭記》，前面說山、說泉、說亭、說作亭人、說酒、說醉翁，都說了，卻後面還有許多如何下處。你看他云：「醉翁之意不在酒，在乎山水之間也。」撚出吃酒，帶下山水，立地便過，不用動掉。

他似乎在強調聯絡不一定要靠聯詞、聯語來達成；但由他所舉的例子看來，他卻已體認到聯段（句）是可以產生更好的效果的。另外，他在「文字法三十五則」中，列了「轉」法，並引古人之語來作佐證：

> 古人云：轉如短兵相接，言步步轉也。一篇有一篇之轉，一段有一段之轉，一句有一句之轉，一字有一字之轉，貴變幻而不可測，懼其易盡也；貴活，懼其死也；貴圓，懼其板也；貴婉曲，懼其累墜而飜身不便也；貴迅，懼其緩也；貴自然，懼其生別也；貴切，懼其迂遠也；得轉之妙，其於文過半矣。（《古文辭通義》卷十二，三六頁）

這則是將基本聯絡所能造成的轉折效果，析論得淋漓盡致。

唐彪的《讀書作文譜》，當然也不會忽略了基本的聯絡，他說：

> 過文乃文章筋節所在。已發之意賴此收成，未發之意賴此開啓。此處聯絡最宜得法。或作波瀾用數語轉折而下，或止用一二語直捷過渡。反正長短，皆所不拘。總要迅疾、矯健，有兔起鶻落之勢方佳也。不然雖前後文極精工，亦減色矣。

「用數語轉折而下」，此即聯段或聯句；「用一二語直捷過渡」，則應是指聯詞或聯語，另外唐彪還引了葛屺瞻的話，而且說得更有系統：

> 文有一字不貫，則爲死字；一句不貫，則爲死句；一段不貫，則爲死局。至於關鍵緊要處有一絲不貫，則通篇文字皆死。縱使摛辭華藻，不過如對木偶人耳，豈能動人心目乎！（一〇一頁）

除了「關鍵緊要處」指的是主旨（綱領）外，其他則屬基本之聯絡。

袁氏《佔畢叢談》云：

作文須解暗接。凡承接處，不假蓋字；提振起，不假夫字；斬折處，不假然、而字；更端處，不假若、夫字。開闔變化，往復百折，而鬥筍接縫，絕無墨痕，只揣摩昌黎〈原道〉一篇便已得其崖略。（見《古文辭通義》、卷十一，七頁）

他這裡雖強調「暗接」的巧妙，但同時也已呈顯出「明接」的狀況，而且頗爲精審。王葆心的《古文辭通義》引謝視侯之《虛字闡義》，云：「實字求義理，虛字審精神」（卷十一，二〇頁），又說：

虛字有起承轉結之別，有同一虛字而兼起承轉結三四義者。……夫虛字之用，不外近而相連、遠而相應已耳，或兩字相連、或三字相連，承乘之際，顛倒錯互，皆有至理，法宜分辨，乃不混淆。或初中末相因而相應，或上中下相反而相應，節奏之間，呼吸靈通，莫非一氣，法宜合觀，乃能領會。（卷十一，二一頁）

他所說的「虛字」，乃指聯詞、聯語而言。

成偉鈞等主編的《修辭通鑑》談到「過渡」，其說法是：

過渡指的是寫文章時，前邊的事情或道理說完，進入另一番事理的敘說時，中間用一定的話語來進行銜接。古人稱之爲「過文」。過渡是文章段落層次之間內在聯繫的表現形式，在文章中起承上啓下的作用。（七三八頁）

過渡的方式分爲四種：

(1)用專門的一段話即過渡段來過渡。過渡段一般都比較短，大多由一個句子或一個句群構成。

(2)用一個句子即過渡句來過渡。過渡句不自成一段。它大多出現在下一段的開頭，少數出現在上一段的結尾。

(3)用關聯詞語過渡，主要是表示並列、轉折、遞進的連詞，如「至于」、「但是」、「況且」、「僅」等。

(4)運用呼告、頂眞等辭格來過渡。（七三八頁）

這和我們的看法幾乎是不謀而合。不過用辭格來過渡者，可以納於「聯語」中，因為它所形成的單位是「語」。

二、例　證

㈠聯　詞

聯詞的使用可以說是各種聯絡的方式當中最基本的了。它雖然微小，頂多只有一、二字，但卻像一顆顆小小的螺絲釘一般，把零碎的句、節、段，組合成完整的篇章，其作用絕不容小覷。而且也正因為它的作用是如此之大，所以我們也常將它們分類，以便利我們更快地分辨它在篇章中所扮演的角色；而這種工作，在很早以前就有人在進行了。

王葆心的《古文辭通義》曾引陳鱣《莊簡集》中的〈對策〉，並說：「發助語之條例最詳備」（卷十一，一六頁）。而陳鱣先說：「粵自方策既陳，訓詁斯尚，文章結構虛實相生，實字其形體，而虛字其性情也。」然後又引《說文》中的一些字例，其中有一些已可看出聯詞的特性來了，如「爾，詞之必然也。曾，詞之舒也。……曶，出氣詞也。乃，曳詞之難也。……寧，願詞也。……凡，最括也。」然後他自己又將虛詞分為數十種：「發詞如夫、蓋、繫、惟是也；曰頓詞如也、者、矣乎是也；曰疑詞如乎、哉、邪、與是也；曰急詞如則、即是也；曰緩詞如斯、乃是也；曰設詞如雖、縱、假、藉是也；曰斷詞如信、必、也、矣是也；曰僅詞如稍、可、略、只是也；曰幾詞如將、殆、儻、或是也；曰專詞如第、惟、獨、特是也；曰別詞如其、于、若、乃是也；曰繼詞如愛、乃、于是是也；曰承詞如是故、然則是也；曰轉詞如然而、抑又是也；曰單詞如唉、咄、然、否是也；曰總詞如都、凡、無慮是也；曰歎詞如嗚呼、噫嘻是也；曰餘詞如兮、只、罷了是也；曰極詞如殊絕、盡悉是也；曰或詞如假令、容有是也；曰原詞如向、初、前、始是也；曰複詞如其斯以爲是也；曰信詞如固然、洵、誠是也；曰擬詞如譬彼、猶若是也；曰到詞如及可數乎是也；曰互詞如或之爲言是也；曰省詞如不曰、不顯是也；曰增詞如焉、耳、乎、哉是也；曰進詞如況、乃、矧、可是也；曰竟詞如畢斯而已是也。」（卷十一，一七——一八頁）這當中如「發詞」、「急詞」、「設詞」、「轉詞」、「總詞」、「或詞」、「進詞」……等等，都無可置疑地是屬於聯詞中的一部份。

馬建忠的《馬氏文通》是中國第一部文法書，他曾講到「聯字」，以爲「凡虛字用以提、承、推、轉字句者曰連字」、「連字界說，明分四宗：曰提起，曰承接，曰轉捩，曰推展」（《馬氏文通》卷八），他將聯字從虛字中分析出來，並且加以分類，而且更進一步地，在前人的基礎上，將個別的連字作更深入的探討；譬如「乃」字，劉淇《助字辨略》只說它是「繼事之辭」，《馬氏文通》則說：「《史·馮唐列傳》：『王遷立，乃用郭開讒，卒誅李牧。』又《大宛列傳》：『終不得入中城，乃罷而引歸。』……——所引『乃』字，皆位句首，而可以『然後』與『而後』代之。此連字之記時者。……《史・主父偃列傳》：『以爲諸侯莫足游者，乃西入關。』……《漢・劉歆傳》：「孝成皇帝愍學殘文缺，稍離其眞，乃陳發秘藏，校理舊文，得此三事，以考學官所專。』」——所引『乃』字，皆位句首，而皆有『于是』之解。此連字之言故者。……其在句首而不可以前解解者，則惟用若更端之詞。《孟子・公孫丑上》：「乃所願，則學孔子也。」『乃所願』者，猶言『至若所願』也。然作此解者，概襯『若』字。《孟子・離婁下》云：『乃若所憂則有之。』又《告子上》云：『乃若其情，則可以爲善矣。』……『乃若』者，前言方畢，而又類及下文也，與『至若、及其』諸詞同解。」因此，「以上可見，《文通》把『乃』字作連詞的用法分析爲三類：一是表示時間繼續關係的，跟『然後，而後』相近；二是表示因果關係的，跟『于是』相接近；三是表示前言已畢，又轉入下文的，跟『至若、及其』相近。『乃』的是個繼事之辭，而繼續的關係有不同。這樣分析，就比《助字辨略》淸楚，顯然是百尺竿頭更進一步了。」（《馬氏文通札記》一四八頁）

我們前面所談都是散文中的聯詞；但韻文中也常用聯詞。劉坡公的《學詞百法》中即有「襯逗虛字法」，他說：「凡人無論作何文字，欲其姿態生動、轉折達意，皆不可不知虛字之用法。而塡詞爲尤要也，長調之詞，曼聲大幅，苟無虛字以襯逗之，讀且不能成文，安能望通體之靈活乎？」（四九頁）他將虛字分為三類，茲引錄如下：「一字類：正、但、待、甚、任、只、漫、奈、縱、便、又、況、恰、乍、早、更、莫、似、念、記、問、想、算、料、怕、看、儘、應。二字類：試問、莫問、莫是、好是、可是、正是、更是、又是、不是、卻是、卻喜、卻憶、卻又、恰又、恰似、絕似、又還、忘卻、縱把、拚把、那知、那番、那堪、堪羨、何處、何奈、誰料、漫道、怎禁、遙想、記曾、聞道、況值、無端、獨有、迴念、乍向、只今、不須、多少。三字類：莫不是、都應是、又早是、又況是、又何妨、又匆匆、最無端、最難禁、更何堪、更不堪、更那堪、那更知、誰知道、君知否、君不見、君莫問、再休提、到而今、況而今、記當時、憶前番、當此際、問何事、倩何人、似怎般、怎禁得、且消受、都付與、待行到、便有人、拚負卻、空負了、要安排、嗟多少。」（四九—五〇頁）這當中有些是聯詞，有些是聯語，也有些根本不屬於基本聯絡的範圍。但是不管如何，總是肯定了韻文中聯詞的存在。

經過這樣縝密的探討後，其意義不僅在於將聯詞分門別類，更重要的是，我們可以藉此發現聯詞的作用有多麼豐富。聯詞的使用向來既為人所注意，因此也留下頗多實際批評的資料。

呂東萊的《古文關鍵》雖未直接指明聯詞的存在，但由他的評語中，我們可以知道他其實已意識到聯詞的作用。譬如蘇洵〈審勢〉中間有「然愚以爲弱在於政不在於勢」一句，呂氏評：「轉好」（一八五頁）；幾句之後又有句云：「雖然，政之弱非若勢弱之難治也」，呂氏評：「又轉」，而兩處所以能達成轉折之效果，是靠了「然」、「雖然」兩個轉折聯詞的關係。又如蘇洵〈上富丞相書〉篇腹有一句：「蓋古之君子愛其人也」，呂氏評爲：「再生意」（一九一頁），而此句所以能承接上意並再生一意，是因爲「蓋」字在這裡扮演著橋樑的角色。

明·謝枋得的《文章軌範》也有一些例子，如韓愈〈原毀〉中有「雖然，爲是者有本有原……」一段，謝氏在「雖然」之旁評：「轉得快」（六一頁）。又如蘇洵〈管仲論〉在開始的部份說：「夫功之成，非成於成之日……」，謝氏評：「承接得好」（一〇四頁），而這兩者所以能順利承接，是由於「夫」字發揮了很大的功用。又如歐陽修〈讀李翺文〉中有一句：「然翺幸不生今時」，謝氏評：「一轉纔是公本色」（二三四頁），此「一轉」是由於「然」字所達成的。

林景亮的《評註古文讀本》中，因爲特別列有一門「字法」，來探討每篇文章的用字，因此關於聯詞的例子特別多，茲略舉數例如下：首如劉大櫆的〈縹碧軒記〉有這樣的句子：「已而吾父得足疾……雖然，學以致其道」，眉批云：「用『已而』接入前文……用『雖然』拓開一筆」（三五頁）。再如宋琬〈憨子〉中有一句說：「惟夜無所棲焉」，眉批亦云：「『惟』字一句提清無所棲」（三九頁）。又如李紱〈無怒軒記〉中有句云：「顧情之發也中節爲難」，眉批說：「『顧』字以下轉入正面」（七七頁）。又如邵長蘅〈青門旅稿自序〉的「字法」中說：「其『而況』二字爲追進一層，故置於數句之首」（二二〇頁），他指的應是：「而況海內交遊離合之跡」一句，藉此以拓開一層。

林紓的《韓柳文研究法》中，也有一些分析值得一看，譬如他談韓愈〈畫記〉，說：「本文初無他奇，奇在兩用『凡』字，一用『皆』字，實庸手所萬不能到。入手敘人，其次敘馬，又次敘雜畜器物，若無所收束，直是一卷賬本，何名爲記？文合以上之人馬，最之曰：『凡人之事三十有二，爲人大小百二十有三，莫有同者焉。』夫人有事也，馬屬於人，尙有何事，乃以牽涉翹顧鳴寢諸態，爲馬之事，復最之曰：『凡馬之事二十有七，爲馬大小八十有三，而莫有同者焉』。文心之妙，能舉不相偶之事，對舉成偶，眞匪夷所思。惟人馬之外，尙有雜畜及兵仗之屬，此不可凡者也，乃總束之曰『皆』，曲極其妙，歸入畫工好處，即爲記中之結束。」（一一頁）他在這裡也肯定了聯詞的妙用。

阮廷瑜的《李白詩論》中特列一節談李白詩中的「虛字」，其中當然也包括了聯詞。他舉了相當多的例子，我們可擇數例來看：首如〈贈錢徵君少陽〉：「秉燭唯須飲，投竿也未遲。如逢渭水獵，猶可帝王師。」他說：「意在『唯須』『也未』『如』『猶可』諸虛詞上不停旋轉。」（五三頁）次如〈上之回〉：「豈問渭川老，寧邀襄野童。但慕瑤池

宴，歸來樂未窮。」他分析道：「著『豈』『寧』『但』『未』四字，抑揚致諷，哀其有窮也。」（五三頁）

陳滿銘在《國文教學論叢》中，列有一類是「用聯詞作上下文之接榫」，並將聯詞分成四種，每種附有若干例子，我們各舉一例，以窺一斑：首先是「直承聯詞」，如諸葛亮〈出師表〉：「此皆良實，志慮忠純，是以先帝簡拔以遺陛下」，其中的「是以」即爲聯詞。次爲「轉折聯詞」，如方聲洞〈赴義前稟父書〉：「兒死不足惜，第此次之事，未曾稟告大人，實爲大罪」，其中的「第」字即爲聯詞。第三種是「推展聯詞」，如范仲淹〈岳陽樓記〉：「岸芷汀蘭，郁郁青青。而或長煙一空，皓月千里，浮光躍金，靜影沈璧」，其中的「而或」產生了推展的作用。第四種是「總括聯詞」，其例如魏徵〈十思疏〉：「總此十思，弘茲九德」，「總此」二字總括了上文，以引起下文（四一〇—四一六頁），充分發揮了聯詞的作用。

聯詞爲數甚眾，出現的頻率亦繁，在篇章中所扮演的聯絡角色，可謂至關重要。

(二)聯　語

聯語可以說是在聯詞的基礎上發展起來的，其作用、地位幾乎完全相同，所不同的是，它比聯詞更自由、更不規律，使用起來更具有彈性。聯語雖不若聯詞般廣受重視，但也一直有人注意到它的存在，因而留下一些評析的資料。

金聖歎批的《才子古文讀本》中，就曾挑出聯語來，並說明它們的功能。譬如《國語·范文子不欲伐鄭》中的一段：「夫王者，成其德而遠人，以其方賄歸之，故無憂；今我寡德而求王者之功，故多憂。」評註說：「『夫王者』，三字提；『今我』，二字提；『故無憂』、『故多憂』，一樣三字結」（（上）六一頁），其中「夫」、「故」皆爲聯詞，而「今」則爲聯語。此外，吳楚材選、王文濡評註的《古文觀止》亦有一例，即《國策·魯共公擇言》：「今主君之尊，儀狄之酒也；主君之味，易牙之調也；左白台而右閭須，南威之美也；前夾林而後蘭臺，強臺之樂也。」他在「今」字底下有評云：「領下四句」（一五九頁），其實它的作用在聯繫下四句。

林景亮的《評註古文讀本》中有較多的例子，譬如評戴名世〈記夢〉時，他說：「『有頃』、『既覺』、『自是』爲遞接字法」（三七頁），「有頃」即爲聯語，出自於「有頃，天上有紅雲一縷」句。又如吳汝綸〈題玉露禪院〉說：「久之，始得我故所居樓；又久之而得文正居室」，眉批云：「次用兩『久之』寫得故居」（二九九頁），這兩個聯語同時也帶出了光陰流逝之意。又如吳敏樹〈石君硯銘〉云：「一日，久雨始晴……」，他說道：「三段『一日』二字，爲另提一事發議法」（二〇三頁），這說明了「一日」所產生的過渡作用。

黃永武的《中國詩學——設計篇》曾評析過杜甫的〈聞官軍收河南河北〉：「劍外忽傳收薊北，初聞涕淚滿衣裳！卻看妻子愁何在？漫卷詩書喜欲狂。白日放歌須縱酒，青春結伴好還鄉。即從巴峽穿巫峽，便下襄陽向洛陽！」他先引吳瞻泰的說法：「曰忽傳、曰初聞、曰卻看、曰漫卷、曰即從、曰便下，皆倉卒驚喜，信筆直書，語不暇停，使人如聞其聲，如見其狀，此全以氣勝，非徒以虛字取巧也。」（《杜詩提要》卷十一）然後說：「虛字穿插得十分靈巧，有助於速率的加快。」（五〇頁）這些虛字中有些是聯詞，而「初」字，則是聯語。

黃錦鋐在《中學國文教材法》中，談到「用聯語作上下文的接榫」時，曾舉了一例：《後漢書·范滂傳》：「初，滂等繫獄，尚書霍諝理之。及得免，到京師，往候諝不爲謝。」他說：「文言文中要倒敘以前的事，往往用『初』、『始』、『先是』等短語連接起來。」（一二〇頁）在這裡，聯語產生了連接現在和過去的功用。

陳滿銘的《國文教學論叢》中，在「用聯語作上下文之接榫」之下，舉了好些例子，茲條列數例如下：「『孟子曰：「有爲者，譬如掘井；掘井九仞，而不及泉，猶爲棄井也。」成敗之數，觀此而已！』（《孟子·盡心上》）『鄒君海濱，以所輯《黃花岡烈士事略》，丐序於予。時予方以討賊督師桂林。』（孫文〈黃花崗烈士事略序〉）『昔者先王知兵之不可去也，是故天下雖平，不敢忘戰。』（蘇軾〈教戰守策〉）」（四一六—四一八頁）其中「成敗之數」、「時」、「昔者」等語，都是聯語。

除了前面所談的聯語之外，還有一類聯語更具有藝術性的特色，值得我們加以注意，那就是因修辭技巧而產生的聯語。一般而言，感嘆、呼告是最容易產生聯絡作用的，因而也最常見；此外，鑲嵌、類疊、頂眞等修辭技巧，也都會形成聯語。

早在宋·陳騤的《文則》中即已說過：「韓退之爲古文伯，於數句用一類字，尤加意焉。如〈賀冊尊號表〉用『之謂』字，蓋取《易·繫辭》；〈畫記〉用『者』字，蓋取《考工記》；〈南山詩〉用『或』字，蓋取《詩·北山》；悉注於後，孰謂退之自作古哉？用一類字者，不可遍舉，采經子通用者志之，可觸類而長矣。」他在這裡所談的就是修辭格中的「類字」，他並且將「類字」的用法上溯至《易經》、《詩經》、《考工記》等古代典籍，而且他在後面舉例的部份，更將範圍擴大至「之」法、「可」法、「可以」法、「爲」法、「必」法、「不以」法……等等近四十種，我們可以選擇一些例子來看：「或法：《詩北山》『或燕燕居息，或盡瘁事國，或息偃在床，或不已於行。或不知叫號，或慘慘劬勞，或栖遲偃仰，或王事鞅掌，或湛樂飲酒，或慘慘畏咎，或出入風議，或靡事不爲。』者法：《考工記》『脂者，膏者，羸者，羽者，鱗者』莊子『激者，謞者，叱者，吸者，叫者，譹者，宎者，咬者。』之謂法：《易·繫辭》『富有之謂大業，日新之謂盛德，生生之謂易，成象之謂乾，效法之謂坤，極數知來之謂占，通變之謂事，陰陽不測之謂神。』……」這些都是「類字」，但也都是可以產生聯絡作用的。

呂東萊的《古文關鍵》中，即有一些例子。如曾鞏〈救災議〉中有一段云：「此衆士大夫之所未慮，而患之尤甚者也？何則？失戰鬥之民……」，在「何則」之旁，呂氏評：「結前生後」（二九六頁），這就是運用了設問法所以才達成聯貫之結果。此外，韓愈〈師說〉的中間有「嗟乎！師道之不傳也久矣」二句，呂氏的評語是：「上說了至此卻立意起。」（二七頁）爲何能另立新意呢？那是因爲感嘆語「嗟乎！」二字產生了提振作用。

李騰芳《山居雜著》中有「文字法三十五則」，其中第二十七則曰「複」法，他說：「如重複之複，韓愈〈原道〉說完了六段，卻又云：『夫所謂先王之教者何也？博愛之謂仁，行而宜之之謂義，由是而之焉之謂道，足乎己無待乎外之謂德，其文：《詩》、《書》、《易》、《春秋》，其法：禮樂刑政，其民士農工賈，其位君臣父子師友賓主昆弟夫婦，其服絲麻，其居宮室，其食粟米果蔬魚肉。』歐公〈張望之字序〉：『君子之賢於一鄉者，一鄉之望也，賢於一國者，一國之望也，名烈著於天下者，天下之望也，功徽被於後世者，萬世之望也。』下又複說云：「孝慈友弟達於一鄉，古所鄉先生者一鄉之望也，春秋之賢大夫，若隨之季良、鄭之子產者，一國之望也』云云，此複法也。有此一複，文字更見精采，而又無重疊之病爲妙。」（《古文辭通義》卷十一，三五頁）韓愈〈原道〉之例可分爲兩截，前一截是「之謂」二字一再重出，後一截是「其」字一再重出，這都是屬於修辭中的「類字」。而歐陽修〈張望之字序〉中所出現的情形，則可視作「頂眞」的變格；而「類字」和「頂眞」這兩種修辭格都可產生聯絡作用，所以李騰芳所謂的「複」，既說「有此一複，文字更見精采」，實則是著重在字眼的重複所能產生的聯絡效果。

謝枋得的《文章軌範》中，曾談到韓愈〈原道〉中的一段文字：「有聖人者立……爲之君，爲之師……爲之衣……爲之食……爲之宮室……爲之工……爲之賈……爲之醫藥……爲之葬埋祭祀……爲之禮……爲之樂……爲之政……爲之刑……爲之符璽……爲之城郭甲兵……爲之備……爲之防」，謝氏評云：「此一段連下十七個『爲之』字……如層峰疊巒，如驚濤巨浪。」（一五七頁）「爲之」一再出現，將這段文字緊密地串連起來；而且類似的句法又在後面出現，兩者之間更造成一種呼應，那就是：「夫所謂先王之教者何也？……其文……其法……其民……其位……其服……其食……其爲道……其爲教……」一段，謝氏評云：「連下九個『其』字，變化六樣句法，與前章『爲之』字相應」，所以這是用類語造成呼應的例子。

金聖歎批的《才子古文讀本》收有司馬遷〈報任安書〉，其中一段說：「諺曰：『誰爲爲之？孰令聽之？』蓋鍾之期死，伯牙終身不復鼓琴。何則？士爲知己者用，女爲悅己者容。」在「何則」之下有註語云：「『何則』，一曲」（（上）一九五頁）「一曲」就是形成轉折，而這是靠「何則」這個設問句達成的。又如李華〈弔古戰場文〉有一段云：「亭長告余曰：『此古戰場也，嘗覆三軍，往往鬼哭，天陰則聞。』傷心哉！秦歟？漢歟？將近代歟？」評語曰：「只用『傷心哉』三字一接，卻以秦漢連問，上即緊問近代，妙」（（下）一八〇頁）用作聯絡的「傷心哉」三字，即屬於修辭格中的「感嘆」。

周振甫的《詩詞例話》曾引用郭知達《九家集注杜詩》：「杜甫〈草堂〉：『舊犬喜我歸，低徊入衣裾；鄰舍喜我歸，沽酒攜胡蘆。大官喜我來，遣騎問所須；城郭喜我來，賓客隘村墟。』趙彥材云：『此四韻〈木蘭歌〉格也，其辭『耶娘聞女來，出郭相扶將；阿姊聞妹來，當户理紅妝；小弟聞姊來，磨刀霍霍向豬羊。』』」他對此的闡釋是：「重疊是前後詞語重複，像這裡引的兩個『喜我歸』，兩個『喜我來』，『喜我』兩字四見，『聞……來』三見，這些句子的結構也相同。」（二一五頁）趙彥材之所以把杜甫〈草堂〉和〈木蘭辭〉併在一起看待，正是因爲看到這兩首詩都有「重疊」的特徵，這其實就是現代修辭格中的「類字」，連帶具有聯絡的效果。

陳滿銘在〈談詞章聯絡照應的幾種技巧〉（收於《國文教學論叢》）一文中，也談到了因修辭技巧而使某些詞語充當了上下文的接榫，並且舉了幾個例子：「『苟或不然，人爭非之，以爲鄙吝。故不隨俗靡者蓋鮮矣。嗟乎！風俗頹敝如是，居位者雖不能禁，忍助之乎！』（司馬光〈訓儉示康〉）『春不得避風塵，夏不得避暑熱，秋不得避陰雨，冬不得避寒凍。』（晁錯〈論貴粟疏〉）『道狹草木長，夕露沾我衣。衣沾不足惜，但使願無違。』（陶淵明〈歸園田居〉）」（四一九頁）這些「嗟呼」、「春、夏、秋、冬」、「衣」等語分屬於感嘆格、鑲嵌格和頂眞格，都發揮了很好的聯絡效果。

(三)關聯句子

寫作辭章時，如果聯語已不敷使用，那麼就會用到關聯句子來作爲上下文的過渡。金聖歎批的《才子古文讀本》中，可以發現許多承上啟下的聯句，如李斯〈諫逐客書〉前面寫色、樂、珠、玉等物，後面寫人，而中間就用「今取人則不然」作爲過渡，所以註語云：「忽然轉」（（上）一二五頁）。次如韓非〈說難〉一開始就用很大的篇幅闡明遊說之難，然後用「此說之難不可不知也」結過，接著開始另起一意說：「凡說之務……」，因此在「此說之難不可不知也」之下，有註語云：「又一結過，再下起」（（上）一三二頁），這表示此句的作用在於過渡。又如司馬遷〈孔子世家贊〉乃一短文，形成上下兩截；而用「余低回留之，不能去云」聯絡，所以評道：「總上又吐下，筆態淋漓無限」（（上）一六九頁）。

過商侯的《古文評註全集》中，錄有王禹偁〈黃岡竹樓記〉，其中有一段云：「公退之暇，被鶴氅衣，戴華陽巾，手執《周易》一卷，焚香默坐，消遣世慮；江山之外，第見風帆沙鳥、煙雲竹樹而已。待其酒力醒，茶煙歇，送夕陽，迎素月，亦謫居之勝概也。」註語云：「看他寫登樓佳趣，全在樓外所見，若說江山之勝，則上文已有『遠吞山光』二句，凝難再敘，虧他用『江山之外』四字提過，生出無數妙景來，結構之工乃爾」（六四一頁），可見「江山之外」四字，產生了很好的橋樑作用。

林雲銘的《古文析義》中也有好些精采的評析，如韓愈〈送浮屠文暢序〉中有「如吾徒者，宜當告之以二帝三王之道、日月星辰之行，天地之所以著，鬼神之所以幽，人物之所以蕃，江河之所以流」一段，註語云：「愚按『宜當告之』四字，直貫至『江河之所以流』句」（二一七頁），這段話表明了「宜當告之」一句，所產生的聯貫作用。次如韓愈〈送董邵南序〉的篇腹有「然吾嘗聞風俗與化移易」句，他說：「通篇以『風俗與化移易』句爲上下過脈」（二一六頁），他將關聯句子的作用表達得十分清楚扼要。

吳楚材選、王文濡評註的《古文觀止》中，曾評析《左傳·子產論尹何爲邑》，以爲在子產的一篇話「棟折榱崩，僑將厭焉，敢不盡言：子有美錦，不使人學製焉。……」中，「敢不盡言」起了承上啟下的作用，故評註云：「『敢不盡言』句，鎖上起下」（六九頁）。還有宋濂〈閱江樓記〉中有一段云：「今則南北一家，視爲安流，無所事乎戰爭矣！然則果誰之力歟？逢掖之士，有登斯樓而閱斯江者……」就在「然則果誰之力歟」之下，有註語云：「呼一句，承上啟下」（五三七頁），清楚地點明了它聯絡的性質。此外，《史記·管晏列傳》中有句云：「後百餘年而有晏子焉」，也作聯句用，很有力地連接了管仲和晏子的事蹟，因此註語云：「由上接下，蟬聯蛇蛻。」（一九一頁）

宋文蔚的《評註文法津梁》中，也有多處地方注意到聯句的存在。如王安石〈遊褒禪山記〉採先敘後論的結構，在敘事結束後，要發抒議論之時，用了一句「於是予有嘆焉」，很順當地溝通了敘事與議論，將這兩部份天衣無縫地結合起來，因此註語云：「寫入寓意，提筆起下」（二七五頁）。又如曾鞏〈墨池記〉的首段說：「臨川之城東，有地隱然而高，以臨於溪，曰新城。新城之上有池，窪然而方以長，曰王羲之墨池者，荀伯子〈臨川記〉云也。羲之嘗慕張芝臨池學書，池水盡黑，此爲其故跡，豈信然耶。」在末句之下有註語云：「作一疑筆，引起下文」（五頁），而這一疑筆確實很順利地將文章內容，轉至對羲之早年生活的描寫，產生了很好的過渡作用。

林紓的《韓柳文研究法》曾談到韓愈的〈馬說〉，他認爲：「說馬篇入手，伯樂與千里馬對舉成文，以千里馬已得倚賴，可以自酬其知。一跌落伯樂不常有，則一天歡喜，都淒然化爲冰冷，且說到駢死槽櫪之間，行文到此，幾無餘地可以轉旋矣，忽叫起『馬之千里者』五字，似從甚敗之中，挺出一生力之軍，怒騎犯陣，神威凜然。」（五頁）很明顯地，「馬之千里者」即爲聯絡用的句子。

周振甫的《文章例話》中，也談到「過渡」，並舉例來說明：「過渡即文章有轉折處，經過轉折，轉入另一個意思。像歐陽修〈相州晝錦堂記〉，一開頭就發議論：『仕宦而至將相，富貴而歸故鄉，此人情之所榮，而今昔之所同也。』富貴歸故鄉，是衣錦晝行，正是切合『晝錦』說的。以下就發揮這是人情所榮的，歸到『此一介之士，得志於當時，而意氣之盛，昔人比之衣錦之榮者也！』下面要轉到韓琦身上，說他不是這樣，只用一句話：『惟大丞相魏國公（韓琦）則不然。』」（二—（二）一〇九頁）聯句的重要由此可見。

陳滿銘的《詩詞新論》中，亦不乏聯句之例，如他評析晏殊〈清平樂〉：「金風細細。葉葉梧桐墜。綠酒初嘗人易醉。一枕小窗濃睡。　紫薇朱槿花殘。斜陽卻照闌干。雙燕欲歸時節，銀屏昨夜微寒。」時，說：「然後以『雙燕』句，一方面用以襯托孤單，一方面用以承上啟下，帶出結句」（一〇頁）。另如晏幾道的〈臨江仙〉：「夢後樓台高鎖，酒醒簾幕低垂。去年春恨卻來時。落花人獨立，微雨燕雙飛。　記得小蘋初見，兩重心字羅衣。琵琶絃上說相思，當時明月在，曾照彩雲歸。」他說：「『去年』一句，承上啟下，一面拈出『春恨』，以統括全詞，一面以『去年』預爲下片之憶舊開路。」（一二頁）可見聯句的功用是極大的。

看過這些例子之後，我們可以發現：聯句必然是因爲具備聯絡作用，才可以成爲聯句；但除此之外，它也含有一定的、與文章內涵相容的意義，至於此意義所佔比重是多是寡，則各有不同。大體說來，每個句子都或多或少地具備聯絡成份以及意義成份，其中何者是聯句？何者是普通句？便很難用一個標準去認定；但這並不表示聯句的認定就漫無規則，因爲只要它的聯絡作用大到令人很清楚地覺察到，那麼我們幾乎就可以判定這是一個聯絡句了。

還有，修辭格中有一種「類句」，由於這類句子一再出現，此呼而彼應，也同樣能造成聯絡的效果，這可從下列的例子中獲得證明。

金聖歎批的《才子古文讀本》中，收有《戰國策．騶忌鼓琴》記述威王鼓琴，首先由騶忌談論琴理，說道：「夫大絃濁以春溫者，君也；小絃廉折以清者，相也；攫之深醳之愉者，政令也；鈞諧以鳴，大小相益。回邪而不相害者，四時也；吾是以知其善也。」其後再從琴理推到治理人民，說道：「夫大絃濁以春溫者，君也；小絃廉折以清者，相也；攫之深而醳之愉者，政令也；鈞諧以鳴，大小相益，回邪而不相害者，四時也。夫復而不亂者，所以治昌也；連而徑者，所以存亡也；故曰：琴音調而天下治。夫治國家而弭人民，無若乎五音者。」我們可以看到：兩段話中有五句是完全相同的，因此註語云：「重理前文，不省一字，妙妙」（（上）一二三頁），由這段話中可以知道評註者對重複而生的效果，是十分讚賞的。又如賈誼〈治安策〉中，有一段是「痛哭論諸侯王僭擬」（（上）一四〇頁），先在前面假設種種情況，然後推斷文帝必定無法處理，因此每一小段落之末，都分別綴上一句：「臣又知陛下有所必不能矣」、「臣有以知陛下之不能也」、「故臣知陛下之不能也」、「臣又知陛下之不能也」，而且評註者也分別加上註語：「一不能」、「二不能」、「三不能」、「四不能」（（上）一四一－一四二頁），所以每一小段落之間雖然沒有聯詞加以聯接，但都因末句的重出而自然鎔合成一體。

過商侯的《古文評註全集》也收了一些例子，譬如《左傳·季札觀周樂》，眉批云：「歌詩作十三段文字，八用『美哉！』」（八七頁）這八個「美哉」分別出現在下列的文句中：「使工爲之歌〈周南〉、〈召南〉，曰：美哉！始基之矣」、「爲之歌〈邶〉、〈鄘〉、〈衛〉，曰：美哉！淵乎憂而不困者也」、「爲之歌〈王〉，曰：美哉！思而不懼其周之東乎？」、「爲之歌〈鄭〉，曰：美哉！其細已甚，民弗堪也」、「爲之歌〈齊〉，曰：美哉！泱泱乎大風也哉！」、「爲之歌〈豳〉，曰：美哉！蕩乎！」、「爲之歌〈魏〉，曰：美哉！渢渢乎！」、「爲之歌〈小雅〉，曰：美哉！思而不貳」，其中「美哉」二字一再地重複，有迴環不絕之感。

吳楚材選、王文濡評註的《古文觀止》也注意到此一現象，評《左傳·季札觀周樂》

時，曾評道：「以上是歌，以下是舞。上俱以『爲之』二字引起，下俱以『見』字引起」（六三頁），以「爲之」二字引起的句子是：「爲之歌〈周南〉、〈召南〉、……」、「爲之歌〈邶〉、〈鄘〉、〈衛〉……」、「爲之歌〈王〉……」、「爲之歌〈鄭〉……」、「爲之歌〈齊〉……」、「爲之歌〈豳〉……」、「爲之歌〈秦〉……」、「爲之歌〈唐〉……」、「爲之歌〈小雅〉……」、「爲之歌〈大雅〉……」，一再重複的是「爲之歌」三字，所以這已由聯語的範圍進入類句的範圍中了。而用「見」字領起的句子是：「見舞象箾南籥者……」、「見舞大武者……」、「見舞韶濩者……」、「見舞大夏者……」、「見舞韶箾者……」，其中「見舞」二字一再出現，也是屬於一般句。再加上過商侯所指出的重複八次的「美哉」，這篇文章幾乎主要是用類句來達成聯貫的目的。

吳闓生的《桐城吳氏古文法》中，也有一個例子，那就是淮南小山的〈招隱士〉，其篇首部份有句云：「攀援桂枝兮聊淹留」，而篇末部份又重複了一次，所以于惺介評云：「以複句兩應。」（一三〇頁）直接點明了它的聯絡作用。此外，吳氏的《古文範》曾談到屈原的〈離騷〉，其中有一句是：「吾令羲和弭節兮」，後面又有一句是：「吾令鳳鳥飛騰兮」，他評道：「再接再厲，迭用『吾令』字，與前爲複調，以取排奡之勢，所謂氣不孤行者也」（五五頁），這段話將複用「吾令……」一句所產生的效果，表達得清楚極了。

林景亮的《評註古文讀本》也收了一些很好的例子，譬如歐陽修的〈賣油翁〉，前面先敍賣油翁評論陳堯咨的射術，說：「**無他但手熟耳**」；後面又敍賣油翁評論自己酌油之技，也說：「**我亦無他惟手熟耳**」；眉批云：「『手熟』二字與前段作複筆，意極佳」（二一頁），其實不僅此二字重複而已，整個句子都很類似，所以是類句的形式。次如《莊子·輪扁喻讀書》，眉批云：「末一句爲前文作複筆，局陣整齊，精神團結」（六九頁），末句是：「**然則君之所讀者，古人之糟粕矣夫**」；然而在前面就已出現過完全一樣的句子了，此處再重複一次的用意，便是藉此使文章「局陣整齊、精神團結」。

蔣伯潛的《中學國文教學法》中，有這麼一段話：「莊辛〈論幸臣〉，先以蜻蛉爲喻，次以黃雀爲喻，又次以黃鵠爲喻，又次以蔡靈侯爲喻，由昆蟲而小鳥，而大鳥，而小國之君，方說到楚王身上；每段連接處都用一句『××**其小焉者也**，』一層一層地逼近來，這叫做層遞法。〈大學〉一篇，由格物致知而誠意，而正心，而修身，而齊家，而治國平天下，一層一層地放大來，每章首云『**所謂**××**在**×**其**×**者**，』末云『**此謂**××**在**×**其**×，』這也是層遞法。逐層遞嬗，自然前後聯絡了。」（八四頁）他雖然著重在段落間層遞的關係，但我們可以發現段落間的層遞之處可以順暢地承接，乃是得力於一再重複的句子，所以也等於側面地肯定了類句的聯絡功能。

(四)關聯節段

有時候，聯詞、聯語、關聯句子都不敷使用，這時關聯節段就產生了。這一小節或一小段的文字的主要作用，乃在溝通上下文，因此它的聯絡作用大於其他。

過商侯的《古文評註全集》也注意到關聯節段的存在。譬如賈誼〈過秦論〉前面歷敘秦孝公、惠王、武王之聲勢顯赫，然後接著要敘述此文重心所在之始皇，就在此中間用了「延及孝文王、莊襄王，享國日淺，國家無事」一節，來聯接上下文，因此註語云：「此補敍作過文，不好落空，故帶筆點綴二王」（二三七頁），由「過文」二字即可看出它的聯絡特質。次如杜牧的〈阿房宮賦〉，它一開始即鋪張揚厲地大肆鋪陳阿房宮的壯麗豪侈，然後接上一節說：「妃嬪媵嬙、王子皇孫，辭樓下殿，輦來于秦，朝歌夜絃，爲秦宮人」，而其後則以濃筆重墨描寫阿房宮中的麗人們，所以註語針對這一節說：「以上寫宮殿，以下寫美人，此則承上啟下處」（四五四頁），很明顯地，此節文字有過渡之作用。

林雲銘的《古文析義》收有徐學謨〈重刻岳陽風土記序〉，此文一開始先以柳宗元爲賓，以引起下文的范晦叔和許君，而他們之間的共通點就是皆爲謫人，因此作者用兩句話將他們銜接在一起，那就是「然則古今去國之臣，蓋有幸不幸焉」，註語云：「二句承上啟下有力」（三四七頁）。又如元稹〈連昌宮詞〉前面歷敘連昌宮之盛衰，後面則藉老翁之口議論朝政，是先敘後論的結構，而連接這兩部份的，便是「我聞此語心骨悲，太平誰致亂者誰？」二句，因此註語亦云：「將盛衰總言一句，轉入朝政，結上生下」（七三六頁）。這兩者都是以一小節來聯絡上下文的例子。

吳闓生的《古今詩範》中也可找出幾個例子，如〈孔雀東南飛〉在女子被迫允婚和府吏聞訊歸來之間，用了一段詩句爲過渡：「移我琉璃榻，出置前窗下，左手持刀尺，右手執綾羅，朝成繡裌裙，晚成單羅衫，晻晻日欲暝，愁思出門啼。」這段文字並無重要意義，主要在帶出時間的推移，以聯繫二人的動作，因此吳氏評道：「過脈語」（一一二頁）。

王文濡的《古文辭類纂》中，收有韓愈〈張中丞傳後敘〉，曾眉批云：「文上兩段皆專爲遠辨當時之誣，下一段申翰等之論，兼爲張許辨謗，而以『小人之好議論』五句爲上下文作紐。」（二三六頁）而這五句是：「小人之好議論，不樂成人之美如是哉！如巡遠之所成就如此卓卓，猶不得免，其他則又何說？」，對照前後文，可以很清楚地看出它的聯絡特質。

李扶九的《古文筆法百篇》中，也有好些節段是用以聯絡的，譬如在王禹偁〈待漏院記〉篇腹有這樣的眉批：「『思』字生下兩大比」（一一頁），所謂的「兩大比」是指底下寫「賢相」、「奸相」的兩大段，而這兩大段是靠「待漏之際，相君其有思乎？」一節，來與上文達成聯繫的。又如蘇軾〈超然台記〉先由「求福而辭禍」一直推論到「求禍而辭福」，然後以「夫求禍而辭福，豈人之情也？」一小節，與下文作連接，所以眉批云：「承上起下」（四三頁）。又如司馬遷〈報任少卿書〉在前半提到因爲刑餘之人自古以來即爲人所恥，所以自身沒有資格舉薦天下豪傑，在這「因爲……」、「所以……」之間起了銜接作用的，便是「夫中材之人，事關宦豎，莫不傷氣，況慷慨之士乎？」一節文字，故眉批云：「束上起下」（一七〇頁），明確表示了這節文字的聯絡作用。

林景亮的《評註古文讀本》中有多篇文章，也利用節段來達成聯絡。譬如袁枚〈黃生借書記〉一文，欲以黃生借書一事推擴而至其他道理，所以用「非獨書爲然，天下物亦然」二句來貫串，他評道：「『非獨書爲然』二句爲展拓脫卸句法。凡由一事以推及他事，必先作此種過渡，藉以貫串文勢」（一五七頁）。又如方孝孺〈蕭僕贊〉乃屬先敍後論的結構，而中間用「余聞而悲之，爲作贊，然非爲是僕也」幾句，來聯絡敍事和論說兩部份文字，所以他評道：「『余聞而悲之』三句，爲束上起下句法」（一二八頁）。

宋文蔚的《評註文法津梁》中收有歐陽修〈峴山亭記〉，此文一開始先從正面敍寫羊叔子和杜元凱名聲之赫赫，隨後用「蓋元凱以其功，而叔子以其仁，二子所爲雖不同，然皆足以垂於不朽」一段，過渡至反面，以寫二人汲汲於名的行爲表現，所以註語云：「束上生下，銜接無痕」（一九五頁）。

喻守眞的《唐詩三百首詳析》中，有一首岑參〈與高適薛據登慈恩寺浮圖〉：「塔勢如湧出，孤高聳天宮。登臨出世界，磴道盤虛空。突兀壓神州，崢嶸如鬼工。四角礙白日，七層摩蒼穹。下窺指高鳥，俯聽聞驚風。連山若波濤，奔湊似朝東。青槐夾馳道，宮館何玲瓏；秋色從西來，蒼然滿關中；五陵北原上，萬古青濛濛。淨理了可悟，勝因夙所宗。誓將掛冠去，覺道資無窮。」他分析道：「首四句爲第一段，開頭二句是從下面望到整個的塔，是未登之先，下二句是寫登塔。『突兀——蒼穹』爲第二段，是寫塔的高聳雄峻。『下窺』兩句，是從上面望到下面，作爲承上啟下的關鍵。『連山——濛濛』爲第三段，是寫東南西北四方所見的景物。」（二八頁）我們可以看得出來，此詩中所安排的視界是先往上望，再將眼光往下拉，然後向四面八方望去，而「下窺指高鳥，俯聽聞驚風」二句，則交代了視線由上而下的動作，所以可以聯絡前後不同的空間安排，這種橋梁作用是很明顯的。

第二節　藝術的聯絡

「基本的聯絡」是指表現在文詞上的聯絡方式，是有形的；「藝術的聯絡」則不然，它是無形的，是內容情意互相呼應所造成的聯絡。關於這一點，前人也提出了一些看法：

楊仲弘的《詩法家數》（收於《詩學指南》）中談到「絕句之法」，他說：

要宛曲回環，刪蕪就簡，句絕而意不絕，多以第三句爲主，而第四句發之，有實接，有虛接，承接之間，開與合相關，反與正相依，順與逆相應，一呼一吸，宮商自諧。（三二頁）

他說「句絕而意不絕」，又說「開」、「合」、「反」、「正」等，都是指結構安排的方式形成相應，屬於藝術的聯絡中的方法類。

高琦的《文章一貫》中，引《麗澤文說》之語，云：

轉換處須是有力，不假助語，而自接連者爲上。

他說「不假助語」，分明是認爲不靠基本的字句上的聯絡，還是能用其他的方式達成聯絡，而且更加巧妙。

魏禧在《魏叔子文集》中說：

有當轉而不用轉語，以開爲轉，以起爲轉者。以起爲轉，轉之能事盡矣。（《古

文辭通義》卷十一，七頁）

他雖未解釋何謂「開」、「起」，但由「不用轉語」這四字，我們可以知道他肯定基本的聯絡之外，還有其他的聯絡方式。

袁氏《佔畢叢談》說：

> 作文須解暗接，凡承接處不假「蓋」字；提振起不假「夫」字；轉折處，不假「然」、「而」字；更端處，不假「若夫」字；開闔變化，往復百折，而鬥筍接縫，絕無墨痕，只揣摩昌黎〈原道〉一篇，便已得其崖略。（《古之辭通義》卷十一，七頁）

他說「暗接」，認爲「鬥筍接縫，絕無墨痕」，這是強調此種聯絡並非憑藉聯字（詞、句、段），而不靠聯字（詞、句、段）而能形成聯絡者，只有藝術的聯絡了，所以「暗接」便是指藝術的聯絡。

汪堯峰〈答陳藹公書〉說道：

大家之有法，猶弈師之有譜，匠氏之有繩度，不可不講求而自得者也。後之作法，惟其知字而不知句，知句而不知篇，於是有開而無闔，有呼而無應，有前後而無操縱頓挫，不散則亂。譬如驅烏合之市人，而思制勝於天下，其不立敗者，幾希！（《古文法纂要》，二二一頁）

他從反面來說明：不講求藝術的聯絡，會造成篇章散漫的後果。

方東樹《昭昧詹言》曰：

古人文法之妙，一言以蔽之曰：語不接而意接。

他的看法和前人是一樣的，都肯定基本的聯絡之外，尚別有天地。

王葆心的《古文辭通義》中說：

蓋昔人之論書勢者曰：「有轉皆收，無乖不縮」，故轉法貴無跡而賤有跡，有跡易，無跡難。（卷十一，九頁）

所謂「無跡」，即不用特定詞語來作銜接，而採用其他方式，因此顯得無跡可尋。

林紓《春覺齋論文》認爲：

> 水之沮洳行於地者，其來也必有源；小山之別於大山，望之若不相連，然其起伏若賓主之朝揖，正所謂不連之連。

「不連之連」即是由內容的相互呼應而達成的。

這些說法都肯定在基本的聯絡之外，尚有藝術的聯絡之存在，而藝術的聯絡的內容，我們在「聯絡律」的總論中，即已參考蔣伯潛、章微穎、黃錦鋐、陳滿銘……諸家的說法，將它先大別爲方法和材料兩類；方法中又包括了賓主、虛實、正反、抑揚、立破、問答、平提側注、凡目、縱收、因果十種；材料亦可區別爲事材、物材，其中又可形成前後呼應及首尾照應；另外還有一類——一路照應，則因易與統一律中的「綱領」混淆（因爲綱領可統領篇章中所用的材料），所以在本節中不予論述。

一、屬於方法者

賓主、虛實、正反……等方法之所以可以形成聯絡，乃是因爲一賓一主、一虛一實、一正一反……之間，自會促成相互呼應的關係，因而使篇章前後聯絡起來，成爲一個整體。自古以來，即有很多評論家發現這點，並加以闡述。

朱熹在《朱子語錄》中說：

> 兩物相對待故有文，若相離去，便不成文矣。爲文者，盍思文之所由生乎？

這種說法正好即印證了篇章兩兩相應而組成結構的道理。

明．高琦編的《文章一貫》中，收有《麗澤文說》的一段話，它是：

> 作文之法……如何是主意首尾相應？如何是一篇鋪敘次第？如何是抑揚開闔？

「抑揚」正是方法中的一種，而「開闔」也是「縱收」的另一種名稱；雖然不知道他所說的「抑揚開闔」和我們所認定的是否一樣，但是畢竟已出現了這樣的名稱，而且被認爲是文章的重要作法之一。

明．方以智在《文章薪火》中說：

文章之開闔、主賓、曲直、盡變，手眼之予奪、抑揚、敲唱、雙行，何非一在二中之幾乎？……《易》之參兩錯綜，全以反對顛推而藏其不測，有悟此為文章者。

這段話為方法所形成之聯絡提供了很好的理論依據，也很扼要地道出了此種聯絡的原理。明·李騰芳在《山居雜著》中，列有「文字法三十五則」，其第二則曰「格」，他說：

格法難以拘定，順逆、奇正、虛實、疏密，其於繩墨布置開合轉折，皆看臨時下手如何。……又曰：凡文前起後結，中間節節反復，節節發揮，節節波瀾，皆以昌明本旨，始、中、終意義周貫完備方成篇章。……吾謂學者讀文皆須循此求之，以究格法，則順逆、奇正、虛實、疏密、開合、轉折，均從此讀文得法領悟之；臨作文時，下手自不忙亂，其於分合、虛實、賓主諸法，自有血脈周貫完備之觀矣。（《古文辭通義》卷十二，二七頁）

他這裡不僅肯定虛實、賓主……等方法為文章作法，而且認為有助於血脈周貫；細推其理，自然是由於它們能形成聯絡，使文意趨向一致的緣故。

魏禧在《魏叔子文集》中表示：

作文貴先立意……既有好意，須思此意如何方能發得透確。用何陪賓，用何引證，前後當如何位置，一一要合古人法度，文成乃燦然可觀。（《古文法纂要》，一四二頁）

由此可見他將賓主法的運用，當成一個很重要的一種考量。

王葆心的《古文辭通義》曾談到蔣氏《十室遺語》，述其說法云：

文之爲言交也，五聲交而樂文成，五色交而錦文成，未有不交而能成文者，故行文之道，或以賓主交，或以反正交，或借彼喻此，或引古證今，或以緩承急，或以濃形淡，其法不一，要皆欲使之相交而成文也。至於錯綜變幻，不可方物，而極其自然，滅盡針線之跡，人亦無從測其妙矣。（卷十一，二七頁）

他說「未有不交而能成文者」，而賓主、反正也是文章相交的方法之一，而且他又特別強調須「極其自然」，這些看法都很有價値。

王葆心在《古文辭通義》中也提到《芥舟學畫篇》，他說：

> 先定虛實、疏密之大意，然後彼此相生而相應，濃淡相間而相成，分之則逐物成致，合之則通體皆貫是也。（卷十一，四頁）

然後他又用自己的話來作闡發：

> 蓋文以虛實、旁正等法相間爲相成，以眉目線索等法相生而相應，分之以虛實等法，合之以眉目線索等法，而文之篇法略盡矣。（卷十一，四頁）

他這裡不僅說明了藝術的聯絡中，方法所形成的相應關係，而且將它與統一律結合起來，表明它們各自所起的作用，十分有見地。

劉熙載在《藝概·文概》中說：

> 章法之相間，如反正、淺深、虛實、順逆皆是。

在《詞曲概》中又說：

詞之章法不外相摩相盪，如奇正、空實、抑揚、開合、工易、寬緊之類是已。

所以他肯定了散文和韻文都可靠寫作的方法而達成聯絡。

沈詳龍的《樂志簃筆記》曰：

太極兩儀，文法之源。文之主意，太極也；主意必析數意以明之，或反正，或高低，或前後，兩兩對待，是謂陰陽。陰陽具而五氣布，即文字之字句也。字句短長錯綜，猶五氣散布於四時也，字句必歸到所析之數意，數意必歸到主意，即五行一陰陽、陰陽一太極之理也。（《古文辭通義》卷九，四五頁）

他認爲主意是文章中最初始、最重要的一部份，爲了表達主意，所以要用反正、高低、前後等兩兩對待的方法，將之記載下來，即爲文章之字句。他這段話表明了方法在篇章中所佔的地位與所產生的作用，對理清觀念，相當有助益。

藝術的聯絡中的方法，可供研究及開發之處極多，以下我們會就每種方法作較爲詳盡的探討；唯有如此，我們方能略窺其中的奧妙。

(一)賓　主

1.理　論

「賓主」法是「藝術的聯貫」中，相當常見的一種手法，自古以來即受到相當的重視，譬如宋·李塗的《文章精義》中即曾經提到：

> 文字請客對主極難，獨子瞻〈放鶴亭記〉以酒對鶴，大意謂清閒者莫如鶴，然衛懿公好鶴則亡其國；亂德者莫如酒，然劉伶阮籍之徒反以酒全其眞而名後世，南面之樂豈足以易隱居之樂哉？鶴是主，酒是客。（《四庫全書》一四八一——八〇六頁）

此段文字將「主」與「客」區分得十分清楚，並說出了運用「賓主」法所得到的效果：「請客對主，分外精神；又歸得放鶴亭隱居之意。」

其次，元·陳繹曾在《修辭鑑衡》卷二亦標出一目：「爲文先識主客」（《四庫全書》一四八二——二八三頁）並於其下引蒲氏的《漫齋語錄》，爲此目作解釋：

凡爲文須有主客，先識主客，然後成文字。如今作文多是先立己意，然後以己說佐之，此是不知主客也。須是先立己意，然後以故事佐吾說方可。

賓主的重要，由此可知。

明代的方以智也曾在《文章薪火》中提到過「賓主」法，他說：

〈荆軻傳〉：「倚柱而笑」，此點睛也。前有魯勾踐、後有高漸離，奇峰湍流，互相穿激。昌黎敍睢陽，述南八詳，其「聞此者張籍云」，正法此傳。惟恐其冷落無餘聲耳。此善主客之妙也。

文中提到的〈荆軻傳〉是指《史記·刺客列傳》中所敍述的荆軻事跡，不過「前有魯勾踐」應是誤記，正確地說是以勾踐之語作結。其實方以智的意思是：〈刺客列傳〉和韓愈〈張中丞傳後敍〉的寫法一脈相承，都是一人爲主（荆軻；張巡），他人爲客（高漸離；

南八）輔之的。

另外，唐彪的《讀書作文譜》卷七「文章諸法」中，有一法即是「賓主」：

> 文不以賓形主，多不能醒，且不能暢，如孟子今王鼓樂於此，必借田獵相形；言放良心，伐夜氣，而必以牛山之木設喻，非此法歟。以制藝言之，凡借一理一事一說，形出本題正意者，無非賓主也。（八五頁）

而且諸法中尚有一法曰「襯貼」，他說：

> 但襯之理不一，或以目之所見襯，或以耳之所聞襯，或以經史襯，或以古人往事襯，或以對面襯，或以旁觀襯，或牽引上文襯，或逆取下意襯，皆襯貼也。作文能知襯貼，則文章克滿光彩，何待言哉。

由此可知，以賓襯主是有多種類型的。

又如王葆心《古文辭通義》卷十二附錄的明·李湘洲（即李騰芳）《山居雜著》中之「文字法三十五則」，其中有第二十一則曰「跌」（三三頁），而「跌」法又可分爲「顛跌之跌」和「轉跌之跌」。後者之定義爲：

復從此跌至彼，猶行路從東跌到西，從上跌到下也。韓公〈送廖道士序〉從南方諸山跌入衡山，從衡山跌入嶺，從嶺跌入郴州，讀之自見。

王葆心的案語稱：「末一法即尋常賓主法也。」另外，第二十八則曰：「入：此文字自頸以下入題目也。」（三五頁）又可分爲六類，第六類爲：

有借客陪主入者，〈送溫處士赴河陽序〉云：東都固士大夫之冀北也，恃材能深藏而不布者，洛之北崖曰石生，南崖曰溫生。大夫烏公以鈇鉞鎮河陽之三月，以石生爲才，於是以石生爲媒，以禮爲幕，又羅而致之幕下，此以石生作客，陪溫生入也。其類甚多，不可枚舉。（三六頁）

由此可以看出一些「賓主」法在散文中被運用的情形。

宋文蔚著有《評註文法津梁》，書中對多種文章作法皆加以探討，「賓主」法亦在其中；他稱之爲「借賓定主」：

> 以題目爲主，從題外引來作陪者爲賓，然賓中意思，仍須從主中生出，或在主之反面，或在主之對面，方與題目有情。（一五—一六頁）

他注意到「賓」與「主」必須有互通之關係，或在反面、或在正面皆可；並特別強調必須拍回「主」位。這些都是相當重要的觀念。

上面所論述者，多爲「賓主」法在散文中被運用的情形，其實在詩、詞等韻文中，「賓主」法的使用也是所在多有。如毛先舒《詩辨坻》卷四所言：

> 此如畫龍，見龍頭處即是正面本意，餘地染作雲霧。雲霧是客，龍是主，卻于雲霧之隙處都要隱現爪甲，方見此中都有龍在，方見客主。否是，一半畫龍頭，一半畫雲霧耳。主客既無別，亦非可爲畫完龍也。

劉衍文、劉永翔先生爲此作一評論：「這是說，言賓處不可忘主。」（《古典文學鑑賞論》，五六四頁）

次如吳喬《圍爐詩話》亦由「賓主」法的觀點出發，對王維的名作〈隴頭行〉作過一番評述。茲引錄王維〈隴頭行〉如下：「長安少年游俠客，夜上戍樓看太白；隴頭明月尚臨關，隴上行人夜吹笛。關西老將不勝愁，駐馬聽之雙淚流。身經大小百餘戰，麾下偏裨萬戶侯。蘇武才爲典屬國，節旄零落海西頭！」吳喬說：

起手四句是賓，『關西老將不勝愁』六句是主。

也就是說：前四句的存在，是爲了烘托後六句的，所以「長安少年游俠客」是賓，而「關西老將」才是主。

近代或現代文學理論家對「賓主」法亦多所著墨。例如號稱「二十世紀初中國文章學名著」的《漢文典》，在卷一「文法」的第四篇「篇法」中，提出了「賓主」法：

賓主法者，譬說甲事，援引乙事以指甲之事理。如韓愈〈送高閑上人序〉：「堯舜禹湯治天下，養叔治射，庖丁治牛，師曠治音聲，扁鵲治病，僚之于丸，秋之于弈，伯倫之于酒，樂之終身不厭，奚暇外慕。」下接以「往時張旭善草書」一段，以爲上人之賓，而愈見上人之草書之善，是借賓形主。（二三一頁）

有理論、有實證，將賓主法解釋得十分清楚。

次如曹冕在他著名的專著《修辭學》一書中，亦在上編第三章「段法」中，列舉「賓主」一法如下：

> 文章之所謂賓主者，本題爲主，題外尋出陪襯者爲賓，然陪襯之材料，須從主中生出，或爲主之正面或爲主之反面，則無一定。（九九頁）

並以歐陽修〈釋秘演詩集序〉爲例來說明：很顯然地此文是以秘演爲「主」，以曼卿爲「賓」。

此外，有些現代評論家也注意到「賓主」法在詩歌理論中也是不可或缺的。如林東海的《詩法舉隅》中，即有一法是「眾賓拱主」。林氏先略述繪畫中的「賓主」法則：

> 在繪畫藝術中，有所謂「賓主」法則，說的是經營位置、布局構圖中，分清主次、突出主體的藝術手法。（七九頁）

並引宋·李成《山水訣》：「先立賓主之位，次定遠近之形，然後穿鑿景物，擺布高低。」和清、布顏圖《畫學心法問答》：「一幅畫中，主山與群山如祖孫父子然，主山即祖山也，要莊重顧盼而有情，群山要恭謹順承而不背。」爲證。然後說：

我國古典詩歌對于人物、事物的描寫，也有個突出主體的問題，經常採用類似繪畫中賓主照應的藝術手法，我們姑且稱之爲「衆賓拱主」。

經過這番說明，賓與主的關係及其功用，已十分清楚了。

陳滿銘在《國文教學論叢》一書中，有一篇文章：〈運用談詞章材料的幾種基本手段〉，也談到了「賓主」法，而且將它的原理、定義，很扼要地表達了出來：

作者想要具體的表出詞章的義旨，除了要直接運用主要材料之外，往往也需要間接的藉著輔助材料來使義旨凸顯，以增強它的感染或說服力量。直接運用主要材料的，即所謂的「主」，而間接運用輔助材料的，則是「賓」。一篇文章裡如有主有賓，則很容易將它的義旨充分的表達出來。（三五一—三五二頁）

周明在《中國古代散文藝術》一書中，對「賓主」法也有十分細密的探討。他探索

「記人散文」的規律時，論及了「主與賓——人物間關係的設計」，他認爲這種人物關係的設計有幾種：一是「烘雲托月關係」：

在傳記文學作品中，主要人物是正面人物，次要人物也是作者肯定的。作者通過次要人物來襯托主要人物。小說美學家毛宗崗認爲此種方法叫正襯，他認爲正襯比反襯更有力。（五一頁）

其次是：「正反對比關係」：

人物間的正反關係，從表現技巧上說，就是正反對比。由於正反之間存在絕然相反的性質，因而讀者的印象就產生巨大的反差。一般地說，傳記文學作者常以消極的、被否定的人物形象作「賓」，以反襯作爲「主」的肯定的、正面的人物形象。（五一頁）

第三種是「雙星相映關係」：

> 主與賓雙方之間不是彼此襯托或互相對比的關係，而是相輔相成、互相輝映的關係。在同一事件上，主的一方以自己的言行使賓的一方生輝，賓的一方也以自己的表現爲主的一方增光，所以叫做雙星相映。人物的主賓關係不太明顯。（五四—五五頁）

這點就有待商榷了。正如同主旨只有一個一般，在「賓主」關係中，「主」也只有一個，無論「賓」所佔的篇幅有多大、描述得有多生動，它的地位畢竟只是陪襯，不能「喧賓奪主」。而且審視一下作者所舉之例：作者認爲《史記·魏公子列傳》中，「無忌與侯嬴雙方就互相輝映」，但實際上，侯嬴的作用只在襯托出無忌禮賢下士的風度而已，決不能說兩人可以相提並論，周明自己也說：「但司馬遷寫侯生，最終仍是爲寫信陵君」；至於另一個例子：〈左忠毅公軼事〉則從篇名即可知道，此文旨在描寫左公之忠毅，周明表示：「作者移筆來寫史公，但寫史公仍是爲寫左公……從史可法身上看出左光斗的精神常存不朽。」所以，怎麼可以將「賓」與「主」的地位等同呢？至於第四種「衆星拱辰」，周明下的定義是：

> 有些傳記文學作品人物較多，主要人物與許多次要人物均有聯係。作者所以要寫

諸多次要人物，一則因展開情節的需要，主與賓的矛盾推動了情節的發展；沒有次要人物，就沒有故事。二是為了從主、賓間或正或反的關係上表現主要人物的性格，從多側面刻畫主要人物的形象。次要人物與主要人物間形成了衆星拱辰的關係。或者說，作者用不同的鏡子照同一個人的形貌。（五六頁）

並舉《左傳·晉公子重耳之亡》和清·汪琬〈周忠介公遺事〉為例。基本上，周明提出這點是頗具參考價值的，因為從文章中觀察，「賓」與「主」不盡然都是「一對一」的關係，「多對一」的情形也是屢見不鮮；但周明把次要人物都當作「賓」來看待，則未免失之寬泛。例如晉公子重耳流亡十九年，與許多人打過交道，文章一一記述，「通過重耳與衆多人物的關係表現了他的性格的發展……」（周明語）但這關係一定是「賓主」關係嗎？有很多只是敍述事件時必然帶到的人物，與「主」其實並沒有許多共通點來相互映照，說他們是「賓」，未免牽強。而〈周忠介公遺事〉也應作如是看待。否則，「賓主」法也就失去意義了。

經過上述的討論，「賓主」法的成立應是無庸置疑的。不過，「賓主」法還有一些值得注意的地方。首先，「賓主」法又名「衆賓拱主」法（或「衆星拱辰」法），這點出了

「賓主」法的一個特性：「賓」之數目可眾，而「主」在原則上只有一個。我們從李騰芳、曹冕、周振甫、林東海、周明諸家的說法中，可以輕易得到證明。

還有，「賓」的作用就是在襯托「主」，但是襯托的方式不只一種，大致上可分為正、反二種。魏怡在《散文鑑賞入門》中，就提到了這一點：「散文裡的『烘雲托月』法既是襯托，那麼就有正襯和反襯兩種。正襯即是以美襯美、水漲船高之法。……反襯是通過其他的事物作反面陪襯，或以壞襯好，或以劣襯優，或以悲襯喜等。」（一三四頁）另外，宋文蔚、周明亦均提及：「正反對比關係」，而且正面及反面的材料可以一起為同一個「主」服務，因而產生更豐富的效果。

以上這兩點特性，在後面我們所要從事的實際批評的探索中，可以得到相當多的證明，所以在此不再贅述。

2.例 證

首先，宋·呂東萊的《古文關鍵》，雖然尚未出現「賓主」這一名詞，但「賓主」觀念的運用，卻是隨處可見。例如他評韓愈的〈送王含秀才序〉，特在提到顏氏、曾參時評注：「即彼形此，隱然有不足於醉鄉意。」（六九頁）「彼」指的是顏氏、曾參，是「賓」；「此」指的是醉鄉之徒，是「主」。有時他也稱「賓」為「旁影」，例如韓愈在

〈重答張籍書〉中，曾以顏淵自況，呂氏便在旁評：「旁影甚佳」（五七頁）。因爲「賓」與「主」有相應的關係，所以呂氏在評柳宗元〈種樹郭橐駝傳〉時，在文末「**長人者好煩其令**」一段的旁邊，評：「應『他植者』一段」（九二頁），前者是「主」，後者是「賓」，兩兩相應。而「賓主」和譬喻格的性質有些相似，所以呂氏在韓愈〈答陳商書〉的題目底下加了一句：「設譬格」（六六頁），其實他所指的應是韓愈引用的「齊王好竽」一事，此事是「賓」，作用在陪襯陳商。

其次，明・謝枋得的《文章軌範》評選的文章更多，其中出現了「客」、「主」這樣的名詞。例如「客」這一名詞，分別出現在韓愈〈送溫處士赴河陽軍序〉，以石生爲「客」（四九頁）來陪襯溫處士；以及韓愈〈答李秀才書〉，以李元賓爲「客」（二二五頁）來陪襯李秀才，並在文末的總評中，引用了顧迴瀾的評語：「此一篇文字是借客形主」。謝氏也在書中點明了「賓」的陪襯性質，例如他評韓愈的〈送孟東野序〉，就在「**從吾游者，李翺張籍其尤也**」的旁邊，注上：「又將二人陪他」（二九三頁）。謝氏也發現了賓主之間相輔相成的關係，他稱之爲「對說」，如他在韓愈〈送許郢州序〉：「**爲刺史者，常私於其民，不以實應乎府；爲觀察史者，恆急於其賦，不以情信乎州**」之下，評：「雖是以刺史觀察對說」（二二九頁）。有時謝氏會把「賓」的材料稱作「引證」，例如韓愈〈送王秀才序〉以陶潛、阮籍二人爲「賓」，謝氏便云：「從醉鄉引得陶、阮二人嗜酒者作證。」（二二四頁）謝氏也曾把「賓主」法稱作「譬喻」，例如他評在韓愈〈送溫處士赴河陽軍序〉之末，引了虞邵菴的評：「前二段是譬喻格，伯樂譬烏公，冀北譬東都，馬譬處士，良馬譬溫石二生」（五一頁），更可明顯看出以往譬喻格和賓主法混同的情形。謝氏也用別的名詞來稱呼「賓主」法，例如蘇軾的〈表忠觀碑〉中，以「河東劉氏」來陪襯南越，所以謝氏引茅云：「又以他國比並形容」（二八五頁），樓迂齋亦云：「發明吳越之功與德，全是以他國形容比並出來」。又如歐陽修〈上范司諫書〉欲形諫官之重要，所以用「今世之官，自九卿百執事，外至一郡縣吏」來襯托，謝氏即針對此評了一句：「自旁說來」（一九八頁）。

另外，林雲銘在《古文析義》一書中，對「賓主」法的運用特別注意。譬如他用了「對講」這一名詞，此評出現在范仲淹〈嚴先生祠堂記〉：「泥塗軒冕，天下孰加焉，惟光武以禮下之」底下，他說：「題目只是嚴先生，雖以光武對講，意實一片。」（二七六頁）其他類似的名詞還有「對勘」、「互較」等。首先如韓愈〈送浮屠文暢師序〉，林氏在「秦以是傳之舜……孰為而孰傳之邪」一段之下，評：「根上仁義六句，把中國與夷狄對勘一番，見聖人之道有來歷」，又在下一段「夫鳥俛而啄……與禽獸異者，寧可不知其所自耶？」底下，評上：「根上文宮居粒食三句，把人與禽獸對勘一番，見聖人之功不可忘。」（二一八頁）再如《史記·孔子世家贊》中有一段：「天下君王至於賢人，眾矣！

當時則榮，沒則已焉。孔子布衣，傳十餘世，學者宗之。」林氏認爲：「以天下有位而貴、有德而賢者互較一番，見他人不過一時之榮，而夫子乃萬世之宗。」（一六〇頁）「互較」即指賓主法的運用。

在吳楚材選、王文濡所評註的《古文觀止》中，當然也少不了「賓主」法。有時候，「賓」的部份所佔的篇幅會相當多，甚至超過了「主」的部份，譬如《左傳‧吳許越成》中伍員的一席話：他以少康中興的事例爲「賓」，來證明吳不應答允越國之求和。這當中「賓」的部份幾爲「主」的一倍，所以評注云：「寫少康詳，寫勾踐略；而寫少康，正是寫勾踐處，此古文以賓作主法也。」（七九頁）雖名之爲「以賓作主法」，但事實上，賓和主的地位仍是判然不可混淆的。

另外，李扶九編有《古文筆法百篇》一書，其中使用「賓主」、「客主」法者甚多，例如在韓愈〈送孟東野序〉中，就引了一段朱環峰的評：「布置襯托，純用賓主法，東野是主，餘是賓，但細分之，自唐至晉魏是賓之賓也，陳子昂六人賓中主也，李翺張籍又是主中賓也。」（六二頁）其實，只須看定一句：「東野是主，餘是賓」，就可得其旨要了。另外，有因爲「賓」是從反面烘托「主」，而稱之爲「反襯」者，如柳宗元〈種樹郭橐駝傳〉有眉批云：「『他植』句反襯下文」（一二七頁），「他植」句指的是「他植者，雖窺伺傚慕，莫能如也」一段，是用來反襯郭橐駝的。其下從「橐駝非能使木壽且孳也」到「非有能蚤而蕃之也」上，是講郭橐駝的，是「主」；接著是「他植者則不然……雖曰憂之，其實讎之」一段，則又是以「他植者」來反襯郭橐駝，是「賓」。而歐陽修〈相州畫錦堂記〉中則稱爲「反照」，此文的作法是：「此段（第一段）先將世俗之榮形起於前，便好跌出魏公身分來」（眉批語），所以從一開始「仕宦而至將相，富貴而歸故鄉」到「昔人比之衣錦之榮者也」止，是「賓」，作用是「反照公之志」（眉批語）（九〇頁），也就是用一反面材料，來將正面的魏公烘托得更加偉大。還有只用「陪襯」來交代「賓主」法的，如周敦頤〈愛蓮說〉是以菊和牡丹來陪襯蓮，所以眉批引余自明的說法：「蓮在衆芳之內最爲高品，幽同夫菊而不傲，艷類牡丹而不俗，故於甚蕃之中，特舉二者以爲陪襯。」（一二九頁）也有將「賓主」法稱爲「水長船高」者，如范仲淹〈嚴先生祠堂記〉的眉批出現了「賓主」一詞：「賓主平對，正寫相尙以道處」，篇末的總評又引金聖歎的說法：「題目是嚴先生，卻以光武對講。說得光武大，愈顯得先生高，此水長船高法。」（一一八頁）兩者都是在講以光武爲「賓」、嚴光爲「主」所構成的「賓主」結構。

還有林景亮所著的《評註古文讀本》收錄的多屬短章，但也因此有簡明之益。書中出現「賓主」法者甚多。有時「賓」是從反面來烘托「主」的，林氏對此也曾說明，如歸有光〈陶菴記〉，其開始一段爲：「余少好讀司子子長書……動於眉背之間哉？」先講司馬子長之憤鬱不平；其後由「已而觀陶子之集」到最後「扁其室曰陶菴云」，則是說陶之安貧樂道，這造成了什麼效果呢？林氏說：「先於反面尋出一司馬遷爲賓，更於正面深贊陶淵明，是正反兼賓主法。」（一六五頁）另外還有一點值得注意的是：連接「司馬子長」和「陶淵明」這兩段的是：「蓋孔子亟美顏淵而責子路之慍，見古文難其人久矣」兩句，這兩句一方面起了聯貫的作用，一方面也是提出顏淵和子路二人，分別作爲陶淵明和司馬子長的陪襯，如此一來，顏淵可說是「主中賓」，子路可說是「賓中賓」。也有的是兩個或兩個以上的「賓主」結構自成層級關係者。例如宋琬的〈烏賊〉，林氏說：「是篇以烏賊與官敗於墨者作比例，而通篇自末數語外，皆言烏賊爲墨所害，至末數語始點出正義，是亦爲譬喻法。」這其實是「賓主」法，烏賊是「賓」，「官敗於墨」是「主」。但在「賓」之中又自成「賓主」。因爲有一段文字專在敘寫烏賊的骨肉和涎，所以林氏說：「此段以骨肉爲涎作陪，是骨肉爲賓，涎爲主。」（七頁）再如劉基的〈蜀賈〉，此篇可劃分爲兩部份，前半部份是述「蜀賈三人」，是「賓」；後半部分是述「昔楚鄙三縣之尹三」，是「主」，所以林氏說：「而前半卻以賈人爲士作陪，故亦爲借賓定主法。」（八七頁）但蜀賈三人和縣尹三人之中，又有主從關係，即前二人是爲第三人作襯，也就是說：蜀賈三中，「專取良」者和「良不良皆取焉」者，是用來襯托「不取良」者；縣尹三人中，「廉」者和「擇可而取之」者，是用來襯托「無所不取」者，因此林氏說：「命意則在士之無所不取。」（八七頁）形成了兩層的「賓主」結構。

另有一本喻守眞的《唐詩三百首詳析》，文中特別「作法」一欄，識見極精到，於「賓主」法亦多所發明，有將「賓主」法稱之爲「比方」者，如杜甫〈佳人〉中有一段說：「**夫婿輕薄兒，新人美如玉。合昏尚知時，鴛鴦不獨宿。但見新人笑，那聞舊人哭。**」喻氏曰：「是用『合昏』、『鴛鴦』來比方，是說花鳥還守信有情，現在人都有棄舊憐新的情形，豈不可嘆。」（三三頁）有時，不只「比」會有與「賓主」法重疊的情形發生，「興」也是如此，如孟郊〈烈女操〉：「**梧桐相待老，鴛鴦會雙死。貞婦貴殉夫，捨生亦如此！波瀾誓不起，妾心古井水！**」喻氏云：「此詩以梧桐的偕老，鴛鴦的雙死，興起貞婦的殉夫，亦應如此。」（四六頁）這也可以看作是「賓主」法，其中「梧桐」、「鴛鴦」爲「賓」，更烘托出「主」之貞婦的忠貞。

余培林著有《詩經正詁》上冊，賞析了詩百多首，在這些中國韻文的萌芽之作中，已經有「賓主」法的蹤影，如〈周南·桃夭〉：「**桃之夭夭，灼灼其華。之子于歸，宜其室家。（一章）桃之夭夭，有蕡其華。之子于歸，宜其家室。（二章）桃之夭夭，其葉蓁蓁。之子于歸，宜其家人（三章）。**」他說：「一章寫當春之時，桃樹少好，桃花灼灼，以襯托女子之艷麗，于歸之得時，宜其宜室宜家也。二章、三章義同首章，唯易花爲實爲葉以起興而已。」（二二頁）這種作法，可稱爲「興」，但也可以稱爲「賓主」法，可見

「興」法與「賓主」法之間確有重疊之處。「興」最廣受接受的說法是「觸物感發」（一四頁），而這兩種特質：「觸『物』」和「（彼此）感發」，恰好也是「賓主」法所具有的；若硬要加以區分，大概只能說「賓主」法所要求的「賓」與「主」的關係，要更密切一點，而「興」法只須一脈相通即可。但在此篇短詩當中，言「興」或言「賓主」，大約都是可以接受的。

在進行一系列對於實際批評的探討時，我們又發現了一些值得注意的現象：

其一是：「賓主」法和「譬喻」法、「映襯」法、「引證」法、甚至「興」法，都有若干藕斷絲連的關係。「譬喻」法原本是限於對字詞的修飾，範圍一擴大至篇章，便很容易形成「賓主」關係；「映襯」法亦是如此，這些在前面的論述中都很容易找到例證。「引證」法中的人、事，若是用作比較，也是很容易與賓主結構重疊。至於「興」法與「賓主」法之間的關係，在探討余培林對〈桃夭〉之看法時，也作了說明，在此就不煩辭費了。

其二是：「賓」之數目可以是多數，而且在這多數的「賓」當中，有時候也會呈現層級關係，例如前面所引李扶九評韓愈的〈送孟東野序〉中，有一段話：「但細分之，自唐至晉魏是賓之賓也，陳子昂六人賓中主也，李翺張籍又是主中賓也。」這就表現了層級關係，其中「主中賓」是指與「主」關係最密切的「賓」，「賓中主」則次之，「賓之賓」則最疏。另如林景亮選評的歸有光〈陶菴記〉（見前）也是如此。

其三是：不只是「賓」有層級關係，有時文章中出現不只一個「賓主」結構，這些「賓主」結構有些也會形成不同的層級。林景亮評的宋琬〈烏賊〉、劉基〈蜀賈〉（見前）即是如此，這是頗值得注意的現象。

(二)虛　實

在章法當中，「虛實」法算是變化繁多、作用巧妙的一種了。先秦《老子》、《莊子》、漢代《淮南子》所提到的有無思想，可說是虛實理論的源頭，譬如：

> 有無相生，難易相成，長短相較，高下相傾，音聲相和，前後相隨。（見《道德經》第二章）
>
> 大巧若拙，大辯若訥。（見《道德經》第四十五章）
>
> 泰初有無，無有無名；一之所起，有一而未形。（見《莊子·天地》）
>
> 物之用者，必待不用者。故使之見者，乃不見者也，使鼓鳴者，乃有不鳴者也。（見《淮南子·說山訓》）

鼻之所以息，耳之所以聽，終以其無用者爲用矣。物莫不因其所有，用其所無，以爲不信，視籟與竽。（見《淮南子・說山訓》）

走不以手，縛手走不能疾；飛不以尾，屈尾飛不能遠。物之用者，必待不用者。（見《淮南子・說山訓》）

有生於無，實出於虛。（見《淮南子・原道訓》）

這些相濟爲用、相反相成的哲學觀，直接啟發後世虛實相生、有無相成、巧拙相濟的藝術辯證思想。（參考《古典小說虛實論研究——以〈三國演義〉爲例》，一頁）

「虛實」理論橫誇了繪畫、書法、詩、文、小說、戲劇、園林建築……等，其中表現於「詩」與「文」者，正是我們在這一節中所要探討的對象。

宋范公偁《過庭論》曾記載宋祁對杜甫〈縛雞行〉的看法，杜甫原詩如下：「小奴縛雞向市賣，雞被縛急相喧爭。家中厭雞食蟲蟻，不知雞賣還遭烹。雞蟲於人何厚薄，吾叱奴人解其縛。雞蟲得失無了時，注目寒江倚山閣。」宋祁的說法是：

〈縛雞行〉之類，如「小奴縛雞向市賣」云云，是實下也。末云「雞蟲得失無了時，注目寒江倚山閣」是虛成也。（見《古典文學鑑賞論》，四七三頁）

所謂「『實』下」，明顯地是指「敍事」，而「『虛』成」則是指「議論抒情」的部分了。

宋范晞文《對床夜話》卷二引《四虛序》云：

不以虛爲虛，而以實爲虛，化景物爲情思，從首到尾，自然如行雲流水，此其難也。否則偏於枯瘠、流於輕俗，而不足采矣。

劉衍文、劉永翔在《古典文學鑑賞論》中對此的說明是：「這裡可以看出，用字以傳情的，就是以實爲虛，也有人稱爲化實爲虛的。」（四七一頁）

此外，《文筌》中列了「體物七法」，其中有：

實體：體物之實形，如人之眉目手足，木之花葉根實，鳥獸之羽毛骨角，官室之門牆棟柱是也。

虛體：體物之虛象，如心意聲色長短動靜之類是也；心意聲也，爲死虛體；長短高下，爲半虛體；動靜飛走，爲活虛體。（見《文章一貫》）

這是把一切「物」之可敘述者，分爲「實」與「虛」二種；其中「死虛體」的說法，即與後世虛實論中之「情、景」法有若合符節的關係。

明代謝榛也提出了他對詩歌理論中「虛實」的看法：

> 寫景述事，宜實而不泥乎實。有實用而害於詩者，有虛用而無害於詩者。此詩之權衡也。（《四溟詩話》卷一，見《歷代詩話續編》）

他又以李白〈北風行〉爲例：「燕山雪花大如席，片片吹落軒轅台。」其中「雪花大如席」和「片片吹落軒轅台」，都是李白想像的情狀，絕非實景，然而此詩之趣味即由這「虛景」中透出，故謝榛評：「景虛而有味。」（見《四溟詩話》卷一）

明·焦竑的《詩名物疏序》中有幾句話，十分具有啟發性：

> 詩有實有虛，虛者其宗趣也，實者其名物也。（見《古典文學鑑賞論》，四七三頁）

「宗趣」可以指「議論」或「抒情」，「名物」可以指「敍事」或「寫景」，而這兩條路線，後人都有所拓展。

王葆心在《古文辭通義》的「以無爲有法之比較」中，收錄了《鶴林玉露》的說法，其中有三個例子：「東坡之論刑賞也，曰：當堯之時，皋陶爲士，將殺人，皋陶曰：殺之三，堯曰：宥之三，故天下畏皋陶執法之堅，而樂堯用刑之寬。其論武王也，曰：使當時有良史如董狐者，則南巢之事必以叛書，牧野之事必以殺書，而湯武仁人也，必將爲法受惡。周公作〈無逸〉曰：殷王中宗及高宗及祖甲及我周文王，茲四人迪哲，上不及湯，下不及武王，其以遲哉。其論范增也，曰：增始勸項梁立義帝，諸侯以此服從，中道而弒之，非增意也。夫豈獨非其意，將必力爭而不聽也，不用其言，而殺其所立，羽之疑增，自此始矣。」（卷十，廿二頁）都是以己意假擬古人之事，這是「以無爲有」，也就是「虛」，與眞正的發生過的事實（「實」）是相對待的。這也是「虛實」法的內容之一，所以他稱作「以無爲有」。

宋文蔚的《評註文法津梁》在說到「翻空出奇」則時，運用了「虛實」的觀念：

> 布局貴虛不貴實，蓋虛則空靈，實則黏滯，若史論題目，能用己意，將古人事實，翻空立論，則用意既新，局法自能舒卷自如，不爲題窘。古人論文有云：語

徵實而難工，言翻空而易巧，悟此則作文立局之法，思過半矣。（九七頁—九八頁）

宋氏將歷史事實當作「實」，而將代古人籌畫之設想當作「虛」，他用這種觀點來分析蘇軾〈留侯論〉和王世貞〈藺相如完璧歸趙論〉：

> 古人事實：何以能翻空，仍須從題中得間而入。如張子房受書於圯上老人，蘇東坡看出老人是秦之隱君子，故能將黃石公一段，全然翻空，而用己意立論，仍收到實處。蓋前半既用己意翻空，後半必用己意證實。此作文布局，實者虛之、虛者實之之法也。……如此篇，論完璧歸趙，人皆稱藺相如才能應變，文獨以爲非計，而有天幸，前半層層翻駁，中間代爲設計，後半窮其利害。通篇全系翻空之筆，局法奇而正。（九十八頁）

這種看法當然充實了「虛實」法的內容。

前人爲「虛實」法開拓出一片廣闊的空間，後進者接續努力，爲它耕耘出更細密的內涵。如曹冕在《修辭學》一書中即列有「虛實」一目，他對「虛實」的認定是：

凡爲文對照題旨凌空發議謂之虛；落到本題暢發題情，謂之實。實處正意，先從虛處透出，則入題不突。闡發實處，仍迴抱虛處，則通篇首尾一氣，章法渾成。

（九十五頁）

並舉蘇軾《鼂錯論》爲例（九五─九六頁），大致說來，他是以議論爲「虛」，以敍鼂錯事爲「實」。

前面曾提及王葆心所引之《鶴林玉露》的說法，認爲沒有發生過的事是「虛」，有發生過的事是「實」。而許翠雲的《唐代閨怨詩研究》，則又論及詩中對夢境的處理：「在緒論中曾言及女子在與外界隔絕的深閨之中，如何擺脫此一空間限制，唯賴想像或夢境。因此，夢境在閨怨詩中扮演一個極爲重要的角色，它是思婦情感的出路……詩人們爲了刻畫思婦的情感，在夢境的描寫上，作了各種不同方式的表達。」（一六三頁），相對於現實世界而言，當然夢境爲「虛」，現實世界爲「實」。

陳滿銘在《國文教學論叢》一書中，也討論了「虛實」法，他對「虛」與「實」下了這樣的定義：

所謂的「虛」，指的是「無」，是抽象；所謂的「實」，指的是「有」，是具體。通常一個詞章家在創作之際，在運材上，往往從兩方面著手；一是就「有」，運用當時所見、所聞、所為的實際材料；一是就「無」，運用憑著個人內心的感覺或想像所捕捉或製造的抽象材料。（三六二頁）

他並將「虛實」法的內容擴充了，使它能涵蓋「情景」、「空間」和「時間」，首先是：

就情景而言者：虛實就情景來說，情是抽象的，是虛；景是具體的，是實。通常由於單靠抽象的情感，是很難使詞章產生巨大的感染力的，所以詞章家在創作的時候，往往須求助於具體的景物來襯托情感，以增強它的情味力量。（三六五頁）

其次是：

就空間而言者：虛實就空間來說，凡窮盡目力，寫眼前所見的，是實；而透過設想，寫遠處情況的，則是虛。由於作品中所收容之空間越大，則越足以使所抒寫

的情意產生綿綿不盡的效果，所以自古以來，詞章家都喜歡用實與虛連成一個無盡的空間，以烘托深長的情意。（三六七頁）

再其次是：

就時間而言者：虛實就時間來說，凡是敍事、寫景或抒情，只限於過去或當前的，是「實」；透過想像，伸向未來的，則爲「虛」。因爲這和就空間而言的虛實一樣，足以增加情意的感染力量，所以在一般人的作品裡是相當常見的。（三七〇頁）

透過如此清晰的分析，我們大致能掌握住「虛實」法的特性，並進而探知「虛實相生」的妙用是如何產生的。

經由上述，我們可以看到，虛實法的內容實在是豐富而多變的，歸納前人的成果，我們可將虛實法的內容明確地界定出來：

一、情景：「情」爲「虛」，「景」爲「實」。這個範疇范晞文、焦竑、陳滿銘諸氏均曾言及。

二、論敍：「論」爲「虛」，「敍」爲「實」。焦竑、曹冕諸氏均曾對此有所闡發。

三、時間上的虛實：「昔」和「今」爲「實」；「未來」爲「虛」。陳滿銘在這個範疇有很透闢的見解。

四、空間上的虛實：凡窮盡目力，寫眼前所見的，是「實」；而透過設想，寫遠處情況的，是「虛」。這也是陳滿銘所特別關注者。

五、假設與事實：凡是純爲假設，並未眞實發生者爲「虛」（如代古人籌策、夢境等）；確實發生過之事實爲「實」。《鶴林玉露》、宋文蔚、許翠雲都對此提出了他們的看法。

1.情　景

(1)理　論

在中國古典辭章中，「情」與「景」的關係一向是非常重要的一組範疇，尤其在韻文中更是如此。

魏文帝在《詩格》（收錄於《詩學指南》）中，談到物象方面的問題，他說：

> 造化之中，一物一象皆察而用之，比君臣之化，君臣之化，天地同機，比而用之，得不宜乎？（七九頁）

他認爲創作詩歌時，必得運用物象。

劉勰的《文心雕龍》，就特以一章的篇幅——〈物色〉章，來闡發他心目中的「物」與「情」相對待的關係。何謂物色呢？王更生說：「物色一詞，此處指風物景色而言。……彥和以爲客觀的風物，乃詩文描寫的對象，創作應始於外物的感受。」（《文心雕龍讀本》下篇二九九頁）至今〈物色〉篇中的一些警句，仍是檢驗情、景關係的圭臬，如：

> 是以詩人感物，聯類不窮。流連萬象之際，沈吟視聽之區；寫氣圖貌，既隨物以宛轉；屬采附聲，亦與心而徘徊。
>
> 吟詠所發，志惟深遠；體物爲妙，功在密附。
>
> 是以四序紛迴，而入興貴閑；物色雖繁，而析辭尚簡。
>
> 物色盡而情有餘者，曉會通也。
>
> 情往似贈，興來如答。

由此可見情與景關係之密切。

白樂天的《金針詩格》（收錄於《詩學指南》）談到「詩有三本」：

一曰有竅，以聲律爲竅。
一曰有骨，以物象爲骨。
一曰有髓，以意格爲髓（一三七頁）

其中聲律不屬章法之事，在此不論。但「以物象爲骨」、「以意格爲髓」，則是很明顯地說明了二者互爲依傍的關係。

宋朝的陸游在〈曾裘父詩集序〉中說：

然感激悲傷，憂時閔己，托情寓物，使人讀之，至於太息流涕，固難矣。（《中國文論大辭典》，三八頁）

其中「託情寓物」一句，表示作詩時應藉著對外物景色的描寫，來寄託心中的情感。

明代的謝榛對「情景」之關係也很注意，他說過：

凡詩要情景俱工。

夫情景相觸而成詩，此作家之常也。或有時不拘形勝，面西言東，但假山川以發豪興爾。

作詩本乎情景，孤不自成，兩不相背。……景乃詩之媒，情乃詩之胚，合而爲詩。（《四溟詩話》）

這些看法都是極具見地的。

清·方東樹也說到了「情景」問題：

詩人成詞，不出情、景二端，二端又各有虛實遠近大小死活之殊，不可混淆，不可拘板。大約宜分寫、見界畫；或二句情，二句景，或前情後景，前景後情，或上下四字三字，互相形容。（《近代文論類編》，二八二頁）

他把詩中情景分寫所可能出現的情況，都一一作了說明。

清·劉熙載在《藝概、賦概》中，有這一段話：

在外者物色，在我者生意，二者相摩相盪而賦出焉。若與自家生意無相入處，則物色祇成閒事，志士遑問及乎？（卷四）

在《詩概》中亦說：

「昔我往矣，楊柳依依。今我來思，雨雪霏霏。」雅人深致，正在借景言情。（卷二）

在《詞曲概》中也談到：

詞或前景後情，或前情後景。（卷四）

可見得劉氏認爲各類韻文都會用到情景分寫的技巧。

清·沈祥龍《論詞隨筆》中有一條談到：

詩有賦比興，詞則比興多於賦。或借景以引其情，興也；或借物以寓其意，比也。蓋心中幽約怨俳，不能直言，必低徊要眇以出之，而後可感動人。

他把情、景爲何密不可分的原因說得非常清楚。

上文說的「情景」論，多是就韻文而言，事實上散文也會用到此一技巧。如宋文蔚的《文法津梁》中有一則即爲「即景抒情」，他說明如下：

題目之種類雖多，其大別則理與情二者盡之矣。理不可以空言，必即物以明理；情不可以顯言，必即景以寓情。言情之作，較言理尤易於動人。

他所舉的例子是蘇轍的〈黃州快哉亭記〉，可以看出它用的是先景後情結構。

李元洛的《歌鼓湘靈》談到「情景分寫」時，說：

這種分寫絕不是分割，而是情中有景，景中有情，彼此獨立而又互相滲透，共同構成詩的永不凋敝的美。（二一五頁）

陳滿銘在〈詞的章法與結構〉（收錄於《詩詞新論》）中，分析了幾式常見的詞的結構，而關於情景的，有下列幾式：首先是「先虛後實式」（六十—六一頁）其次是：「先實後虛式」（六一頁）最後是：「雙實夾虛式」（六三—六四頁）「實」即「景」、「虛」即「情」，都會彼此相呼應。

另外，在「情景」範疇中，還出現了一個名詞：「點染」。劉熙載在《藝概、詞曲概》中說：

詞有點，有染。柳耆卿〈雨霖鈴〉云：「多情自古傷離別，更那堪冷落清秋節。今宵酒醒何處，楊柳岸曉風殘月。」上二句點出離別冷落，「今宵」二句乃就上二句意染之。點染之間，不得有他語相隔，隔則警句亦成死灰矣。

李元洛在《歌鼓湘靈》中對此的解釋是：「從這裡可以看到，柳詞前二句偏於情事的點明和交代，後兩句著重從環境和景物的描繪角度，對情事予以渲染和表現。『點』，是對於『染』的必要的說明與敘述。『染』，是『點』的形象化與詩意化。有點而無染，詩可能與枯燥的說明書混同起來，流於概念化和抽象化，缺乏詩所應有的藝術魅力，有染而無點，就可能導致脈絡不清，情事不明，使染無所附麗，無所指歸，沒有明確的方向性和目的性。」（三九四頁）

再佐以王德春主編的《修辭學辭典》對「點染」的解釋：

一種把抒情、議論同寫景、敍事結合起來的表現手法。抒情、議論是「點」，它們能直接抒發作者的感情和表明作品的思想；寫景、敍事是「染」，在於通過形象的描繪和具體的敍述，揭示作品的主題。一般有先點後染，即先抒情、議論，後寫景敍事。……先染後點，即先寫景、敍事、後抒情、議論。（三五頁）

由此可知，所謂「點染」不過是「情景」或「論敍」（見後）的另外一種說法罷了。

我們在前面的論述中，隱約可以發現：辭章當中固然常常藉景傳情，但由景物所引發的不是只有情感而已，有時也會引起思考、產生議論。例如元楊載《詩法家數》（收錄於《詩學指南》）中有三句話：

寫意，要意中帶景，議論發明。（二九頁）

如此就將「景」和「議論」扯上關聯了。又如元．陳繹曾在《文說》中「立意法」之下，先將「景、意、事、情」四者下好定義：

景，凡天文地理物象皆景也，景以氣爲主；意，凡議論思致曲折皆意也，意以理爲主；事，凡實事故事皆事也，事生於景則眞；情，凡喜怒哀樂愛惡欲之眞趣皆情也，意出於情則切。

然後再闡述這四者在文章中的關係：

凡文體雖衆，其意之所從來，必由於此四者而出，故立意之法，必依此四者而求之，各隨所宜，以一爲主，而統三者於中，凡文無景則枯，無意則粗，無事則虛，無情則誣，立意之法，必兼四者。（《四庫全書》一四八二——二四六頁）

如此說來，「景、意、事、情」四者在文章中的搭配是十分自由的，而「論——景」的寫法自然也是毫無疑問可以成立的了。

明代吳訥在《文章辨體序說》中有一則話：「韓之〈燕喜亭記〉，亦微載議論於中。」〈燕喜亭記〉在前面記述景觀，末尾微含議論，是寫景兼抒情和議論之作。而清代劉大櫆也說：

理不可以直指也，故即物以明理；情不可以顯出也，故即事以寓情。（見《論文偶記》）

「景」是「物」的一部分，「即物明理」可以理解爲「即景明理」。

周振甫的《詩詞例話》在「詩中議論」一則中，賞析了杜甫的〈蜀相〉：「丞相祠堂何處尋，錦官城外柏森森。映階碧草自春色，隔葉黃鸝空好音。三顧頻煩天下計，兩朝開濟老臣心。出師未捷身先死，長使英雄淚滿襟。」並說這首詩：

前四句主要是描寫，後四句是議論。（一一四頁）

由這兩個例子，我們可以略窺「論──景」結構之一斑。

解決了「情（論）——景」的問題後，我們可以附帶談一下「情——景（事）」的可能。元楊載的《詩法家數》中另有一段話：

寫景，要景中含意，事中瞰景。（《詩學指南》二九頁）

可見景和事有時並不能截然分開。而周明的山水文中兩類作法：一是「推進式」，二是「翻新式」，都是「由景（事）而情而理」的，事就包含在景當中。

在後面的實際批評中，我們也會屢屢看到景中含事的例子（如盧學士評杜甫〈閣夜〉）。因此，情景、論敍並非兩條截然劃分的河道，絕無相混的可能；它們還是有彼此包含的情形出現的。因爲外界事物是如此紛雜繁多、人的內心思維又是如此敏感多端，兩者交互作用下，可能出現的狀況太多了。但這並不是說情景、論敍的分類就沒有意義。它仍然標舉出「人——物」互動時的兩大主流，在我們對作品進行評析鑑賞時，是可以發揮很大作用的。

不過，不管是「情景」也好，「論景」也罷，這當中佔主導地位的，一定是情（論）部分，「景」的作用只是媒介而已。清，王夫之《薑齋詩話》卷下有一段話：

> 無論詩歌與長行文字，俱以意爲主，意猶帥也。無帥之兵，謂之烏合。……煙雲泉石，花鳥苔林，金鋪錦帳，寓意則靈。

這正說明情意爲主、景物爲從的情形。

李漁《窺詞管見》亦云：

> 詞雖不出情景二字，然二字亦分主客，情爲主，景是客。說景即是說情，非借物遣懷，即將人喻物。有全篇不露秋毫情意，而實句句是情，字字關情者，切勿泥定即景承物之說，爲題字所誤，認眞作向外面去。

這是相當精闢的見解。

清·吳喬《圍爐詩話》卷一有這樣的幾句話：

> 夫詩以情爲主，景爲賓。景物無自生，惟情所化。

很明顯地表達了他的看法。而近人王國維有名言云：

> 昔人論詩詞，有景語、情語之別。不知一切景語，皆情語也。（見《人間詞話》）

所表達的也是同樣的道理。

傅庚生在《中國文學欣賞舉隅》中，特列「情景與主從」一章來討論這個問題，他說：

> 文學境界中，既必終始有我焉，自必以我之情爲主，而以物之景爲從。諺有云：「紅花雖好，還仗綠葉扶持」，蓋取其可以相幫襯，互發明也。（四九頁）
>
> 既云情爲主而景爲從矣，自來宜情向東而景向西，情如此而景如彼，必求其勻稱協調，而同趨並鶩也。（五四頁）

確是的論。

(2)例　證

既然對「情景」關係的闡發是如此透徹完善，自然在實際批評上的表現也不弱。如題爲盧學士述的《詩解》（收錄於《詩法源流》），評了杜甫〈閣夜〉：「歲暮陰陽催短景，天涯霜雪霽寒宵。五更鼓角聲悲壯，三峽星河影動搖。野哭千家聞戰伐，夷歌幾處起漁樵。臥龍躍馬終黃土，人事音書久寂寥。」盧學士說：「此四句景物」、「此以歲暮人事言之」、「歎已之不遇」（九五－九六頁）並將此詩列入「前實後虛格」，所形成的結構是「景（事）──情」。

元·楊仲弘撰的《杜律心法》（收錄於《詩學指南》），評析了多首杜詩，其中運用到情景法的也不少。如〈題張氏隱居〉：「春山無伴獨相求，伐木丁丁山更幽。澗道餘寒歷冰雪，石門斜日到林邱。不貪夜識金銀氣，遠害朝看麋鹿游。乘興杳然迷出處，對君疑是泛虛舟。」楊氏認爲此爲「先體後用格」，又說：「此詩前四句一意，言隱居之景物也；後四句一意，言隱居之興味也。」（二三二頁）「先體後用」就是「先景後情」。

又如明·楊良弼的《作詩體要》中列有一體：「景對情體」，評的是陳簡齋〈懷天經智老因以訪之〉一詩中的二句：「客子光陰詩卷裏，杏花消息雨聲中」，他說：「以客子對杏花，以雨聲對詩卷，一我一物，一情一景，如老杜『即今蓬髮改，但愧菊花開』，賈島『身事豈能遂，蘭花又已開』，飜窠換臼，變化至此，而益奇矣。如『歲中日月又除盡，聖處工夫無半分。歸鴻往燕競時節，宿草新墳多友生。』上句天時也，下句人事也，皆一景對一情。陳后山『老形已具臂膝痛，春事無多櫻筍來。』亦景對情也。善學者能如老杜之變化，或以情對景，或以景對情，或情帶景，或景穿情方善。」（三二六—三二七頁）分析「情景分寫」之情形，十分精到。

清．仇兆鰲分析杜詩之五律，對其中「情」、「景」的表現得出這樣的結果：「杜詩五律，有景到之語：如『落雁浮寒水，饑烏集戍樓。』『星垂平野闊，月湧大江流』是也。有情到之語，如『勝絕驚身老，情忘發興奇。』『一時今夕會，萬里故鄉情』是也。有一句說景，一句說情者，如『悠悠照邊塞，悄悄憶京華』是也。有一句說情，一句說景者，如『白首多年病，秋天昨夜涼』是也。有一景一情兩層疊敘者，如『野寺江天豁，山扉花竹幽。詩應有神助，吾得及春遊。徑石相縈帶，川雲自去留。禪枝宿衆鳥，漂轉暮歸愁』是也。」（《杜詩詳註》卷二十三）仇氏的分析是十分獨到的。

顧亭鑑纂輯的《學詩指南》評賞了多首名家詩作，如杜甫〈登岳陽樓〉：「昔聞洞庭水，今上岳陽樓。吳楚東南坼，乾坤日夜浮。親朋無一字，老病有孤舟。戎馬關山北，憑軒涕泗流。」顧氏評：「上四句寫景；下四句寫情。」（一一三頁）可見這是「先景後情」之作。再如王維〈酬張少府〉：「晚年惟好靜，萬事不關心。自顧無長策，空知返舊林。松風吹解帶，山月照彈琴。君問窮通理，漁歌入浦深。」顧氏評：「上四句寫情；下四句寫景。」（一二三頁）這首詩「先情後景」，是比較特別的寫法。

此外，傅庚生的《中國文學欣賞舉隅》，在「情景與主從」一章裏，舉了許多運用「情景」法的例子，如范仲淹的〈漁家傲〉：「塞下秋來風景異，衡陽雁去無留意，四面邊聲連角起，千嶂裏，長煙落日孤城閉。濁酒一杯家萬里，燕然未勒歸無計，羌管悠悠霜滿地，人不寐，將軍白髮征夫淚。」傅氏說：「前闋寫景，後闋寫情。」（五一頁）又如晏幾道〈臨江仙〉：「夢後樓臺高鎖，酒醒簾幕低垂。去年春恨卻來時，落花人獨立，微雨燕雙飛。記得小蘋初見，兩重心字羅衣。琵琶絃上說相思。當時明月在，曾照彩雲歸。」傅氏認爲：「簾幕低垂，落花微雨，人方獨立，燕乃雙飛，去年春恨，能勿重來？是寫得一片愁人景色，逼出一種春恨情懷來也。」（五二頁）「愁人景色」是上闋的重心，以逼出下闋的「春恨情懷」，所以也是「先景後情」的結構，而兩者是一呼一應的。

陳滿銘有一篇文章〈常見於稼軒詞裏的幾種詞章作法〉（收錄於《詩詞新論》），在「虛實法」一欄之下，列了「1.先虛後實的形式」還有「2.先實後虛的形式」，另外還有一欄：「錯間法」，其中有「虛實相間的形式」，指的就是「情景間雜」。他以〈鷓鴣天。鵝湖歸，病起作〉作例子：「翠木千尋上薜蘿，東湖經雨又增波（實）。只因買得青山好，卻恨歸來白髮多（虛）。明畫燭，洗金荷，主人起舞客齊歌（實）。醉中只恨歡娛少，無奈明朝酒醒何（虛）！」他的看法是：「此詞上下兩片的首二句，分別寫東湖雨後的風光與作者夜宴的情景，是具體的，是實的；而後二句，則分別寫白髮歸耕的恨意與壯志不酬的愁緒，是抽象的，是虛的。顯而易見，這是篇採虛實相間之形式所寫成的作品。」（二六〇頁）情景關係之密切，由此可以清晰看出。

2. 論敘

(1) 理論

宋朝的李塗在《文章精義》這部書中，就提到了論敘法：

> 傳體前敘事、後議論，獨〈圬者王承福傳〉敘事論議相間，頗有太史公〈伯夷傳〉之風。（《四庫全書》一四八一——八〇六頁）

他針對「傳」這類文體作分析，認爲「傳」常採用的結構是「前敘事、後議論」；但也有例外的情形，如韓愈〈圬者王承福傳〉，在議論之中雜有敘事（即「又曰：粟，稼而生者也……雖聖者不可能也」一段爲議論，但其中「嘻！吾操鏝以入富貴之家有年矣……或曰：死而歸之官也。」一節爲敍事）；而且這種寫法是前有所承的，《史記、伯夷列傳》的結構就是「議論——敍事——議論」。

明·徐師曾《文體明辨》有如下一段話：

> 夫記者所以備不忘也。如記營造，當記月日之久近，工費之多少，主佐之姓名；敍事之後，略作議論以結之，此爲正體。至若范文正公之記嚴祠，歐陽文忠公之記晝錦堂，蘇文忠公之記山房藏書，張文潛之記進學齋，晦翁之作婺源書閣記，雖尚議論，其言足以垂世而立教，無害其爲變體也。（《古文法纂要》，五六——五七頁）

總之，他認爲「記」這一文體，必定是先敍事後議論的結構。

明·歸有光在他著名的文論集《文章指南》中，提到「先虛後實則」，他的說法是：

> 謝疊山曰：文章立冒頭，然後入事，又是一格。如蘇子瞻〈伊尹論〉是也（蘇子瞻〈鼂錯論〉亦可與此參看）。（一五頁）

其中〈伊尹論〉乃先論「其不取者愈大，則其辯者愈遠矣」，後面才敘述伊尹之事；〈鼂錯論〉也是如此，從一開始「天下之患最不可爲者」到「則天下之禍必集於我」止，是論說的部分，後文由「昔者鼂錯盡忠」開始，才是敘事。所以「冒頭」是「論」，是抽象的，是「虛」；後面的「入事」是具體的，是「實」。「先虛後實」指的就是「先論後敘」。

明．袁宏道〈雪濤閣集序〉裏有一段話，說到詩與文的發展，到後來是「虛」與「實」相互滲透，不能判然而分：

> 古之爲詩者，有泛寄之情，無直書之事，而其爲文也，有直書之事，無泛寄之情，故詩虛而文實。晉、唐以後，爲詩者有贈別，有敘事，爲文者有辨說，有論敘。架空而言，不必有其事與其人，是詩之體已不虛，而文之體已不能實矣。古人之法，顧安可概哉！

而袁氏之所以說「詩之體已不虛」，是因爲詩中「有贈別，有敘事」；同樣地，「文之體已不能實」，是因爲文中「有辨說，有論敘」。可見得不論是詩或文，其中都可能有敘事和論說的部分，而論與敍又是彼此對應的。

一篇文章當中有敍有論，到底有何妙用呢？李穆堂曾在〈覆方望溪論評歐文書〉中說到：

> 說理之文，以論事出之，則無微不顯；論事之文，以說理出之，則無小非大。蓋必事與理相足，而後詞達，詞達而後詞之能事畢。（《古文法纂要》，二〇九頁）

所以事與理必須相輔而相成。

一般認爲詩主抒情，並不擅長說理，但其實詩中說理的淵源很早。袁枚《隨園詩話》卷三云：

> 或云：「詩無理語」。予謂不然。〈大雅〉：「於緝熙敬止」、「不聞亦式，不諫亦入」，何嘗非理語？何等古妙？

〈大雅〉中這兩句都是歌頌、讚美周文王的。上句見於〈文王〉，頌揚他奮發前進；下句見於〈思齊〉，說文王能虛心聽取臣民意見，採納諫言。所以論與敘在詩歌中也是可以見到的。

李紱《秋山論文》中說：「文章惟敘事最難」，其後將敘事法分爲十多類，最後有一類不歸於純敘事法的，就是：

> 又有夾敘夾議者，如《史記》《伯夷》屈原等傳是也。（《古文辭通義》卷十八，二五頁）

又沈德潛在《說詩晬語》卷上，也有如下的一段話：

> 五古長篇，固須節次分明，一氣連屬。然有意本連屬而轉似不連屬者；敘事未了，忽然頓斷，插入旁議，忽然聯續，轉接無象，莫測端倪，此運《左》、《史》法於韻語中，不以常格拘也。千古以來，且讓少陵獨步。

這是在說明杜甫五言長篇善用《左傳》、《史記》之義法，具體地說，就是運用「夾敘夾議」的形式。所以「夾敘夾議」的結構並非散文的專利。

劉熙載在《藝概·經義概》中特別標示了「論敘」法的重要：

先敘後議，我注經也；先議後敘，經注我也。文法雖千變萬化，總不外于敘議二者求之。

但是分寸也必須拿捏得恰到好處：

文章家知尚見解、尚議論，而不以虛見解、虛議論為戒。則雖實多虛少，且以害事，況實少虛多乎？

「害事」就是影響文章的效果。（參考《中國古代寫作學》二八五頁）

清·方東樹《昭昧詹言》中講到「七言長篇，不過一敘、一議、一寫三法耳。」這是什麼意思呢？他說：

一敘也，而有逆敘、倒敘、補敘、插敘，必不肯用順用正。一議也，或夾敘或夾議，或用于起最妙，或用于後，或用于中腹。一寫也，或夾於議中，或夾于敘

中，或用于起尤妙，或隨手觸處生姿。（《近代文論類編》二四四頁）

所以在詩歌當中，有時仍會運用到「夾敍夾議」的結構。

宋文蔚在《評註文法津梁》的「謀篇」一章中，討論了幾則和「論敍」法有關的法則，如「引據夾議論」、「先序後議」、「序事夾議論」等，以下分別一一探究。首如「引據挾議論」，宋氏說：

篇中有引據，有議論，方見學識兼到。有篇首引據，然後以議論發明之者；有先發議論，而後以引據證明之者；又有篇中議論，與引據相輔而行者；更有從賓位引據，而用己意闡去者。用法不一，視乎臨文時如何運用而已。

次如「先序後議」，宋氏說：

可先立案，後發議，是謂先序後議。立案處，必預爲下半篇發議地步；發議處，又必與前半篇立案相應，務令前後相照應，乃成篇法。

最後是「序事夾議論」，他說：

> 此法與以序事爲議論不同，彼則寓議論於序事之中，此則於序事中參以議論。又與以議論爲序事不同，彼則用議論以貫串事實，此則就事實發爲議論。其法即以事實之曲折，爲文之波瀾，而議論即與之相赴，故又與先序後議不同。……蓋一篇之中，事實與議論相爲貫注者也。（八六頁）

就是因爲「一篇之中事實與議論相爲貫注」，才會有「夾敍夾議」的形式出現。

劉師培的《漢魏六朝專家文研究》在第十九節專講「論記事文之夾敍夾議及傳贊碑銘之繁簡有當」，而他所謂的「夾敍夾議」是指「通篇記事，並無評論，而是非曲直即存於記事之中」、「句句敍事，亦即句句評論」（五八頁），和本節所討論的「夾敍夾議」有所不同；因爲章法中的「夾敍夾議」，必須在形式上表現出敍事與議論間雜的情形方可。

周振甫在《詩詞例話》中，有一節專門討論「詩中議論」。他先引沈德潛《說詩晬語》卷下的一段話爲楔子：

> 人謂詩主性情，不主議論，似也而亦不盡然。試思二雅中何處無議論。杜老古詩中，〈奉先〉〈詠懷〉〈北征〉〈八哀〉諸作，近體中〈蜀相〉〈詠懷〉〈諸葛〉諸作，純乎議論。但議論須帶情韻以行，勿近傖父面目耳。戎昱〈和蕃〉云：「社稷依明主，安危托婦人。」亦議論之佳者。

然後說詩中的議論並不妨害詩的美感，那是因爲：「這些議論同一般的議論不同，它的不同有兩點：一、全篇裏有很多形象的描寫，這些議論是同形象的描寫結合著的。……二、這些議論不是概念的，是通過比喻等藝術手法來表達的，是用詩的語言來說的，因此它也是詩的。」（一一四頁）所以，只要運用得當，「論敘」法在詩中也可以產生很好的效果。

我們在前一節討論「情景」法時，曾提到「景」不僅可以和抒情相結合，也可以和議論配合在一起。同樣地，「論敘」法中的「敘事」，固然可以帶出議論，但也未嘗不可以發生情感。前面引錄過的元陳繹曾《文說》中的說法：「凡文體雖眾，其意之所從來必由於此四者（註：景、意、事、情）而出；故立意之法必依此四者而求之，各隨所宜。」在這裏仍是很有啟發作用的。

明・屠隆在〈與友人論詩文〉中說：

唐人惟杜少陵兼雅俗文質，無所不有，比物連匯，字字皆鑿鑿有據，景與意會，情緣事起，隨地布語，不執一途。（《中國文論大辭典》，三七頁）

由「情緣事起」一句，可以窺見「事」與「情」的關聯。

明、祝允明也說：

情從事生，事有向背，而心有愛憎，由是欣戚形焉。事表而情裡也，達者以裡治其外，昧者雖有眞情之發，往往物奪以遷而回曲之。（見《枝山文集》卷二《姜公尚自別余樂說》）

這裏更把「情」和「事」緊緊地聯繫在一起，並肯定了「情」的主導地位。

無獨有偶地，清、劉大櫆也說了：

理不可以直指也，故即物以明理；情不可以顯出也，故即事以寓情。

因爲「情不可以顯出」，所以「即事以寓情」。劉氏的觀點和祝允明是相同的。

而且，在「情景」法中也提到過，「情」爲主，「景」爲客；「論敘」法也是如此，「論」爲主，「敘」爲客。像蔣伯潛所說的：「此種作法，其主意全在議論，全篇所記敘的物，不過用作材料而已。」（《中學國文教學理論研究》，一八三頁）這個看法是十分精闢的。此外，在《初中生作文章法大觀》中，有一種章法是「敘事表意式」，它的說明如下：「敘事表意式要求寫兩部分：先敘事，後表意。『事』是主體，『意』是靈魂。」（一三二頁）由這段敘述中，我們可以知道：「事」也許會佔去較大的篇幅，但「意」才是最重要的。

(2)例　證

在宋·呂祖謙的《古文關鍵》的評註中，可以看出呂氏已注意到敘事與議論之不同，例如蘇洵《管仲論》一開始，呂氏即評：「此二段敘事說」，並於「**管仲相桓公……諸侯不敢叛**」一段旁，評：「此說功處」；又於「**管仲死……訖簡公，齊無寧歲**」旁，評：「此段說禍起」（一六八頁）；而自「**夫功之成，非成於成之日**」開始，一直到篇末，都是議論的部分。所以此篇運用的是「先敘後議」，也就是「先實後虛」的方法。又如柳宗元〈桐葉封弟辨〉，呂氏在起首一段：「古之傳者有言……乃封小弱弟於唐」旁，註云：「此一段只是敘事」（七六頁），這就表明了此文也是先敘事，然後再就此事來發表議論，所以在接著的「吾意不然」之下，直到篇末，呂氏接連評了「難」、「又難」、「又設難在此」（七七—七八頁）等語，說明了下半篇文字的議論性質。

在明·謝枋得的《文章軌範》中，也關注論敘法在文章中的運用情形。如在柳宗元〈晉文公問守原議〉開始的前幾句：「晉文公既受原於王……以畀趙衰」之旁，謝氏評云：「敘事起頭」（八五頁），而底下接著的文句就是「余謂：守原，政之大者也……」，很明顯的是屬於論說的部分，也就是說此文是用先實（敘事）後虛（情理）的形式寫成的。

過商侯的《古文評註全集》也有一些「先敘後論」的例子，如陶淵明〈五柳先生傳〉，過商侯在前半部的文句之下，給了許多評語：「此先點出五柳先生來歷」、「此段寫先生之性情」、「此段寫先生之嗜好」、「此段寫先生之安貧」、「此段寫先生之自適」（四三一頁），可見前半部分都在敘寫五柳先生之種種，而在「贊曰」之下，才是論說的部分，所以過商侯說：「總而論斷之曰贊。」（四三一頁）又如杜牧的〈阿房宮賦〉，過商侯說：「前半將宮殿樓閣，迴廊複道，美女珍奇，千態萬狀，逐一描寫。」

（四五五頁）至於後半則從「嗟乎！一人之心，千萬人之心也」開始發出議論，所以眉批云：「忽發議論，賦家所少。」（四五五頁）

林雲銘的《古文析義》中，出現多篇形成「先論後敘」結構的文章，首如陳傳良〈張耳陳餘酈食其傳〉，其開始數句爲：「圖天下者，自有天下之勢，書生之論不知也；圖天下而守書生之論，不敗事者寡矣！」林氏評曰：「虛起」（七九八頁），這就表示以議論領起下文；底下才是入事，敘張耳、陳餘、酈食其之事蹟以爲論證，因此形成了很顯然的「論——敘」結構。次如鄭重的〈修靖江縣志序〉，是「先以泛論跌起下文」（八四一頁），這「泛論」的部分是：「郡縣有志，猶國之有史也。史必斷自三代，而後一朝之損益以成；志必溯其沿革，而後一方之風俗以正」，其後全部是敘述修靖江縣志之事，是「敘」的部分。寫作手法和前一篇是一樣的。

吳闓生評選的《古今詩範》中，有一首詩是「敘——情」的結構，即杜甫〈謁先主廟〉，從一開始「慘澹風雲會」到「劍閣復通秦」，是「以上敘先主事業」（吳氏語，二一七頁）；底下「舊俗存祠廟……歌舞歲時新」，是「以上祠廟」（吳氏語，二一七頁）；到此爲止，是敘事的部分，隨後，用四句詩作銜接，即：「絕域歸舟遠，荒城繫馬頻，如何對搖落，況乃久風塵」，吳氏云：「所以起下文也」（二一七頁）；接著是：「孰與關張並……寂寞灑衣巾」，是「以上因謁廟而發身世蒼茫之感」（吳氏語，二一七頁），這才是重點所在。又如杜甫〈詠懷古蹟五首〉之一：「支離東北風塵際，漂泊西南天地間。三峽樓台淹日月，五溪衣服共雲山。羯胡事主終無賴，詞客哀時且未還。庾信平生最蕭瑟，暮年詩賦動江關。」吳氏在第六句之下評云：「前四句敘，此二句議」（二二五頁），實則七、八二句也應歸入議論的部分。此外，吳闓生評選的古文集《桐城吳氏古文法》之中，也少不了論敘法。如在班固〈封燕然山銘〉開頭幾句「維永元元年、秋七月，有漢元舅曰：車騎將軍竇憲」底下，吳氏評云：「按碑誌文字，首段或直敘本事，或別作虛冒，均無不可。如韓公〈平淮西碑〉起數語，即虛冒也。此文起數語，即直敘也。」（一一四頁）察〈平淮西碑〉起數語乃是：「天以唐克肖其德……悉主悉臣」，屬於論說，而〈封燕然山銘〉的開頭數語則顯然是敘事，因此一爲先論後敘，一爲先敘後論，都在虛實法的範疇內。

林紓在《韓柳文研究法》中，談到韓愈〈張中丞傳後敘〉時，說：「然退之此文歷落有致，夾敘夾議」（一〇頁）。他所說的「夾敘夾議」，應是指〈張中丞傳後敘〉先談到許遠，略述其事蹟；從「遠誠畏死」開始，則力辯其誣，議論精當。接著又記述了南霽雲的事蹟；並在「張籍曰」之下，補敘了張巡之軼事。所以此文敘事、議論間雜，頗具變化。

喻守真的《唐詩三百詩詳析》中，有一首韋應物的〈郡齋雨中與諸文士燕集〉：「兵衛森畫戟，燕寢凝清香。海上風雨至，逍遙池閣涼。煩痾近消散，嘉賓復滿堂。自慚居處崇，未睹斯民康。理會是非遣，性達形跡忘。鮮肥屬時禁，蔬果幸見嘗。俯飲一杯酒，仰聆金玉章。神歡體自輕，意欲凌風翔。吳中盛文史，群彥今汪洋。方知大藩地，豈曰財賦強。」喻氏分析道：「全篇首敘事次抒情，再次敘事，結尾又加議論。其中又羼入情感，所謂夾敘夾議，層次井然。」（二一一頁）可見得「夾敘夾議」的情況也可能出現在詩中。

林承坏的《辛稼軒詠物詞研究》，曾賞析了一首〈念奴嬌〉：「少年橫槊，氣憑陵、酒聖詩豪餘事。袖手旁觀初未識，兩兩三三而已。變化須臾，鷗翻石鏡，鵲抵星橋外，搗残秋練，玉砧猶想纖指。　堪笑千古爭心，等閒一勝，拚了光陰費，老子忘機渾謾與，鴻鵠飛來天際。武媚宮中，韋娘局上，休把興亡記。布衣百萬，看君一笑沉醉。」林氏說：「上片敘事，描寫雙陸賭博之情況，下片抒情，表現無心無慾、達觀自適之恬淡平靜心情。」（二二九頁）這是「敘論」法中的支流：由敘事而抒情。

經由上述的討論，我們可以發現：「論敘」法中以「先敘後論」的結構佔最大宗，但「先論後敘」和「夾敘夾議」者也不乏其例，都有很精采的表現。

3. 時間上的虛實

⑴理　論

時間上的虛實是這麼分的：凡是敍事、寫景或抒情，只限於過去或當前的，是「實」；透過想像，伸向未來的，則爲「虛」。古人也已注意到這個現象，譬如林景亮的《評註古文讀本》，在分析戴名世的〈數峰亭記〉時，說：

前以近處無大山襯說，後以鑿池種竹等襯說，前用實寫，後作虛想，是爲前實後虛法。（一六一頁）

他所謂的「實寫」是前半部寫景的部分，「虛想」則是從「余欲鑿池、蓄魚、種蓮，植垂柳數十株於池畔」開始，一直到最後；由這個「欲」字可看出，此段所記載的全是對未來的想望，因此他說是「虛想」。所以他雖未明言何謂「前實後虛」法，但我們可以推測得出，他所指的正是時間上的虛實。而陳滿銘在《國文教學論叢》中所陳述的，關於時間虛實的看法，也在前面引述過了。雖然對於這方面的認識，前人將它寫成理論的很少，但在實際批評中，卻有許多例子，顯示出前人並未忽略了時間的虛實的存在。

(2)例　證

林雲銘的《古文析義》收有王維的〈山中與裴秀才迪書〉，這篇文章的作法是：「初言不敢相煩，繼則相思，終復相訂」（林氏語），在最後訂約的部分，有一段文字是：「**當待春中，草木蔓發，春山可望，輕鯈出水，白鷗矯翼，露溼青皋，麥隴朝雊，斯之不遠，倘能從我遊乎？**」林氏認為這段是：「預想春中無限景致，以訂其異日同往」（二〇九頁），可見得是對未來的想望，是屬於「虛」的描寫。

顧亭鑑纂輯的《學詩指南》於此亦有發揮。譬如王維的〈送別〉：「**山中相送罷，日暮掩柴扉。春草明年綠，王孫歸不歸？**」評者云：「收言別後望歸」，又云：「用意先後層次，最宜細玩」（一三八頁）也就是一實（一二句）一虛（三四句），形成了層次。我們還可以再看看岑參的〈逢入京使〉：「**故園東望路漫漫，雙袖龍鍾淚不乾。馬上相逢無紙筆，憑君傳語報平安。**」詩末的總評是：「此詩止第三句為正面，上二句是未逢前一層，末一句是既逢後一層，題有宜從前後際著想，讀此可悟。」（一四九頁）他的意思是說首二句寫的是過去，第三句是現在，末一句則是未來，這當然屬「前實後虛」格。

吳楚材選、王文濡評註的《古文觀止》中收有《左傳、鄭莊公戒飭守臣》，其中鄭伯的一段話值得一看，它是「凡目凡」的結構，而「目」的部分由一實一虛來組成。也就是說，一開始「天禍許國……而假手於我寡人」三句，是「凡」的部分，從「寡人唯是一二父兄」到「其況能久有許乎」止，是「目一」，也就是「實」；而「吾子其許叔以撫柔此民也……而況能禋祀許乎」一段，則是「目二」，是「虛」；其後再以「寡人之使吾子處此……亦聊以固吾圉也」三句總收。所以在「吾子其奉許叔以撫柔此民也」一句下，吳氏評：「以上追前，以下料後」（一一頁），點明了它「前實後虛」的性質。

喻守眞《唐詩三百首詳析》這本書，也注意到了時間的虛實法在唐詩中出現的情形。例如對杜甫的〈贈衛八處士〉：「人生不相見，動如參與商；今夕復何夕，共此燈燭光。少壯能幾時，鬢髮各已蒼。訪舊半爲鬼，驚呼熱中腸。焉知二十載，重上君子堂。昔別君未婚，兒女忽成行！怡然敬父執，問我來何方？問答乃未已，驅兒羅酒漿。夜雨剪春韭，新炊間黃粱。主稱會面難，一舉累十觴；十觴亦不醉，感子故意長！明日隔山岳，世事兩茫茫！」他評說：「此詩線索全在時間方面，像先寫『今夕』，再寫『夜』，再說『明日』，層次分明，敍事也就有條理了。」（三一頁）除了末二句之外，其餘都在寫今夕今夜重會之情景，是「實」；末二句言明日之事，是「虛」。又如李白〈長干行〉：「妾髮初覆額，折花門前劇。郎騎竹馬來，繞床弄青梅。同居長干里，兩小無嫌猜。十四爲君婦，羞顏未嘗開。低頭向暗壁，千喚不一回。十五始展眉，願同塵與灰。常存抱柱信，豈上望夫臺！十六君遠行，瞿唐灩澦堆；五月不可觸，猿聲天上哀！門前遲行跡，一一生綠苔。苔深不能掃，落葉秋風早。八月蝴蝶來，雙飛西園草。感此傷妾心，坐愁紅顏老！早晚下三巴，預將書報家。相迎不道遠，直至長風沙。」喻氏將此詩分爲四段，前三段分別寫幼時、初嫁、分離，第四段則是：「『早晚——風沙』爲第四段，是敘妾想有歸來的音信，竟想遠道去迎接，可見其癡情。」（四五頁）既言「妄想」，那便是對未發生之事的想望了，所以是「虛」，與前三段之實寫相對照，形成一實一虛的結構。

黃永武的《中國詩學——鑑賞篇》講到「時空變化」時，提到有一類是用今日與來日相對映，並舉李義山〈夜雨寄北〉爲例：「君問歸期未有期，巴山夜雨漲秋池。何當共剪西窗燭，卻話巴山夜雨時。」黃氏分析道：「第三句的『何當』呼應著第一句的『未有期』，爲『他日歸期』作了一番設想，第二、四兩句重出『巴山夜雨』四字，雖同寫的是一件事，卻有來日與今日的不同。」並引用了桂馥的說法：「眼前景反作後日懷想，此意更深」。（《札樸》卷六）（六三頁）而這「深意」是藉由虛實相映而引出的。

黃永姬《白石道人詞之藝術探微》，在探討其作法時，列有一項「設想」，她所下的定義是：「設想是以現狀推想未來，以目前推測過去與另一個時空，是一種有根據的想像，這想像往往與作者的心願有關係。」（八九頁）因爲這種設想是伸向未來的，所以是「虛」。她並且舉了幾個例子，譬如〈八歸〉：「芳蓮墜粉，疏桐吹綠，庭院暗雨乍歇。無端抱影銷魂處，還見篠牆螢暗，蘚階蛩切。送客重尋西去路，問水面琵琶誰撥？最可惜，一片江山，總付與啼鴂。　長恨相從未款，而今何事，又對西風離別？渚寒煙淡，棹移人遠，縹緲行舟如葉。想文君望久，倚竹愁生步羅襪。歸來後，翠尊雙飲，下了珠簾，玲瓏閒看月。」黃永姬的看法是：「此首描述作者與行客之間的惜別之情，下片這些句子（註：即「想文君望久」以下六句）就是作者站在行客之立場，來述說行客之設想。」（一八九頁）可見這是「前實後虛」的結構。

4.空間上的虛實

(1)理　論

空間也有虛實之分，凡是眼前所見、實際存在的，自然是「實」；而透過想像來模擬的，就是「虛」。

劉勰劃時代的巨著《文心雕龍》中有〈神思〉一篇，討論想像力的作用。他在一開始就對想像力作了十分動人的描繪：

> 古人云：「形在江海之上，心存魏闕之下」，神思之謂也。文之思也，其神遠矣。故寂然凝慮，思接千載；悄焉動容，視通萬里；吟詠之間，吐納珠玉之聲；

眉睫之前，卷舒風雲之色；其思理之致乎？

劉勰先對想像力下一定義，再從時間、空間、聲調、色彩四方面，形容爲文運思時所表現的情況（參見王師更生《文心雕龍讀本》下篇）。在這裡，我們所要特別注意的，是「悄焉動容，視通萬里」兩句，這表示了想像力在發揮作用時，是不受眼前所見的空間限制的，表現在文學作品上，自然就有實空間和虛空間之分，也因而大大豐富了作品的內容。

王若虛的《滹南集》中有一段話：

凡爲文有遙想而言之者，有追憶而言之者，各有定所，不可亂也。（《四庫全書》一一九○——四四八頁）

所謂的「遙想而言之」，自然是將思緒拉離眼前，飛躍入另一個時空，這就形成了與現實對映的「虛」。

王夫之在《詩繹》中，也探討了詩歌中對空間虛實法的巧妙運用：

唐人《少年行》（《全唐詩》作《青樓曲》）云：「白馬金鞍從武皇，旌旗十萬獵長楊。樓頭少婦鳴箏坐，遙見飛塵入建章。」想知少婦遙望之情，以自矜得意，此善於取影者也。「春日遲遲，卉木萋萋，倉庚喈喈，采蘩祁祁。執訊獲丑，薄言還歸。赫赫南仲，玁狁於夷。」其妙正在此。訓詁家不能領悟，謂婦方采蘩而見歸師，旨趣索然矣。建旌旗，舉矛戟，車馬喧闐，凱樂竟奏之下，倉庚何能不驚飛，而尚聞其喈喈？六師在道，雖曰勿擾，采蘩之婦亦何事暴面於三軍之側邪？征人歸矣，度其婦方采蘩，而聞歸師之凱旋，故遲遲之日，萋萋之草，鳥鳴之和，皆爲助喜，而南仲之功，震於閨閣，室家之欣幸，遙想其然，而征人之意得可知矣。乃以此而稱「南仲」，又影中取影，曲盡人情之極至者也。

王夫之將遙想的部分稱爲「取影」，並作了極精闢的分析，完全道盡了空間的虛實法的運用，在這兩首詩中造成了多麼好的效果。

謝榛《四溟詩話》卷一云：

貫休曰：「庭花濛濛水泠泠，小兒啼索樹上鶯」，景實而趣無。太白曰：「燕山雪花大如席，片片吹落軒轅台」，景虛而有味。

雪花吹落軒轅台的景象自然是想像出來的，是虛擬的，但極富趣味，因而硬是將前例的實景描繪給比了下去。由此可見虛景的妙用了。

劉坡公的《學詩百法》中列有一法：「反託題意法」，它的定義是：

> 詩有題之正面難寫者，不得不於反面求之，蓋從反面託出，較之正面，意味倍深也。唐詩中能合此法者，當推王維〈九月九日憶山中兄弟〉一首：「獨在異鄉爲異客，每逢佳節倍思親。遙知兄弟登高處，遍插茱萸少一人。」」（五六頁）

而他對這首詩的分析是：「右詩題意全在一憶字，首句言作客異鄉，便含憶字之意；第二句思親二字，憶字已暗暗點明；第三四句從對面兄弟憶己，反託己之憶兄弟；詩境眞出神入化矣。」（五六頁）可見得劉坡公所謂的「反託題意」，其實是運用了空間的虛實法，在末二句造成一個虛空間，藉著這虛空間，與首二句的實空間產生相映的效果，有「出神入化」之妙。

(2)例　證

顧亭鑑纂輯的《學詩指南》賞析了一首韋應物的〈秋夜寄邱員外〉：「懷君屬秋夜，

散步詠涼天。空山松子落，幽人應未眠。」前兩句是從自己寫起，後兩句則是「言員外之觸景懷己，以對面一託作收」、「此對面託寫法」（一四一頁），其實也就是利用空間的虛實（寫自己者爲實，寫邱員外者爲虛），來對兩方面作描繪而已。王昌齡〈從軍行〉也是用了同一種作法：「烽火城西百尺樓，黃昏獨坐海風秋。更吹羌笛關山月，無那金閨萬里愁。」前二句寫自己，第三句爲過渡，第四句就將距離拉至萬里之外的閨中，所以是「收從對面作映」（一五二頁），整首詩的效果是：「但言金閨之愁，而征人之愁可知。對面託出，與山中憶兄弟詩，同一用意。」而王維〈九月九日憶山中兄弟〉是在理論部分就看過了。

吳楚材選、王文濡所評註的《古文觀止》中，有一篇是宋濂的〈閱江樓記〉，其中有一段：「雖然，長江發源岷山，委蛇七千餘里而入海，白涌碧翻，六朝之時，往往倚之爲天塹；今則南北一家，視爲安流，無所事乎戰爭矣！」評注云：「前從閱字上注想，此又從江字上點綴，筆無滲漏」（五三七頁），至於如何「從江字上點綴」呢？那就是將距離拉開，形成了一個虛空間，再來加以描繪了。

吳闓生纂有《古文範》一冊，收錄有蘇代〈約燕昭王書〉，篇中曾引述秦王之語，如「告楚曰……楚王爲是故，十七年事秦」、「告韓曰……韓氏以爲然，故事秦」、「秦正告魏曰……魏以爲然，故事秦」這三大段，都是設想如何進攻、如何掠地，使得三國盡皆懾服，這是對虛的空間作了盡致的描繪，才能產生這麼大的效果，所以吳氏曰：「告楚、告韓、告魏，章法奇栛」（六六頁）。吳闓生另有一本詩歌評點集《古今詩範》，他曾評〈古詩十九首〉之三：「青青陵上柏，磊磊澗中石。人生天地閒，忽如遠行客。斗酒相娛樂，聊厚不爲薄。驅車策駑馬，游戲宛與洛。洛中何鬱鬱，冠帶自相索。長衢羅夾巷，王侯多第宅。兩宮遙相望，雙闕百餘尺。極宴娛心意，慼慼何所迫。」後半從「驅車策駑馬，遊戲宛與洛」開始，直到最後，都是將目光從眼前拉開，投向另一個空間所作的描述，因此吳闓生說：「上文游戲宛洛，本設想之辭，並未眞到其地，而此下便接賦洛中情景，皆意中幻想之詞，非書目見，故實地皆虛，有無限煙雲。」（二頁）這是詩歌中運用虛實法的顯例。

王文濡的《評註宋元明詩》，收有一首歐大任的〈九江官舍除夕〉：「餞歲潯陽館，羈懷強笑歡，燭銷深夜酒，菜簇異鄉盤。淚每思親墮，書頻寄弟看，家人計程遠，應已夢長安。」王氏說：「憶及家人，又度家人之亦應念己，曲折往復，善學少陵」（一五八頁）其中前六句是說己憶家人，末二句是揣度家人想念自己的情況；至於「善學少陵」，則是指杜甫：「今夜鄜州月，閨中只獨看，遙憐小兒女，未解憶長安」一首，這首詩最特別之處在於全詩都在描繪虛空間，因此王氏又說：「結句即於此脫胎」（一五八頁）。

李扶九編選的《古文筆法百篇》，也出現一則運用空間虛實法的例子，那就是韓愈

〈送楊少尹序〉，當時楊少尹「一旦以年滿七十，亦白丞相去，歸其鄉」，但送行之時，韓愈「遇病不能出」，因此對送行之場面全是設想得來，即「不知楊侯去時，城門外送者幾人？車幾兩？馬幾匹？道旁觀者亦有嘆息知其爲賢與否？」之下，全是虛寫，所以李扶九說：「古人行文全用虛托，不肯用一實寫。」（一五一頁）

李建崑的《韓愈詩探析》列有「韓詩章法舉例」一目，其第七則是「虛實相間」，他以韓愈的七言短古〈岣嶁山〉爲例：「岣嶁山尖神禹碑，字青石赤形摹奇。科斗拳身薤倒披，鸞飄鳳泊拏虎螭。事嚴跡祕鬼莫窺，道人獨上偶見之，我來咨嗟涕漣洏。千搜萬索何處有？森森綠樹猿猱悲。」李氏的分析是：「本詩前四句謂衡山別峰岣嶁山有一碑，乃當年夏禹祭神所獲。緊接二句，對禹碑形模字體，加以描述，有若親見其物。『事嚴』以下五句，始傳述此碑爲某道人登山偶見。如今專程尋訪，卻遍索不得。細按詩意，知韓愈並未見及此碑。方東樹曰：『先點次寫，似實卻虛。『事嚴』以下，似虛卻實。』」（《集釋》引）（三一〇—三一一頁）所以前四句是對虛空間裡的事物的設想，後五句才是實寫。

5.假設與事實

(1)理　論

這一類與前面所討論的時間和空間的虛實都不同。時間上的「虛」是指尚未發生、純粹對未來的設想；空間上的「虛」則是指對另一個非眼見的空間所作的描述；而「假設」則特別指推翻已存在之事實、另擬一種情況的設想；或者是逆溯古人之志，推翻已有之定論，因為時間是往過去回溯的，所以與前述二者都不同，有必要將它區分出來。另外辭章中也常出現「夢」，夢境自然是虛的，是不可能實現的，此點特質與假設相同，因此對夢境的描繪也歸入這一類中。

王葆心編輯的《古文辭通義》，引用《文章辨體》中的一段話：

東坡作史評，必有一段萬世不可磨滅之論，使吾身生其人之時，居其人之位置，遇其人之事，當何如處置，妙法從老泉得來。（卷十八，五二頁）

這就是代古人籌策、立一假設的作法。他並且也引用了魏叔子對彭躬庵的說法的批評：「彭躬庵言讀史有三要：曰設身、曰論世、曰闕疑，其高者尤能於無文字處得古人要害，余服膺斯說。然古今好議論，凌厲古人者，莫不求之無文字之中，而以其偏見私意，為莫須有之說，讞古人之獄，或洗垢而索其瘢，或刳肉而成瘡痍，此無論陳同甫蘇氏父子，即呂伯恭亦所不免。余則謂論古人者必吾之說立於此，使天下聰明才辨好學深思之士欲更立一說，而無以爲口實方得。」（卷十八、五二頁）這不僅說明作法，也對產生的流弊作了反省，所以王葆心下一案語：「案無文字處，即課虛法也，其弊往往不免偏見私意，洪稚存嘗目此爲塾師論史之病，宋趙師淵、明賀祥、張大齡皆然，故宜以魏說救之。」（卷十八、五二頁）可以說是相當中肯的。不過，在此處，我們的重點是放在作法上，所謂的「求之無文字之中」，即是指與形諸文字的眞實歷史不同，是虛構的，所以王葆心說：「無文字處即課虛法也。」

謝无量的《實用文章義法》第二章第四節是「駕空立意」，它的定義是：

> 議論當出新意，故有時須駕空立意，此縱橫家之遺，後之作史論者，多用此法。蘇明允〈春秋論〉，揣摩以天子之權與魯之意，作一段議論；其〈高帝論〉揣摩不去呂后之意，作二段議論。當時孔子與魯，及高帝不去呂后之意，未必眞如此，皆是駕空自出新意也。此是論家別才，不可不知。（上，三二頁）

很明顯地，謝无量所謂的「駕空立意」，就是逆推古人心志以立論。另外，第五章上第四節「持論要法」的第二則，也與虛實法有關，它的定義是：

> 論人之短爲確指其當時得爲而不爲之法，凡論古人之功罪，須要思量：使我生此時，居此位，處此事，當如何措置，必有一長策方可，若只能責人，亦非高手。如蘇明允〈管仲論〉、蘇子瞻〈賈誼論〉，皆得此法。又子瞻〈范增論〉、〈鼂錯論〉，亦可與此參看。（上，九八—九九頁）

這是說，要設身處地爲古人設想、代古人處置；但是因爲古人的時代早已過去了，再怎麼揣摩籌畫也是徒託空言，所以將之歸入虛實法的「虛」。

(2)例　證

這種作法的存在，宋代的呂祖謙早就注意到了。呂祖謙在蘇洵〈高祖論〉題目底下評了兩句：「將無作有，以虛爲實。」（一七三頁）與文章內容配合起來看，我們可以很清楚地發現，他所謂的「無」就是「虛」，指的是假設的部分（即假設高祖預知有呂氏之禍一事）；而「有」就是「實」，指的是事實部分（如呂祖謙在「帝嘗語呂后曰：周勃厚重少文，然安劉氏必勃也，可令爲太尉」旁，評：「入實事」）。再如蘇軾的〈秦始皇扶蘇論〉中，對「蘇子曰：始皇制天下輕重之勢，使內外相形，以禁奸備亂，可謂密矣……」一段，呂氏在篇末有評云：「『相形』一句，始皇本無此意，作文之法要說他後面不是，故先張大，以虛作實也。」（二四三頁）也就是說，東坡逆溯始皇之志，原無憑依，此處寫得煞有介事，便是以虛作實。此外蘇軾另一篇史論文章〈范增論〉，一開始先敘「范增去時事」（呂氏語、二四四頁），這是「實」，自「蘇子曰：增之去善矣，不去，羽必殺增，獨恨其不早爾」以下，到最後全是蘇軾推測當時情勢之語，層層推入，只在虛處盤旋，所以呂氏評：「大抵文字要用無作有說，須漸引入」、「轉無爲有」（二四六頁），眞是把「虛」的妙用發揮到極致。

謝枋得在《文章軌範》中的表現也不含糊。在蘇洵〈高祖論〉之後，謝氏引李方叔的評云：「文字要駕空立意，蘇明允〈春秋論〉，揣摩以天子之權與魯之意，作一段議論，〈高祖論〉揣摩不去呂后之意，作一段議論。當時夫子與高祖之意未必如此，皆駕空自出新意，文法最高。」（一一二頁）很明顯地，這兩篇文章都有假設的部分，其中〈高祖論〉已在前面作過討論，至於〈春秋論〉一開始以「賞罰者，天下之公也……而天下以榮以辱」立論，其後從「周之衰也，位不在夫子而道在焉」開始，一直到最後，都是層層推想孔子以天子之權與魯之意，此即李方叔所說的「駕空立意」，是「虛」。又如蘇洵〈管仲論〉，在「夫功之成，非成於成之日……夫何患三子者？不言可也」一段之下，謝氏評云：「此一段是代管仲爲謀，文章最高處。既攻擊乎仲，須是思量吾身生管仲之時，居管仲之位，爲管仲之事，當如何處置？必有一策。東坡作〈鼂錯論〉、〈范增論〉，皆用此法。」（一〇六頁）其實「代××爲謀」，就是「駕空立意」的意思。

王文濡的《評註宋元明詩》之中，出現一首黃庭堅的〈臨河道中〉詩：「村南村北禾黍黃，穿林入塢歧路長。據鞍夢歸在親側，弟妹婦女笑兩廂。甥姪跳梁暮堂下，唯我小女始扶床。屋頭撲棗爛盈斗，嬉戲喧爭挽衣裳。覺來去家三百里，一園兔絲花氣香，可憐此物無根本，依草著木浪自芳。風煙雨露非無力，年年結子飄路旁。不如歸種秋栢實，他日隨我到冰霜。」王氏認爲此詩的內容是：「歸夢到家中，與泛寫景物有別，妙在一轉提醒，結處尤有寄託。」（六三頁）所以前半部從「村南村北禾黍黃」開始，直到「嬉戲喧爭挽衣裳」爲止，都是對夢境的描繪，是「虛」；後半部：「覺來去家三百里……他日隨我到冰霜」一段，才是對眼前事物的敘述，是「實」。虛實前後映照，使意味更趨深長。

林景亮的《評註古文讀本》也有一些精采的批評。如戴名世〈記夢〉，就記述了兩段夢境，前一段是：「余少夢適山間，遇一老父，蒙槲葉於身，坐石上，余異之，問以神仙之術，不答。有頃，天上有紅雲一縷，冉冉下屬地，老父指謂余曰：食此者，文章冠海內。余以口仰接吞之，老父復與余有所言，既覺，忘之矣。自是七八年來，憂沮病廢，曾未嘗學問，有所發明。回憶曩者之夢，眞可赧也。」林氏的評語是：「自起句至『眞可赧也』，爲前段。此段以夢吞紅雲爲經，以老人之言爲緯，以未嘗學問、有所發明爲結果，足見夢之不足憑。」（三七頁）後一段夢境的記述則是：「壬戌之春，屢夢深山大川，汪洋萬頃，峰巒千疊；又往往登臨樓閣，壯麗閎偉，雲霞草木，變態百出，類非人間所有，余懷遯世之思久矣，力不能買山以隱，而夢豈徒然也乎。然於彼不驗，又豈獨驗於此也，姑記以俟之。」林氏認爲：「自『壬戌之初』以下爲後段。此段以夢登山川爲經，以樓閣雲霞草木爲緯，寫得異常蓬勃，興會淋漓，卻以無力買山爲結果，又足見夢之不足憑。」（三七頁）這兩段之中直接描寫夢境的部分，都是「虛」。

喻守眞的《唐詩三百首詳析》也發現一些詩作中有對夢境的描繪。如杜甫〈夢李白〉之二：「浮雲終日行，遊子久不至！三夜頻夢君，情親見君意！告歸常局促，苦道來不易！江湖多風波，舟楫恐失墜！出門搔白首，若負平生志。冠蓋滿京華，斯人獨憔悴！孰云網恢恢？將老身反累。千秋萬歲名，寂寞身後事！」喻氏說：「『告歸——生志』爲第三段，是敍夢中太白的言語……寫太白宛在目前」（三五頁），這種對夢境的追敘，應歸入「虛」的部分。另有張泌〈寄人〉：「別夢依依到謝家，小廊迴合曲闌斜。多情只有春庭月，猶爲離人照落花。」喻氏作了很詳盡的分析：「首句自別後入夢說起……二句是寫夢中所見謝家的小廊曲闌，是夢中景。三句轉到夢醒後所見……四句說落花猶有多情的月來照，我的無聊，又有何人來安慰呢？」（三二五頁）所以第二句是虛寫，餘皆實寫。虛實前後對映，使詩旨更爲明顯。

㈢正　反

1.理　論

早在劉勰的《文心雕龍·麗辭》中，就已談到：

> 故麗辭之體，凡有四對：言對爲易，事對爲難；反對爲優，正對爲劣。

而爲何「反對爲優」呢？那是因爲「理殊趣合」。這雖然只專指對偶而言，但是極具啟發意義。

到了明代，「正反」的觀念在歸有光的《文章指南》中，就已被看作是重要的文章法則而提出，如「正反翻應則」：

> 文章有正說一段議論，復換數字，反說一段，與上相對。讀者但見其精神，不覺其重疊，此文法之巧處。如韓退之〈後二十九日復上宰相書〉是也。（一〇頁）

韓愈此文先以周公立說，壓倒一切，此爲「正說」；然後轉入不如周公處，再加陳述，此爲「反說」，一正一反，形成呼應。

吳闓生在〈與李右周書〉中，曾論及《左傳》記事之法甚奇，並歸類爲四種，其中有一種是「反射」，吳氏的說法是：

一曰反射，莊公之不子，則以潁考叔之孝彰之；齊豹之不臣，則以公孫青之謹形之；季孟之怯耎縱敵，則以冉有之義，公叔務人、林不狃之節形之；臧孫之無罪，則以東門遂，叔孫僑如之盟首形之；推之崔慶欒高之亂齊，而以晏子正君臣義；昭公之亡國，而以子家主反正之策。言出于此，義涉於彼。如湯沃雪，如鏡鑒幽，若此者，皆其相反而益著也。(《古文法纂要》二二六頁)

這顯然是正反法的應用。藉由一正一反相互映照，使文章的意旨更突顯出來。

唐彪的《讀書作文譜》卷七所討論的是「文章諸法」，其中有一法曰「反正」，唐彪引用了董思白和柴虎臣二人的話，來爲「反正」作說明：

董思白曰：反正，乃文之大機關，不可不知也。且如《論語》中，夫子之論管仲，若正言之，則曰「管氏不知禮」，何等明盡，卻又曰「管氏而知禮，孰不知禮」；子賤尊賢取友，若正言之，只宜曰「魯多君子，故有所取」，以成其德，卻曰「魯無君子，斯焉取斯」。此皆反語，惟反而文斯暢矣。柴虎臣曰：文家用意遣辭，必反正相因，無正不切寔，無反不醒豁。其間或正在前，反在後；或正在後，反在前；則在隨題布置，初非可執定者也。大要反正互用，賓主錯綜，然後文機靈變出矣。（八七頁）

董氏之語表明了何者曰反？何者曰正？柴氏之語則顯示出「反正」法可能形成「先正後反」或「先反後正」的結構。

來裕恂的力作《漢文典》自然也少不了「正反」法。他在「文宜」的部分裏列了「宜反正相參」一節，內容是：

如表面用正筆，裏面須用反筆；裏面用正筆，表面須用反筆。一反一正，參互錯出。此法純熟，文法十分透徹矣。（二六四頁）

也強調了文章中正反須彼此配合的原則。

近人章微穎在《中學國文教學法》中，談到「關於聯絡照應的方式」時，說：

至於照應，好像氣脈的貫通，有前呼後應的，有正伏反應的，有一路相爲提喚接應的，實也可說是藝術的的聯絡之一種，而更需要高明的意匠本領。（五四頁）

這中間提到的「正伏反應」，指的就是「先正後反」的結構，正反之間相互激射，自然形成聯絡。

《修辭通鑑》有一章專門討論「篇章修辭」，其修飾的對象由字句擴張到篇章，這就進入了「章法」的範疇了。而其中，他講到「對比式結構」，他說：

是將材料分爲正反兩部分，一部分一部分加以敍述，使之形成鮮明對比的結構方式。這種結構方式根據對立統一規律，把一些對立的事物，如美與醜，眞與假，正確與謬誤，放在一起進行比較，使讀者獲得鮮明的印象。（六九八頁）

他並說明這種作法的好處：

採用這種結構方式，可以形成色彩、形象、本質的鮮明反差，充分展示情致的多樣性、豐富性，達到統一和諧；也可以使人物形象、人物性格形成鮮明的映照，讓人物更加凸現出來；還可以從正反兩方面進行說理，形成對比，使是非曲直昭然若揭。

眞是將「正反」法的原理和效用發揮得盡致淋漓。

林東海在《詩法舉隅》中並找出了對比的根源，那便是「人類思維中的對比聯想」；並說：

對比聯想體現在美學上，便形成對比的美學法則，體現在修辭學上，便形成對照的修辭手法，體現在心理學上便成了對比聯合觀念。以上三方面的綜合運用，便形成了詩歌創作上正反對比的藝術手法。（六六—六七頁）

這是很值得參考的說法。

既然正反法的原理是「對比」，而萬事萬物可形成對比者不勝枚舉，因而呈現在正反法中的對照內容也就包羅萬象，也有人嘗試加以分類，如林東海《詩法舉隅》將之分為「指述對比」、「比喻對比」、「旁襯對比」、「推理對比」四類；《修辭鑑衡》則分為五類：「人物對比」、「事件對比」、「景物對比」、「數量對比」、「情境對比」（八四八頁）。他們的分類雖然甚具參考價值，但也不免挂一漏萬之弊。因此在此未對「正反」法作分類，但想就其中甚具代表性的「今昔對比」所形成的正反相生，再略作探討。

黃永姬在她的《白石道人詞之藝術探微》中，談到「今昔的對比」時，引用了王熙元的話：

> 凡是抒寫感懷的作品，當作者撫今追昔，觸景生情，自有不勝今昔的感慨，於是詞中自然將當今的情與昔日作一對照的寫法，藉此加強其抒情的效果。（八五頁）

並舉〈江梅引〉為例：「幾度小窗幽夢手同攜，今夜夢中無覓處，漫裴徊，寒侵被，尚未知。」她認為：「此詞用兩種對比的夢境之描述，來反映相思之情。」（八六頁）另外，夏丏尊在《文章講話》中也說過這樣的話：

> 感慨的情緒成立於今昔的對比。（一〇三）

還有黃永武的《中國詩學・鑑賞篇》講到要在時間上求變化的方法，其一是「用今日與昔日來對映」（六二頁），此外，阮廷瑜的《李白詩論》談到「時間安頓」一項，他說：

> 至其用筆之法，約可分爲：由時間冒起，繼而放筆抒述；由時間發慨，嗟駒隙如流，不勝今昔之感；以時間今昔，興切事地與題旨。（三五一頁）

這三類都是運用了今昔對比。總結以上的討論，我們可以得到這樣的印象：「今昔對比」，確實是「正反」法的主流之一，多用於抒發感慨的情緒，並且在詩詞當中相當常見。

2.例　證

看過了古今人在理論上的建樹後，我們來觀察一下他們在實際批評上的表現。首先宋朝的呂東萊在《古文關鍵》中即運用了「正反」的觀念，但他往往只標出了「反」的部分。例如柳宗元的〈種樹郭橐駝傳〉，在與郭橐駝作對比的「他植者」旁，呂氏評：「一段反」（九一）。不過呂東萊用得最多的名詞是「反說」，如柳宗元另一篇〈梓人傳〉，在「其不知體要者反此……以致敗績用而無所成也，不亦謬歟？」之旁，呂氏評：「此段反說」（九六頁），與前面梓人之綱舉目張、有條不紊，恰好作一對照。有時呂東萊也會說明此文的結構是先反說、後正說，如蘇洵〈春秋論〉，在「然則何足以爲夫子？何足以爲春秋」旁，評：「有力，兩句說不當，先反後救」（一六三頁），他就是說這兩句救起了前面論夫子不當作《春秋》的部分。另一篇韓愈的〈與孟簡尚書書〉亦是如此，呂氏認爲「所謂存十一於千百，安在其能廓如也」，是「反說孟子無功處」，但韓文底下幾句：「然向無孟氏，則皆服左衽而言侏㒧矣」，卻是「難一百來字，只作兩三句救起」（六二頁），這就顯然形成了「先反後正」的結構。

楊仲弘的《杜律心法》（收錄於《詩學指南》）也注意到「正反」法。如〈秋興〉之七：「昆明池水漢時功，武帝旌旗在眼中。織女機絲虛夜月，石鯨鱗甲動秋風。波漂菰米沈雲黑，露冷蓮房墜粉紅。關塞極天唯鳥道，江湖滿地一漁翁。」在頷聯之下，楊氏有評云：「此聯承上二句而言，皆昔時實事也」，在頸聯之下則說：「今則見菰蓮之凋落而已，今昔之感當何如？」（二一四頁）可見得此詩是用了今昔對比的手法。

林雲銘在《古文析義》中，對於運用到「正反」法的篇章，常常只標出「反」的部分，所以他常用「反跌」、「翻跌」、「反振」、「反擊」、「反說」等名詞，如在韓愈〈祭十二郎文〉：「去年孟東野往，吾書汝曰……而汝抱無涯之戚也」一段下，有評云：「（韓愈）恐忽死於外，使十二郎不及送己爲恨，反跌下文疑信二意」（二三七頁），也就是說，韓愈採用了與後來事實（少者歿、長者存）相反的材料，這就是「反」。次如李斯〈諫逐客書〉，對「今陛下致崑山之玉……此非所以跨海內、制諸侯之術也」一段，他說：「自『致崑山之玉』句至此，雖層層翻跌，卻只成一大段」（一二二頁），「翻跌」就是「反跌」，乃與前一段「用客之利」作一相反的對照。再如韓愈〈諍臣論〉，林氏於「在易蠱之上九云……而尤之不終無也」一段下，評云：「蠱上九象曰：志可則。蹇六二象曰：終無尤。反振一段言隱爲仕之事，仕守隱之志，兩者俱非。」（二二七頁）此指韓愈在前面藉一人問話，說出「隱爲仕之事，仕守隱之志」，而在後面藉卦象之言加以駁斥，一正一反，互爲呼應。又如歐陽修〈畫錦堂記〉，從一開頭：「仕宦而至將相，富貴而歸故鄉，此人情之所榮，而今昔之所同也」，一直到「此一介之士得志當時，而意氣之盛，昔人比之衣錦之榮者也」止，林氏評曰：「敍畫錦之所以爲榮，由於窮而忽得志，反擊下意。」（二八七頁）所謂「下意」指底下一句：「惟大丞相魏國公則不然」，一反一正之意，昭然可見。還有杜牧〈阿房宮賦〉，前文皆侈言阿房宮之富麗，而後文則出現：「嗟夫！使六國各愛其人，則足以拒秦；秦復愛六國之人，則遞三世可至萬世而爲君，誰得而族滅也」一段，林氏的評語是：「此五句反說，覆解上文」（二六九），很明顯地，這是「先正後反」的結構。林氏也注意到散文中也會用到「今昔對比」，如劉基〈司馬季主論卜〉中有一段：「且君侯何不思昔者也？有昔者必有今日。是故碎瓦頹垣，昔日之歌樓舞館也；荒榛斷梗，昔日之瓊蕤玉樹也；露蛬風蟬，昔日之鳳笙龍笛也；鬼燐螢火，昔日之金釭華燭也；秋荼春薺，昔日之象白駝峰也；丹楓白荻，昔日之蜀錦齊紈也。」林氏說：「其中撫今追昔一段，說得如許悲涼，富貴驕人之徒讀之，便是一服清涼散也。」（八〇二頁）有時林雲銘也稱「正反相生」的情況爲「相形」，如《史記·酷吏列傳》中以「昔天下之網嘗密矣……」一段與「漢興破觚而爲圜……」一段，形成一反一正的關係，林氏即說：「……而以秦法繁苛，漢初寬簡，其治效相形一番，輕重自見。」（一七〇頁）

吳楚材選、王文濡評註的《古文觀止》中，對「正反」法的運用很注意。吳楚材、王文濡還用了少見的「反剔」一詞，見於賈誼〈治安策一〉，對其中一段：「數年之後……此時而欲爲治安，雖堯舜不治」，評注云：「反剔治安，下語斬截」（二三九頁），也就是說這一段是用了與「治安」相反的反面材料來寫。而因爲一正一反會形成兩兩相對的情形，所以吳楚材、王文濡也用「兩截」一詞來稱呼。如孔稚珪〈北山移文〉，在講到周顒時，先總寫一段，再分寫其不同的行爲表現，所以評注云：「以上總寫，以下分作兩截寫」（二九四頁）；又從「其始至也」開始，到「涓子不能儔」爲止，是「以上寫顒初志如此，是前一截人」（評註語·二九五頁）；其後「及其鳴騶入谷……馳聲九州牧」一段，是「以上寫顒繼志如此，是後一截人」（評注語·二九六頁），這樣一正一反，前後判然兩截。

吳闓生在《桐城吳氏古文法》中。評析文章時，常運用「正反」法的觀念，吳氏用了「逆騰」這一名詞，如《韓非子·趙簡子圍衛之郛郭》章，在「簡子未可以速去楯櫓也，嚴親在圍，親犯矢石，孝子所以愛親也」之下，吳氏評：「逆騰而入」（一一八頁），這是說從反面立論；而由「好利惡害，夫人之所有也」以下，才是從正面立說。除了上面所說的名詞外，吳闓生還用了較罕見的「反剔」、「反落」、「反對」等語。例如柳宗元〈始得西山宴遊記〉，在「而未始知西山之怪特」之下，吳氏引沈歸愚評：「反落始字」，及汪武曹評：「反剔始得」（一二〇頁），不管是「反落」或「反剔」，都是標出「反」的一面，與「正」呼應。又如歐陽修〈豐樂亭記〉云：「滁於五代干戈之際，用武之地也」，吳氏評說：「按此乃凌空倒影之筆，近則反對『天下之平久矣』句，遠則反對『及宋受天命』、『今滁介於江淮之間』兩節語意」（一二三頁），不僅如此，在「今滁介於江淮之間……以樂生送死」之下，又提到：「自『今滁介於江淮之間』以下，承明正意，與『滁於五代干戈之際』及『唐失其政』兩段反對」（一二四頁），他的意思是相當清楚的，那就是：〈豐樂亭記〉爲了烘托滁州在宋時的治平（正），於是採用了五代和唐代的戰亂爲襯（反），所以形成以反襯正的效果。

李扶九的《古文筆法百篇》也有多篇採用了「正反」的結構。如韓愈〈馬說〉有眉批云：「起發一論，下用反筆申明此言」（一二三頁），「起發一論」指的是「世有伯樂，然後有千里馬」，「反筆」指的是「千里馬常有，而伯樂不常有……執策而臨之曰：天下無馬」，用的是先正後反的方法。再如方孝孺〈深慮論〉末尾的眉批是：「反掉作結，尤見老法」（五一頁），「反掉」的部分是指最末數句：「夫苟不能自結乎天，而欲以區區之智，籠絡當世之務……而豈天道哉」，與前面「古之聖人……此慮之遠者也」一段，恰好作一對照。又如歐陽修〈晝錦堂記〉篇首一段：「仕宦而至將相……此一介之士，得志當時，而意氣之盛，昔人比之衣錦之榮者也」，說的是「世俗之榮」，作用是「反照公之志」（李氏語，九〇頁），所以其後即入魏國公事，以見公之志向。又如司馬遷〈報任安書〉中，有「僕聞之：修身者，知之符也……士有此五者，然後可以託於世，而列於君子之林矣」一段，其眉批云：「反激起下受刑受辱意」（一六九頁），就是與後面敘述的己身被禍之慘作一對照。由「反筆」、「反掉」、「反照」、「反激」這些名詞，都可看出正反法的特色。

劉明華在《杜詩修辭藝術》中，講到「一與多和人物心境的關係」，其實這「一與多」所形成的往往是正反的對照，也因此對照而產生大幅的落差，而能更強力地傳達作者的心境，如〈野望〉：「海內風塵諸弟隔，天涯涕淚一身遙。」劉氏說：「就是以一與多的矛盾表現骨肉分離的痛苦。」（一一一頁）又如〈又呈竇使君〉尾聯：「相看萬里外，同是一浮萍。」劉氏以為「流露出飄零他鄉的孤獨感。」（一一一頁）

陳弘治的《詞學今論》在講「章法」時，列有一項：「上下段文義相反者」，並舉了例子：呂本中〈采桑子〉：「恨君不似江樓月，南北東西。南北東西，只有相隨無別離。恨君卻似江樓月，暫滿還虧。暫滿還虧，待得團團是幾時。」又在「賞鑑」一章，提出詞有「對比」這一結構，其實也就是「正反」了，所舉的例子是辛棄疾的〈醜奴兒〉：「少年不識愁滋味，愛上層樓。愛上層樓，為賦新詞強說愁。　而今識盡愁滋味，欲說還休。欲說還休，卻道天涼好個秋。」並說：「此詞以過去春花秋月的『閑愁』（前半段），來和目前懷才不遇的『哀愁』（後半段）相對照，使得詞意更形清淒。」（二四四頁）

(四)抑　揚

1. 理　論

「抑揚」一詞出現得很早，不過在一開始多用來指音調之高低。如漢蔡邕〈琴賦〉：

左手抑揚，右手裴回。

又《初學記》卷十六：

繁弦既抑，雅聲乃揚。

另如《文選》中繁欽的〈與魏文帝箋〉：「遺聲抑揚，不可勝窮。」成公綏〈嘯賦〉：「響抑揚而潛轉。」又韓退之〈宿龍公灘〉詩裡的「浩浩復湯湯，灘聲抑更揚。」都是指音調的升高或降低。

但這種聲調上的抑揚，在後來則轉成專指平聲字和仄聲字的交錯運用。如明、謝榛《四溟詩話》卷三：

夫平仄以成句，抑揚以合調，揚多抑少，則調勻，抑多揚少，則調促。若杜常〈華清宮〉詩：「朝元閣上西風急，都入長楊作雨聲。」上句二入聲，抑揚相稱，歌則爲中和調矣。

除此之外，「抑揚」一詞也可以用來論人，如：《北齊書·儒林·張雕傳》裡的：

雕論議抑揚，無所回避。

和《北魏書·甄琛傳》裡的：

琛與光書，外相抑揚，內實附會。

也有用「抑揚」來描摹舞姿的，如《初學記》卷十五《舞部》則將「俯仰」、「抑揚」並舉，引有蔡邕《月令章句》的舞有：「俯仰張翕」句，和崔駰《七依》的「舞細腰以抑揚」句。有時「抑揚」又用來指隨俗浮沈，如《文選》任彥升〈爲范尚書讓吏部封侯第一表〉中還有這樣的句子：「或與時抑揚，或隱若敵國。」（參考《日本學者中國文章學論著選》二二四頁）眞是不一而足。

但我們在本節所要談論的「抑揚」，是章法上的抑揚，是文勢或內容的抑揚變化。關於這點，歷代以來探討的人非常多。《老子》中有一段話，或可看作是「抑揚」法的發端：

將欲歙之，必固張之；將欲弱之，必固強之；將欲廢之，必固興之；將欲奪之，必固與之。

很深刻地說明了彼此相反而相成時所會形成的張力。

周代的庾信在〈趙國公集序〉裏說：

含吐性靈，抑揚詞氣。

雖然相當簡短，但我們已可看出他所指的「抑揚」是針對文章的氣勢而言。

高琦在《文章一貫》中兩度提到抑揚法。首先他引福堂李先生的話：

又漢唐君臣，互有得失，先包容抑揚與奪。或始揚而終抑，始奪而終與，貴得其當也。

在這裏，「抑揚」和「與奪」的涵義類似。隨後又列出了文章八格，其中有一格曰「抑揚格」，它的定義是：

> 就一人一事上用之，法見前。

兩者配合起來看，他所認爲的「抑揚」是就一人一事所作的褒貶。此外，高琦在「議論第三」又引了歐陽起鳴的話：

> 欲抑則先揚，欲揚則先抑。

他則作補充：「愚曰：不特此也，凡操縱開闔之類，皆可施之。」（二八頁）這裏顯然又著重在一抑一揚所產生的文勢上的變化。

明、歸有光在《文章指南》中也列有「抑揚則」，他所下的定義是：

> 人非聖人，孰能無過。苟非全惡，未必無一長可取。故論人者，雖不可恕人之

惡，亦不可沒人之善，抑而須揚，揚而須抑，方爲公論。（九頁）

他將「抑揚」的範圍確定在對人的褒貶上。接著他又將抑揚則分爲五類，第一類是：

有先抑而後揚者，如韓退之〈諍臣論〉是也。

過商侯在《古文評註》中對〈諍臣論〉的評論爲：「看其從寬處逼緊（即『抑』，二、三、四段皆是），更從逼緊處放寬（即『揚』，末段）。」（四八七頁）用的是「先抑後揚」法。第二類是：

有先揚而後抑者，如司馬子長論項羽是也。

就〈項羽本紀贊〉來看，由一開始「太史公曰」，到「近古以來，未嘗有也」，是揚的部分；而「及羽背關懷楚……豈不謬哉」一段，是抑的部分，這就形成「先揚後抑」的形式。第三類是：

有抑揚並用者，如韓退之〈圬者王承福傳〉末議論一段是也。

〈圬者王承福傳〉是先敘後論的結構，「論」的部分二抑二揚並用（陳滿銘語，見《作文教學指導》二〇六—二〇七頁），用的是「抑揚並用法」。第四類是：

有揚中之抑者，如韓退之〈送浮屠文暢序〉止取其喜文詞是也。

〈送浮屠文暢序〉通篇贊美文暢喜文詞，其實是諷他不知先聖之道。不過這譏諷之意並非表現在字面，只能由言外之意尋繹得來，因此，嚴格地說，此例不能歸入「章法」，只能歸入「立意」。第五類：

有抑中之揚者，如韓退之〈與孟簡尚書書〉論孟子之功，意與而詞不與是也。

既是「意與而詞不與」，顯然也不是在詞面表示出抑揚之意，也應歸入「立意」。

唐彪的《讀書作文譜》在卷七「文章諸法」中，也提出了「抑揚」，他說：

凡文欲發揚，先以數語束抑，令其氣收斂，筆情屈曲，故謂之抑。抑後隨以數語振發，乃謂之揚，使文章有氣有勢光焰逼人。此法文中用之極多，最爲緊要。太史公諸贊，乃抑揚之一端，非全體也。世人不知，竟以爲其法止可用之評論人物，何其小視此法也。其先揚後抑，反此而觀。（八九—九〇頁）

他特別提到此法不只用在評論人物，大約是因爲看到抑揚和正反若合符節的關係。他接著列出「頓挫」法，並說和抑揚並無二致：

按抑揚者，先抑後揚也；頓挫者，猶先揚後抑之理，以其不可名揚抑，而名頓挫，其寔無二義也。（九〇頁）

可見在唐氏看來，「頓挫」就是「抑揚」，名異而實同。

劉熙載在《藝概·經義概》中說：

抑揚之法有四，曰：欲抑先揚，欲揚先抑，欲抑先抑，欲揚先揚。沈鬱頓挫，必於是得之。

前二類沒有問題；後二類若沒有形成一抑一揚相應的關係，則應歸入秩序律，而非聯絡律。

許恂儒的《作文百法》中，有一法曰「抑揚相錯法」：

文章之有抑揚，猶歌曲之有高下。歌曲之妙，在高下徐疾以成聲；文章之妙，亦在抑揚頓挫以成章。抑者遏之，使下之謂；揚者升之，使上之謂。譬如論人者，稱人之惡曰抑，揚人之善曰揚。抑揚者，換言之，即毀譽之意也。（卷二，三六頁）

「抑揚」一詞原本即可兼指音調之高低與文勢之變化，許氏將此二者譬喻的關係交代得很清楚。同時他也將抑揚法的重心放在對人對事的評價上。

來裕恂《漢文典》在「文宜」中包括了「宜頓挫中節」一項，他說：

頓挫與抑揚，同類而稍異。文之抑揚，就一人一事上言之。若頓挫，則於一語一句中見之。（二六三頁）

我們可以看到，抑揚法仍是以人事爲重心的，與頓挫法稍有不同。

魏怡的《散文鑑賞入門》特別提出「欲揚先抑法」加以說明：

抑是壓下，貶抑的意思；揚，是抬起，褒揚。「欲揚先抑法」，也就是對所要褒揚的事物，先作某些退讓，姑且把自己對這一事物的態度退到貶抑的地步，然後著力褒揚，即抬到讓人景仰的高度。這樣在抑揚對比中加深讀者對所表現的事物的印象，增強文情的曲折變化，而且更能顯示出揚者愈揚的藝術效果。

爲什麼撇開「欲抑先揚」，單單強調「欲揚先抑」呢？那是因爲：「散文體裁除了少數議論散文外，一般都用之於對正面事物的敍寫，其情感的主要基調都是帶有褒揚性質的。不論是記人、敍事、寫景，作者要表現它們，都在於所表現的東西有其美點在閃光。否則，作者也就不可能產生表現欲望了。」（一四五頁）

陳滿銘當然不會漏掉抑揚法，他在《國文教學論叢》中說：

所謂的抑，指的是貶抑；所謂的揚，指的是頌揚。從表面上看，貶抑與頌揚，義恰相反，該是無法並存的。就像一樣東西，好就是好、不好就是不好，不能「模稜兩可」一樣；然而世上的東西，大家都知道是沒有絕對的完美或醜惡的，只要人肯把觀點稍作移動，便可輕易的發現，抑與揚可先後出現在同一事物或人身之上，因此自古以來，當作家寫文章，對人或事有所評論時，既有全從抑或揚來著眼的，也有冶抑與揚爲一爐的。（三九六頁）

當然，如果是「全抑」或「全揚」，是不適合放入聯絡律中的。對抑揚並用者，他又舉王安石〈讀孟嘗君傳〉、韓愈〈圬者王承福傳〉爲例作說明。

在理論呈現的過程中，我們可以看到「抑揚」法的內容確乎是逐漸趨於深化和確定。但是仍有一些問題有待釐清，其中最重要的是「抑揚」與「正反」的關係到底應如何來看待？有些人認爲「抑揚」應限定在對人的褒貶上，如高琦、歸有光、來裕恂諸氏均持此種看法；有些人對「抑揚」的看法較爲寬泛，幾乎沒有限定範圍，甚至強調不限於評論人物，唐彪屬於此類。我們認爲，如果不對抑揚法的適用對象設限，則與「正反」法幾無二致，也就看不出抑揚法存在的必要。而抑揚法若只限於對人物的褒貶，又難免令人認爲，抑揚法收納於正反法之中就好了。但我們將它獨立出來，是有理由的。首先，抑揚法針對人事，含有鮮明的褒貶態度，這是正反法未強調的特色；而且抑揚法自古以來即已一再被提及、運用，其特殊的質性也已形成，只要我們在運用時多留意抑揚法的特質，善用它的特點去解析，它確實能以更明晰的角度來剖析詞章。因此，抑揚法成立的價值是無庸置疑的。

另外，抑揚與頓挫也常常牽扯在一起。「抑揚頓挫」這個詞常用來形容音調的高下、疾徐有致，也可以用來表示文章很具姿態。到底，這兩者是什麼關係呢？唐彪認爲頓挫就是「先揚後抑」；來裕恂則認爲一語一句所形成的抑揚才是頓挫；而劉熙載卻將「沈鬱頓挫」當作是抑揚產生的效果。如果是第一種看法，則頓挫的存在非並非必要，也無道理，只適足以增加認識抑揚法的困難而已。第二種關注的是語句的修飾，應歸入字句修辭的領域。第三種則較爲接近事實，但是一正一反也會形成頓挫，只不過因爲抑揚法具有鮮明的褒貶態度，所以它所引起的情感強度也較強烈，更能顯現出頓挫的效果罷了。

2.例　證

宋·呂東萊的《古文關鍵》用到「抑揚」一詞的地方很多，茲舉一例：如蘇洵〈高祖論〉一開始說：「漢高祖挾數用術以制一時之利害，不如陳平」，呂氏評爲「抑中之揚」，所謂「抑中之揚」是表示：這一段話表面是抑，但其實是揚，因爲陳平所能制者，是「一時之利害」，而高祖所計者，卻是「萬世之大業」，這一點，就是〈高祖論〉在後面所極欲申明的；蘇洵在陳平之後又接上張良，以爲：「揣摩天下之勢，舉指搖目以劫制項羽，不如張良」，很顯然地，這也是「抑」（呂氏語）；其後又把二人總合起來與高祖作一比較，認爲：「微此二人，則天下不歸漢，而高帝乃木強之人而止耳」，這是「抑」（呂氏語）到極處了；由此，蘇洵突然翻轉文勢說：「然天下已定……陳平張良智之所不及，則高帝嘗先爲之規畫處置……蓋高帝之智明於大而暗於小，至於此而後見也」，這又全面「揚」（呂氏語，一七四頁）起。其他例子尚多，在此不一一列舉。

盧學士述的《詩解》（收錄於《詩法源流》）中，列有一格：「抑揚格」（八三頁），舉的例子是杜甫〈詠懷古跡五首〉之五：「諸葛大名垂宇宙，功臣遺像肅清高。三分割據紆籌策，萬古雲霄一羽毛。伯仲之間見伊呂，指揮若定失蕭曹。運移漢祚終難復，志決身殲軍務勞。」盧氏在頷聯之下註云：「上句少抑，下句即愈揚之。」（八三頁）這就是常見的「抑揚格」。

謝枋得在《文章軌範》中也用了「抑揚」一詞來評文，如韓愈〈與孟尚書書〉，文中提到孟子，說：「孟子雖聖賢，不得位，空言無施，雖切何補？」，謝氏評云：「此四句似抑而貶之」；而對緊接著的「然賴其言，而今之學者，尚知宗孔氏、崇仁義、尊王賤伯而已」，謝氏又評云：「此二句似揚而張之」；但是對其後的「其大經大法，皆亡滅而不救，壞爛而不收，所謂存十一於千百，安在其能廓如也」，謝氏乃評：「此四句又抑而貶之」；繼而對「然向無孟氏，則皆服左衽而言侏離矣」，謝氏又評：「比一句又揚而張之」；不僅如此，又接上一句說：「故愈嘗推尊孟氏，以爲功不在禹下者，爲此也」，這是很明顯的在褒揚孟子，所以謝氏云：「此一段（包括前文）發明孟子闢揚墨之功，有抑揚」，短短的篇幅內，一抑一揚重複兩次，可謂尺幅內有波瀾，因此在篇末，謝氏又云：「而蘇氏之文章遂擅天下，亦得褒獎法」（一六四—一七一頁）。

林雲銘的《古文析義》中也出現「抑揚」法的蹤影，例如蘇軾〈范增論〉篇末，林西仲評曰：「末用數語叫轉，更得抑揚」（三〇六頁），林氏之意應是指文末的「增年已七十，合則留，不合則去，不以此時明去就之分，而欲依羽以成功名，陋矣！」等句而言，很明顯地作者在此具有貶意；但最後又說：「雖然，增，高帝之所畏也，增不去，項羽不亡，嗚呼，增亦人傑也哉」，則又「叫轉」，使文章在一抑一揚之間，甚具姿態。又如在《史記·屈原列傳贊》之篇末，林氏有評云：「末用賈誼語抑揚作贊，以誼不容於朝，哭墜馬而夭絕，事頗相類……」（一六七頁），就文章本身來尋繹，我們可以看到作者說：「及見賈生弔之，又怪屈原以彼其材遊諸侯，何國不容？而自令若是？」林氏評曰：「似以爲不必死」，彷彿含有貶意；但後面又接著說：「讀〈服鳥賦〉同死生、輕去就，又爽然自失矣！」林氏的評是：「〈服賦〉所言死生去就具有曠觀，又不必執當去不當死之說，爲原致惜也。」似乎又輕輕揚起，無怪乎林西仲要讚嘆：「筆致輕鬆無匹矣！」

吳闓生的《桐城吳氏古文法》對《史記·項羽本紀贊》的看法是這樣的：在「太史公曰……何興之暴也」之下，說：「歎惜至極，至比之於舜」；其後在「夫秦失其政……政由羽出，號爲霸王」之下，又評：「極力舖寫」；而在後二句：「位雖不終，近古以來未嘗有也」，底下亦有評：「贊嘆深至」；到此爲止，都屬稱揚的部分。對後半一開始所云：「及羽背關懷楚，放逐義帝而自立，怨王侯叛己，難矣」，吳氏評說：「背關懷楚、放逐義帝，皆羽之失算」；其後直到文末，即「自矜功伐」至「乃引天亡我，非用兵之罪也，豈不謬哉！」止，吳氏的看法是：「詞若深責罪之，而文情抑揚頓挫，嗚咽低迴。」（四四頁）所謂「抑揚」，說清楚一點是「先揚後抑」，在抑揚之間的落差之下，自自然然地釀成了一唱三嘆之致。

王文濡《清詩評註》中亦有一佳例，即嚴遂成〈遇符離讀張忠獻公傳書後〉：「北使來朝輒問安，隱然敵國膽先寒。十年作相遲秦檜，萬里長城壞曲端。采石一舟風浪大，富平五路戰場寬。傳中功過如何序？爲有南軒下筆難。」王氏說：「忠獻才識，自是南宋名相，然曲端之死，富平之潰，均不免賢德之累。全詩貶多於褒，末句以詼諧出之，尤見微詞寓諷。」（二七六頁）今檢此詩，前二句在贊揚忠獻，後四句卻含有貶意，而末二句則作一總結，就在一揚一抑之間，十分耐人尋味。

喻守眞的《唐詩三百首詳析》，收有劉長卿〈長沙過賈誼宅〉：「三年謫宦此棲遲，萬古惟留楚客悲。秋草獨尋人去後，寒林空見日斜時。漢文有道恩猶薄，湘水無情弔豈知！寂寂江山搖落處，憐君何事到天涯！」喻氏說：「頸聯上句是褒，下句是貶」（二二三頁）也就是說此詩按先揚後抑法寫成的。又收有李商隱〈賈生〉：「宣室求賢訪逐臣，賈生才調更無倫。可憐夜半虛前席，不問蒼生問鬼神。」喻氏在「作法」中說：「逐臣指賈生，因賈生曾出爲長沙王太傅。『訪逐臣』見得求賢之切，竭力爲賈生一揚。二句『才調無倫』，暗用文帝贊賈生語，又是一揚。三句『可憐』一轉，是一抑，四句『不問』又是一抑。揚賈生，即所以抑漢文，其諷刺之意自明。」（三一八頁）她的說明非常淸晰。

(五)立　破

1.理　論

「立破」法的性質與前敘的「賓主」、「虛實」、「正反」、「抑揚」都不同。其他方法適用的體裁很廣，在記敍、論說、抒情……等各類體裁中，都可發現它們的蹤跡；但立破法幾乎只能用在論說類中，而且在詩詞等韻文中絕少見到，這當然是因爲「立破」法的特性而造成的，至於「立破」法的特性又是什麼呢？我們可以在下列的探討中獲得答案。

宋文蔚的《文法津梁》中有一則是「駁難本題」，宋氏的說法是：

> ㈠前法係從題中翻出新意，此則用己意駁難本題，一就題推論，一以我駁題，用法不同也。然必題理本未圓足，作者於造意時，或舉例以駁之，或設詞以難之。……務使文中用意，實能補足題理，無罅隙可攻，方爲合法。
>
> ㈡駁難之法，須將題中罅隙處看出，即一眼覷定，文中或先作曲筆，代原題意，然後以己意駁正之；或開手即揭明誤處，旋用己意層層詰難，直攻題堅，然後以正意結之。如是則題中罅隙，無可遁飾，而己之本意，乃無不盡之懷。（二六頁）

他的解說十分精審，尤其是「文中或先作曲筆，代原題意，然後以己意駁正之」，更清晰地說明了「立破」法的實際運用情形，「先作曲筆」是「立」，「以己意駁正之」是「破」，一立一破，相映成文。他並舉歐陽修〈樊侯廟災記〉爲例來說明，他說：「如此篇〈樊侯廟災〉，起手即將人言『侯怒而爲之』一句，敘明立案；次段言侯之功德，宜在祀典，而其聰明正直又如此，可知必不妄作威福以禍民；第三段又承次段說來，層層詰難，則人言之不足據，不攻自破；未始揭醒己意，所謂圖窮而匕首見也，更以反掉之筆，繳足己意，神完氣足，最擅勝場。」（二六－二七頁）人言：「侯怒而爲之」是「立案」，這就是「立」。次段從「余謂樊侯」開始，至「宜其聰明正直有遺靈矣」爲止，是「破1」；而且宋氏也在文中分別註上這樣的評語：「提出『有功德於民』五字，反對題意」、「此言樊侯有功於鄭，亦反對題意」、「此言侯之靈聰明正直，益見必不妄作威福，亦反對題意」，可見得次段中也是層層推闡，才能「破」得令人心服口服。而第三段爲「然當盜之剚刃腹中……豈其適會民之自災也耶」，是「破2」，此段提出「適會民之自災」的理由，說明災禍之所從來，以破「侯怒而爲之」的說法。至於末段是：「不然……侯之威靈暴矣」，是「反掉作收，正意更醒。」（二八頁）此外他還提到另一種是「或開手即揭明誤處，旋用己意層層詰難，直攻題堅，然後以正意結之」，宋文蔚並未舉例說明，但我們可以在後面的實際批評的討論中看到實例，如《古文析義》中選錄的柳宗元〈與韓愈論史官書〉即是一例。

曹冕的《修辭學》在講到「論辨文」時，提出「論辨文之二主幹」，就是「能立」和「能破」，他說：

論辨文之二主幹：一曰能立，二曰能破。上文所述各種推理，是從建設方面著

> 手，使正面所主張得以成立，故曰能立。惟論辨之法，須攻守兼施，一面從事建設，一面又須破壞敵方之論證。故凡有一論辨題目，論辨者對於正反兩面的一切理由，俱要先明瞭於胸中，然後能攻擊敵方之非，而證明正面之是。此種能破之方法，在正面固可用以攻擊反面，而在反面亦可用以攻擊正面。（二六五頁）

而且在「立」的部分，他認爲：「爲直接證明一問題，應依論理之法則，以求得各種證據。」（二五二頁）所以提出三法則：「直接觀察」、「歸納推理」、「演繹推理」，都很值得參考。但是凡是運用「立破」法的文章，其重點幾乎都在「破」的過程，因此「破」的技巧相形之下更須注意，曹冕也舉出三種重要的方法：「分層駁詰」、「利用反證」、「查勘謬誤」（二六五頁），而且在「分層駁詰」下又有「矛盾法」、「左右逼攻法」、「去非存是法」（二六五—二七四頁）；在「查勘謬誤」法之下也有「歸納推理之謬誤」、「因果推理之謬誤」、「演繹推理之謬誤」（二七五—二七九頁）諸種方法，並且分別舉例說明，是十分具有價值的。

周明的《中國古代散文藝術》，在說明「議論辨駁類散文」時，也提到了「立破」法，他說：

破立互用，是非明晰。（二九六頁）

並舉例以證明他的看法。如《戰國策·司馬錯論伐蜀之完》中，司馬錯的一番話：「司馬錯曰：不然。臣聞之，欲富國者，務廣其地；欲強兵者，務富其民；欲王者，務博其德。三資者備，而王隨之矣。今王之地小民貧，故臣愿從事於易。夫蜀，西僻之國也，而戎狄之長也，而有桀紂之亂。以秦攻之，譬如使豺狼逐群羊也。取其地，足以廣國也；得其財，足以富民。繕兵不傷眾，而彼已服矣。故拔一國，天下不以為暴；利盡西海，諸侯不以為貪。是我一舉而名實西附，而又有禁暴止亂之名。今攻韓、劫天子，劫天子，惡名也；而未必利也，又有不義之名。而攻天下之所不欲，危。臣請竭其故：周，天下之宗室也；韓，周之與國也。周自知失九鼎，韓自知亡三川，則必將二國並力合謀，以因乎齊、越，而求解乎楚、魏，以鼎與楚，以地與魏，王不能禁。此臣所謂危，不如伐蜀之完也。」周明的分析是：「司馬錯的觀點有立有破，二者互相為用，相得益彰。他先立論，針對張儀說的伐蜀無名無利，指出在秦國『地小民貧』這一具體條件下，應該「從事於易」，首先伐蜀，伐蜀較易，且有利有名。然後，轉向破，駁張儀的攻韓、劫周天子的主張，仍扣住名利二字發揮，一則有惡名，二則危險，因為犯了眾怒，且與韓、周和齊、越、楚、魏數國為敵，實在無利可圖。這一正一反是互相補充的：論述伐蜀之益，就是破張儀攻韓的謬論；駁張儀攻韓的主張，正是維護伐蜀的正議。因為當時爭論的核心是伐蜀、攻韓，二者必居其一。所以司馬錯破立互用，就使是非變得更為分明。」（二九七頁）另外王安石〈原過〉（二九七頁）、柳宗元〈桐葉封弟辨〉（二九八—二九九頁）、劉蛻〈論江陵耆老辨申胥廟書〉（二九九頁）也是如此。

2.例　證

「立破」法在評點文字中是出現得蠻早的，宋·呂東萊的《古文關鍵》中即用此法，如柳宗元〈桐葉封弟辨〉「**若戲而必行之，是周公教王遂過也**」二句的旁邊，有一批語：「破」（七七頁），標明了柳宗元是以此來破「**周公曰：天子不可戲**」這句話的。

到了明·謝枋得的《文章軌範》，又出現了「案」這一名詞。例如蘇洵〈春秋論〉「**周之衰也，位不在夫子而道在焉**」二句之旁，有一評語：「立公案起辨」（一一四頁），這就是「立案」的部分，這個部分一直延續到「**不徒曰此是此非而賞罰加焉**」為止，而由「起辨」二字，我們知道其後必有「破」的部分；揆諸文意，應是由「**則夫子固曰：我可以賞罰人矣**」句開始，而且這一句底下有一評語：「說難」；接著是一句「**賞罰人者，天子諸侯事也**」，謝氏在旁註云：「又立公案生一辨」，其實這一公案是承接前面而來的，不過在此重新強調而已，其後「**夫子病天下之諸侯大夫僭天子諸侯之事**」起至

「則是道者，位之賊也」止，謝氏的評語是：「到此總收，正爲首辨」，由此很明顯地看出，謝氏所謂的「辨」，正是「破」的意思。

金聖歎批的《才子古文讀本》中，有一篇劉伶的〈酒德頌〉，原文不長，玆引錄如下：「有大人先生，以天地爲一朝，萬期爲須臾，日月爲扃牖，八荒爲庭衢，行無轍跡，居無室廬，幕天席地，縱意所如，止則操巵執觚，動則挈榼提壺，惟酒是務，焉知其餘。有貴介公子，縉紳處士，聞吾風聲，議其所以，乃奮袂攘襟，怒目切齒，陳說禮法，是非蜂起。先生於是方奉甖承槽，啣杯漱醪，奮髯箕踞，枕麴藉糟，無思無慮，其樂陶陶。兀然而醉，怳爾而醒，靜聽不聞雷霆之聲，熟視不睹泰山之形，不覺寒暑之切肌，利欲之感情，俯觀萬物，擾擾焉若江海之載浮萍，二豪侍側焉，如蜾蠃之與螟蛉。」此短文可分爲三段，首段從「有大人先生」開始，直到「惟酒是務，焉知其餘」爲止，評註云：「以上，寫酒德已畢，下掀翻」（下，一九頁）他所謂的「掀翻」，是指以「有貴介公子……是非蜂起」一段，來「破」其首段，所以形成了一立一破的關係。但在「是非蜂起」之下，又有一評語：「公等何足污先生筆端，寫之，亦以掀翻出下二段妙理也」，所以，此時二段與三段（即接著的「先生於是方奉甖承槽」直到最後）成爲前立後破的關係，使得第二段的作用巧妙地轉化了。第三段則可分爲兩層，第一層到「無思無慮，其樂陶陶」爲止，是「先說付之不見不聞」；後一層自「兀然而醉」直到最後，是「又說雖便見之聞之，亦復奚有？」劉伶便用這兩層理由，駁倒了二豪的非議，值得注意的是，評註者在此以「掀翻」一詞來代替「破」這個術語；而「立破」法能用在如此一篇論辨色彩不濃的文章裏，也是很罕見的。

林雲銘的《古文析義》有時不稱「破」而稱「駁」，如許獬〈古硯說〉即是如此。此文較爲複雜，大致可分爲五段，最後一段僅有三句：「不能盡述，述其近似者，作古硯說」，是補敘作記之意。至於第一段：「余家有古硯，往年得之友人所遺者，受而置之，當一硯之用，不知其爲古也。已而有識者曰：此五代宋時物也，古矣，宜謹寶藏之，勿令損毀。予聞諸言，亦從而寶之，不暇辨其爲眞五代宋與否。」林氏說：「先存自己不留意於古物，作後案」（八二六頁）。而第二段就全部都用來駁第一段，原文是：「雖然，斯物而眞五代宋也，當時人亦僅以當一硯之用耳，豈知其必不毀，必至於今而爲古耶。蓋至於今而後知其爲五代宋也，不知其在五代宋時所寶爲周秦漢魏以上物者，視此又奚如乎？而又不知其以周秦漢魏以上物視周秦漢魏以上人，其人自視又奚如？」林氏分別在「必至於今而爲古耶」、「視此又奚如乎」和「其人自視又奚如」之下，評上：「古人必不料此硯之能爲古。一駁」、「古人又有古物，必不以此硯爲古。二駁」、「古人之古人必不以古人之古物爲古。三駁」（八二六頁）。就在全部駁倒之後，第三段「人見世之熙熙者……非以其物以其人也」，就另立一案，說明「如此才是眞能好古之意」（八二七頁），這樣形成了「立──破──立」的結構。至於第四段「如以其物而已矣……所謂名是而意則非者也」，則是結出正意，以收拾全文。又如評柳宗元〈與韓愈論史官書〉則又用到了「難」、「辯」等術語，此文開始一段是：「前獲書言史事……甚大謬」，是「先總駁」（二五八頁）。其後先辨明「且退之以爲紀錄者有刑禍」的不正確，所以連設兩難（林氏云：「設一難」、「又設一難」），又「辯所引孔子」、「辯所引范曄」、「辯所引馬班崔浩」、「辯所引左丘明」（二五八—二五九頁），直到「刑禍非所恐也」，都爲一段。接著又要攻破「今退之曰：我一人也，何能明」之語，所以林氏評曰：「駁他一人不能紀傳之語」、「駁他非必督責迫蹙令就功役之語」，這段駁斥直到「果有志，當待人督責迫蹙然後爲官守耶？」爲止。然後要針對「鬼神事」來說破，所以「又凡鬼神事……甚可痛哉」一段，是「總承上文，咸稱韓公負史才而惜其不爲史」（二五九頁）。至於最後「退之宜更思……難矣哉」一段，則是作一總結。因此林氏在文末又有一總評云：「柳州挈定『不作史不宜君館下』一句作主，而以人禍天刑細細翻駁」（二六〇頁）。

在古人對話當中常可見到十分精采、針鋒相對的「立破」法之運用，吳楚材選、王文濡評註的《古文觀止》即錄有數篇。如《左傳·駒支不屈于晉》中范宣子和駒支的一段對話：「會于向，將執戎子駒支，范宣子親數諸朝，曰：『來，姜戎氏。昔秦人迫逐乃祖吾離於瓜州，乃祖吾離被苫蓋，蒙荊棘，以來歸我先君。我先君惠公有不腆之田，與女剖分而食之。今諸侯之事我寡君，不如昔者，蓋言語漏洩，則職女之由。詰朝之事，爾無與焉。與，將執女。』對曰：『昔秦人負恃其衆，貪於土地，逐我諸戎。惠公蠲其大德，謂我諸戎，是四嶽之裔冑也，毋是翦棄。賜我南鄙之田，狐狸所居，豺狼所嗥，我諸戎除翦其荆棘，驅其狐狸豺狼，以爲先君不侵不叛之臣，至於今不貳。昔文公與秦伐鄭，秦人竊與鄭盟而舍戍焉，於是乎有殽之師。晉禦其上，戎亢其下，秦師不復，我諸戎實然。譬如捕鹿，晉人角之，諸戎掎之，與晉踣之，戎何以不免。自是以來，晉之百役，與我諸戎相繼於時，以從執政，猶殽志也，豈敢離逷。今官之師旅，無乃實有所闕，以攜諸侯，而罪我諸戎。我諸戎飲食衣服，不與華同，贄幣不通，言語不達，何惡之能爲。不與於會，亦無瞢焉。』賦〈青蠅〉而退，宣子辭焉。使即事於會，成愷悌也。」評注者對駒支之言逐段評點，在「逐我諸戎」下，評：「此辨戎祖被逐，則秦人實惡，非戎之醜」；在「毋是翦棄」下，評：「此辨惠公加德於戎，乃因戎本聖裔，禮應存恤，不爲特惠」；在「至於今不貳」下，評：「此辨晉剖分之田，至爲僘惡，戎自開墾，非受實惠」；在「我諸戎實然」之下，評：「此辨戎大有功於晉，亦足云報」；在「豈敢離逷」之下，評：「此辨戎之報晉，不止殽師一役，至于百役，不可勝數。以足上至于今不貳意」；在「而罪我諸戎」下，評：「此辨諸侯事晉不如昔者，乃晉實有闕，與我諸戎無干」；在「何惡之能爲」之下，評「此辨言語洩露，職汝之由」；最後，在「亦無瞢焉」之下，評：「此辨詰朝之事，爾無與焉」」（五三——五五頁），駒支答既得精采至極，評注者評得也精采至極。

另外《禮記·有子之言似夫子》也採用「立破」法，但與前面「立——破」的結構稍有不同，它形成的是「立——破——立——破……」的結構。原文如下：「有子問于曾子曰：

> 問喪於夫子乎。曰：聞之矣。喪欲速貧，死欲速朽。有子曰：是非君子之言也。曾子曰：參也聞諸夫子也。有子又曰：是非君子之言也。曾子曰：參也與子游聞之。有子曰：然。然則夫子有為言之也。曾子以斯言告於子游。子游曰：甚哉！有子之言似夫子也。昔者夫子居于宋，見桓司馬自為石宰，三年而不成，夫子曰：若是其靡也，死不如速朽之愈也。死之欲速朽，為桓司馬言之也。南宮敬叔反，必載寶而朝，夫子曰：若是其貨也，喪不如速貧之愈也。喪之欲速貧，為敬叔言之也。

」從曾子的話開始，先立一案，所以評注曰：「上只問喪，此又帶出『死』字，遂成一篇對待文字」；而底下的「有子曰」，評注說是「一辨」，此即「破」；接著的「曾子曰」，是「一證」，此又是「立」；然後「有子又曰」，是「又一辨」，又是「破」；馬上又來一個「曾子曰」，是「又一證」，即又一「立」；接著的「有子曰」，是「開一解」，這是「破」的意思；隨後「子游曰」一大段，又是「立」的部分。可見此段文字形成了環環相扣的「立——破」結構。

吳闓生的《桐城吳氏古文法》，在評《韓非子·將與楚人戰》時，曾對「立案」作了說明。他引了一段《左傳》的記載之後，說：「以上乃立案，以下乃韓非難語，凡立案止須將事中情節，所當駁難之處，一一表明而已，以故行文專求簡峻，並不多著筆墨。」（二頁）這不僅說明了「立案」的性質，並交代了此文的「立破」結構，而且也間接表明了《韓非子》中先引文、再破解的文章，都運用了這種「立破」法。此篇之外，還有一篇韓愈〈答呂毉山人書〉也頗值得觀察。開始第一句就是「惠書責以不能如信陵執轡者」，吳氏說：「直起斬截」，其實就是「立案」；其後「夫信陵，戰國公子，欲以取士聲勢傾天下而然耳」數句，吳氏引沈歸愚語：「破其立論之非」；接下來的：「僕者自度，若世無孔子，不當在弟子之列」三句，吳氏云：「乘勢將本意揭出，文筆奇縱，如風起水湧」（九〇頁），而底下就是將本意再作說明強化的部分了。在此，我們應該注意的是「破其立論之非」一句，當然全文大部分都是作「破」的功夫，但「立論」也並非開始一句而已，而是應該把呂毉山人致韓信的那一封信包括進去；韓愈所「破」的，是那封信的內容。這與《韓非子》的情形有異曲同工之妙，這也是我們在評析這類篇章時，所須留心的。除此之外，王安石的〈讀孟嘗君傳〉，吳氏所引汪武曹之評，十分精采。在文章一開始「世皆稱孟嘗君能得士，士以故歸之，而卒賴其力以脫於虎豹之秦」數句下，吳氏引汪武曹之語：「三句立案」；緊接著在「嗟乎！孟嘗君特雞鳴狗盜之雄耳，豈足以言得士」下，汪武曹又云：「破『能得士』」；其後對「不然，擅齊之強，得一士焉，宜可以南面而制秦，尚何取雞鳴狗盜之力哉？」數句，汪武曹評：「破『卒賴其力以脫』句」；最後對「夫雞鳴狗盜之出其門，此士之所以不至也」二句，汪武曹的評語是：「破『士以故歸之』」（七九一八〇頁），這是十分精嚴峭峻的「立破」結構。

此外，值得人注意的是：有時候「案」並不當作「立破」的「立」，而是作爲聯絡照應的術語之一，例如《桐城吳氏古文法》選有韓愈〈殿中少監馬君墓誌銘〉，其篇首云：「君諱繼祖，司徒贈太師北平莊武王之孫，少府監贈太子少傅諱暢之子」，吳氏引汪武曹評：「敍父祖乃誌文之常，此卻即爲通篇之案」，果不其然，後面歷敍三世，所以又引沈歸愚云：「哭少監並哭其父祖，將三世官位，三世交情，三世死喪，層疊傳寫，字字嗚咽」。又如《古文筆法百篇》收有蘇軾〈荀卿論〉，其篇首：「嘗讀孔子世家，觀其言語文章，循循莫不有規矩，不敢放言高論，言必稱先生。」之上，有眉批云：「一起即從『放言高論』，以爲下荀卿定案」；在篇中「荀卿者，喜爲異說而不讓，敢爲高論而不顧者也」之上，亦有眉批云：「以『異說』、『高論』立案，煞是荀卿頂門一針」；在篇末「孔孟之論，未嘗異也；而天下卒無有及者，苟天下果無有及者，則尚安以求異爲哉？」之上，其眉批又云：「孔孟應前，仍以聖言不求異作掉尾」，可見得本文是一路照應到底的。

看過了上述實際批評的成果後，我們可以發現「立破」法在實際運用時，會呈現出幾種不同的型態：

第一種是如宋文蔚所說的：「或先作曲筆，代原題意，然後以己意駁正之」，《文法津梁》中所舉之例即是屬於此類；它所形成的結構是「立——破」。除此之外，由對話所構成的篇章，尤其是出現於史傳文字中時，更常形成這種結構，而且更緊密嚴整；也就是說，「立」的部分中出現的數個重點，「破」的部分會一一予以回應、予以反擊。例如《古文觀止》中選錄的《左傳·駒支不屈於晉》即是如此。

第二種也是宋文蔚提到的「開手即揭明誤處，旋用己意，層層詰難，直攻題堅，然後以正意結之。」柳宗元〈與韓愈論史官書〉可作代表。

第三種是形成環環相扣的：「立——破——立——破……」的形式，如鎖鍊般緊密，而且不斷地推陳出新，劉伶〈酒德頌〉和許獬〈古硯說〉是很好的例子。

第四種就十分罕見，那是面對其他的說法時，一方面「破」此說法；一方面又立己說，使得己身的理論體系更趨完固。所以，「破」固然是「破」；而「立」也是另一種「破」的方式。周明所評析的《戰國策·司馬錯論伐蜀之完》中，司馬錯的一番話即爲顯例。

㈥問答

1. 理論

「問答」法在詞章諸法中，應該算是較顯明易辨的一種。它被注意到的時代頗早，唐王昌齡所撰的《詩格》（收入《詩學指南》）有「常用體十四」，其第六種即是「問益體」（八七頁），並舉陸世衡詩：「借問子何之？世網嬰我身。」爲例，這顯然就是由一問一答所構成的。

北宋潘淳在《潘子眞詩話》中有如下的一段話：

> 古人造語，俯仰紆餘，各有態。「小麥青青大麥枯，誰當穫者婦與姑，丈夫何在西擊胡。」凡此句中，每涵問答之辭。「大麥乾枯小麥黃，問誰腰鐮胡與羌。」句法實有所自。

他所舉之例的特點是問答之辭均涵於同一句中，如：「誰當穫者？」答案是「婦與姑」，「丈夫何在？」答案是「西擊胡」。「問誰腰鐮？」答案是「胡與羌。」

陳騤的《文則》談得就更仔細了：

載言之文，又有答問，若止及一事，文固不難，至於數端，文實未易。所問不言問，所對不言對，言雖簡略，意實周贍，讀之續如貫珠，應如答響。

他所說的：「讀之續如貫珠，應如答響」，很清楚地點出了問答所能達成的聯絡效果。

李塗的《文章精義》也提到問答法：

班固設問答最弱，至子瞻後〈杞菊賦〉起句云：「吁嗟先生！誰使坐堂上、稱太守？」便是風采百倍。

他主要是著眼於問答所能造成的美感，來評斷其優劣，因而有「弱」和「風采百倍」兩種不同的評語。

金、王若虛《滹南集》說：

退之〈送窮文〉以鬼爲主名，故可問答往復。揚子雲〈逐貧賦〉但云呼貧與語貧

> 曰云云，恐未安也。（《四庫全書》，一一九〇——四四八頁）

王若虛認為〈送窮文〉已有一主一客形成一問一答的形式，而〈逐貧賦〉則沒有客體與主體作對答，所以不算是標準問答法。

明、高琦編的《文章一貫》，曾不止一次地提到了問答法。如高氏引《場屋準繩》云：

> 有設問以成篇者，如韓昌黎〈爭臣〉之類是也。

他所謂的「設問」實則還包含了「回答」的部分。高琦又引《文筌》的「起端八法」，第一法即是「問答」，它的解釋是：「設為問答以發端。」（二四頁）也就是藉著一問一答來引起下文。

明、楊良弼撰的《作詩體要》列有一體為：「問答體」（三六四頁），並舉杜甫〈獨酌成詩〉為例：「燈花何太喜，酒綠正相親。醉裏從為客，詩成覺有神。兵戈猶在眼，儒術豈謀身。苦被微官縛，低頭愧野人。」還在詩末加以分析，說：

> 「燈花何太喜」，問也；「酒綠正相親」，答也。「醉裏」、「詩成」一聯，天出奇語。

首二句一問一答的形式是很顯然的。

歸有光的《文章指南》中有三則是與「問答」法有關的。我們先來看第三十六則「說爲問答則」：

> 又有一等文字，不直發揮，乃學《孟子》文法，隨問而隨答者，亦是一格。如韓退之〈對禹問〉、王陽明〈龍場生問答〉是也。（一八頁）

這兩篇文章都設有二人進行問答，全文都以問答貫串而成，是十分標準的問答結構。另有第三十六則是「說爲難解則」：

> 凡作論辨文字，須設爲問難，而以己意分解如此，非惟說理明透，而文字亦覺精神。如歐陽永叔〈春秋論〉、王陽明〈春王正月論〉是也。柳子厚〈與韓愈論史書〉，皆是據韓愈一偏之見，而歷以正理折之，亦是辨論體，故附於此。（一七

一八頁）

這也是「問答」法的一種，不過有互相駁難之意。歐陽修〈春秋論〉和王陽明〈春王正月論〉都是假擬二人，一人難之，一人辯之。而柳子厚〈與韓愈論史官書〉中雖有「難」的部分，但「解」的部分卻不明顯，因此較難看出「說爲難解」的特色來。還有第三十一則「先疑後決則」：

> 文章於下手處最嫌直突，須先以疑詞說起，然後以正意決之，方見文勢曲折之妙。如蘇子瞻〈三槐堂銘〉，始以「天可必不可必」並說，末漸說入「可必」上，這樣文法，卻自《孟子》中來。（一五頁）

「以疑詞說起」，就有「問」的味道；「以正意決之」，類似於「答」的部分，因此可歸爲「問答」法的一種。

吳曾祺的《涵芬樓文談》有「設問第三十九」，對「問答」法有極精闢的見解：

> 古人欲有所作，恐己意不伸，則設爲賓主問答之辭，先爲難端，然後徐出己意，

有一之不已，至於再三者，其體皆歸於詘賓而伸主，此其通用之例。

並推論其起源：「其始蓋昉諸周秦諸子，其後能文之士，仿而為之。」還探索了「問答」法的運用情形：「其入之賦者，則有東西都、東西京、〈三都〉、〈子虛〉、〈上林〉之屬；入之論者，則有非有先生、四子講德之屬；在《楚辭》中，則屈原之〈卜居〉、〈漁父〉，宋玉之〈對楚王問〉是也。其見諸雜體文中，如枚乘之〈七發〉。」還有其後的流變：「及以後之效其體者，又如東方曼倩之〈答客難〉、揚雄之〈解嘲〉、班孟堅之〈答賓戲〉諸篇。然此體既前人屢見，襲而為之，亦屬重複可厭。故自唐宋以後，間有效颦，而率不為人所傳誦。如韓昌黎之〈進學解〉、柳子厚之〈晉問〉，頗為彼善於此，而均非其本集中文之至者。惟論議之文中間遇文勢窮處，間入一二段，亦足以為展局之法，故古今承用不廢，雖名家之文，亦往往遇之，然不必強立主名，如某某公子、某某先生之類，以其近於矜心作意而為之者。至於宋以來之學案，則有置問語於前，列答辭於後，得數十條，或百餘條，而因成一編者，此則不在作文之例，而其意固未始不相符也。」（六六－六七頁）吳氏對問答法的意見，可謂既精且審！

許恂儒的《作文百法》中有一法曰「問難法」，是標準的問答法：

問難者，題中之義，不易明析，姑設爲問難之辭，反復折辨以發明題意之法也。至於一篇之中，或一問一答，或數問數答，可視胸中意義之多寡，而定一篇之結構。㈡四二—四三頁）

而且他還將問答的結構分爲「一問一答」和「數問數答」。另外尙有一法曰：「先疑後斷法」：

文章有故作疑問而後下判斷，或解釋正義者，此先疑後斷法也。見源出於《孟子》，如〈梁惠王篇〉：「王之所大欲。可得聞與」一節，皆先疑後斷之例也。㈢三一頁）

這很像歸有光所說的「先疑後決」的原則。

蔣伯潛的《中學國文教學法》，在「藝術的聯絡」部分，特別收了「問答法」，他說：

在古書中原有記師生問答的，故此種聯絡，純依談話底次序推論，非常自然。

（八五頁）

除此之外，他又說：

> 也有假設問答，或充自問自答的。例如韓愈底〈對禹問〉、〈爭臣論〉，假設與或人問答；蘇洵底〈管仲論〉，一則曰「何則」，再則曰「何者」，便是自問自答了。（八五頁）

這也是「問答」法的另一種分類法，是以問答的對象來分的。

周振甫在《文章例話》有「設疑」一節，他舉《楚辭·卜居》爲例，說：

> 這篇文章寫法的特點，就在於假設各種疑問，故稱「設疑」。（㈡——㈡二五頁）

他並且作了更詳盡的分析：「屈原提出十六個疑問……成爲八對。每一對提出正反兩個疑問來。……正面的疑問正是他在做的；反面的疑問，正是他所鄙棄的。」（㈡——㈡二五頁）這種設疑，連問不答，但其意向已十分明顯。

林奉仙的《十五國風章節之藝術表現》也分析了出現在《詩經》十五國風之中的問答法：

所謂「問答」，是用一問一答的方法來表情達意。國風中的問答有兩種情形，一是男女互答，另一種是自爲問答。前者有似今日的男女對唱，後者則完全是一種表現技巧，目的在造成文章的波瀾，以引起讀者的注意。（一〇八頁）

問答法最開始的型態，和後續的發展，都可由此看出。

「問答」法雖然具有較簡明可辨的外形，但它的變化也是相當繁多的。首先，可以把問答的方式分爲「連問不答」和「有問有答」兩大類。「連問不答」雖然不是以一問一答的方式造成呼應，但在連續的發問中，自有其內在的邏輯而達成聯貫；周振甫對此有所闡發。而「有問有答」佔問答法中的大宗，我們可以從幾個不同的方面去爲它分類，以期能作較全面的觀察。

我們先看它構成的形態，可分爲「一問一答」和「數問數答」兩種，許恂儒等人曾對此提出他們的看法。這種不同的形成並無太深奧的道理，多是因爲內容與篇幅的限制，所以自然發展出不一樣的形態；前者多見於短章，後者多見於長篇。

另外，根據問答的對象，可分爲「自問自答」和「賓主對答」兩種，而不管是那一種，都只是一種技巧的呈現（男女對唱者除外）；作者藉用此種方式，更容易將讀者導入情境，而且闡明所欲表達的意念。蔣伯潛、林奉仙諸氏均曾言及此。

還有，根據問答的內容，又可以分爲純粹的問答往復，以及有辨難意味的「問難」方式，還有「故作疑問而後下判斷」的「先疑後斷法」。它們都有一問一答的外形，但內容各有其偏重，是不同類型的文章善用問答法後，所形成的形態。歸有光、許恂儒等人也都注意到了這一點。

2.例　證

元‧范德機的《詩學禁臠》（收錄於《名家詩法》）收有〈三月三日泛舟〉一詩：

「江南風景復如何？聞道新亭更可過。處處藝蘭春浦綠，萋萋芳草遠山多。壺觴須就陶彭澤，風俗猶傳晉永和。更使輕橈隨轉去，微風落日水增波。」並有評云：「初聯上句言江南之煙景，是一篇之主意。『復如何』問之之詞，『聞道』乃答之之詞。」（二三〇頁）

此詩第二句以下都是回答的部分，所以是「先問後答格」。

明·謝枋得《文章軌範》也談及「問答」法，如評韓愈〈爭臣論〉時，引茅鹿門的評：「截然四問四答」（七〇頁），我們稍作分析，則可看出：由「或問諫議大夫陽臣於愈」至「豈以富貴移易其心哉」止，是第一問；其後「愈應之曰……章章明矣，而如此其可乎哉」，是第一答；接著由「或曰：否」至「夫陽子之用心，亦若此者」止，是第二問；其後：「愈應之曰……且陽子之心，將使君人者惡聞其過乎？是啓之也」，是第二答；然後由「或曰：陽子不求聞而人聞之」至「何子過之深也」止，是第三問；其後：「愈曰……惡得以自暇逸乎哉」，是第三答；繼而由「或曰」至「吾子其亦聞乎」止，是第四問；其後：「愈曰……陽子將不得爲善人乎哉」，是第四答。次序井然。也有只具備一問一答者，如蘇軾〈始皇論〉，篇中：「或曰：李斯佐始皇定天下……以斯之智而不慮此，何哉？」此是一問；其後：「蘇子曰……而臣子不敢復請也」，謝氏評：「答前段問」（一三九頁），緊著接：「二人之不敢復請……蓋足以知扶蘇之必不反也」，亦有註：「答前段設問」，可見得到此爲止都是回應前問的「答」。

林雲銘的《古文析義》中，也有多篇古文用到了問答法，如《左傳·季梁諫追楚師》，林氏評云：「全篇問答」（二二頁），細繹全文，可以發覺左丘明在記敘整個事件時，是以對話交代事情進展的。例如剛開始的場景是在楚國朝廷，其中「鬥伯比言於楚子曰：……少師侈，請羸師以張之」一段，這是第一人所言；隨後「熊率且比曰：季梁在，何益？」，這是第二人；「鬥伯比曰：以爲後圖，少師得其君。」這是第一人再答。其後地點移到隨國朝廷：在「少師歸，請追楚師，隨侯將從之」之時，「季梁止之曰：天方授楚……臣不知其可也」，這是第一人所言；其後：「公曰：吾牲牷肥腯，粢盛豐備，何則不信？」，是第二人所言；其後：「對曰：夫民，神之主也……國庶免於難。」這是第一人再答。如此用一問一答將全文連爲一體。又如《戰國策、鄒忌諷齊王納諫》篇首云：「鄒忌……謂其妻曰：我孰與城北徐公美？」，林氏評：「初問句法」；緊接著：「其妻曰：君美甚，徐公何能及君也」，林氏評：「初答句法」；其後「忌不自信，復問其妾曰：吾孰與徐公美？」，林氏評：「別是一樣問法」；其後：「妾曰：徐公何能及君也？」林氏評：「別是一樣答法」；其後：「旦曰，客從外來，與坐談，問之：吾與徐公孰美？」，林氏評：「只是一樣問法」；其後：「客曰：徐公不若君之美也」，林氏評：「又是一樣答法」（八六—八七頁），這是十分明白的問答成文之例。

吳楚材選、王文濡評註的《古文觀止》當然不會漏掉問答法，如《國策·趙威后問齊使》，其中值得注意的是趙威后的一大篇問話，即從「乃進而問之曰」開始，直到「何爲至今不殺乎」結束，其中連續提出好幾個問題，串成一大段話，卻沒有回答，但答案已在不答之中，所以評注曰：「通篇以民爲主，直問到底，而文法各變，全於用虛字處著神。問固奇，而心亦熱。末一問，膽識尤自過人。」（一四七頁）雖然沒有回答，但由於直問到底，其中自有意脈流貫，所以也收到了聯絡的效果。

顧亭鑑纂輯的《學詩指南》也賞析了一些十分優美的詩篇，如王維〈送別〉：「下馬飲君酒，問君何所之？君言不得意，歸臥南山陲。但去莫復問，白雲無盡時。」詩末的總評說：「此以問答法詠贈別。」又說：「上二句問，下四句答。」（一〇七頁）章法十分清晰。又如賈島〈尋隱者不遇〉：「松下問童子，言師採藥去。只在此山中，雲深不知處。」顧氏在第一句下評：「起言尋隱者，一問」，又在第二句之下評：「以下俱童子答言」，總評又說：「此設爲問答，曲折寫題法。」（一四三頁）結構與前首是一樣的。

林景亮《評註古文讀本》中，有些篇章用到了「問難」法，如歐陽修〈甲乙辨〉，在題目之下，林氏就評說：「甲、乙爲假設之二人，欲假以辨明題中意義也」，又在「篇法」中說：「篇中分兩難兩解，故爲問難法」（二〇頁），這些評語已將此文的性質交代得很清楚了。另外，蘇軾的〈錄趙貧子語〉，是「是篇設爲問答，一難一伸，故爲問難法。」（四九頁）也是同樣的性質。還有純粹只是問答往復者，如劉基〈趙人患鼠〉這篇寓言中，有一子一父的對答，所以「是篇爲開合兼問答法」（八頁）。

王更生的《韓愈散文研讀》評析了〈祭十二郎文〉時，說：「在行文方面，採用對話形式，是這篇祭文另一個重要特點。全文用了四十個『汝』字，用第二人稱稱呼老成，好像老成並沒有死，正坐在他對面聽他傾訴衷腸；又好像老成雖死，但其亡魂還能聽到他的家常絮語。他甚至向老成直接提問：『其竟以此而殞生乎？抑別有疾而至斯乎？』『其然乎？』『其不然乎？』詢問其病因、死期。這種對話方式，平易曉暢，長長短短，錯錯落落，奇偶駢散，參差披拂，疑問、感嘆、陳述等各種句形，反復、重迭、排比、呼告等各種修辭手法，任意調遣，全依感情的需要。此一前無古人的語言藝術（韓愈之前無散體祭文，也無人採對話方式致祭），造成了一種行文流水的氣勢，和令人如聞謦咳，身臨其境的氛圍。」（二四〇頁）確實將此文章法上的特色及其達成的效果都分析出來了。

(七)平側

1.理論

「平側」法是「平提側注」法的省稱。顧名思義，所謂的「平提側注」，就是先「平提」，把所要申說的幾點以平等的地位提明；再加以「側注」，對這幾點中的一點或兩點給予絕大部分的關注。

宋文蔚的《評註文法津梁》在「布局」中有「平提側注」一法，宋文蔚說：

> 篇中有分兩項或三項者，如義均平列，則於總提後平分各項，用意詮發，若義有

輕重，或偏重一項，則開首用筆平提，以下或用串說，或用側注，均無不可。又有擇其最重之一項，用特筆提起，再分各串項者，尤見用法變化。（一〇九頁）

解釋得十分清楚扼要。

至於許恂儒的《作文百法》則不稱「平提側注」法，而曰「兩義兼權」法，他說：

兩義兼權者，一題之中本有甲乙二義，而孰重孰輕，各抒所見以論定之是也。或注重甲義而偏輕乙義，或左袒乙義而薄視甲義，皆隨作者之命意以爲說數。（二）四五—四六頁）

這種說法的缺點是：平提的部分被限制爲只能有兩項，但實際上往往並非如此，所以這種名稱與定義並不能牢籠這種方法的全貌。

羅君籌的《文章筆法辨析》中曾討論到「接筆」，他說：「凡承上義及前文，順勢遞下，連接一氣者，謂之接筆。」（四六頁）其中有一法曰：「側接」，它的定義是：

側注題面曰側接。（四七頁）

平提之後，多用側筆卸入題面。（五二頁）

他要言不煩地點出了「平提側注」法的特色。

曾忠華編著的《作文津梁——（中）論說文篇》在談「結構」時，提出了「平提側注」法，他說：

一篇文章中若要闡論好幾項事理，而這幾項事理，初出現時都居於平等的地位，便以平等對待列述在首段，作爲一篇文章總提綱，這叫做「平提」；而其中一、二項，在文中所扮演的角色較爲重要，論說間須偏重於此，這叫做「側注」。「側注」的意思是說：特別偏重於某項。（一三二頁）

王德春在《修辭學辭典》中對「側重美」有簡短的闡釋，也值得參考：

語言藝術的原則之一，它強調在用詞、造句、謀篇中突出重點，以收到最佳的表達效果。（一八頁）

對字詞的修飾再加以擴大，就是對篇章的修飾，而其原理是一種的。

2. 例證

「平提側注」法在實際運用時，雖不如賓主法、虛實法常見，但也是不容忽視的；而且它被文評家注意到的年代最晚可推至宋代的呂東萊，他的《古文關鍵》，收有韓愈的〈答陳生書〉，在篇腹的：「蓋君子病乎在己而順乎在天，待己以信而事親以誠」二句旁，評上「立間架」（六四頁），也就是說這二句中所提到的四個重點成爲後文的大綱，這是「平提」的部分；其後韓愈對這四點都加以發揮：第一點是「所謂病乎在己者，……而我蠢然爲衆人」、第二點是「所謂順乎在天者……不以累於其初」、第三點是「所謂待己以信者……信乎己而已矣」，這前三點所佔的字數分別二十八、二十六、三十八字，但第四點由「所謂事親以誠者」到「速化之術如是而已」止，共有一三三字，比前三點多了三、四倍的字數，可見韓愈對第四點特別關注，這就是「側注」，呂東萊也在第四點旁註云：「大抵作文三段短作，以一段長者承主意，多在末一段」，「側注」的意味是十分清楚了。

元·楊仲弘的《杜律心法》（收錄於《詩學指南》）賞析了一首〈贈韋七贊善〉：

「鄉里衣冠不乏賢，杜陵韋曲未央前。爾家最近魁三象，時論同歸尺五天。北走關山開雨雪，南遊花柳塞雲煙。洞庭春色悲公子，蝦菜忘歸范蠡船。」前四句都將韋杜二家並提，所以楊仲弘說：「韋杜二族皆在京兆部內都城之南，故云『鄉里』；又云『未央前』，韋氏多有位至宰相者，故云。『最近魁三象』而『去天尺五』之謠，則兩家所同也」；而後四句則歸重在韋七身上，所以楊仲弘又說：「第三聯言贊善北歸，則遇兩雪之凍乍開……末言當此之時，洞庭春色惟添公子之別恨，而公且泛湖以忘歸也。」（二三三頁）可見平提側注法也用在詩歌上。

金聖歎批的《才子古文讀本》中，也賞析了多篇運用「平側」法的文章，如司馬遷〈報任安書〉中有一段：「古者富貴而名磨滅，不可勝紀，唯倜儻非常人之稱焉。蓋文王拘而演《周易》，仲尼厄而作《春秋》，屈原放逐，乃賦《離騷》，左丘失明，厥有《國語》，孫子臏腳，《兵法》修列，不韋遷蜀，世傳《呂覽》，韓非囚秦，《説難》、《孤憤》，《詩》三百篇，大抵聖賢發憤之所爲作也。此人皆意有所鬱結，不得通其道，故述往事，思來者。」評註云：「廣引被辱著書之人」（上．一九九頁）接著的幾句是：「乃如左丘無目，孫子斷足，終不可用，退而論書策，以舒其憤思，垂空文以自見。」又評註說：「又獨舉左氏、孫子者，上是廣引，此是特因其廢疾與己同，因遂言著書宜與之一例也。」（上．一九九頁）平提的部分有七，而側注的部分只有二，作者去取的原因都交代出來了。另有一種結構是很特別的，即先平提、再側注、再平提，如班彪的〈王命論〉從一開始到「而得崛起在此位者也」，是「總斷堯、禹、湯、文、武以至漢興」（下・一頁），是先平提的部分；以下的一大段從「世俗見高祖興於布衣」開始，是側注到「漢興」，所以評註說：「下即單承漢」（下・一頁），這個部分一直到「故淮陰留侯謂之天授，非人力也」結束，因此評註又說：「此段再極寫高祖」（下・三頁）；而最後一段由「歷古今之得失」起至「大祿其永終矣！」止，是再一次平提，所以評了三次「大力總上」（下・三頁），顯示出其平提的特性。還有《史記・刺客列傳贊》也很值得注意，因爲它有另一種特別的結構，即先側注再平提，茲引原文如下：「世言荊軻，其稱太子丹之命，天雨粟，馬生角也，太過。又言荊軻傷秦王，皆非也。始公孫季功、董生，與夏無且游，具知其事，爲余道之如是。自曹沫至荊軻五人，此其義，或成或不成，然其立意，較然不欺其志，名垂後世，豈妄也哉。」評註說：「或成或不成，筆意蓋注或不成也，五人中，獨惜荊軻甚至。」（上・一七九頁）「五人」是指「自曹沫至荊軻五人」，出現在後半部分；而「獨惜荊軻」則是指前半部分，所以是先側注再平提，極爲特殊。

吳楚材、王文濡評註的《古文觀止》亦留心於「平側」法，如《國策・司馬錯論伐蜀》中所記司馬錯的一番話，它剛開始是這樣的：「不然。臣聞之：欲富國者，務廣其地；欲強兵者，務富其民；欲王者，務博其德，三資者備，而王隨之矣。」評注說：「三資止重富強，王字陪說，故後竟不提起。」（一三三頁）而揆諸下文，確實如此，所以吳楚材、王文儒又分別有「頂強」、「頂富」（「頂」即「承」之意）（一三四頁）的評語。所以這是平提三柱、側注二柱的例子。

吳闓生的《古文範》，收有一篇《史記‧六國表序》，此文名雖曰「六國」，但起始一段卻重在秦事，所以吳氏曰：「起處從秦發端」，直到「穆公……則與齊桓晉文中國侯伯侔矣」句，才是「從秦渡卸至中國」；在此，司馬遷用了一些篇幅敘六國情勢，但從「秦始小國」開始直到最後，又都在談論秦事，因此吳氏說：「六國秦爲最盛，又幷兼天下，故後半側注秦事發議」（九二頁），這就形成了先側注再平提而後又側注的結構，十分特殊。

王文濡的《古文辭類纂》選有司馬談的〈論六家要旨〉，文章一開始即云：「《易大傳》：天下一致而百慮，同歸而殊途。夫陰陽、儒、墨、名、法、道德，此務爲治者也」，這是「平提」的部分；其後司馬談分別就這幾家略作介紹，而把道德家放在最後，字數也稍多（從「道家使人精神專一」到「事少而功多」，共六十二字），但「側注」之意還不很鮮明；又其後司馬談再對這幾家作較詳細的說明，道德家仍是放在最後，同時也使用了相當多的字數，而且最後也是以道德家作結，「側注」之意就很明顯了，所以王氏在其上評云：「仍是側重道家」，文末並引曾滌生之說爲證：「司馬遷自敘中，述其父太史公談〈論六家要指〉，諸家互有得失，而終之以道家爲本。」（五五頁）

李扶九《古文筆法百篇》對平側法也有精采的發揮，有一篇很特殊的是歸有光的〈吳山圖記〉，它的特別之處在於它形成的是「側注——平提——側注」的結構。「平提」的部分出現在中間一段，即「夫令之於民誠重矣。令誠賢也，其地之山川草木，亦被其澤而有榮也。令誠不賢也，其地之山川草木亦被其殃而有辱也」，眉批云：「賢、不賢兩層拓開，反正淋漓，高渾無匹。」（二○頁）而文章前、後部分都側注在「賢」上發揮，並綰合題目，結構十分嚴整。

喻守眞的《唐詩三百首詳析》，對出現在詩歌中的平側法，作了精采的分析。如柳宗元〈登柳州城樓寄漳汀封連四州刺史〉：「城上高樓接大荒，海天愁思正茫茫。驚風亂颭芙蓉水，密雨斜侵薜荔牆。嶺樹重遮千里目，江流曲似九迴腸。共來百越文身地，猶自音書滯一鄉！」這首詩的特別之處在於形成了兩次先側後平結構。第一個先側後平結構出現在首聯，喻氏說：「此詩首聯上句是寫柳州，下句是總寫四人分處之地大都近海，所以說海天茫茫。」（二四三頁）因此第一句是側重在自已身上，第二句則是平提四人。而後六句則是形成第二個先側後平結構：「頷聯是接寫柳州夏日的景物，所謂『驚風密雨』，是報告柳州當地的氣候，是寫的近景。頸聯二句是寫的遠景，……末聯是總說五人的遭際，天各一方，音書久滯。」（二四三頁）同樣地，三、四、五、六句著重已身，七、八句又是總說五人。

從上引的例證中看來，先平提後側注的結構還是佔了絕大多數；先側注再平提的例子也偶然可見，如金聖嘆評選的《史記·刺客列傳贊》。而「平提——側注——平提」的情形也有，如金聖歎評選的班彪〈王命論〉；反過來，「側注——平提——側注」的例子也曾二見，即吳闓生評的《史記·六國年表序》和李扶九評的歸有光〈吳山圖記〉。另外柳宗元的〈登柳州城樓寄漳汀封連四州刺史〉在短短八句中，其至形成了「側注——平提——側注——平提」的結構。除此之外，我們還可以注意到「平提」的部分一定至少有二柱，但二柱以上者比比皆是，甚至有七柱、六柱者（如司馬遷〈報任安書〉和司馬談〈論六家要旨〉），當然很可能有更多柱者，只是尚未被發現而已。至於側注的部分，大多數只偏重在一柱上承接作發揮，但也有側重二柱者，如司馬遷〈報任安書〉和《國策·司馬錯論伐蜀》；至於可不可能針對更多柱來鋪敘呢？也許吧！但不可能太多，否則就該歸入「凡目」法的範疇了。不過，無論是那一種平側法，都發揮了聯絡照應的作用。

(八)凡目

1. 理論

「凡目」法被發現的時代頗早，也一直受到重視，而且十分實用，許多作者自覺或不自覺地廣泛運用著「凡目」法，所以有關「凡目」法的實際批評的資料相當豐富；也因此，凡目法有許多異稱，如《文則》中的「總數」法，歸有光、許恂儒所說的「提應」法，李騰芳所說的「括」法、「契」法，吳楚材、林雲銘、唐彪所說的「分總」法，宋文蔚所說的「提疏」法，顧亭鑑、方植之所說的「分合」法，金聖嘆所說的「開總」法，劉熙載、周振甫所說的「斷續」法，王葆心所說的「外籀」、「內籀」，蔣伯潛所說的「分析」、「綜合」法，以及陳滿銘所曾提出過的「演繹」、「歸納」法……等等，而我們現所採用的「凡目」法之名稱，是由陳滿銘所提出的，「凡」是指「總括」、「目」是指「條分」，此一名稱簡單明確，最早見於《周禮·天官，宰夫》：

> 二曰師，掌官成以治凡；三曰司，掌官法以治目。

而宋·葉適《析帛》也說：

> 必鈎考其凡目，而後可以有所是正。

如今用於詞章，不但可以適切地表達出它被應用時所呈現的種種形態，同時也不會有與其它章法混淆的困擾，所以是相當合於實用的。

《朱氏文通》曾引宋‧陳騤的《文則》，說了如下的一段話：

《論語》：子謂子產有君子之道四焉，其行己也恭，其事上也敬，其養民也惠，其使民也義。此先總而後數之法。《左氏傳》：子產數公孫黑曰：爾有亂心無厭，國不汝堪，專伐伯有，而罪一也；昆弟爭室，而罪二也；董隧之盟，汝矯君位，而罪三也。有死罪三，何以堪之。此先數而後總之法。《左氏傳》：孔子言臧文仲，其不仁者三，不知者三。下展禽，廢六關，妾織蒲，三不仁也；作虛器，縱逆祀，祀原居，三不知也。此先總之而後復總之法。（《古文辭通義》卷十，三一頁）

所謂「先總而後數」，就是「先總括、後條分」，也就是「先凡後目」；同樣地，「先數而後總」就是「先目後凡」；至於最後一種「先總之而後復總之」，則應該是「凡、目、凡」的結構，但看他所舉的例子，並非標準的「凡、目、凡」結構，仍應歸入「先凡後目」格。至於眞正的「凡、目、凡」結構，會在後文見到。

宋·李塗的《文章精義》說：

《孟子·公孫丑下》篇首章起句謂「天時不如地利，地利不如人和」，下分三段，第一段說「天時不如地利」，第二段說「地利不如人和」，第三段專說「人和」，而歸之得道者多助。一節高一節，此是作文中大法度也。

李塗雖然沒有爲此法定下特別的名稱，但它的分析卻明顯地點出先總括、後條分的特質，所以此章應是「先凡後目」的結構。

明·歸有光的《文章指南》中，對這種章法的闡發就很多了，如第十九則是「總提分應則」，歸有光說：

文章有總提大意在前，中間逐段分應者，章法尤覺齊整。如柳子厚〈書箕子廟碑陰〉、王子充〈四子論〉是也。

此即「凡目」法中之「先凡後目」一項：「凡」是指「總括」；而「目」是「條分」的意思。即以柳子厚〈箕子碑〉爲例，篇首云：「凡大人之道有三：一曰正蒙難，二曰法授聖，三曰化及民」，此爲「凡」的部分；而二、三、四段分別寫「正蒙難」、「法授聖」、「化及民」，則是「目」的部分。這種結構就是「總提分應」，也就是「先凡後目」。第二十則是「總提總收」則：

> 賈誼〈先醒篇〉前總提大意，中三段分應，末又一段總收，較之上則更勝。文體至此，可謂妙而又妙者矣。

這是「凡目」法中之「凡目凡」法。如〈先醒篇〉先將世主分爲「先醒」、「後醒」、「不醒」。二、三、四段就這三種世主分別舉例，最末以「故先醒者當時而伯，後醒者三年而復，不醒者枕土而死，爲虎狼食。嗚呼！戒之哉！」總收，此即「凡、目、凡」結構。而第五十七則爲「結末括應則」，也與「凡目」法有關：

> 凡文章前面散散鋪敘，後宜總括大意，與前相應，方見收拾處。如柳子厚〈答韋中立師道書〉，歐陽永叔〈上范司諫書〉，末皆繳應前意，可以爲式。

這是「先目後凡」法。以歐陽修〈上范思諫書〉爲例，其文最後數句是：「伏惟執事，思天子所以見用之意（按：收後幅，應前千里拜詔），懼君子百世之譏（按：收前段，應前簡冊昭明），一陳昌言以塞單望（按：應前材而且賢），且解洛士大夫之惑（按：收中段，應前能料前，不能料後），幸甚幸甚。」可見最末數句一一照應前文，是十分整齊的「先目後凡」法。所以歸納起來，《文章指南》中提到的「凡目」結構共有「先凡後目」、「先目後凡」、「凡目凡」三種。

明·李騰芳的《山居雜著》中有「文字法三十五則」，其中也有與「凡目」法有關者，如第十一則「括」法：

將上面所有的，不論多少，總括於一處，然後轉身。其法最要老，老方有氣力；又要簡，不簡則反絮聒也；又要緊，不緊則氣脈緩了。

他還以韓愈〈廖道士序〉爲例：「韓公〈廖道士序〉云：『五嶽於中州，衡山最遠。南方之山，巍然高而大者以百數，獨衡爲宗。最遠而獨爲宗，其神必靈。衡之南八九百里，地益高，山益峻，水清而益駛，其最高而橫絕南北者嶺。郴之爲州，在嶺之上，測其高下，得山之二焉，中州清淑之氣於是焉窮，氣之所窮，盛而不過，必蜿蟺扶輿，磅礴而鬱積。』這等說得多了，卻括之云：『衡山之神既靈，而郴之爲州又當中州清淑之氣，蜿蟺扶輿，磅礴而鬱積。』此括法也。」（《古文辭通義》卷十二，三〇頁）這分明就是「先目後凡」格。還有第二十六則「契」法：

> 挈者，提挈之挈也，將後面所有的，不論多少，總挈於前，然後逐件抽出細說，此文字之綱領也。

李騰芳自己引了歸有光對總提分應則的說法以爲佐證（卷（十二）三五頁），可見他所說的就是「先凡後目」的結構。

劉熙載在《藝概·文概》中說：

> 《莊子》文法斷續之妙，如〈逍遙遊〉，忽說鵬，忽說蜩與鷽鳩、斥鴳，是爲斷；下乃接之曰：「此大小之辨也。」則上文之斷處皆續矣；而下文宋榮子、許由、接輿、惠子諸斷處，亦無不接矣。

其實「此大小之辨也」一句，應包涵從「小知不及大知，小年不及大年」開始的一大段，這是「凡」的部分，它把前後的「目」都統一起來了，形成很特殊的「目、凡、目」結構。

唐彪在《讀書作文譜》卷七「文章諸法」中，列出「分總」法，他說：

文章有總有分，則神氣清而力量勝。故前總發者，後必分敍；前分敍者，後必總發。又有迭總迭分錯綜變化者，此又古文中之化境也。（九三頁）

他所謂的「前總發者，後必分敍」是「先凡後目」格，「前分敍者，後必總發」是「先目後凡」格，而他的敍述也相當清楚。

宋文蔚的《評註文法津梁》當然不會遺漏「凡目」法，他在「謀篇」中就提出了「總提分疏」則，此則的定義是：

議論題中，有事理須條分縷析者。行文時於首段總挈大綱，先立一篇之局，以下即承首段逐層分説，如此則眉目清楚，事理明晰。惟逐段自爲首尾，文法易於板滯，通篇脈絡仍須一氣貫通，不以分段而致隔絕，斯爲善於布局者矣。（七一頁）

這顯然說的是「先凡後目」格。另有一法曰「束上起下」，宋氏說：

束法有用之於中段者，一面束上，即一面起下，乃全篇之過脈。有用之後段者，前半筆法紆徐，至後段提起，總束上文，即引起正意作結，爲一篇之結穴。用法各有當也。（一三九頁）

束法用之於中段者，會形成「目、凡、目」的結構；用之於後段，則會構成「先目後凡」格。

許恂儒的《作文百法》中有一法稱「總提分應法」，他說：

文章之有分有總，猶治絲之有綜有分也。凡一問題率可分爲數層意義，然分而不總，則如散絲矣。學者作文，當先想一篇之意思，分作若干層，層次既定，可將全篇之意，先爲總提一筆，以立一篇之綱。然後條分縷晰，逐層寫去，以引申題中之義，或反或正，或賓或主，皆可隨意佈置，而綱領既立，如能有條不紊矣。（（三）四八頁）

許氏的解釋精闢極了，將「先凡後目」格的作法、好處都說出來了。

王葆心的《古文辭通義》中引了邱邦士評勺庭〈李忠毅公年譜序〉的話：「勺庭議論，從前理論推到一偏獨至，發爲雄論者多矣，此則從一偏之至，推向全處，發爲名論。推偏多用蘇氏家法，推全則又用歐陽家法，亦各惟其當也。」王氏並爲此下一案語：

> 案此論理學之外籀、內籀二法也。議論文用此法，可以贍富其心思，正確其議論。（卷十八，四六頁）

所謂「從前理論推到一偏獨至」是「外籀」，用現在的話來講，是「演繹」，常會形成「先凡後目」格；而「從一偏之至推向全處」則是「內籀」，也就是「歸納」，常會形成「先目後凡」的結構。另外王氏又引了《漢文正典》的話：「其議論之法有七……二切論：剴切本事以立論也。三汎論：擴張文題之理以立論也。」王氏又說：

> 「泛論」近課虛，亦近外籀。「切論」近徵實，亦近內籀。（卷十八，六三頁）

這表示了《漢文正典》也注到演繹、歸納法在文章中的運用。

蔣伯潛在《中學國文教學法》就說得更清楚了，他說「分析法」是：

> 先立一總論，然後一條條一層層地分別說明，這是用論理學底演繹推理的。（八四頁）

這「總論」就是「凡」；「一條條一層層地分別說明」就是「目」，所以這是「先凡後目」的結構。此外蔣氏亦提到了「綜合」法，他說：

> 這和上法（按：指分析法）正相反。先說許多理由，舉許多例證，然後得出一個結論，一條原則來；用的是論理學底歸納推理。（八四—八五頁）

這「說許多理由，舉許多例證」的部分，是「目」；最後「得出了一個結論、一條原則」的部分，是「凡」，所以這說的是「先目後凡」的結構。

周振甫《文章例話》曾談到「斷處皆續」，他先引了劉熙載《藝概》中的一段話（見前），然後說：

> 要是在生活經歷了好多事，有了感受，這個感受是從好多事中產生出來的。用其中一件事來說明這個感受顯得不夠，要用好多事來說明它。先講這些事件，事件和事件之間可能沒有聯繫，是斷的；但感受是相關的，即相續的；這就有斷有續，斷處皆續了。斷處皆續，正說明生活經歷的豐富，感受的深刻。（八三頁）

他還舉了梁啟超〈論進取冒險〉爲例，（八五—八六頁）由此可以看出「斷」者爲「目」，「續」者爲「凡」。

陳滿銘有一篇文章〈談詞章的兩種基本作法——歸納與演繹〉（收錄於《國文教學論叢》），他說：

> 歸納法，此法舊稱内籀，也叫綜合法。是採先條分、後總括的形式，以組合思想材料的一種作法。（三〇三頁）

至於演繹法則是：

> 此法舊稱外籀，也叫分析法。這與前法正相反，是採先總括、後條分的形式，以

組合思想材料的一種作法。（三〇八頁）

陳滿銘還針對前述的兩種方法，分別寫了〈演繹法在詩詞裏的運用〉和〈歸納法在詩詞裏的運用〉兩篇文章（收錄於《詩詞新論》），値得一提的是，他在這兩種方法中，還特別區分出「單軌式」和「雙軌式」，演繹的單軌式是：

用置於篇首的單一義旨來貫穿所有材料的一種形式。（一八五頁）

而歸納的單軌式則是：

就單一義旨，將詞章材料先條分爲若干部分，然後在篇末作個總括的一種形式。（一九五頁）

這在前文都說過了，不再贅述。至於雙軌式在演繹法中是：

將有主從關係的兩個意思安置於篇首，以組織全篇材料的一種形式。（一九〇

頁）

如祖詠〈蘇氏別業〉：「別業居幽處（A），到來生隱心（B）。南山當戶牖，澧水映園林。竹覆經冬雪，庭昏未夕陰（A1）。寥寥人境外，閒坐聽春禽（B1）。」他說：「這是一首抒寫『隱心』的作品。與上一首一樣，作者在首聯便點明一篇之主旨『居幽處』、『生隱心』，來統攝全詩，這是『總括』的部分。接著先由頷、頸兩聯，承總括部分的『居幽處』三字，藉山水、園林、竹雪、庭陰，眞實的描寫蘇氏別業的清幽環境，這是『條分一』的部分。然後由尾聯，承總括部分的『生隱心』三字，藉人閒、聽禽，將處此幽靜環境所產生的閒適心情——『隱心』，具體的表現出來，這是『條分二』的部分。很明顯的，這是採雙軌式演繹法所寫成的一篇作品。」（一九一頁）而在歸納法中是：

> 就兩個有主從或因果關係的意思，將詞章的材料先條分爲兩個部分，然後於篇末作個總括的一種形式。（二〇〇頁）

如柳永〈鶴沖天〉：「黃金榜上，偶失龍頭望。明代暫遺賢，如何向（A1）？未遂風雲便，爭不恣遊狂蕩？何須論得喪，才子佳人，自是白衣卿相。　煙花巷陌，依約丹青屏障，幸有意中人，堪尋訪。且恁偎紅倚翠，風流事、平生暢（B1）。青春都一餉。忍把浮名（A），換了淺斟低唱（B）。」他的分析是：「這是一首感懷不遇的作品。起四句是『條分一』的部分，敘明自己參加科舉，卻榜上無名，以致仕途無望的遭遇，這是就結尾的『浮名』來說的。『未遂風雲便』至『平生暢』等十一句，是『條分二』的部分，這個部分，先以『未遂風雲便』一句，作上下文的接榫，再以『爭不恣遊狂蕩』句，指出自己被迫走向『煙花巷陌』的無奈；接著用『何須論得喪』三句，自我解嘲，以爲才子佳人，身分地位也不亞於卿相；然後用『煙花巷陌』六句，直率地寫出自己走出名利場，轉向『煙花巷陌』，尋訪意中人，以暢快平生的意向、情事；這是就結尾的『淺斟低唱』來寫的。而末三句爲『總括』的部分，用『青春都一餉』句，承上啟下，領出『忍把浮名，換了淺斟低唱』的主旨，以牢籠全詞作收。透過這種先條分、後總括形式，柳永便把自己懷才不遇的怨望，很明白地表露出來。」（二〇二頁）而關於「雙軌式」甚至「多軌式」，在統一律的「綱領」中，將有更充分的交代。又，陳滿銘曾分別在《國文天地》發表了兩篇文章：〈凡目法在高中國文課文裏的運用〉和〈凡目法在國中國文課文裏的運用〉（收錄於《作文教學指導》）這是「凡目」法第一次用書面發表出來；而且〈凡目法在高中國文課文裏的運用〉一文更曾在民國八十一年的「第一屆臺灣地區國語文教學學術研討會」裏推出。他說：

> 所謂的「凡」，是總括的意思；而「目」，指的則是條分。（四九八頁）

而且這兩篇文章分別就國、高中課文解析出分屬於「先凡後目者」、「先目後凡者」、「由凡而目而凡者」三種結構的，相當地有系統。

陳滿銘另有一篇發表在《國文天地》的文章〈凡目法在蘇辛詞裡的運用〉，將凡目法又發展得更精緻了。因爲除了上述三種之外，又發現了一種「目凡目者」，他說：

> 這是將一篇的綱領或主意置於篇腹，而以條分的材料分置於首尾加以敘寫的一種形式。（《國文天地》十一卷十二期六一頁）

而且也分單軌式和雙軌式來說明，前者的簡式爲「Ａ1……→Ａ→Ａ2……」，（六二頁）而雙軌式的簡式爲「Ａ1……→ＡＢ→Ｂ1……」，如蘇軾〈菩薩蠻〉：「秋風湖上蕭蕭雨，使君欲去還留住（Ａ1）。今日漫留君（Ａ）。明朝愁殺人（Ｂ）。佳人千點淚，灑向長河水。不用斂雙蛾，路人啼更多（Ｂ1）。」他認爲：「這是首抒寫別情的作品。它的綱領在篇腹，即『今日漫留君』二句，其中『今日漫留君』與『明朝愁殺人』各自成軌，這是『凡』的部分。作者爲了要具寫這兩軌意思，首先於篇首『秋風湖上蕭蕭雨』二句，針對『今日漫留君』來寫雨留人，這是『目一』的部分；然後於下片『佳人千點淚』四句，透過設想，針對『明朝愁殺人』來寫佳人與路人之淚，這是『目二』的部分。很清楚地可以看出，這是用「目凡目」的雙軌形式所寫成的作品。」(六三頁)可見得凡目法的應用是多麼的靈活。

在此我們可以做個結論：「凡目」法在實際運用時會出現「先凡後目」、「先目後凡」、「凡目凡」、「目凡目」等四種結構；而且以單軌至多軌貫串都是可能的。

2.例　證

早在宋‧呂東萊時就已經發現了「凡目」法在文章被運用的情形，而且從其《古文關鍵》中也可以看出有「先目後凡」、「凡、目、凡」等不同的結構。我們先看一下運用「先目後凡」結構的例子，如韓愈〈爭臣論〉中間有「**且吾聞之：有官守者，不得其職則去；有言責者，不得其言則去**」數句，呂氏在旁註云：「兩端說」(三二頁)，也就是說有兩個「目」；緊接著是：「**今陽子以爲得其言乎哉？得其言而不言，與不得其言而不去，無一可者也。**」這就是總括的部分「凡」，所以呂氏亦註云：「一段關鎖」。至於形成「凡、目、凡」結構者則如歐陽修〈爲君難論下〉有「是皆未足爲難也」一句，固然是前一段的總結，但同時也是下一個推論的「凡」；其後「若聽其言則可用，然用之有輒敗人之事者（目一）；聽其言若不可用，然非如其言不能以成功者（目二）」，是「目」的部分，呂氏評：「一篇主意先說兩段」（一一四頁）；其後「此然後爲聽言之難也」句，這又是「凡」的部分了，所以其結構是「凡、目、凡」。

金聖歎批的《才子古文讀本》中，運用凡目法來評析的例子就更多了，如宋玉〈對楚王問〉中，宋玉舉三譬回答楚王的話，其第一譬是歌者「客有歌郢中者」，接著寫了唱下里巴人、陽春白雪，和引商刻羽、雜以流徵時，觀眾不同的反應，並以「其曲彌高，其和彌寡」來總結，所以評註說：「結束上文」，又針對此譬說：「先開後總」，亦即「先目後凡」。接著是二個譬喻結合在一起說：「故鳥有鳳而魚有鯤」，評註說：「此先總後開」（上，一二二頁），所以這一句正是「凡」的部分，而底下講鳳凰的部分是「目一」，講鯤魚的部分是「目二」。此處值得注意的是，評註者用「開」、「總」來稱「目」、「凡」；而且「先目後凡」和「先凡後目」的結構連接使用，也是較少見的。還有路溫舒〈上尚德緩刑書〉因形成了「目凡目」結構，也值得一看：此文中間有一段云：「臣聞春秋正即位，大一統而愼始也。陛下初登至尊，與天合符，宜改前世之失，正始受命之統，滌煩文，除民疾，存亡繼絕，以應天意。」評註云：「至此，始入正寫。已上只寫尚德，已下方寫緩刑」（（上）二一二頁），由此可知，此段爲「凡」；而從一開始到「宗廟以安，天下咸寧」，寫尚德，是「目一」；至於「凡」之後接著的一大段：「臣聞秦有十失……天下幸甚」，寫緩刑，是「目二」。

林雲銘常常用「總」字來表達「凡」的意思，用「分」來表達「目」的意思，例如：《古文析義》收有文天祥〈正氣歌〉，其中的一部分，由「皇路當清夷」到「道義爲之根」止，本身自成一「凡目凡」結構。其中「皇路當清夷……一一垂丹青」，是「凡」；其後：「在齊太史簡……在漢蘇武節」，林氏評：「用四個『在』字分點」；又其後：「爲嚴將軍頭……爲顏常山舌」，林氏評：「又用四個『爲』字分點」；再其後：「或爲遼東帽……逆豎頭破裂」，林氏評：「又用四個『或爲』字分點」（三二九頁），以上是「目」的部分；至於末尾的「是氣所磅礴……道義爲之根」，林氏評：「自『是氣磅礴』句至此，總括上文十二人，皆正氣所爲」，毫無疑問的，這又是「凡」的部分了。

吳楚材選、王文濡評註的《古文觀止》中，被發現形成「先目後凡」格的篇章，有《國語·單子知陳必亡》，其中單子的一大段話，由「夫辰角見」起至「而無此四者，其能久乎」爲止。這段話裡，「凡」是指最後數句：「昔先王之教，茂帥其德也，猶恐隕越。若廢其教而棄其制、蔑其官而犯其令，將何以守國。居大國之閒，而無此四者，其能久乎？」評註曰：「總收一段」（九三頁），即以「廢其教」收前面「夫辰角見……是廢先王之教也」一段；以「棄其制」收前面「周制有之曰……是棄先王之法制也」一段；以「蔑其官」收前面「周之秩官有之曰……是蔑先王之官也」一段；以「犯其令」收前面「先王之令有之曰……是又犯先王之令也」一段，形成四軌的先目後凡結構。至於在「先凡後目」格中，也有一雙軌結構之例，即《史記·管晏列傳贊》，它一開始說：「太史公曰：吾讀管氏〈牧民〉、〈山高〉、〈乘馬〉、〈輕重〉、〈九府〉及《晏子春秋》，詳哉其言之也。既見其著書，欲觀其行事，故次其傳。至其書，世多有之，是以不論，論其軼事。」評註說：「表明作兩傳之旨，先總說，下乃分」（一九二頁），這是「凡」。接著「管仲世所謂賢臣……豈管仲之謂乎」一段，是「目一」，承其上說管仲；其後「方晏子伏莊公尸哭之……所忻慕焉」一段，是「目二」，乃承其上說晏子。前後照應得十分嚴密。而「凡、目、凡」格的篇章也可見到，如《左傳·子產壞晉館垣》中子產引晉文公之語，先說：「僑聞文公之爲盟主也」一句，這是「凡」，以下就分爲兩部分來寫，首先是「宮室卑庳……各展其物」一段，爲「目一」；其次是「公不留賓……而恤其不足」一段，爲「目二」，所以評語說：「上十一句，是館中事。此六句，是文公心上事」（六六頁）。至於末四句說：「賓至如歸，無寧災患，不畏寇盜，而亦不患燥溼」。則是「總承上文，言文公待諸侯如此」，是第二個「凡」。而且值得一提的是：「目一」的部分，即「宮室卑庳，無觀台榭，以崇大諸侯之館。館如公寢，庫廄繕修，司空以時平易道路，圬人以時塓館宮室。諸侯賓至，甸設庭燎，僕人巡宮，車馬有所，賓從有代，巾車脂轄，隸人牧圉，各瞻其事，百官之屬，各展其物。」又自成一「先凡後目」格，其首三句是凡」，評註說：「總一句，下乃細列之」，而「細列之」的部分即是「目」，而且「目」又多達十一個，可說是精細極了。

顧亭鑑的《學詩指南》中，評選了杜甫的〈贈衛八處士〉：「人生不相見，動如參與商。今夕復何夕，共此燈燭光。少壯能幾時，鬢髮各已蒼。訪舊半爲鬼，驚呼熱中腸。焉知二十載，重上君子堂。昔別君未昏，兒女忽成行。怡然敬父執，問我來何方。問答未及已，驅兒羅酒漿。夜雨剪春韭，新炊閒黃粱。主稱會面難，一舉累十觴。十觴亦不醉，感子故意長。明日隔山嶽，世事兩茫茫。」在文末的總評說：「起四句是總提」（一〇七頁），這就是「凡」。其後則形成了兩個「目」，「目一」是「少壯能幾時……感子故意長」，是寫今夕之會面，爲實寫；「目二」是末二句：「明日隔山嶽，世事兩茫茫」，是寫來日難再聚首，爲虛寫。所以形成了「先凡後目」格。還有張說〈幽州新歲作〉：「去歲荊南梅似雪，今年薊北雪如梅。共嗟人事無常定，且喜年華去復來。邊鎮戍歌連夜動，京城燈火徹明開。遙遙西向長安日，願上南山壽一杯。」在頸聯之下有評云：「句頂梅似雪，雪如梅說。起二句分，此二句合」（一二八頁），「起二句分」指的是第一句和第二句分指去歲、今年，各爲「目一」和「目二」；而「此二句合」則是說三、四句將去歲、今年綰合合起來，是「凡」。而此詩值得注意之處，就是以「分合」來稱呼「凡目」。

吳闓生的《桐城吳氏古文法》中，有很多關於「凡目」法的精采例子，如《韓非子·晉文公將與楚人戰》章用的是「先目後凡」的結構。從一開始「雍季之對不當文公之問」一直到篇腹的「雍季之對不當文公之問」，是「目一」；而從「且文公不知舅犯之言」一直到「軍旅之計也」，是「目二」。這兩大段都統括於最後一段：「舅犯前有善言……仲尼不知善賞也」，而且其中二句「舅犯有二功而後論，雍季無一焉而先賞」，更是明顯地以雙軌貫通了「目二」和「目一」，難怪吳氏云：「此收全篇也。」（五頁）除此之外，其「目一」部分也值得再加以詳細分析，因爲其中又包含了兩個「凡、目、凡」的結構。首先是「雍季之對不當文公之問」，毫無疑問是「凡」，所以吳氏評「劈頭說破」、「開門見山」，其下分爲兩個「目」：先是「凡對問者……此非所以應也」，爲第一個「目」，是針對雍季而寫的；然後是「且文公不知一時之權……詐敵萬世之利而已」，爲第二個「目」，是針對文公而寫的。所以後面一句「故曰：雍季之對不當文公之問」，乃「應前文，總收上兩段」，形成「凡、目、凡」的結構。不過，正如前文提到的，第二個目又自成一「凡、目、凡」的結構。首先是「且文公不知一時之權，又不知萬世之利」，爲「凡」，是「劈頭說破主意」（吳氏語）；其後是「戰而勝……萬世之利奚患不至」，吳氏評：「戰勝一層」，乃從「正」面而言，是「目一」；接著是「戰而不勝……安暇得萬世之利」，吳氏評：「不勝一層」，乃從「反」面而言，是「目二」；最後是「待萬世之利在今日之勝……詐敵，萬世之利而已」，吳氏評：「又從上文繳轉」，是「凡」的部分。由此可見「凡目」法運用之巧妙。還有一段話值得我們寄予注意，那就是評《韓非子·晉文公將與楚人戰》一文時，吳闓生說：「凡行文必有總挈之處，或在前，或在後，或在中央。無總處則散錢無串，不成片段，不能成章矣。」（五頁）這「總挈之處」就是「凡」，總挈在前時可能構成「先凡後目」格或「凡目凡」格；在後時可能形成「先目後凡」格或「凡目凡」格；在中央時則大概是「目凡目」格。文章中有此一總，才能收住文理、振起文勢，作用實在太大了。

喻守眞所著《唐詩三百首詳析》，也有許多值得一看的例子。屬於「先目後凡」格的，有王昌齡〈同從弟南齋翫月憶山陰崔少府〉：「高臥南齋時，開帷月初吐。清輝淡水木，演漾在窗戶。苒苒幾盈虛？澄澄變今古。美人清江畔，是夜越吟苦。千里其如何？微風吹蘭杜。」喻氏分析道：「一句點『南齋』，二句寫『月』，三四句寫『翫』，五六兩句承上翫月而興感，七八兩句轉入『憶山陰崔少府』。結末二句，將南齋和越兩地牽合起來，是說崔少府在越聲名遠近都知，彷佛蘭杜的香氣，雖然隔著千里，也可因微風而聞到的。」（一三頁）所以一至六句寫在南齋玩月，此爲「目一」；七、八句寫身在越地的崔少府，此爲「目二」。九、十兩句則將「目一」、「目二」合起來說，所以是「凡」。屬於「先凡後目」格者，如王維〈終南別業〉：「中歲頗好道，晚家南山陲。興來每獨往，勝事空自知。行到水窮處，坐看雲起時。偶然值林叟，談笑無還期。」喻氏說此詩的作法是：「此詩以『好道』爲骨幹，以後敷述，都從好道出發，興來獨往，勝事自知，即有自得其樂不求人知之情形。行到水窮，坐看雲起，即有絕處逢生、否極泰來之理。」（一五○頁）由於末二句也是寫得道後無爲而爲的表現，所以以首二句是「凡」，其餘六句都是「目」。至於形成「凡、目、凡」格者就更多了。如李商隱〈落花〉：「高閣客竟去，小園花亂飛。參差連曲陌，迢遞送斜暉。腸斷未忍掃，眼穿仍欲歸。芳心向春盡，所得是沾衣。」喻氏分析此詩的作法是：「小園花飛，故高閣客去，起首二句，可以倒置。頷聯即從『飛』字生發，『參差』是花影迷亂，『迢遞』是映日迴風，寫落花的動態，刻劃入微。頸聯『未忍掃』是指花，『仍欲歸』是怨春，又是寫落花的靜態，情思如痴。花因春盡而落，我心亦因花落而盡，那得不淚下沾衣。是春花兩收的結法。」（一九六—一九七頁）可見其起二句爲「凡」，帶出頷聯、頸聯二「目」，一寫花之動態、一寫花之靜態；再以末聯作收，形成「凡、目、凡」的結構。

(九)縱收

1. 理　論

「縱收」又稱作「擒縱」。「縱」是放開，「收（擒）」是抓住；「縱」是手段，「收（擒）」是目的。運用在文章上時，不論是在時、空、情、理……各方面放得多遠，最後一定會有一收，將此遠放之文勢完全加以兜攬包抄，拍回本旨。這也是我們爲何稱「縱收」（此名詞取自傅庚生《中國文學欣賞舉隅》）而不稱「擒縱」的原因，因爲稱「縱收」更符合實際運用之情形。而經此一放一收之後，會激盪出絕大的力量，產生宏大的效果，所以「縱收」是極見特色，且不容忽視的章法

明、李騰芳《山居雜著》中列有「文字法三十五則」，其第十九則是「曰擒曰縱」，李氏的說法是：

> 此二法互用，實是一法。欲擒他，須先縱之，使他諸路都走盡，及至無頭可奔，然後一手擒住，使他死心蹋地，再不想走也；欲放他，須先拏住，使他分毫動彈不得，及至放處，如絛鷹鞲馬，脱然而逝矣。（《古文辭通義》卷十二，三二頁）

他點出此法在運用時的要點：「欲擒他，須先縱之」、「欲放他，須先拏住」，經此反覆之後，文勢便如接天波濤、噴薄而出了。

清、劉熙載《藝概·詞概》云：

詞要放得開，最忌步步相連；又要收得回，最忌行行愈遠。必如天上人間，去來無跡，斯爲入妙。

所以韻文當中也是一樣可以運用縱收法的。

清、孫麟趾在《詞徑》中說：

何謂留？意欲暢達，詞不能住，有一瀉無餘之病，貴能留住，如懸崖勒馬，用于收處最宜。

他所謂的「留」，其實與「收」的意思相同。

吳曾棋《涵芬樓文談》在「運筆第十五」中，曾談到「縱筆」：

吾教人作文之法，以善縱筆力爲主，是固然矣。善縱筆者，必先講明篇法。……行文之法，雖盈編累牘，而其注意所在，恆不過數十百言，餘則皆從旁敲擊之法，此則地位既寬，便可控御如意，更以餘力刪其繁字冗句，仍不爽其嚴潔本體。（三〇頁）

他認爲縱筆並非雜言複沓，仍是重在嚴潔，如此方有筆力。

許恂儒《作文百法》有一法曰：「擒縱題理法」，他說：

擒縱者，如用兵然，將欲擒之，必先縱之是也。縱者放也，先將題中之義，放寬一層言之，所謂縱也。縱之於前，而擒之於後，使題理愈顯，顚撲不破，所謂擒也。將軍欲以巧勝人，盤馬彎弓故不發，此即擒縱之妙用也。學者但將題之眞義審定，先爲開放言之，然後緊入題面，發揮題中眞義，使人無可辨駁，此即一縱一擒之法也。（㈡，二六頁）

許氏之言點出了「擒」才是重點所在。

羅君籌所著之《文章筆法辨析》曾談到「縱筆」和「擒筆」。他爲縱筆下的定義是：

已穩握題要，乃故爲曲諒之詞以寬縱之，謂之縱筆。（四八八頁）

他也說明了縱筆的作用：

吾人操觚染翰，苟已揣摩題旨，探驪得珠，則反覆引申，縱橫馳驟，將何施而不可？於是用縱筆先爲開脫，然後再次緊縛之，令其說更圓，其義更顯，此所謂以曲筆取勝也。（三〇三頁）

而且羅氏還列出了一些常見的縱筆之語詞，譬如：「未嘗不」、「猶有」、「亦必且」、「固亦」、「誠」、「假令」、「豈夫」……（四八九頁），多達百餘個。這些語詞，常有助於文境之推廣，所以經常在縱筆處見到。羅氏也講到「擒筆」，他說：

繼縱筆之後，即反轉其辭意而否定之，謂之擒筆。（四九九頁）

而擒筆的作用是：

> 夫貓之捕鼠，鸇之逐雀，方其欲擒而先縱之也，逃之愈遠，則追攫之勢愈強；翔之彌高，則翻逐之情彌急。擒筆之於文亦然。其辭氣之疾徐輕重，恆視縱筆之情勢爲之。二者合拍，則文章自不平庸矣。（四九九頁）

關於縱筆和擒筆，他都舉了很多例子，以見兩者呼應之妙。

傅庚生在《中國文學欣賞舉隅》中列有「縱收與曲折」條。傅氏認爲「縱收」的原理是：

> 不縱，則不足以騁騄其情思，不足以渲染其文章；不收，則或至於蕩檢失所守，或至於縱轡迷所歸。必如萬川之水，周佈天下，而同泄於尾閭，所謂「水深則回，葉落糞本」，乃爲得之。（七三頁）

我們可以看出：不論筆觸盪得多遠，最後仍須迴入主題；這是「縱收」法最大的特色。那麼，「縱收」與「曲折」又有什麼關係呢？傅氏說：

縱收之法，複疊交錯以用之，則爲曲折。篇中有許多曲折，如雲霓來去，波瀾起伏，闌干隱現，螢火梳織，自成佳構，所謂「文似看山不喜平」也。（七六頁）

也就是說：辭章中不僅可能出現「一縱一收」的結構，還可能重複數次：「一縱一收、一縱一收……」，這樣，就形成「曲折」了。

周振甫在《文章例話》中也談了「擒縱」，他說：

辯論中欲擒故縱，主要不是要放開他，而是要抓住他。先放開，讓他把自己的意見說完，才好駁倒他。放開是爲了駁倒他。這是一方面。鷹找到了目的物，在飛下來搏擊時，先在空中盤旋，然後突然下來一擊就中，這個盤旋也像放鬆，那是爲了蓄勢。拳頭打出去時，先向後縮一下，向後縮也像放鬆，也是蓄勢。這是又一方面。（九七—九八頁）

這是針對「縱收」的內容來說的。同時，周振甫也用了極長篇幅來討論《史記·魯仲連傳》，因爲此文一再地運用擒縱手法，而且「在擒縱中構成進層，一層迫進一層」（一〇〇頁），「縱收」手法運用的成功，使此文成爲名篇。

曾忠華在《作文津梁》中也曾討論「欲擒故縱」法，他說：

> 此法猶如用兵，想要擒住敵人，先故意放（「縱」是「放」的意思）他一馬；又如刑警故意放掉從犯，以便追蹤，擒住元兇的道理是一樣的。所以「縱」的部分，是爲著增強「擒」的效果。這種筆法，宜用於兩方面均可置論的作文題，作者如欲偏重於甲方面而輕於乙，則「乙」的部分爲「縱」，「甲」的部分爲「擒」。（一四一頁）

他也強調了「縱」的作用，在於增強「擒」的效果。

魏怡在《散文鑑賞入門》中，對「欲擒故縱」法有十分深刻的探討，他也認爲「『縱』是手段，『擒』是目的」（一四三頁），並且，他更注意到了「縱」的重要：「只有『縱』得好，『縱』得有特色，才『擒』得有力，『擒』得意外，『擒』得有味。」（一四三頁）而「縱」要如何縱得有特色呢？魏氏說：

> 「縱」的方式方法也有很多。有的是借用相聲藝術中的「抖包袱」的方法來「縱」，故意把話慢慢兒岔開，行而不發，最後出其不意地著力「擒」住；有的

往往先「賣個破綻」，以造成讀者的錯覺，然後收口一「擒」；有的是在縱中帶擒，正要擒住，忽而又縱，縱縱擒擒，待將行文終結才全力擒住等等。總之，「縱」的筆墨多、變、巧，全是爲了寫出不同凡響的最後一「擒」。（一四三頁）

「擒」與「縱」配合起來，「也不限於一縱一擒，而往往是幾縱幾擒，起伏跌宕。」（一四四頁）這和傅庚生的說法是一樣的。

「縱收」法的特色是如此鮮明，成立自無問題。但是有一個問題尚待釐清，那就是「縱收」與「開合」常常混爲一談，到底它們是不是同樣的一種章法？如果不是，它們之間又有什麼差別呢？

要解決這個問題之前，我們先要弄清楚「開合」的內容。關於「開合」法的內容，至少有四種說法：

1.認爲開合法是在諸種章法之外，又兼抑揚或反正者。主此說者爲唐彪，他在《讀書作文譜》卷七中說：「蓋開闔者，乃於對待諸法中，而兼抑揚之致，或兼反正之致者是也。如賓主、擒縱、虛實、淺深諸法，皆對待者也。有對待而無抑揚反正之致，則賓主自賓主也，擒縱自擒縱也，虛實自虛實也，不可云開闔。惟對待中，兼有抑揚反正之致，譬如水之逆風，風之逆水，一往一來，激而成文，而波瀾出焉，乃眞開闔也，而惜乎其理之久晦也。」（八二頁）

2.認爲「開合格」爲律詩所特有的篇法，譬如盧學士所著的《詩解》（收錄於《詩法源流》）即說「纖腰格又名開合格」（六三頁），並舉杜甫〈秋興〉爲例：「千家山郭靜朝暉，日日江樓坐翠微。信宿漁人還泛泛，清秋燕子故飛飛。匡衡抗疏功名薄，劉向傳經心事違。同學少年多不賤，五陵衣馬自輕肥。」但他只引郅氏曰：「此詩前四句一意，後四句一意」，卻並未進一步說明前、後四句到底有何差異而造成了開合？清、劉熙載《藝概‧詩概》中也說：「律詩篇法，有上半篇開，下半篇合；有上半篇合，下半篇開。所謂半篇者，非但上四句與下四句之謂，即二句與六句、六句與二句亦各爲半篇也。」（㈡，一四頁）甚至還有以句子爲範圍來論開合者：「律詩一聯中，有以上下句論開合者；一句中，有以上下半句論開合者；惟在相篇法而知所避就焉。」（㈡，一四頁）但是，同樣地，他也沒有說這種開合是如何造成的？

3.認爲「縱收」是造成「開合」的因素之一。王葆心在《古文辭通義》中，「用筆宜知開合」之下，說：「筆尙變化，似無成法可拘。然陰陽開合，造化之機，爲文之道，亦豈外是。故雖筆之變化無常，而有一定之開合。其曰斷曰續，曰縱曰擒者，皆得統名之開合。故以一篇之開合言之，或一段反一段正，一段虛一段實，此開合之大者，則局爲之也。以一段之開合言之，或時而斷時而續，時而縱時而擒，此開合之小者，則筆爲之也。筆之所以妙者，惟在熟於開合，使斷續縱擒無不如志而已。蓋有斷與縱者，以離而遠之；有續與擒者，以收而近之，此之謂善於用筆。」（㈨，三〇頁）依王氏的說法，則反正、虛實、擒縱……都可形成開合。周振甫承接這樣的看法，在《文章例話》中表示：「先務虛，不接觸正題，就是開；務虛以後歸到正題，就是合。」（九〇頁）「不接觸正題」的寫法可以有很多種，除了前面提到過的之外，賓主、抑揚……都有可能。因此，在這裡，「縱收」頂多只可算是構成「開合」的可能情形中的一種而已。

4.認爲「開合」就是「縱收」，二者並無二致，如明·李騰芳《山居雜著》中有「文字法三十五則」，第二十二則曰「開」，它的定義是：「文字之妙，須乍近乍遠，一淺一深，說漸近了，只管說得逼窄無處轉身，又須開一步說，如行舟者，或逼近兩岸，須要撥入中流，方得縱橫自在。」（王葆心《古文辭通義》(十三)三四頁）這樣的敘述很像我們在前面討論「縱收」法時所看到的。而周明在《中國古代散文藝術》中，則乾脆將「開合」與「擒縱」合在一起說了：「開合擒縱，引人入彀……所謂縱就是聽任對方把話題宕開，或是自己提出新的話題，使談話放開一步，所以『縱』也可以稱之爲『開』。如果談話只有縱（開），則將漫無邊際，如驚馬亂奔，那是不行的。優秀的騎手，在必要時隨時能控制住奔馬，使之回到正道上來。談話也是如此，放開是爲了有新意，有生氣。放到一定的時候，時機成熟了就要收回，歸結到核心問題上來，這就是『擒』，也可稱『合』。」（三〇三頁）很明顯地，周明認爲「開合」就等於「擒縱」。

這四種看法都有人提出，但第一種看法有點不切實際，而且失之煩瑣。因爲不只是抑揚、正反兩法可與其他章法搭配，其他章法彼此之間互相配合的情況也相當常見，如「凡目」法中的「目」就常是由「虛實」、「賓主」、「正反」……等所構成的，如果有一重疊就爲之立一新名目，反而會因過於繁雜而導致混亂。第二種看法則嫌過於空泛，到底怎樣的情況才可稱爲一開一合呢？而且造成上下部分截然有別的因素有很多，統稱之爲開合，並無法點明其特質。第三種說法就合理多了，確實不只是「縱收」才會造成一開一合間的張力。但是既然反正、虛實、縱收……都已各立門戶，自成特色了，又何必再多一「開合」將它們又混合在一起呢？這樣徒然造成「見林不見樹」的曖昧不清罷了。第四種說法的問題在於「縱收」法這一名稱，既已能很有力地表達此章法的特色，那麼也就不須要再多此一舉地將「開合」這一名稱又牽扯進來。因此筆者認爲：「開合」本身即是一定義含糊的字眼，最好避免使用；若一定要使用，或看到冠以「開合」之名的結構時，就必須仔細地辨明：它的所指可能是「縱收」，也可能是其他。

2. 例　證

宋·呂東萊在《古文關鍵》中，將「縱收」法稱爲「擒縱」或「開合」。如蘇軾〈范增論〉篇腹有：「吾嘗論義帝，天下之賢主也」之語，其下並以「獨遣沛公入關」和「識卿子冠軍於稠人之中」爲例說明義帝之賢，呂祖謙在旁註云：「開」（二四五頁），「開」就是「縱」的意思，目的是將文意開拓得更廣。而後面雖未標明何處爲「合」，但察其文意，應是在「羽既矯殺卿子冠軍……不待智者而後知也」一段，因爲此段又將文義收回到羽弒義帝上，並貫注到下文「羽殺義帝、疑增之本」（呂氏語）。此外，呂氏之評在同文文末亦出現「擒縱」一詞，以爲「增年已七十……陋矣」數句是「擒」（即「收」）；「雖然，增，高帝之所畏也……增亦人傑也哉」數句是「縱」，其中「雖然」二字，已將「縱」的特質加以點明了。又如蘇軾〈秦始皇·扶蘇〉一文的中間部分，在「始皇致亂之道，在用趙高……以取必然之禍哉？」之旁。呂氏註：「說閹寺不好了，又將二箇好人來說破，又說豈可望一、二於千萬，依舊不失上意，最有開闔」（二三九頁）所謂「說閹寺不好了」，是指「始皇致亂之道，在用趙高，夫閹尹之禍，如毒藥猛獸，未有不裂肝碎首也」數句，這是「合」（即「收」）。所謂「又將二個好人來說破」，是指：「自有書契以來……此二人號稱善良」數句，這是「開」（即「縱」）；所謂：「又說豈可望一、二於千萬」，是指「豈可望一、二於千萬，以取必亡之禍哉」二句，這是「合」（即「收」），所以結果是「依舊不失上意」。一收一縱又一收，確實「最有開闔」。

金聖歎批的《才子古文讀本》中，出現了許多不同的名稱，但其所指與「縱收」無異。如《史記・燕召公世家贊》：「召公奭可謂仁矣，甘棠且思之，況其人乎。燕，北迫蠻貉，內措齊晉，崎嶇彊國之間，最爲弱小，幾滅者數矣。然社稷血食者八九百歲，於姬姓獨後亡，豈非召公之烈邪？」此文篇首一段「召公……況其人乎？」著一「況」字，就將文勢推擴出去了；所以接著「燕……數矣」一段，又將此文勢收住，評註曰：「一頓」（上，一六三頁）；隨後「然社稷……烈邪」一段，著一「然」字，再將文勢拓開，所以評註又曰：「一起」。此處之「頓」、「起」，就如同「收」、「縱」一般。而且此文形成「縱收縱」的結構，有別於一般以收作結的情形，算是很特殊的例子。又如《史記・魏豹彭越列傳贊》：「魏豹彭越，雖故賤，然已席卷千里，南面稱孤，喋血乘勝，日有聞矣。懷畔逆之意，及敗，不死，而虜囚，身被刑戮，何哉？中材已上，且羞其行，況王者乎，彼無異故，智略絕人，獨患無身耳。得攝尺寸之柄，其雲蒸龍變，欲有所會其度，以故幽囚而不辭云。」一開始「魏豹……有聞矣」是說「其先時體面如此」，等到「懷畔……況王者乎」，是將文勢收回，並且更推深一層，所以評註說：「此方是頓挫」（上，一八三頁），這是以「頓挫」來稱呼縱收所產生的效果。還有班固〈漢楚異姓諸侯王表〉，評註說：「通篇筆勢只是一伏一起」（下，三頁）「一起」是指從篇首至「以德若彼，用力如此，其艱難也」爲止，將時間拉遠至舜禹、殷周、秦之時，是「縱」；接著自「秦既稱帝」起至「是以漢亡尺土之階，繇一劍之任，五載而成帝業，書傳所記，未嘗有焉」止，此段倒入漢朝，是「收」，也就是「一伏」；並由此推出末一段：「何則？……異姓盡矣！」形成了「一縱一收」的結構。書中也用「擒縱」一詞，如路溫舒〈上尚德緩刑書〉中有一小段說：「方今天下，賴陛下恩厚，亡金革之危，飢寒之患，父子夫妻戮力安家。然太平未洽者，獄亂之也。」就在「戮力安家」之下，評註云：「略縱」；而在此段末，又評云：「急擒」（上，二一三頁）。這樣在「縱」的部分，將範圍擴至一般民生事務；而在「擒」的部分，又收回到主題——獄政上，前後自然就呼應在一起。

顧亭鑑纂輯的《學詩指南》，也提到「縱擒」。如祖詠〈望薊門〉：「燕台一去客心驚，笳鼓喧喧漢將營。萬里寒光生積雪，三邊曙色動危旌。沙場烽火侵胡月，海畔雲山擁薊城。少小雖非投筆吏，論功還欲請長纓。」總評曰：「末聯一縱一擒，於收句結出主意。」（一二八頁）其中「少小雖非投筆吏」句，似乎將詩意拉得與主題更遠，所以是「縱」；但末句畢竟兜回主題之上，所以是「擒」。又如杜甫〈客至〉：「舍南舍北皆春水，但見群鷗日日來。花徑不曾緣客掃，蓬門今始爲君開。盤飧市遠無兼味，樽酒家貧只舊醅。肯與鄰翁相對飲，隔籬呼取盡餘杯。」其頷聯之下有評云：「二句正寫客主」（一三〇頁），又說「上句一縱，下句一擒」。這是因爲「花徑不曾緣客掃」，似乎與「客至」相悖，因此是「縱」；而「蓬門今始爲君開」則拍合「客至」，因此是「擒」。

有時吳闓生在《桐城吳氏古文法》中，不說是「擒縱」，而說是「提振」、「跌宕」。如在司馬遷〈報任安書〉中，對「鄉者亦嘗廁下大夫之列」一句，吳氏評：「再提、再振」（五四頁），其實這「提振」的部分應該還包括了「陪奉外廷末議，不以此時引維綱，盡思慮」數句；而底下「今已虧形爲掃除之隸……羞當世之士邪」一段，吳氏云：「跌宕悲憤，至是已極」。此處之「提」、「振」就是「縱」，「跌宕」就是「收」。由於司馬遷在這裡運用今昔上的對比和情勢上的對比，一縱一收，所以形成極大的感人力量。還有此文另有一處也形成「縱收」的結構，而且籠罩範圍頗大。那是從「僕之先人，非有剖符丹書之功」開始，一直到「且夫臧獲婢妾，猶能引決，況若僕之不得已乎？」爲止，其中一再極言自身受辱而不死，所以吳氏在「及已至是言不辱者，所謂強顏耳，曷足貴乎」之下，評：「此皆所以自明其不死之詞」（五七頁）；再在「且人不能蚤自裁繩墨之外」下，評：「仍不落下，尚自盤旋頓挫，言之不足，故長言之，長言之不足，故詠嘆以出之，雄極厚極」；又在「且勇者不必死節」之下，評：「橫空再振」；最後在「況若僕之不得已乎？」之下，評：「看其千迴萬轉，將落復振，不肯輕下，跌宕悲憤，酣暢淋漓，直到至盡至極處，獲能憑空反掉，然後頓出下文」。作者正在此文勢極致之時，特以「所以隱忍苟活，函糞土之中而不辭者，恨私心有所不盡，鄙沒世而文采不表於後世也」數句收之，實有狂瀾力挽之勢，將「縱收」的妙處可謂發揮得淋漓盡致，所以吳氏評云：「此全篇歸宿所在。看其通身神力，逗出此句，特用嚴重長句頓而出之。」

吳闓生評選的《古今詩範》，也有多首詩運用到縱收法。而韓愈〈送僧澄觀〉則是由數縱數收所構成：「浮屠西來何施爲，擾擾四海爭奔馳。構樓架閣切星漢，誇雄鬥麗止者誰。僧伽後出淮泗上，勢到衆佛尤恢奇。越商胡賈脫身罪，珪璧滿船寧計資。清淮無波平如席，欄柱傾扶半天赤。火燒水轉掃地空，突兀便高三百尺。影沈潭底龍驚遁，當晝無雲跨虛碧。借問經營本何人，道人澄觀名籍籍。愈昔從軍大梁下，往來滿屋賢豪者。皆言澄觀雖僧徒，公才吏用當今無。後從徐州辟書至，紛紛過客何由記。人言澄觀乃詩人，一坐競吟詩句新。向風長歎不可見，我欲收斂加冠巾。洛陽窮秋厭窮獨，丁丁啄門如啄木。有僧來訪呼使前，伏犀插腦高頰權。惜哉已老無所及，坐睨神骨空潸然。臨淮太守初到郡，遠遣州民送音問。好奇賞俊直難逢，去去爲致思從容。」首先從首句至「當晝無雲跨虛碧」，都是「縱」的部分，極力鋪敘澄觀聲勢之浩大；接著的二句：「借問經營本何人？道人澄觀名籍籍」，才是「倒落」（一三八頁）到主題上，所以吳氏說：「前半來勢極遠，千迴百轉，止爲頓出此人名字」。接著以「愈昔從軍大梁下，往來滿屋賢豪者」二句，將時間拉回至從前，吳氏說：「才落又開」，此為「二縱」；其下二句「皆言……今無」，是「處處倒煞」，又落回本題，是「二收」。接著「後從……由記」將地點推至外地，是「又開」；後二句「人言……句新」又回到澄觀身上，此為「三縱三收」。隨後的「向風……窮獨」三句，是「才落又開」，極寫已欽慕之情；「丁丁……湝然」，則是寫澄觀來訪之事，形成「四縱四收」。最後的「臨淮……難逢」三句是「再開」，末一句則是「薦此僧到彼，為一篇主意，至末始露」，這是「五縱五收」，至此方功德圓滿，所以吳氏說：「倒轉逆攝之妙，此章盡之矣。」又如孟浩然〈傷峴山雲表上人〉：「少小學書劍，秦吳多歲年。歸來一登眺，陵谷尚依然。豈意餐霞客，忽隨朝露先。因之問閭里，把臂幾人全。」吳氏在首句之下評：「開拓」（二〇二頁），其實這還應包括第二句，因為此二句將時間拉向往昔，使詩境展開，至第三句「歸來一登眺」，才又回到目前。而在第四句下，吳氏又評：「再開」，因為此處的空間又擴大了，到了第五句才是「合」（應包含第六句），亦即縮回到雲表上人身上。至於第七句「因之問閭里」，則是「再開」（應包括末句），又將筆意縱向鄉里之中，不再侷限於一人身上。所以此詩的結構是「縱、收、縱、收、縱」，十分特別。

　　林紓《韓柳文研究法》一書中，認為韓愈〈退鱷魚文〉，也用到了「縱收」法，他說：「嚮與及門高生，論鱷魚文。最有工夫，在能用兩況字。『況潮嶺海之間，去京師萬里哉』，是爲鱷魚出脫，歸罪後王之棄地，故不敢責鱷魚之涵淹卵育。『況禹跡所揜揚州之近地』，以牛女分野，潮陽亦屬揚州，且天子有命，刺史有責，其勢萬不足以容鱷魚。兩況字，一縱一收，卻用得十分有力。」（五四頁）前一「況」字是「縱」，有推擴開展之意；其實不只是「況」字，「且夫」、「而且」、「譬若」……等詞，常常也會產生一樣的作用。但後一「況」字則剛好相反，是作收束之用，因此形成了一縱一收的結構，並導出「鱷魚其不可與刺史雜處其土也」的結論。

綜上所述，我們可以看出：縱收法運用在辭章中，可以是一縱一收，也可以是數次縱收翻騰而下。這兩種情形都極常見，例子甚夥。而其中絕大部分都是以「收」作結，以迴入本旨。但也有一些特殊的例子是形成「縱、收、縱」或「縱、收、縱、收、縱……」的結構，如《古文關鍵》中的〈范增論〉、《才子古文讀本》中的《史記·燕召公世家贊》、《古今詩範》中的〈傷峴山雲表上人〉……等，這樣的作法除了使辭章的前幅具有氣勢之外，末尾的一放，更增添一分灑脫的韻致。

(十)因果

1. 理論

「因爲……所以……」的構句方式是十分常見的，在「基礎」的聯貫中就曾提到。但如果它的範圍由字句擴大到篇章，它的聯貫方式也不僅限於字詞，那麼，就形成了一種藝術的聯貫方式——因果法。

王葆心《古文辭通義》在「記事文法之比較」中，記載了《朱氏文通》引自宋・陳騤《文則》的說法：

> 《左氏傳》欲載晉靈公厚斂彫牆，必先言晉靈公不君；《公羊傳》欲載楚靈王作乾谿臺，必先言靈王爲無道；〈中庸〉欲言舜好問，亦先曰舜其大知也歟；《孟子》欲言梁惠王所愛所不愛，亦先曰不仁哉梁惠王也。此紀事文之先事而斷以起事者。（卷十，三頁）

所謂的「起事者」，顧名思義，是「引起事情者」，配合所舉之例來看，應可理解爲「因果」關係中之「因」；所以「先事而斷以起事者」，就是在敍述整件事實之前，先將這件事實的「因」講出來，是「由因及果」的寫法。其次一則爲：

> 《左氏傳》載晉文公教民而用，卒言之曰：一戰而霸，文之教也；又載晉悼公賜魏絳和戎樂，卒言之曰：魏絳如是有金石之樂禮也。此紀事文之後事而斷以盡事者。（卷十，三—四頁）

與前文對照來看，所謂的「盡事者」應是指事情發展完畢之後的結果，因此這樣的寫法是「由果推因」的。所以這兩段文字分別展示運用「因果」法的二種方式：「因—果」和「果—因」。

唐彪的《讀書作文譜》在講「文章諸法」時，提出一條法則：「推原」，他說：

> 推原者，或從後面而推原其來歷，或因行事而推原其用心，或因疑似而推原其所以然，三者皆理有所不容已也，故文中往往用之，且有通篇用此法者。（八六—八七頁）

這和我們在前面所講的「由果推因」是一樣的，而唐彪把這個「因」分成三大類，也確實是在實際創作中常碰到的情形。

來裕恂之《漢文典》也列出一則「推原法」，他的說法是：

推原法者，推本題之原理，而發議論也。如蘇軾〈荀卿論〉，推出李斯之禍；〈韓非論〉推本老莊之禍。〈荀卿論〉將聖人之道，透出一段於中。〈韓非論〉將孔子之言發一段于前。（二二五頁）

由「推原」二字，可看出必定具有因果關係；落實到文章上時，遂成爲「果——因」式。如〈荀卿論〉是先說出結果：「昔者嘗怪李斯師荀卿，既而焚滅其書，盡變古先聖王之法，於是師之道，不啻若寇讎」，然後再推求其成因：「及今觀荀卿之書，然後知李斯之所以事秦者，皆出於荀卿而不足怪也。荀卿者，喜爲異說而不讓，敢爲高論而不顧者也，其言愚人之所驚、小人之所喜也……」，所以是「果——因」式結構。而〈韓非論〉前半部爲「果」：「聖人所爲……老聃莊周之使然」；從「何者？」開始直到最後，是推求其原因，也是形成「果——因」式結構。

曹冕的《修辭學》也提及「因果」法。他在講「記戰事」的方法時，列出「因果」一法，說：

戰之勝敗，必有其致此之因，與由此而生之果，此敍戰者所宜知也。凡與勝敗無因果之關係者，雖大事可從略，而與勝敗有因果之關係者，雖小事必詳。（二〇九頁）

其次，曹冕在討論「論辨文」時，曾講到「歸納推理」，並因此講到歸納推理中之一種——「因果推理」。他說：

因果推理乃歸納推理之一種。宇宙所有現象或事實。並非偶然而生，必有其所以然之理；理一則現象事實亦一，原因同則結果亦同，論理學家謂之因果律。吾人據因果律，以求事物所以然之理，其推論自健全可靠。但所謂因果之關係，必應爲常然又必然者，合於萬有齊一之律，方能生出斷定。（二五五頁）

此段話值得注意的地方，除了因果律的形成之外，就是「因果推理乃歸納推理之一種」的說法。我們在談「凡目」法時，曾說到歸納法就是「先目後凡」格；這麼一來，「因——果」式和「先目後凡」格之間的關係到底是如何呢？簡單地說，「因——果」式和「先目後凡」格就像彼此有交集的兩個集合；這交集的部分就是：凡是「因——果」式之「因」

可以條分爲若干項時，這樣的情形就同時屬於「因——果」式和「先目後凡」格。依此類推，則「果——因」式之「因」可以條分爲若干項時，這樣的情形也同時屬於「果——因」式和「先目後凡」格。

周明的《中國古代散文藝術》在探討「議論辯駁類散文的論證方式」（二五〇頁）時，列有「證明式論證」和「歸結式論證」兩種。前者的定義是：

> 證明式論證的基本特點是論點先出，此論點是作者對問題提出的看法或主張，其眞理性尚未得到證明，有待於作者用論據加以證明。從因果關係上看，是由果求因。（二五一頁）

他還說：「證明式論證在古代論說散文中出現最早」（二五二頁），並舉《尚書・無逸》爲例。而「歸結式論證」是：

> 先述論據（因），後出論點（果）。（二五六頁）

而且它的組織形式有兩種：其一是：「簡單羅列式：論據的各項材料性質相同，在陳述了若干論據之後，即概括歸結出結論，即論點。」（二五六頁）其二是：「向前推進式：論據的各項材料並非平列，而是有前後承接、推進的關係，或是通過駁詰，步步向前推進，在說理深入的基礎上得出結論。」（二五八頁）可見第二種是標準的「因——果」式，而第一種也是「因——果」式，但它同時也可以屬於「先目後凡」格。

兩種章法，甚至兩種規律之間，難免會有重疊的部分，我們既已解釋了爲何要將「因果」法由秩序律中獨立出來；也釐清了「因果」法和「凡目」法之間的關係，則「因果」法的特質應該是非常清楚的了。

2. 例　證

楊仲弘的《杜律心法》中，選析了數十首杜詩，其中也有運用「因果」法的。其中形成「因——果」式結構的有〈恨別〉：「洛城一別四千里，胡騎長驅五六年。草木變衰行劍外，兵戈阻絕老江邊。思家步月清宵立，憶弟看雲白日眠。聞道河陽近乘勝，司徒急爲破幽燕。」楊氏在首聯之下引王氏的說法：「上句起三聯別之之實；下句起二聯別之之由」（二二〇頁），所以二聯與三聯的關係是屬「因——果」式。另有形成「果——因」式結構者，如〈題張氏隱居〉：「春山無伴獨相求，伐木丁丁山更幽。澗道餘寒歷冰雪，石門斜日到林邱。不貪夜識金銀氣，遠害朝看麋鹿遊。乘興杳然迷出處，對君疑是泛虛舟。」楊氏在首聯之下評云：「此詩前四句一意，言隱居之景物也。」（二二二頁）又在第三聯之下評云：「此隱居之由也」，所以此詩在前四句先寫結果，再在第五六句交代原因。

金聖歎批的《才子古文讀本》中，也有一些運用「因果」法的例子。其中有形成「因——果」式結構者，如《史記·呂后本紀贊》：「孝惠皇帝高后之時，黎民得離戰國之苦，君臣俱欲休息乎無爲。故惠帝垂拱，高后女主稱制，政不出房户，天下晏然。刑罰罕用，罪人是希，民務稼穡，衣食滋殖。」此文採取了「先因後果」的結構來寫，即「孝惠……無爲」一段是「因」，「故惠帝……滋植」一段是「果」；但其總評卻說：「（此文）卻是倒裝筆法。若順寫之，應云：『孝惠高后之時，刑罰希，民茲殖，彼不出房戶而致此者，以黎民新離戰苦，甚欲休息也。』」（上，一六一頁），它所謂的「順寫」是「由果溯因」；所謂的「倒裝」是「由因及果」，與我們通常的說法是不太一樣的。此外，採用「果——因」式結構的也有數篇，如《史記·季布欒布列傳贊》：「以項羽之氣，而季布以勇顯於楚，身屨典軍搴旗者數矣，可謂壯士。然被刑戮，爲人奴，而不死，何其下也。彼必自負其材，故受辱而不羞，欲有所用其未足也，故終爲漢名將，賢者誠重其死。夫婢妾賤人，感慨而自殺者，非能勇也，其計畫無復之耳。欒布哭彭越、趣湯如歸者，彼誠知所處，不自重其死，雖往古烈士，何以加哉？」這一節文字也可以分成兩部分來看：「以項羽……復之耳」爲一段，寫季布；「欒布……加哉」爲一段，寫欒布。寫季布時，用的是「由果溯因」的方式，即「以項羽……其下也」一段是「果」，所以評註說：「故作罵筆，下更屈曲與之申白」（上，一八六頁）；而「彼必……復之耳」一段即是「申白」之語，是「因」。寫欒布也是如此：「欒布……如歸者」一段，是「果」；「彼誠知……加哉」一段，是「因」。所以司馬遷寫此二人，雖然是一人「自重其死」、一人「不自重其死」，但其手法都是一樣的。

林景亮《評註古文讀本》中，也有多篇文章是運用了「因果」法的，而其中形成「因——果」式結構的，有疏廣〈答勸買田宅〉一文：「吾豈老誖，不念子孫哉？顧自有舊田盧，令子孫勤力其中，足以共衣食，與凡人齊。今復增益之，以爲贏餘，但教子孫怠墮耳。賢而多財，則損其志；愚而多財，則益其過。且夫富者，衆之怨也。吾既亡以教化子孫，不欲益其過而生怨，又此金者，聖主所以惠養老臣也，故樂與鄉黨宗族共饗其賜，以盡吾餘日，不亦可乎。」林氏說：「將所以不買田宅之故，層層疏舉，是爲層疊法。」（二三六頁）又說：「此文分之爲五小層……『顧』字四句先說舊田盧，立意尚淺。『今』字至『生怨』分兩層說：一寫增過，一寫生怨，復用『吾既』二語以結上兩層，故此意較深於前。『又』字以下，再申說此金之作用。」由此可以看出，此文層層推進，終於發展出「與鄉黨宗族共饗其賜」的結果；所謂的「層疊法」，在這裡造成「由因及果」

的作用。另外，書中也有「由果溯因」的文章，如馬援〈誡兄子嚴敦書〉的後半部分，也採同樣的寫法。林氏說：「自『龍伯高』以下爲第三段。此段雙舉龍、杜，分二層寫；一層極言伯高之可效，一層極言季良之不可效。『訖今』以下，特再申明杜季良所以不可效之故，蓋誡之意本注重於此。」（一九一頁）這段話說明了：前面「雙舉龍、杜」的部分是「果」，後面才道出杜季良不可效的原因，先果而後因，兩相呼應。

喻守眞的《唐詩三百首詳析》，自然也少不了「因果」法的運用例子。有些是「由因及果」的，如孟浩然〈歲暮歸南山〉：「**北闕休上書，南山歸敝廬。不才明主棄，多病故人疏。白髮催年老，青陽逼歲除！永懷愁不寐，松月夜窗虛。**」喻氏說：「起首兩聯的句法，都是因果句法。因北闕不能上書，所以只可歸南山的敝廬·又因自己的不才，所以主上雖明，亦遭放逐。因自己多病懶散，不善奔走，所以就是知交的故友，也就日漸疏遠了。」（一六七頁）也就是說一、二句之間互爲因果；三、四句則是各自成立因果關係。另外還有「由果溯因」的例子，如王維〈秋夜曲〉：「**桂魄初生秋露微，輕羅已薄未更衣。銀箏夜久殷勤弄，心怯空房不忍歸。**」喻氏對此有很細膩的分析：「首次兩句是寫秋夜，涼意盎然。細味『初』、『已』、『未』三字，都有層次時間關係。三句再用『久』字，見得夜深了，正可去睡，還是殷勤弄箏，究爲何事？四句答以『心怯空房』，故『不忍歸』。」（三二八—三二九頁）這首詩特別之處，不僅在於前三句爲「果」，第四句爲

「因」，形成一個「果——因」結構；而且第四句本身又構成一個「因——果」結構，相當巧妙。

二、屬於材料者

㈠理論

篇章中當然須要運用材料以達意；經過仔細揀擇之後的材料，再予以匠心的安排，以組成一個嚴密的整體，使彼此間相互照應。這是篇章之所以能一呼百應、融會貫通的很重要的因素。

劉勰《文心雕龍・章句》篇說：

> 啓行之辭，逆萌中篇之意；絕筆之言，追媵前句之旨；故能外文綺交，內義脈注，跗萼相銜，首尾一體。

前四句就在講篇章內容彼此呼應的情形，然後才能達到「外文綺交、內義脈注」的效果。另外，《文心雕龍》還有〈事類〉篇，專事討論爲文運材的道理。它一開始即說：

> 事類者，蓋文章之外，據事以類義，援古以證今者也。

王更生的解釋是：「所謂事類，就是在從事創作時，除了注意文辭、章法以外，還要『引據各種事物，來比類義理，援用往古舊聞，來驗證當今實況』的一種寫作技巧啊！」（《文心雕龍讀本》下篇，一七九頁）他在這裡，就已爲材料大致作了一個分類了。

陳善的《捫蝨新語》中，由桓溫的一段話，引發出對於文章聯絡的思考：

> 桓溫見八陣圖，曰：此常山蛇勢也，擊其首則尾應，擊其尾則首應，擊其中則首尾俱應。予謂則非特兵法，亦文章法也。文章亦要婉轉回復，首尾相應，乃爲盡善。（《古文辭通義》卷十一，三頁）

「常山蛇勢」是一個很著名的譬喻，用來說明文章的聯絡，是再恰當也不過了。

歸有光的《文章指南》中，分別列有「前後相應則」和「文勢如擊蛇」則，討論到文章內容的聯絡。「前後相應則」的說法是：

凡文章前立數柱議論，後宜鋪應，或意思未盡，雖再三亦可，只要轉換得好，如此非惟見文字有情，而章法亦覺齊整。近時論體類用此法，如魯共公〈酒味色論〉、宋潛溪〈六經論〉可以爲式，宋潛溪〈七儒解〉、王明陽〈尊經閣記〉二篇於論體尤切，宋臣考卷論多本於此。

例如宋濂〈六經論〉在文中三次提到六經，都由不同的方面分別闡述這六種經典。又如〈七儒解〉，首段將儒分爲七種，而在其後作兩次呼應，一是釋名，一是舉例。這些都造成了前後相應的結果。另外「文勢如擊蛇」則是：

救首救尾，段段有力，是謂擊蛇勢也。如韓退之〈師說〉似之。

此即首尾相應。李扶九《古文筆法百篇》在評〈師說〉時，眉批云：「此有『術業』一應前提『受業』，不落空。」（二一三頁）這就是首尾相應的情形。

明、李騰芳《山居雜著》中的「文字法三十五則」，其第三十三則曰「抱」，定義是：

此法一謂之「應」，一謂之「收」，文字中最多，不可枚舉也。第一要回顧有情。（《古文辭通義》卷十二，三七頁）

他是指文章在後半幅時，對前半幅的內容要有所回應。

楊載在《詩法家數》中也說：

詩要首尾相應，見人中間一聯，儘有奇特，全篇湊合，如出二手，便不成家數，此一句一字，必須著意聯合也。大概要沉著痛快，優游不迫而已。（《詩論分類纂要》，一二頁）

他也強調首尾相應，並且注意到中幅也不能予人突兀之感。

王葆心《古文辭通義》中，引魏叔子的話說：

文字首尾照應之法，有明明繳應起處者，有竟不顧者，有若無意牽動者，有反罵破通篇大意、實是照應收拾者，不明變化，則千篇一律，而文亦易入板俗矣。（卷十一，三頁）

這當中的第一、三種都是我們常見的首尾相應方式，第四種應是主旨見於篇末的情形，至於第二種，則大概是指結尾宕開、餘意悠然不盡的一種方式。

唐彪在《讀書作文譜》中也談及「照應」，他說：

照應之理，以時藝言之，起講與一二股，俱可用意照後，五六七八與繳股，俱可用意應前，即中幅亦可應前照後，無定式可拘也。（八七頁）

也就是說前、中、後皆可相互呼應。他又列有「預伏」一法：

有預伏法，如一篇文中所載，不止一事與一意，或此一事一意，不能於篇首即見，而見於中幅，或見於後幅。作者恐後突然而出，嫌於無根，則於篇首預伏一二句以爲張本，則中後文章皆有脈絡。故〈鄢陵之戰〉篇，預伏「姚句耳與往」句，〈公出奔次於陽州〉篇，預伏「叔孫、昭子如闞」句是也。汪武曹論時藝上下兩截題，作上句必須預伏下句意，則發下句易爲力也。其他題應用伏法者，可以類推。（九一頁）

這是將文章內容如何形成聯絡的方法，說得更明白而實際。

汪堯峰〈與陳靄公論文書〉中，用了一個譬喻說明文章如何聯絡：

> 應者何？應其所伏也。且伏筆茍使人知，亦不稱妙，無意閑過，當是閒筆，後經點眼，才知是有用者。武林九溪十八澗之水，何嘗一派現出溪光，偶經一處，駭爲明漪絕底，然實不知泉脈之所自來，及見細草紆綿中，根下伏流，靜細無聲，方覺前溪實與此溪相續。

伏、應的靈動多變，由此喻中可以充分展現。

李佳《左庵詞話》認爲：

> 制一詞，須布置停勻，血脈貫穿。過片不可斷意，如常山蛇，首尾相應爲佳。
> （《近代文論類編》二〇一頁）

可見得詞也須要講求照應。

林紓《畏廬論文》在談到「筋脈」時，曾引魏叔子之語，並加以闡發：

魏叔子之論文法，析而爲四：曰伏、曰應、曰斷、曰續，此語的是論古文，不是論時文。伏處不必即應，斷處亦不必即續，此要訣也。一篇之文，使人知阨要喫緊在于何處，當于起手時，在有意無意中，閒閒著他一筆，使人不覺。故大家之文阨要喫緊處，人人知之；而閒閒伏筆處，或不之知；即應處不必緊隨伏處，續處不必緊隨斷處也。（二七頁）

這段議論十分精闢，另外他又特列一題曰「用伏筆」：

行文有伏筆，猶行軍之設覆，顧行軍設覆，敵苟知兵者，必巧避不犯我之覆中，若行文之伏筆，則備後來之必應者也。故用伏筆須在人不著意處，又當知此不是贅筆才佳。……善于文者，一題到手，預將全篇謀過，一一審定其營壘陣法等，是一番言論，必先安頓埋伏在要處，下一關鍵到發明時，即可收爲根據，故明眼者，須解得一箇藏字訣，欲注射彼處，先在此處著眼，以備接應。……然說到藏字即可語行文不能無伏筆，亦惟善伏者，始得後來之顯豁，蓋一脈陰引而下，不

必在在求顯，東雲出鱗，西雲露爪，使人捫捉，亦足見文心之幻。（五一—五二頁）

這將文章此呼彼應的聯絡效果表達得淋漓盡致。

來裕恂《漢文典》中對此亦有所闡發，例如他列有「照應法」，說：

照應者，立言于前，必有以應之。如蘇軾〈赤壁賦〉「風」、「月」二字，通篇照應。《國策・魯共王擇言》「酒亡其國」，「味亡其國」，「色亡其國」，「高台陂池亡其國」。下應以「主君之酒」，「主君之味」，「左白台而右閭須」，「前夾林而後蘭台」。文法何等緊醒。

第一個例子是一路照應，第二個例子是前呼後應。他也談及首尾相應，不過他稱之爲「應結」：

應結者，應起處以歸一線也。歐陽修〈五代史宦者傳論〉：「自古宦者亂人之國，其源深于女禍。女，色而已；宦者之害，非一端也。」結處應之云：「夫女色之惑，不幸而不悟，則禍斯及矣。使其一悟，捽而去之可也；宦者之爲禍，雖欲悔悟，而勢有不得而去也。——唐昭宗之事是已。故曰，深于女禍者，謂此也，可不戒哉？」（二一九頁）

這確是藝術聯絡中有關內容材料的一種聯絡方式。

王德春主編的《修辭學辭典》，談到「照應」時，是這樣說的：「常見的照應方法有：1.結尾與開頭照應；2.在行文中前後照應；3.內容與題目照應。」（二一六頁）他說得簡單而清楚。

陳滿銘在《國文教學論叢》中，將藝術的聯絡分爲「局部性的前呼後應」與「整體性的一路照應」，他說：

> 前呼後應：這是就前後局部材料或思想情意的一種呼應而言。……一路照應：這是就全篇思想情意或材料的一種照應而言。（四二七—四三七頁）

他又有一篇文章〈談詞章的義蘊與運材之關係〉，他說：「詞章的義蘊是抽象的，而所運用的材料是具體的。運用具體的材料來表出抽象的義蘊，才能使詞章發揮它最大的說服力與感染力。」（《國文天地》十卷六期，四四頁）他並且將材料分爲「事」與「物」兩大類，他認爲「事材」是：「所謂的『事』，可以是事實，也可以出自杜撰。以事實來說，又以過去的事實被運用得最多，而所謂『過去的事實』，則大都爲典故。……至於出自杜撰的，以寓言爲最常見。」（四五－四六頁）而「物材」是：「除了運『事』爲材以呈顯詞章義蘊之外，許多的詞章家也喜歡以『物』爲材來表情達意。『物』本來是沒有情感的，而詞章家卻偏偏賦予它們情感，使『物』產生了意象，和自己內在的情感結合在一起，達於情景交融的境界，所以王國維說：『一切景語皆情語。』（《人間詞話》），是說得一點也沒錯的。」（四七頁）他說得十分仔細而明白。

總而言之，我們歸納各家說法，可將呼應的方式分爲「首尾呼應」和「前後呼應」兩種；並且又可區分爲事材與事材的呼應，以及物材與物材的呼應。至於文題相應，因爲題目不屬於文章結構包容的範圍之中，所以略去不提。而一路照應則顯然應歸入統一律中。

(二)例　證

1. 事　語

⑴前後呼應者

運用事材，使其前呼後應、造成聯絡的情形十分普遍，可說是不勝枚舉，我們可以看一些例子，以明白它被運用的情況。

呂東萊的《古文關鍵》即已注意及此，如柳宗元〈晉文公問守原議〉的首段：「晉文公既受原於王，難其守，問寺人勃鞮，以畀趙衰。余謂守原，政之大者也，所以承天子，樹霸功，致命諸侯，不宜謀及媟近，以忝王命。而晉君擇大任不公議於朝，而私議於宮，不博謀於卿相，而獨謀於寺人，雖或衰之賢，足以守國之政，不爲敗，而賊賢失政之端，由是滋矣。」此段即與後段彼此呼應。如後文有「況當時不乏謀議之臣乎」句，呂氏評：「亦應『卿相』（按：即『不博謀於卿相』）」（七四頁）；又有「乃卒定於內豎」句，呂氏評：「與『媟近』（按：即『不宜謀及媟近』）相應」；文中尚有「且晉君將襲齊桓之業，以翼天子，乃大志也」三句，呂氏評：「與『政之大者』（按：即『余謂：守原政之大者也』）」相應；所以這些是屬局部性前呼後應的情形。又如韓愈〈送文暢師序〉在篇腹云：「如吾徒者，宜當告之以二帝三王之道」，呂氏評：「應後」（七一頁），果然數句之後，有「不當又爲浮屠之說而瀆告之也」一句，呂氏評：「應前」，可見形成前後一呼一應的形式。除此之外，尚有一處也是如此，即「民之初生，固若禽獸夷狄」二句，呂氏評「應後」，而後云：「夫鳥俛而啄……夫獸深居而簡出……弱之肉，彊之食」，呂氏評：「應」、「應前」，所以也形成了前呼後應的關係。

《詩宗正法眼藏》（收於《詩學指南》）一書，曾評析杜甫的〈昭君墓〉：「群山萬壑赴荊門，生長明妃尚有村。一去紫台連朔漠，獨留青塚向黃昏。畫圖省識春風面，環珮空歸月夜魂。千載琵琶解胡語，分明哀怨曲中論。」就在第二聯之下有評云：「上句起第三聯上句，下句起第三聯下句」（二六頁）；而在第三聯之下又有註語說：「上句承二聯上句，而言明妃去矣，惟見畫圖；下句承二聯下句，而言明妃死矣，惟於月下想其魂之歸也。惟其去紫台，所以有畫圖可省；惟其有青塚，所以歸夜月之魂，交互曲折，各盡其妙。」這段註語充分地說明了事材之間彼此呼應所造成的效果。

過商侯的《古文評註全集》也注意到前後照應的問題。例如孔稚珪〈北山移文〉在前面說：「或先貞而後黷，何其謬哉？」而後面則有一段說：「其始至也，將欲排巢父，拉許由，傲百氏，蔑王侯。風情張日，霜氣橫秋。或歎幽人長往，或怨王孫不游。談空空於釋部，覈玄玄於道流。務光何足比，涓子不能儔。」在此，過商侯眉批云：「此段寫假容江皐之狀，謂顒之初志如此，應上『先貞』二字」（四三四頁），這就是說在此運用事材以渲染上文「先貞」二字，使上下文呼應在一起。又如《史記·滑稽列傳》在前面埋下「齊威王喜隱，好爲淫樂長夜之飲」的線索，在後面以淳于髡「臣飲一斗亦醉、一石亦醉」的隱語，來作爲呼應，十分巧妙，所以過商侯曰：「故史公次序法，只把『好爲淫樂長夜之飲』一句，提出在前，爲通篇眼目，至其錯綜點次，寫得酒有酒情，飲有飲趣，自一斗到六斗，各以『徑醉矣』三字收得妙，隱然胸中尙有主張；直到得杯盤狼籍，酒闌人散，樂則樂矣，然樂極而悲，反無餘趣，已隱隱逼著威王，所謂談言微中，果如是也。」（三六二頁）所以「喜隱」和「好爲淫樂長夜之飲」兩事，都在後面有所照應，使前後文聯絡成一體。

吳闓生《古今詩範》中的許多詩篇，也注意到前後必須照應的作詩原則，如長篇五古〈孔雀東南飛〉，前面有一句「黃泉共爲友」，註語云：「伏後」（九頁），這是說此句爲兩人殉情的結局埋下了伏筆；而中間描述蘭芝不得已答應再婚之後的反應是「阿女默無聲，手巾掩口啼」，註語亦云：「逆映後事」（一二頁），同樣地，這也遙遙照應了詩末殉情的那段詩句：「新婦入青廬，奄奄黃昏後，寂寂人定初。我命絕今日，魂去尸長留。攬裙脫絲履，舉身赴清池。府吏聞此事，心知長別離。徘徊庭樹下，自挂東南枝。」又如杜甫〈送路六侍御入朝〉：「童稚情親四十年，中間消息兩茫然，更爲後會知何地，忽漫相逢是別筵。不分桃花紅勝錦，生憎柳絮白於綿。劍南春色還無賴，觸忤愁人到酒邊。」他評道：「第四句一露別筵，旋即撇開，至末始倒煞『酒邊愁人』等字，神光離合，極排闔縱橫之妙」（二二八頁），可見此詩照應得十分巧妙。

李扶九的《古文筆法百篇》中，對前呼後應有很多精采的發現。首如曹植〈與吳質書〉的後半部分，由稱賞吳質的文章，以帶出音樂說：「得所來訊，文采委曲……夫君子而不知音樂，古之達論謂之通而蔽」，李氏引林西仲評曰：「中段因季重來訊文詞之佳，轉入諸賢著作之可貴，應令誦詠譜之音樂」（一九二頁）；而引出音樂的目的是爲了帶出吳質所在地——朝歌：「墨翟不好技，何爲過朝歌而回車乎？足下好技，而正值墨氏回車之縣，想足下助我張目也。」所以眉批云：「由文章而及音樂，爲下朝歌生情。」可見其彼此間隱相呼應的關係。又如周敦頤〈愛蓮說〉有「予獨愛蓮之出淤泥而不染，濯清漣而不妖，中通外直，不蔓不支，香遠益清，亭亭淨植，可遠觀而不可褻玩焉」等句，眉批云：「七句爲『君子』二字伏根」（一二九頁），所以後面有「蓮，花之君子者也」的論斷，也就十分自然了。

陳滿銘在〈談詞章聯絡照應的幾種技巧〉一文（收於《國文教學論叢》）中，舉了好些例子，以說明前呼後應的情形，其中有一首詞是韋莊的〈菩薩蠻〉：「人人盡說江南好，遊人只合江南老。春水碧於天，畫船聽雨眠。　壚邊人似月，皓腕凝霜雪。未老莫還鄉，還鄉須斷腸。」他說：「首闋就呼應來說……也分爲兩組：一是以起句『人人盡說江南好』先呼，而以『春水碧於天』四句回應；一是以次句『遊人只合江南老』先呼，而以結二句回應。這樣，經由抽象（虛）與具體（實）作先後的呼應，作者便將他那有家歸

不得，必須終老江南的悲哀，巧妙的抒發出來了。」（四三九頁）

(2)首尾呼應者

文章一開始即埋入伏筆，在結尾時又予以回抱，會使文章有首尾圓合的效果。

呂東萊《古文關鍵》中首尾呼應的例子有蘇軾〈荀卿論〉，此文一開始就說：「嘗讀〈孔子世家〉……」，而篇末數句又說：「孔孟之論未嘗異也……則尚安以求異爲哉？」所以呂氏云：「頭使孔子起，後仍舊使孔子結，又見文字不苟，亦自相應」（二一一頁），其實這就是「首尾相應」的意思。還有〈景帝論〉在篇末引一例證云：「蓋昔者高祖求傅如意者而不可得，得一周昌，能強項面折，而高祖遂以趙委之。夫昌之不能脫如意於死，其勢蓋有所迫，而所以任昌者，固相危弱之道也。」這呼應了篇首的立論：「古之知人者，不觀其形而察其情，得其妙而遺其似」，所以呂氏在篇末評：「首尾救護處」（三一一頁）。

范德機的《詩格》（收於《詩學指南》）曾評析杜甫的〈答群公屬和〉：「草玄山巷少塵埃，丞相清晨送馬來。初入塞垣銜玉勒，忽行山徑破蒼苔。尋花緩轡逶迤去，帶月輕鞭蹀躞回。不與王侯與詞容，知輕富貴重清才。」註語云：「起、結二句，皆美丞相好士也」（二四四頁），這顯然就是首尾相應的形式。

林雲銘的《古文析義》中，也出現了許多首尾相應的例子，如文天祥〈正氣歌〉在最後說：「哲人日已遠，典型在夙昔。風簷展書讀，古道照顏色。」林氏評：「『哲人』、『典型』指上文十二事；古人雖遠而書存，應上『一一垂丹青』句」（三三〇頁），「十二事」是指本文前半部所述：「在齊太史簡……或爲擊賊笏，逆豎頭破裂」所提到的十二人之事；而「一一垂丹青」句早就出現在篇首，所以形成了首尾呼應的效果。又如《史記項羽本紀贊》一開始有「何興之暴也」句，林氏評：「點出『興』字」；而篇末部分又有「五年卒亡其國」句，林氏評：「點出『亡』字，與上『興』字呼應」（一五六頁），首尾形成呼應。又如李去非〈書洛陽名園記後〉在最後一段說：「嗚呼！公卿大夫方進於廟，放乎一己之私，自爲之而忘天下之治忽，欲退享此，得乎唐之末路是已。」林氏評：「以監戒意作結，妙在『忘天下之治忽』句，與首段『天下治亂』句相應，融成一片。」（二七五頁）。其中「天下治亂」句出現於首段：「洛陽處天下之中，挾殽黽之阻，當秦隴之襟喉，而趙魏之走集，蓋四方必爭之地也。天下當無事則已，有事則洛陽必先受兵，予故嘗曰：洛陽之盛衰，天下治亂之候也。」可見得這又是一首尾圓合的例子。

吳楚材選、王文濡評註的《古文觀止》中也有許多首尾相應的例子，首如漢武帝〈求茂材異等詔〉一開始就說：「蓋有非常之功，必待非常之人」，而結尾二句爲「可爲將相，及使絕國者」，註語云：「應『非常之功』」（二三二頁），這樣就形成了照應。又如路溫舒〈尙德緩刑書〉首段部分云：「文帝永思至德，以承天心……」；末段亦云：「永履和樂，與天亡極……」，註語云：「首尾以『天』字應」（二六九頁），這和第一例的情形是一樣的。又如劉基〈司馬季主論卜〉的首二句爲：「東陵侯既廢，過司馬季主而卜焉」；而末二句則爲：「君侯亦知之矣，何以卜爲？」，註語云：「應前作收，緊峭」（五三九頁），這樣當然有首尾緊密結合之感。

顧亭鑑纂輯的《學詩指南》中，首尾相應的例子有孟浩然〈尋西山隱者不遇〉：「絕頂一茅茨，直上三十里。叩關無僮僕，窺室惟案几。若非巾柴車，應是釣秋水。差池不相見，黽勉空仰止。草色新雨中，松聲晚窗裡。及茲契幽絕，自足蕩心耳。雖無賓主意，頗得清淨理。興盡方下山，何必待之子。」總評說得好：「以上山起，以下山結，極好格律」（一〇九頁）。次如杜甫〈月夜憶舍弟〉：「戍鼓斷人行，邊秋一雁聲。露從今夜白，月是故鄉明。有弟皆分散，無家問死生。寄書長不達，況乃未休兵。」在末句之下有註云：「應上『斷人行』三字」（一二二頁），總評又說：「此詩信手寫來，層次井然，首尾相應，句句不離『憶』字。」（一二二頁）

阮廷瑜的《李白詩論》中，討論詩的「收結」時，提到有一類是「與起首隱相關注」（一五九頁），其實這就是首尾呼應，他對此舉了三十餘則例子，我們可以挑一些來看，譬如〈留別曹南群官之江南〉：「我昔釣白龍，放龍溪水傍。……卻戀峨眉去，弄景偶騎羊。」他說：「釣龍騎羊，隱隱相映，絕妙章法。」（一五九頁）次如〈夜別張五〉：「吾多張公子，別酌酣高堂。聽歌舞銀燭，把酒輕羅霜。……爲爾傾千觴。」他認爲：「末句應前有法」（一五九頁）。再如〈感時留別從兄徐王延年從弟延陵〉：「七葉運皇化，千齡光本支。仙風生指樹，大雅歌螽斯。諸王若鸞虬，肅穆列藩維。……願言保明德，王室佇清夷。」他說道：「末兩句迴顧首段，隱相關注。」（一五九頁）這些例子都很明顯地表現出首尾呼應的特色。

2. 物　材

(1)前後呼應者

除了事材之外，物材的使用也是很重要的。楊仲弘《杜律心法》（收於《詩學指南》）中即有一些例子，如杜甫〈吹笛〉：「吹笛秋山風月清，誰家巧作斷腸聲。風飄律呂相和切，月傍關山幾處明。胡騎中宵堪北走，武陵一曲想南征。故園楊柳今搖落，何得愁中卻盡生。」在首聯之下有註語云：「明出『風月』二字以貫二聯」（二一四頁），同樣地，在第二聯之下也有註語說：「此應起聯第一句也」（二一四頁），很明顯地，前半部是以「風」、「月」二字達成前後照應的。次如名篇〈登高〉：「風急天高猿嘯哀，渚清沙白鳥飛回。無邊落木蕭蕭下，不盡長江滾滾來。萬里悲秋長作客，百年多病獨登臺。艱難苦恨繁霜鬢，潦倒新停濁酒杯。」首聯之下的註語云：「此上句起二聯，上句言山中所見景物；下句起二聯，下句言江中所見景物」，又在第二聯之下評道：「前四句以景物言」（二一六頁），景物與景物之間兩相呼應，結合得十分緊密。

顧亭鑑的《學詩指南》中的一些詩篇，也運用了物材以相照應，如杜甫〈旅夜書懷〉：「細草微風岸，危檣獨夜舟。星臨平野闊，月湧大江流。名豈文章著，官因老病休。飄飄何所似，天地一沙鷗。」前四句之下都分別有註語云：「陸」、「水」、「岸上景」、「江上景」（一二三頁），這四句詩很清晰地形成一、三句相應，二、四句相應的關係。次如張九齡〈自君之出矣〉：「自君之出矣，不復理殘機。思君如月滿，夜夜減清輝。」註語云：「『減』字與『滿』字緊相呼應」（一三七頁），不論是「減」字還是「滿」字，都是針對「月」而言，所以也等於是在說月的意象在末二句形成呼應的關係。

吳闓生的《桐城吳氏古文法》中，曾針對蘇軾〈後赤壁賦〉的後半：「劃然長嘯，草木震動，山鳴谷應，風起水湧」幾句，評道：「自『劃然長嘯』以下……與『江流有聲』數句，前後隱相呼應。」（一四四頁）「江流有聲」數句，即前面的「江流有聲，斷岸千尺，山高月小，水落石出」四句，兩者之間「山」和「水」形成呼應。此外，在吳氏《古文範》中所收的屈原〈離騷〉，則常使用充滿象徵意味的香草爲詩材，底下的一段便是如此：「時繽紛其變易兮，又何可以淹留。蘭芷變而不芳兮，荃蕙化而爲茅。何昔日之芳草兮，今直爲此蕭艾也。豈其有他故兮，莫好脩之害也。余以蘭爲可恃兮，羌無實而容長。委厥美以從俗兮，苟得列乎衆芳。椒專佞以慢慆兮，樧又欲充夫佩幃。既干進而務入兮，又何芳之能祇。固時俗之流從兮，又孰能無變化。覽椒蘭其若茲兮，又況揭車與江離。」就在「覽椒——江離」之下，他評道：「隨手收拾前文，章法完密」（五七頁），也就是說這二句中的「椒蘭」、「揭車」、「江離」，與前文出現的奇花異卉，作了很好的呼應。

宋文蔚的《評註文法津梁》也分析了許多篇章，其中有蘇轍的〈黃州快哉亭記〉，此文的首段說：「江出西陵，始得平地，其流奔放肆大，南合湘沅，北合漢沔，其勢益張，至於赤壁之下，波流浸灌，與海相若。清河張君夢得，謫居齊安，即其廬之西南爲亭，以覽觀江流之勝。」他在「其勢益張」、「與海相若」、「以覽觀江流之勝」底下，分別評道：「江流之勝一」、「江流之勝二」、「『江流之勝』四字著眼」（一九頁），我們可以看得出「江流之勝」一路呼應下來，形成了很緊密的照應。還有歐陽修〈送徐無黨南歸序〉，也是前面先出現「固亦生且死於其間，而獨異於草木鳥獸衆人者」之句，而後面即予以回應說：「無異草木榮華之飄風；鳥獸好音之過耳也；方其用心與力之勞，亦何異衆人之汲汲營營……」，他分別評道：「挽上草木」、「挽上鳥獸」、「再挽上眾人」（一一一頁），將回應的層次交代得十分清楚。

陳滿銘在〈談詞章聯絡照應的幾種技巧〉（收於《國文教學論叢》）一文中，也從物材所造成的前後照應的角度，分析了一些篇章，譬如蘇軾〈念奴嬌〉：「大江東去，浪淘盡、千古風流人物。故壘西邊，人道是，三國周郎赤壁。亂石崩雲，驚濤裂岸，捲起千堆雪。江山如畫，一時多少豪傑。　遙想公瑾當年，小喬初嫁了，雄姿英發。羽扇綸巾，談笑間、檣櫓灰飛煙滅。故國神遊，多情應笑我，早生華髮。人間如夢，一尊還酹江月。」他說道：「（此）闋則約分三組來先後呼應：一是就『水』上呼應，先以『大江東去』一呼，後由『浪』、『驚濤裂岸，捲起千堆雪』、『江』回應；二是就『山』上呼應，先以『故壘西邊』、『赤壁』一呼，後由『亂石崩雲』、『山』回應；三是就『人』上呼應，先以『千古風流人物』一呼，後由『三國周郎』、『多少豪傑』爲應，從而領出下半闋來敘寫『人』事，成功的將年老華白、一事無成的自己與當年雄姿英發、建立不朽功業的周瑜，作成尖銳的對照，以寫年華虛度、『人間如夢』的深切感慨來。這樣由『江』（含人）、『山』（含人）而折到『人』事，彼此前後呼應，章法是相當綿密的。」（四二九—四三〇頁）「水」和「山」這兩組，所運用的都屬物材。

(2)首尾呼應者

使用物材而造成首尾呼應的情況也相當多，我們可以舉一些例子來看。

楊仲弘的《杜律心法》（收於《詩學指南》）中，談到〈秋興〉之二：「夔府孤城落日斜，每依北斗望京華。聽猿實下三聲淚，奉使虛隨八月槎。畫省香爐違伏枕，山樓粉堞隱悲茄。請看石上藤蘿月，已映洲前蘆荻花。」在末聯之下有註語云：「首言『落日斜』，此言『月映洲前』，日月相催，起結相應，當時之興何如哉？」（二一二頁）這首詩是以相關聯的景色形成首尾呼應的效果。

謝枋得的《文章軌範》中，收有蘇軾〈赤壁賦〉，其篇首有言：「清風徐來，水波不興」、「少焉，月出於東山之上」，謝氏評云：「前言清風，此言月出，一篇張本在此」（二九六頁）；果然，在篇末又出現「惟江上之清風，與山間之明月……」等句，謝氏又評：「應前『清風徐來』、『月出東山』之句」，這就收到了「首尾相應」的好處。

林雲銘《古文析義》中，也有首尾相應的例子，如王禹偁〈黃岡竹樓記〉，一開始就說：「黃岡之地多竹，大者如椽，竹工破之，刳去其節，以代陶瓦，比屋皆然，以其價廉而工省也。」註語云：「先點竹瓦」（二七四頁）；篇末又出現一段：「吾聞竹工云：竹之為瓦僅十稔，若重覆之得二十稔，噫，吾以至道乙未歲，自翰林出滁上，丙申移廣陵，丁酉又入西掖。戊戌歲除日，有齊安之命，己亥閏三月到郡，四年之間，奔走不暇，未知明年又在何處，豈懼竹樓之易朽乎？後之人與我同志嗣而葺之，庶斯樓之不朽也。」註語又云：「又從竹瓦上發議」，頭尾都以「竹瓦」遙相呼應，所以林氏總評道：「以竹瓦起，以竹瓦結。」（二七五頁）又如劉基〈司馬季主論卜〉在開始的部分，東陵侯曰：「吾聞之：蓄極則洩，閟極則達，熱極則風，壅極則通，一冬一春，靡屈不伸，一起一伏，無往不復……」，對於這段話，在末尾藉司馬季主之口予以回應：「是故一晝一夜，花開者謝；一春一秋，物故者新；激湍之下，必有深潭，高邱之下，必有峻谷，君侯亦知之矣，何以卜爲？」在「是故——者新」之下，有註云：「四句應篇首『一冬一春』句」（八〇二頁）；而「激湍——浚谷」之下，亦有註云：「四句應篇首『一起一伏』句」，可見此文篇末回抱篇首，十分緊密。

顧亭鑑纂輯的《學詩指南》，選有張若虛的〈春江花月夜〉，並評道：「以『月生』起，以『月落』結，尤見章法老當」（一一二頁），他所指的是篇首「春江潮水連海平，海上明月共潮生」二句，和結尾「不知乘月幾人歸，落月搖情滿江樹」二句，起結呼應有法。次如岑參〈白雪歌送武判官歸〉，開始的部分說：「北風捲地白草折，胡天八月即飛雪。忽如一夜春風來，千樹萬樹梨花開。」而結束的部分又說：「紛紛暮雪下轅門，風掣紅旗凍不翻。輪台東門送君去，去時雪滿天山路。山迴路轉不見君，雪上空留馬行處。」所以他評道：「以『雪』字爲前後映照」（一一六頁）。又如常建〈破山寺後禪院〉：「清晨入古寺，初日照高林。曲徑通幽處，禪房花木深。山光悅鳥性，潭影空人心。萬籟此俱寂，惟聞鐘磬音。」註語道：「以『初日』起，以『日暮』收」（一二三頁），這也是首尾相應的例子。

林景亮的《評註古文讀本》中，也有一些例子，首如《莊子‧辯魚樂》，此文之首句爲「莊子與惠子遊於濠梁之上」，末句爲「我知之濠上也」，在末句上眉批云：「拈出本字，仍歸到濠上，可謂滴滴歸源」（三一頁），這便是首尾相應達成的效果。次如梅曾亮〈遊小盤谷記〉，總評說：「自起句至『乃急赴之』爲首段……『大竹蔽天』句已爲『萬竹蔽天』作伏筆。」（一一一頁）他是說首段即已出現「皆大竹蔽天，多歧路」的句子，而末段又有「此萬竹蔽天處也……」等句以爲呼應。又如龔自珍〈病梅館記〉一開始說：「江寧之龍蟠，蘇州之鄧尉，杭州之西谿，皆產梅。」而末段則說：「使予多暇日，又多閒田，以廣貯江寧、杭州、蘇州之病梅，窮予生之光陰以療梅也哉？」針對此種情形，林氏評道：「至回顧江寧蘇杭，章法尤爲完密」（一一四頁），這種完密的效果，完全是由首尾相應而得來的。

喻守眞的《唐詩三百首評析》也不乏此類例子，如張九齡〈感遇〉之二：「蘭葉春葳蕤，桂華秋皎潔。欣欣此生意，自爾爲佳節。誰知林棲者，聞風坐相悅。草木有本心，何求美人折！」他分析道：「第二首起首四句，用蘭和桂來比喻，末二句即用『草木』兩字扣住，照應分明」（六－七頁），形成照應的位置分別在首、尾，所以是首尾呼應之作。

還有溫庭筠〈瑤瑟怨〉：「冰簟銀床夢不成，碧天如水夜雲輕。雁聲遠過瀟湘去，十二樓中月自明。」他分析道：「『十二樓』仍應首句，『月』又與『輕雲』相呼應」（三二三頁），他把詩中形成首尾呼應的物材，都抉發出來了。

第五章　統一律

要達成整個篇章的統一，就必須注意到兩方面，即主旨的確立和綱領的貫注。眾所周知，一篇辭章之所以被寫成，就是爲了表達一個意思，這個意思可以是情，也可以是理，或者是由情理交揉而成；然而，無論它的內容爲何，它都是全文（詩、詞……）最重要的部分，沒有它，辭章不可能產生，當然也就不可能留存。這個部分，我們稱之爲「主旨」。主旨常常是形之於文的一、兩句話，可出現在篇首、篇腹，也可出現在篇末；但有時，主旨並沒有直接用文字寫出，可是我們讀過全篇之後，自然可以感受到那最重要、最深刻的情意訊息，這就是我們常說的「意在言外」之作，所以，此時辭章的主旨是見於篇外的。

嚴格說，綱領有別於主旨。綱領並非辭章寫成的直接目的，但一篇辭章若要明確地表達出它的主旨，則往往有賴於綱領來貫注全篇，串起所有的字、句、段、章，使所有的字、句、段、章所產生的意義，都能按部就班、不雜不越地指向同一個目標——主旨。若以珠鍊來作譬喻，則珠粒之所以要串成美麗的一環，目的是爲了裝飾；但它們能夠串成一環，是靠了那根絲線。因此大大小小的珠粒就如同辭章中的字字句句，把它們串連起來，裝飾的目的就如同主旨，而那根絲線就是綱領了。但絲線通常只有一條，而貫注全文的綱領卻可以不只一軌，當然其中單軌仍佔多數，但雙軌、三軌也屢見不鮮，在我們找到的例子中，最多有達到九軌的。通常軌數若是增多，則是由於所要統領的材料比較龐雜的緣故。

綱領和主旨是有別的，因此辭章中的綱領和主旨可能是分立的；但綱領和主旨又都是辭章能達成統一的重要因素，所以兩者當然更可能是重疊的。試各舉一個例子來看：

綱領和主旨有別的情形，可以用《史記．孔子世家贊》爲例：

《詩》有之：「高山仰止，景行行止。」雖不能至，然心鄉往之。余讀孔氏書，想見其爲人。適魯，觀仲尼廟堂、車服、禮器，諸生以時習禮其家。余低回留之，不能去云。天下君王，至於賢人，衆矣，當時則榮，沒則已焉。孔子布衣，傳十餘世，學者宗之。自天子王侯，中國言六藝者，折中於夫子，可謂至聖矣。

陳滿銘在〈談詞章主旨、綱領與內容的關係〉一文中，對〈孔子世家贊〉作了如下的賞析：「這篇贊文，是採『合』、『分』、『合』的形式所寫成的。『合』的部分，自篇首至『然心鄉往之』止，引詩虛虛籠起，以『高山仰止，景行行止』兩句，領出『鄉往』兩字，作爲綱領，以統攝下文。『分』的部分，自『余讀孔氏書』至『折中於夫子』止，以『由小及大』的方式，含三節來寫：首節寫自己『讀孔氏書』與『觀仲尼廟堂』之所見所思，以『想見其爲人』與『低迴留之不能去云』句，表出自己對孔子的『鄉往』之情；次節特將孔子與『天下君王至于賢人』作一對照，以『學者宗之』，表出孔門學者對孔子的『鄉往』之情，並暗示所以將孔子列爲世家的理由；三節寫各家以孔子的學說爲截長補短的標準，以『折中於夫子』，表出全天下讀書人對孔子的『鄉往』之情。『合』的部分，即末尾『可謂至聖矣』一句，拈出主旨，以回抱前文作收。」他最後並作了總結：「經由上述，可知太史公此文，是以『鄉往』爲綱領，以作者本身，孔門學者以及全天下讀書人對孔子『鄉往』的事實爲內容層層遞寫，結出『至聖』（嚮往到了極點的稱號）的一篇主旨，以讚美孔子。文雖短而意特長，令人讀了也不禁湧生無限的仰止之情來，久久不止。」（《國文天地》七卷五期，一一三頁）可見本文之綱領是「鄉往」，是經由對「鄉往」之情的描寫，以逼出主旨「至聖」來的。綱領和主旨重疊的情形，則可以用辛棄疾〈西江月〉爲例：

明月別枝驚鵲，清風半夜鳴蟬。稻花香裏說豐年，聽取蛙聲一片。　七八個星天外，兩三點雨山前。舊時茆店社林邊，路轉溪橋忽見。

陳滿銘在同一篇文章中，也賞析了這首詞：「此詞上片用以寫夜行黃沙道中所聽到的各種聲音，起先是別枝上的鵲聲，其次是清風中的蟬聲，最後是稻香裏的蛙聲，這是採『由小而大』的形式寫成的；下片用以寫夜行黃沙道中所見到的各種景物，起先是天下的疏星，其次是山前的雨點，最後是溪橋後的茅店，這是採『由遠而近』的形式寫成的。作者就由此勾畫出一幅鄉村夜晚的寧靜畫面，從篇外襯托出作者恬適心情──主旨來，所謂『意在言外』，倍足感人。」他接著又說：「第三首（註：即此詞）的主旨與綱領爲『恬適』，在篇外；而內容則是『夜行黃沙道中』之所聞所見。」（一一四頁）

由此可見，主旨與綱領有時重疊，有時分離，這只是文章寫作中自然形成的一種現象，無所謂好壞。但辨明綱領與主旨這種二而一、一而二的關係，卻對深入辭章的義蘊有莫大的裨益。

綱領有時雖與主旨有別，但無不匯歸於主旨，所以統一文章的核心是主旨，也就是作者所要表達的思想情意。章微穎在其《中學國文教學法》中，曾談到「統一的原則」，他說：

> 要看統體是否維持著一致的意思，同樣的情調。（二四頁）

他雖然說得很簡單，但已把「意思」與「情調」以統一全文的重要觀點表達出來了。

張壽康在《文章學導論》中，列有「觀點材料統一律」一目，他對「觀點」的看法是：

> 文章的觀點就是作者對客觀事物的認識或看法。觀點有不同的平面：文章有總觀點（又叫「中心思想」或「主旨」），總觀點又可以統帥若干分觀點，它們是總觀點的支柱，是闡述和表現總觀點的。分觀點可以各自統帥材料。不論總觀點和分觀點，都必須和材料統一。……觀點和材料的關係，是互相依存的，是統帥與被統帥的。（五四頁）

他不僅注意到篇旨，還注意到段旨，也指明了材料是爲主旨而服務的。

鄭文貞的《篇章修辭學》亦列有「統一律」，它的定義是：

> 一篇文章是一個有機整體，無論內容還是形式，都應該統一。篇有主題，段有段

旨，句有句意；句受制於段，統於段，段受制於篇，統於篇。（一二頁）

這句話說得極明白，那就是：一篇文章從一句到全篇，都是受主旨宰制的。

陳滿銘在《作文教學論叢》中，談到辭章的「統一原則」時，說：

我們都知道，使文章從頭到尾都維持一致的思想情意，是每個作家所努力以求的；因此每個作家在寫一篇文章的時候，都必須立好明確的主旨，藉以貫穿全文，這樣才能使所寫的文章產生最大的說服力與感染力。（二四一頁）

這當然是明確不移的見解。

曾祥芹主編的《文章學與語文教育》，曾討論「意貫律」，其說法是：

所謂「意」，包括觀點和情感，古人叫主腦、主旨等。所謂「意貫律」，即「意」的貫通是雙向的，是可順可逆的。在文章裏，「意」是一個焦點，全文由它放射出去，又能回歸集中到這一點上來。也就是由篇旨，可以推出章旨、句旨，由章旨、句旨又可回歸到篇旨。換句話說，由觀點可以推想出材料，由材料又可推想出觀點。

> 在「意貫律」裏，「意」代表著普通文章中所有文體所表現出來的「核心內容」，而這個「核心」或「焦點」，與文章的材料是一致的。「意」能統攝所有的材料又都朝向「意」，以「意」爲中心。一篇文章，其整體猶如一個車輪，「意」就像車輪上的「軸」，材料就像組成車輪的「輻條」。（一七四—一七五頁）

這裏用了一個很好的譬喻，說明主旨的統帥作用。

張會恩、曾祥芹主編的《文章學教程》，認爲在「文章的內部規律」中，有一個是「統一律」，他是這麼說的：

> 一篇獨立完整的文章必然要求內容和形式的統一。它只有一個總旨，各部分應環拱于中心，爲著中心而存在，字句章篇，次第相從，做到「篇之彪炳，章無疵也；章之明靡，句無玷也；句之精英，字之不妄也：振本而末從，知一而萬畢矣。」（《文心雕龍·章句》）劉勰所說的「本」和「一」就是文章系統的核心主旨，而「末」和「萬」就是外在表層的字詞、句子和章節；只要核心主旨這個

根本得到了振舉，其他字、句、章等枝葉就會服從和歸順。（三一九頁）

他引用了《文心雕龍》中的話，使得這段敘述更具有說服力。統一律的重要性，在經過上述的討論後，已被闡發得相當透徹了。

第一節　主旨的安置

一、理論

主旨的重要，自古以來就屢被言及。但是我們常看到古代文論家們並未用「主旨」這一名詞，而往往是以「意」這一泛稱或其他名詞來概括。早在魏晉南北朝時的陸機，就在《文賦》中說了如下的一段話：

立片言以居要，乃一篇之警策。

此「片言」是「一篇之警策」，並有著「居要」的價值，可見得陸機此語是在說明主旨的重要。

另一本劃時代的鉅著《文心雕龍》，在〈隱秀〉篇中談到：

> 文之英蕤，有隱有秀。隱也者，文外之重旨也；秀也者，篇中之獨拔者也。

王更生說：「『文眼』往往就是……『篇中獨拔』之『秀句』。」（見《教學與研究》第九期，〈論中國散文之藝術特徵〉，五六頁）「文眼」在此處可以說是指主旨而言。

班固〈後漢書自序〉有言：

> 常謂情志所託，故當以意爲主，以文傳意。以意爲主，則其旨自見，以文傳意，則其詞不流。

所謂「意」是指「內容」而言，而內容的核心就是「旨」，所以說：「以意爲主，則其旨自見。」

唐·王昌齡在《詩格》中強調說：

> 先立意則文脈貫通。

如果只是預先設想好詩歌的內容而已，那是無法確保文脈是否貫通的；因此這裏所說的「先立意」，應該還包括了主旨的建立。

《容齋隨筆》中引了一段蘇軾的話：

江陰葛延之，自鄉縣省蘇公於儋耳，請作文之法。公誨之曰：儋州雖數百家之聚，而州人之所需，取之市而足；然不可徒得也。必有一物以攝之，然後爲己用；所謂一物者，錢是也。作文亦然。天下之事，散在六經子史中，不可徒使，必得一物以攝之，然後爲己用，所謂物者，意是也。不得錢，不可以取物；不得意，不可以用事，此作文之要也。葛拜其言，而書諸紳。

蘇軾認爲「意」可以驅使散在六經子史中的天下諸事，則此「意」絕非指內容，應該是指「主旨」而言。一旦主旨確立，才能選擇表達主旨所須的材料，這材料經過組織之後，遂形成了文章的內容。

朱熹在《朱子語類》中也說：

> 曉得文義是一重，識得意思好處是一重；若只是曉得外面一重，不識得它好底意思，此是一件大病。

「曉得文義」應是指對內容的瞭解，但這猶是「外面一重」；眞正重要的是「識得意思好處」，則這「意思好處」，應是指內容的核心部分——主旨了。所以張學波說：「從朱子這幾句話來看，篇旨的探究是極爲重要。」（《中學國文教學理論研究》，二三頁）

釋齊己的《風騷旨格》中說：

> 詩有三格：一曰上格用意，二曰中格用氣，三曰下格用事。

他說「下格用事」，「事」通常是指材料而言，材料構成詩歌的內容；因此「上格用意」的「意」，應該就不是指內容，而是指有統一作用的主旨。所以釋齊己顯然認爲最好的詩必須有明確深湛的主旨。

《詩家一指》（收錄於《名家詩法》）說：

> 作詩必先命意，意正則思生，然後擇韻而用，如驅奴隸，此乃以韻承意，故首尾

有序。（二二二頁）

這是說作詩一定要先確立詩中主旨，然後才去構想如何表達主旨，因此「思生」；再來才是落筆爲詩、「擇韻而用」。這樣寫成的詩是「以韻承意」，是受主旨指導的，也自然能達到「首尾有序」的境地。

《詩家一指》又說：

> 詩以意義爲主，文詞次之，意深義高，雖文詞平易自然高。作詩者不可以言語求而得，必將觀其意焉；有意新語工，得前人所未道者，斯善矣。

他說「詩以意義爲主」，又說「不可以言語求而得」，所指的應是主旨；而且是具有穎超見識之主旨，這樣再搭配工穩之文詞，則是「意新語工」，當然這首詩就會十分美好了。

明·黃子肅《詩法》中也有這樣的說法：

> 大凡作詩，先須立意。意者，一身之主也。如送人則言離別不忍相捨之意；寄贈則言相思不得相見之意；題詠花木之類，則用《離騷》花草之意。故詩如馬，意

> 如善馭者，折施操縱，先後徐疾，隨意所之，無所不可，此意之妙也。

這段話已把主旨的重要與不同類別之詩常有不同主旨的事交代得很淸楚，而且他又用了一個很好的譬喻，說明了主旨在辭章中所起的主導作用。

李騰芳《山居雜著》中，列有文字法三十五則，在第一則就提到「意」，說：

> 作文須先立意。

王葆心並在其下引了蘇軾以錢爲喻之語（見前），又引歸有光《文章指南》之「立意貫說則」和「駕空立意則」，由此可見，李騰芳所謂的「意」並非指內容，而是指主旨；而且在文章諸種作法中，先立下主旨，可以說是最重要的一件事了。（《古文辭通義》卷十二，二六頁）

王夫之《薑齋詩話》中說：

> 無論詩歌與長行文字，俱以意爲主。意猶帥也，無帥之兵，謂之烏合。李所以稱大家者，無意之詩，十不得一二也。煙雲泉石，花鳥苔林，金鋪錦帳，寓意則

靈。

這段話相當有力地道出：在主旨的統帥下，再去組織材料，如此所形成的篇章，才是有靈魂、有生命的好文字。

曾國藩有一篇〈復陳右銘書〉，文中說：

> 一篇之內，端緒不宜繁多，譬之萬山旁薄，必有主峰；龍袞九章，但挈一領。否則首尾衡決，陳意蕪雜，茲足戒也。

蔣建文在《從作文原則談作文方法》一書中，針對此則道：「這是說：一篇文章必須有一個主旨。」（一六〇頁）

顧亭鑑纂輯的《學詩指南》，在「命意超卓」一欄之下，引了吳自道之語：

> 作詩先命意，如構宮室，必須間架形勢，已備於胸中，始施斧斤。（四七頁）

這段話表達了主旨在詩中是起著領導、統一的作用的；一切大費周章之事，都是為了顯示主旨而做。

李漁《閒情偶寄》有「立主腦」的說法：

古人作文一篇，定有一篇之主腦。主腦非他，即作者立言之本意也。

「主腦」就是主旨，很明顯地，這段話肯定了主旨的存在。

魏叔子論文有如下的說法：

作文貴先立意，不必求異，但須有獨到處。既有好意，須思此意如何方能發得透確。用何陪賓，用何引證，前後當如何位置，一一要合古人法度，文成乃燦然可觀。（《古文法纂要》一四二頁）

他以爲先有「好意」，再思如何布置成文；所以此處的「貴先立意」，也是告訴人作文要先立好主旨。

陳澧在〈復黃芑香書〉中有一段精闢的見解，很值得一看：

昔時讀小雅有倫有脊之語……倫者今日老生常談所謂層次也，脊者所謂主意也。有意矣，而或不止有一意，則必有所主，猶人不止一骨，而脊骨爲之主，此所謂有脊也。意不止一意，而言之何者當先，何者當後，則必有倫次。即止此一意；而一言不能盡意，則其淺深本末，又必有倫次，而後此一意可明也。

他用人身之脊骨來比喻主旨，是相當貼切的。

方東樹《昭昧詹言》卷十一有云：

不尋其命意，則讀其詩不知其歸宿，亦並不能悟其文法所以爲奇爲妙，爲變爲遞，爲稜爲汁，爲景象爲精彩也。

既然說「歸宿」，則此「命意」所指即是「主旨」。主旨乃全詩之靈魂，由此可見。

錢木庵《唐音審體》說：

以命意爲主，命意不凡，雖氣格不高，亦所不廢。意無可採，雖工弗尚。所謂寧爲有瑕玉，勿爲無瑕石，蓋必深知戒此，而後可言詩。

由此可見中心思想如不俗，能起著「點石成金」的效果。

劉熙載的《藝概》中，也有很多條是談到主旨的。如《文概》中說：

> 一語爲千萬語所託命，是爲筆頭上擔得千鈞，然此一語，正不在大聲以色，蓋往往有以輕運重者。
>
> 敍事有主意，如傳之有經也。主意定，則先此者爲先經，後此者爲後經；依此者爲依經，錯此者爲錯經。

這是在強調主旨的統一作用。還有：「文固要句句字字受命於主腦，而主腦有純駁平陂高下之不同，若非審辨而去取之，則差若毫厘，謬以千里矣。」以及「文有七戒：旨戒雜……。」則說明了主旨切忌平庸與駁雜的道理。另外《詞曲概》也說：

> 余謂眼乃神光所聚，故有通體之眼，有數句之眼，前前後後無不待眼光照映。

魏怡認爲：「所謂『神光』，即散文的主題；所謂『照映』，即指主題對散文的統攝作用。」（《散文鑑賞入門》九五頁）所謂「主題」，換句話說，就是「主旨」。《經義概》中則是這樣說：

凡作一篇文，其用意俱要可以一言蔽之，擴之則爲千萬言，約之則爲一言，所謂主腦者是也。破題、起講，扼定主腦；承題、八比，則所以分攄乎此也。主腦皆須廣大精微，尤必審乎章旨、節旨、句旨之所重者而重之，不可硬出意見。主腦既得，則制動以靜，治煩以簡，一線到底，百變而不離其宗，如兵非將不御，射非鵠不志也。

「主腦」當然就是「主旨」，這段話很詳細地說明了主旨在篇章中的地位與作用。蔣兆蘭《詞說》談到：

塡詞之法，首在煉意。命意既精，副以妙筆，自成佳構。

這說明了塡詞也和寫詩、作文一樣，主旨的確立是最要緊的一件事。沈祥龍《樂志簃筆記》云：

> 太極兩儀，文法之源。文之主意，太極也；主意必析數意以明之，或反正，或高低，或前後，兩兩對待，是謂陰陽。陰陽具而五氣布，即文字之字句也，字句短長錯綜，猶五氣散布於四時也。字句必歸到所析之數意，數意必歸到主意，即五行一陰陽，陰陽一太極之理也。

這個說法相當有創意，而且確能指陳一些文章學的原理。在這裏，我們所須注意的是他將「主意」（即「主旨」）比喻作「太極」，而且認爲是文章諸事之根源，相當肯定了它舉足輕重的地位。

吳曾祺《涵芬樓文談》也說道：

> 作文之法，辭句未成，而意已立，既立之後，於是乎始，於是乎終，於是乎前，於是乎後，百變而不離其宗。如賈生作〈過秦論〉，只重仁義不施四字。柳子厚作〈梓人傳〉，祇言體要二字。韓文公作〈平淮西碑〉，祇主一斷字。蘇長公作〈司馬溫公神道碑〉，祇用誠一二字。雖其一篇之中，波瀾起伏，變化不窮；而大意總不出乎此。夫意祇一言可盡，而必多爲之辭者，蓋獨幹不能成林，獨緒不

能成帛，獨木不能成屋，獨腋不能成裘。

他又舉實例、又設譬喻，目的不外是爲了說明「命意」（即「主旨」）所以是一篇文章核心的道理。

吳闓生在《古文範》中，用評註的方式說道：

凡作文每篇必有一定主意。主意既定，通篇議論均必與其本意相發，乃不背繆枝蔓，所謂一意到底，所謂如放紙鳶，線索在手；所謂獅子弄球，千變萬態，目光常有所注。（九一頁）

吳闓生用兩個譬喻說明主旨可以統馭全文的道理所在，相當巧妙。

主旨既是如此的重要，所以如何安排主旨當然是歷來作家煞費苦心的一件事，雖說「戲法人人會變，各有巧妙不同」，但歸納起來，主旨不外出現於篇旨、篇腹、篇末和篇外；而且此種現象也早爲詩（文）評家們所知悉，因而留下許多與此有關的說法。

劉勰《文心雕龍·隱秀》云：

文之英蕤，有隱有秀。隱也者，文外之重旨也；秀也者，篇中之獨拔者也。

王更生說：「……後者是『情在詞外曰隱』」（《文心雕龍讀本》（下）二〇一頁）就因爲主旨在篇外，所以才說：「文外之重旨」也。

歐陽修《六一詩話》引梅堯臣語：

狀難寫之景，如在目前；含不盡之意，見於言外。

也就是說文章的內容雖是寫景，但其目的並不在寫景，而是將「不盡之意」藉由寫景，在文外表達出來。

司空圖《詩品二十四則》，對其中一品「含蓄」的描述是這樣的：

不著一字，盡得風流。語不涉難，已不堪憂。是有眞宰，與之沈浮，如淥滿酒，花時返秋。悠悠空塵，忽忽海漚，淺深聚散，萬取一收。

所謂「不著一字，盡得風流」，是指文中無片語言及，但其主旨卻已見於篇外；而所以能如此，是因爲「是有眞宰，與之沈浮」，而又「萬取一收」；也因此，詩才會透出「含蓄」的韻味。

宋．李塗《文章精義》云：

文字有終篇不見主意，結句見主意者，賈誼〈過秦論〉「仁義不施，而攻守之勢異也」、韓退之〈守戒〉「在得人」之類是也。

他舉了兩個例子，說明主旨在篇末的情況。李塗又說：

文字起句發意最好，李斯〈上秦始皇逐客書〉起句至矣盡矣，不可以加矣。

〈諫逐客書〉的起句是：「臣聞吏議逐客，竊以爲過矣」，一篇之主旨，在一開始就提示出來了。

宋．嚴羽《滄浪詩話．詩評》說：

太白發句，謂之開門見山。

彭會資主編的《中國文論大辭典》，對此則的解釋是：「指直接點明題意的一種開頭方法。」（一七九頁）這是指主旨在篇首即明白提出。

文或撰的《詩格》在談到「詩尾」時說：

詩之結尾亦云斷句，亦云落句，須含蓄旨趣。（《詩學指南》一一六頁）

主旨在詩末方透發出來，所以結尾才會「含蓄旨趣」。

明·高琦《文章一貫》引《場屋準繩》云：

有前屢託辭說來說去，一句收拾來，正主意上來者，如昌黎〈應科目與時人書〉之類是也。

韓愈此文全以「怪物」爲喻，只在篇末用「愈今者實有類於是」一句點醒本旨，所以過商侯也說：「一篇皆是譬喻，只一句歸結自己」（《古文觀止》三六一頁），就是說主旨出現在篇末。

歸有光《文章指南》中，也有談及主旨的位置的。即「結末垂戒則」：

> 凡作罵題文章，須於結末垂規戒意，方有餘味。此雖小節，亦不可略。如杜牧之〈阿房宮賦〉、蘇明允〈六國論〉皆得此法。

這也是「主旨在篇末」一類。因爲凡罵題者，必有其用心，而於結末垂規戒之意時點出用心所在，主旨乃顯豁。杜牧〈阿房宮賦〉的結句是：「秦人不暇自哀，而後人哀之，後人哀之而不鑑之，亦使後人而復哀後人也。」金聖歎曰：「妙，言盡而意無窮」（《才子古文讀本》卷下，九十頁），過商侯曰：「一結寫垂戒後世，意妙」（《古文觀止》四五五頁）。又如蘇洵〈六國論〉的結尾是：「夫六國與秦皆諸侯，其勢弱於秦，而猶有可以不賂而勝之勢。苟以天下之大，而從六國破亡之故事，是又在六國下矣」，林雲銘曰：「其結穴全在篇末一段，感慨含蓄」（《古文析義》七六五頁）。由以上的評論，可以看出這兩篇的主旨確在篇末。

《左氏文編》說：

> 文公〈伯夷頌〉通體不提明本意，乃全篇用虛者。古人之文，固有題如彼、文如此者。（《古文辭通義》卷十二，十七頁）

所謂「全篇用虛」，是說主旨未在篇中點出，這就是「意在言外」啊。

李穆堂《秋山論文》云：

> 文章精神全在結束，有提於前者，有束於中，有收於後者。（《古文辭通義》卷十一，二頁）

此處所說的「結束」，並非文章之結尾，而是內容總束處，也就是主旨；因此這段文字等於表明了主旨有出現在篇首、篇腹或篇末的可能。

我們在前面曾提過嚴羽對太白詩的看法，潘德輿《養一齋詩話》則針對此言提出不同的看法：

> 滄浪又謂「太白發句，謂之開門見山」。夫詩有通體貴含蓄者，有通體貴發露者，豈有發句必求開門見山之理？此可論唐人試帖之破題，而不可以論太白詩

也。

他認爲主旨不一定要出現在篇首；而「通體貴含蓄」的詩，大約是具有「言外之旨」的；「通體貴發露者」，或有可能是前面蓄勢，到篇腹或篇末才點淸題意的。

吳曾祺《涵芬樓文談》在「明法第八」中有云：

或舉一篇作意，而點明於發端之數語，或合通體大旨，而結穴於最後之一言。（一六頁）

他是說主旨可能出現在篇首或篇末。他在「設喩第十九」又說：

有全篇衹說一事，全係喩意，而正意衹在言外者。（三七頁）

這是說寓言體散文若非在篇末點明作意，則主旨皆在篇外。

劉熙載《藝概．經藝概》也談到安排主旨的位置問題，他說：

揭全文之指，或在篇首，或在篇中，或在篇末。在篇首則後必顧之，在篇末則前必注之，在篇中則前注之後顧之。

劉熙載很明白地揭示出主旨可能出現的位置，而且也說明了主旨乃是全文之重心，的是洞見。

宋文蔚《評註文法津梁》在「謀篇」一章，列了「語必歸宗」一則，他先談了「主意」（即「主旨」）的重要，然後又說：

主意既定，或於篇首預先揭明，或在中間醒出，或留於篇終結穴，皆無不可。惟中間議論處，必須處處顧定主意，不可與之相離，或至相背。（四八頁）

他也是洞察了文章的現象，才會歸納出這樣的結論。

來裕恂的《漢文典》談到「點睛法」時，說：

文章有全篇不說出所以然，至篇末方說明者，謂之畫龍點睛。此等文法，極飛動活潑。如《莊子·庖丁篇》至末始發明全篇本旨。又《國策·鄒忌說齊王》篇末云：「此之謂戰勝于朝廷。」正意始明。又賈誼〈過秦論〉，每段可以說出正意，卻段段蓄住，至結處方云：「仁義不施，而攻守之勢異也。」點睛飛去，有是神妙。（二二七頁）

「畫龍點睛」是一個相當傳神的譬喻，而他所舉的三個例子，也都很清楚地表現出「主旨在篇末」的型態。

陳滿銘在《國文教學論叢》中，收錄了〈談主旨見於篇首的幾篇課文〉、〈談主旨見於篇腹的幾篇課文〉、〈談主旨見於篇末的幾篇課文〉、〈談主旨見於篇外的幾篇課文〉，由此，他總結了前人的說法，將主旨的可能出現位置作了最完整的呈現；我們依次來看他的主張。他在〈談主旨見於篇首的幾篇課文〉中，說：

這是開門見山，先將文旨作個總括，然後條分爲若干部分來敍寫的一種形式。……由於具有直截了當的特性，所以廣被古今作家所採用。（八五頁）

在談到「主旨見於篇腹」時，他說：

詞章的主旨，見於篇腹的，雖不像見於篇首、篇末與篇外者那麼多見，但也不乏其作。而這類作品，由於多半係採插敘的手段來點明主旨，所以除了慣於用插敘法來表情抒感的詩、詞裏還可以時常見到之外，在散文中卻是不可多見的。（九三頁）

而「主旨見於篇末」的特色是：

由於它有引人入勝的優點，所以在古今人的作品，無論詩、詞或散文裏，是相當常見的。（一〇三頁）

最後「主旨見於篇外」者，佔了最多數，他說：

其中置於篇外者，由於最合乎含蓄的要求，即所謂「不著一字，盡得風流」，所以在古今人的作品裏，是最爲常見的。（一一一頁）

由此可見，主旨出現的位置有四種，那就是篇首、篇腹、篇末與篇外。

二、例證

(一)主旨見於篇首者

主旨在篇首出現者，我們通常稱之爲「開門見山」型，是我們相當熟悉的一種安置篇旨的方式。

呂東萊的《古文關鍵》中，有幾篇文章將主旨置於篇首，如蘇軾〈韓非論〉的一開始：「聖人之所爲，惡夫異端盡力而排之者，非異端之能亂天下，而天下之亂所由出也」，「異端」是指老莊，「天下之亂」是指申韓，此數句是全文的主旨所在，因此呂氏評「立意」二字（二一一頁）。其後先敍亂之因：「昔者周之衰，有老聃莊周列禦寇之徒，更爲虛無淡泊之言，而治其猖狂浮游之說……而其用意固亦無惡於天下」；次敍亂之果：「自老聃之死百餘年，有商鞅韓非著書……秦以不祀，而天下被其毒。」，然後再論亂之因：「後世之學者，知申韓之罪，而不知老聃莊周之使然……夫無有豈誠足以治天下哉？」次論亂之果：「商鞅韓非求爲其說而不得，得其所以輕天下而齊萬物之術，是以敢爲殘忍而無疑……皆原於道德之意」，最後一段再推開作結：「由三代之衰至於今，凡所以亂聖人之道者，其弊固已多矣，而未知其所終，奈何其不爲之所也。」完全扣緊題旨爲文，一意貫串。又如蘇洵〈高祖論〉的主旨是「蓋高帝之智明於大而暗於小，至於此而後見也」，所以一開始說：「漢高祖挾數用術……而高帝乃木強之人而止耳」，是說高帝「暗於小」，其後「然天下已定……曉然如目見其事而爲之者」，是說高帝「明於大」。更後面則「入實事」（呂氏語）（一七四頁），即以眞實事件加以論證，可分爲「平呂后」、「平樊噲」，都是在說明高帝「明於大」。

林雲銘的《古文析義》選了韓愈〈進學解〉，此篇是以「問答」成文的。其主旨出現在國子先生「誨之曰」的部分，即「諸生業患不能精，無患有司之不明；行患不能成，無患有司之不公」，林氏評云：「此段是進學本旨」（二四五頁）。其後一段在「有笑於列者曰」底下，採用「凡目凡」的結構，來駁「進學本旨」，「凡」是「先生欺予哉」一句，「目」則分而爲三：「弟子事先生於茲有年矣……先生之於儒可謂勞矣」，爲「目一」；「沈浸濃郁……先生之於文，可謂閎其中而肆其外矣」，爲「目二」；「長通於方，左右具宜，先生之於爲人，可謂成矣」，爲「目三」。接著以「然而公不見信於人……不知慮此，反教人爲？」作一總結。其後「先生曰」一段，則是從反面迴護「進學本旨」，形成「果因」結構。又如劉禹錫〈陋室銘〉，採用的是「賓主」結構。「山不在高，有仙則名」、「水不在深，有龍則靈」分別爲「賓一」、「賓二」，「主」的部分從「斯是陋室，惟吾德馨」開始，直到篇末，而主旨就是「惟吾德馨」一句，林氏曰：「此句是通篇結穴」（二七〇頁），又曰：「通篇總是『惟吾德馨』四字衍出，言有德之人，室藉以重，雖陋，亦不陋也。起四句以山水喻人，次言室中之景、室中之客、室中之事，種種不俗，無他繁苦，即較之南陽草廬，西蜀古亭，匪有讓焉。蓋以有德者，處此自有不同者在也，末引夫子何陋之言，隱藏『君子居之』四字在內，若全引便著跡，讀者皆不可不知。」這段評論把主旨和作法都交代得很清楚。

顧亭鑑纂輯的《學詩指南》，對詩歌的賞析頗有獨到之處，經其指出，主旨在篇首的詩歌有李白〈將進酒〉：「君不見黃河之水天上來，奔流到海不復回。君不見高堂明鏡悲白髮，朝如青絲暮如雪。人生得意須盡歡，莫使金樽空對月。天生我材必有用，千金散盡還復來。烹羊宰牛且爲樂，會須一飲三百杯。岑夫子，丹邱生，進酒君莫停。與君歌一曲，請君爲我側耳聽。鐘鼓饌玉不足貴，但願長醉不願醒。古來聖賢皆寂寞，惟有飲者留其名。陳王昔時宴平樂，斗酒十千恣讙謔。主人何爲言少錢，徑須沽酒對君酌。五花馬，千金裘。呼兒將出換美酒，與爾同銷萬古愁。」就在「人生得意須盡歡，莫使金樽空對月」之下，有評云：「二句言人當飲酒爲樂……籠起全旨，以下皆申言須盡歡意」（一一三頁），總評也說：「此篇大意勸人及時爲樂，說來有議論、有證佐，別具灑脫襟懷。」這些評語已將這首詩的作法說得十分清楚了。另外杜甫〈秋興〉之四也把主旨擺在第一聯，全詩是：「聞道長安似奕棋，百年世事不勝悲。王侯第宅皆新主，文武衣冠異昔時。

直北關山金鼓振，征西車馬羽書遲。魚龍寂寞秋江冷，故國平居有所思。」在第一聯之下有評云：「領起下」（一三二頁），表示其後六句皆由此二句而來；所以第二聯是「二句言官改變可悲」；第三聯是「二句言兵未息可悲」；末聯則由此可悲之事逗起無限心思，仍是「不勝悲」。因此前二句的「不勝悲」三字是詩旨之核心所在。

吳闓王的《古文範》中，有司馬相如的〈難蜀父老〉一文，此文一開始先作引，然後敍蜀父老疑問之辭，即從「**蓋聞天子之牧夷狄也**」到「**鄙人固陋，不識所謂**」爲止，吳氏說：「此作者本旨，卻於父老口中見意」（八七頁），尤其是其中「**蓋聞天子之牧夷狄也，其義羈縻勿絕而已**」二句，更是核心所在，所以吳氏評：「揭明正義」。接著是使者的回答，佔了全文最多的篇幅，這大段話表面上處處爲武帝迴護，但事實上卻又處處露出破綻，規諷之意十分明顯。因此總結起來，還是在闡明篇首的那二句話：「**蓋聞天子之牧夷狄也，其義羈縻勿絕而已。**」吳闓生另一本古文評選集——《桐城吳氏古文法》，也選錄了幾篇主旨在篇首的文章，如歐陽修〈五代史伶官傳敍〉，此文開始三句是：「**嗚呼！盛衰之理，雖曰天命，豈非人事哉？**」吳氏說：「此三句綰攝通篇」（七六頁），又引汪武曹之語：「『盛衰』二字是眼目，『人事』是主意」。因此底下先說莊宗得天下的經過，這是「盛」；再寫莊宗失天下的經過，這是「衰」，從而逼出「**抑本其成敗之跡，而皆自於人歟？**」的結論來，吳氏在此又註云：「『重人事』是通篇主意所在」（七八頁），而這主意在篇首的部分就提出來了。

喩守眞著的《唐詩三百首評析》中，也看到幾首詩的主旨置於篇首，最引人注目的例子就是白居易的〈長恨歌〉。喩守眞說：「這是一首很長的記事詩，是詠嘆唐玄宗寵幸楊貴妃始末的情事。主旨在開首『重色思傾國』五字，是用以警戒帝王的不可妄思妄動。因爲重色就得傾國，傾國就得遺恨。」（九五頁）所論極爲精闢。再有王維〈酬張少府〉：「晚年惟好靜，萬事不關心。自顧無長策，空知返舊林。松風吹解帶，山月照彈琴。君問窮通理，漁歌入浦深。」對這一首流露禪意的作品，喩氏認爲：「這是自述志趣的詩，著意在『好靜』二字」（一四七頁），而它的作法是：「此詩寫情多於寫景。上四句全是寫情，語雖淺近，卻含至理。自問沒有偉大的策略，可替國家做事，還不如歸隱山林自適本性。頸聯即承寫隱居舊林之樂，景中有情，仍從『好靜』中出發。結句是即景悟情，故作玄解，以不答作答。是問答中別開生面的話。」（一四七頁）經過如此的鋪陳，「好靜」之旨可說是完全地展現了。

陳滿銘在《國文教學論叢》中，收有〈談主旨見於篇首的幾篇課文〉一文，其中有很精采的分析，如張先〈天仙子〉：「水調數聲持酒聽，午醉醒來愁未醒。送春春去幾時回？臨晚鏡，傷流景，往事後期空記省。沙上並禽池上暝，雲破月來花弄影。重重簾幕密遮燈，風不定，人初靜，明日落紅應滿徑。」他賞析道：「這是一首暮春傷懷的作品。首以起二句，寫午醉醒後的一番愁思，拈出『愁』字，以貫穿全篇；次以『送春春去幾時回』四句，承上拈的『愁』字，寫流光無情、人事多紛、往事空勞回首、後期徒勞夢想的感傷；再以『沙上並禽池上暝』兩句，寫入夜的淒寂景象，而藉『並禽』、『花影』反襯出自己的孤單淒涼，爲首篇的『愁』字作進一層的渲染；接著以『重重簾幕密遮燈』三句，寫夜半不寐、不敢面對落花的情景，具體的襯托出作者的『愁』來；然後以結句，由實轉虛，透過想像，寫明朝落花滿徑的淒涼景象，歸結到春愁的本意上作收。作者這樣由午而至晚，由晚而夜，由夜而至明日，層層寫來，實有著不盡的傷春之意。」（八七頁）將主旨置於篇首，有綱舉目張的好處。

(二)主旨見於篇腹者

主旨可能被安置在篇腹的情形，較少爲文論家所提及；然而這類作品事實上並不少，我們來看以下的這些例子。

林雲銘的《古文析義》，關於這方面的評論較多，如王羲之〈蘭亭集序〉一文，乃採「先敍後論」法寫成。「敍」的部分由篇首開始直到「**以極視聽之娛，信可樂也**」，其中分敍了「所以會之故」、「會中之人」、「所會之地」、「所會之事」、「所會之日」等，直到「**信可樂也**」一句，「蘭亭會事至此寫畢」（林氏語）（一九五頁）。底下則是

「論」的部分，而「論」分「正」、「反」，「夫人之相與俯仰一世……曾不知老之將至」一段，是「正」，林氏說：「欣字、快字俱根上樂字來」；而「及其所之既倦……後之視今，亦今之視昔，悲夫」一段，則是「反」，寫「痛」字，主旨就出現在此，那就是「死生亦大矣，豈不痛哉！」二句，林氏云：「篇中從可樂處說到可悲者，著眼在生死二字，有深意存焉！」（一九六頁）而最後幾句：「故列敍時人，錄其所述……亦將有感於斯文」，是「補敍」，林氏說：「篇末云：『列敍時人，錄其所述』二句，言作序之由。」又如歐陽修〈晝錦堂記〉亦可分爲「正文」和「補敍」兩部分，「補敍」的部分在最後數句：「余雖不獲登公之堂……於是乎書」。而正文則採「先論後敍」的結構寫成。「論」是指篇首數句：「仕宦而至將相，富貴而歸故鄉，此人情之所榮，而今昔之所同也」；而「敍」則又可分爲「正（賓）」、「反（主）」兩部分。「正」的部分由「蓋士方窮時」開始，至「昔人比之衣錦之榮者」爲止，舉季子和買臣爲例，來「敍晝錦之所以爲榮」（林氏語），並作爲韓公之陪襯，所以亦有「賓」之作用。而「反」的部分是指：「惟大丞相魏國公則不然……非閭里之榮也」一段，是「敍晝錦非所以爲韓公榮」，具有「主」的作用。在這一段中，出現了：「此公之志，而士亦以此望於公也，豈止夸一時，榮一鄉哉？」林氏評曰：「『志』字是篇中眼目」（三八八頁），也就是說此爲一篇主旨。所以總評說：「是篇先就晝錦之榮翻起，倒入魏公之志，然後敍其平昔功業，以其榮歸之邦國。」（二八八頁）由此可看出「志」字確實有統帥全文之功。

吳楚材選、王文濡評註的《古文觀止》中，也有很多主旨在篇腹的例子，如李白〈春夜宴桃李園序〉，篇腹用一句點明主旨：「序天倫之樂事」，評注云：「是設宴本意」（三一一頁），而在前面先分點「夜」字、「春」字（評注語）；在後面則描寫宴會上的情景。這樣「序天倫之樂事」，極爲脫俗瀟灑。次如劉基〈司馬季主論卜〉，它的全文在講人事盛衰的因果關係，是用問答的方式構成的；而季主回答的部分乃是主體，其主旨「且君侯何不思昔者也，有昔者必有今日」就出現在此，評註云：「東陵知既廢之當用，而不知既用之當廢也。季主點醒他，全在此二句。」（五三八頁）作者點出主旨後，隨即舉了許多今衰昔盛的例子，以爲佐證，末後再綴上一句：「君侯既知之矣，何以卜爲？」所以總評說：「通篇只說得一個循環道理。喫緊喚醒東陵處，全在『何不思昔者』一句。以下總發明此意。」（五三九頁）又如唐順之〈信陵君救趙論〉是採「欲擒先縱」法寫成的，一開始先縱：「論者以竊符爲信陵君之罪，余以爲此未足以罪信陵也」，然後又以「余所誅者，信陵君之心也」一擒，其後一一分疏誅心之論，所以評註說：「誅信陵之心、暴信陵之罪，一層深一層，一節深一節」（五六三頁），而主旨就是：「余所誅者，信陵君之心也」二句，評註云：「一語扼定主意」（五六〇頁），可見這篇文章是以此二句來統一全文的。

又，吳闓生所纂的《古今詩範》，收有〈古詩十九首〉之五：「西北有高樓，上與浮雲齊。交疏結綺窗，阿閣三重階。上有絃歌聲，音響一何悲。誰能爲此曲，無乃杞梁妻。清商隨風發，中曲正徘徊。一彈再三歎，慷慨有餘哀。不惜歌者苦，但傷知音稀。願爲雙鴻鵠，奮翅起高飛。」就在「不惜歌者苦，但傷知音稀」之下，吳氏引方植之語：「溢出本意，此昔人所謂筆墨流珠處也」（二頁），指明這就是本詩的主旨所在。又如第十九首：「明月何皎皎，照我羅床幃。憂愁不能寐，攬衣起徘徊。客行雖云樂，不如早旋歸。出戶獨彷徨，愁思當告誰。引領還入房，淚下沾裳衣。」吳氏在「不如早旋歸」之下，評說：「橫插而入，一篇主意」（五頁），他以爲此詩寫的就是思婦盼歸之情，是一點也不錯的。

李扶九編選的《古文筆法百篇》中，也有頗多主旨在篇腹的例子，如蘇軾〈後赤壁賦〉採取了順敘法來寫。他先寫與二客攜酒與魚復遊於赤壁之下，再寫他獨自一人攝衣而上高崖，並「悄然而悲，肅然而恐，懍乎其不可留也」。然後，下山登舟，有孤鶴橫江東來，掠舟而西。遂於返家之後，在睡夢之中，夢一道士，羽衣蹁躚，乃江上之孤鶴。全篇奇情逸致，如幻似仙，而全歸結在「懍乎其不可留也」一句上，正如總評所說：「至前篇（即〈前赤壁賦〉）說悲處在客口中，此篇悲則公自言乎，予於此篇往復數次，而知其用意在『懍乎不可久留』一句，仍是前篇『望美人』一片心腸也。」（一六三頁）又如方孝孺〈深慮論〉的結構是「反正反」，第一「反」由篇首至「**乃工於謀人，而拙於謀天也**」止，在這一大段中，方孝孺歷舉秦、漢、東漢魏晉、唐、宋之事，證明「拙於謀天」必至亂亡之理；而「正」的部分則是指「**古之聖人……此慮之遠者也**」一段，眉批云：「此段纔說出工於謀天而能爲深慮者，一篇主意結穴在此。」（五一頁）而「工於謀天」的關鍵在於「結乎天心」，此即主旨之所在。而第二「反」則寫「**不能自結乎天**」者，乃是以「反掉作結」（眉批語）。

林景亮的《評註古文讀本》也有數篇值得一看，如王安石的〈讀孟嘗君傳〉，林氏評云：「是篇以孟嘗不能得士作柱。前路就史事說入，以清題面。入後層層辨駁，言雞鳴狗盜者不得謂之士，故斷定孟嘗不能得士。」（一二頁）因此，主旨就出自「**嗟乎！孟嘗君特雞鳴狗盜之雄耳，豈足以言得士？**」一段中；而林氏所謂的「柱」，在此可指綱領，也可指主旨。

宋文蔚的《評註文法津梁》中，收有多篇被點明主旨出現於篇腹的文章。如蘇轍〈快哉亭記〉，宋氏的分析是：「文從謫宦生情，偏從不快處寫出快字。前半寫江流之勝，是快哉之正面，後路拍到張君，即從景物上生出議論，其線索在『**不以物傷性**』一句」（二十頁），這「**不以物傷性**」即是主旨，它出現在篇腹，即「**使其中坦然不以物傷性，將何適而非快**」一句。

陳滿銘在《國文教學論叢》中收有〈談主旨見於篇腹的幾篇課文〉，其中詩、詞都有，詞如白居易〈長相思〉：「汴水流，泗水流。流到瓜州古渡頭。吳山點點愁。　思悠悠，恨悠悠。恨到歸時方始休。月明人倚樓。」他的分析是：「這是一首抒寫別恨的作品。作者在上片，寫的是自己置身於瓜州古渡所見到的景物：首以『汴水流』三句，寫向北所見到的『水』景，藉汴、泗二水之不斷奔流，襯托出一份悠悠別恨；再以『吳山點點愁』一句，寫向南所見到之『山』景，藉吳山之『點點』又襯托出另一份悠悠別恨來，使得情寓景中，全力為下半的抒情預鋪路子。到了下片，則即景抒情，一開頭就將一篇之主旨『悠悠』之恨拈出，再以『恨到歸時方始休』作進一層的渲染。然後以結句，寫自己在樓上對月相思的樣子，將『恨』字作更具體之描繪，所謂『以景結情』，有著無盡的韻味。」（九八頁）他的賞析，眞是細膩極了。

(三)主旨見於篇末者

主旨見於篇末的例子非常多，可說是這四類中最常見的。這可能是由於這種寫作方式非常有力，至篇末始一筆點睛，而使全文（詩）活起來的緣故。

宋・呂東萊的《古文關鍵》就收有幾篇主旨在篇末的文章，如柳宗元〈種樹郭橐駝傳〉，它一開始先敍郭橐駝之事，再以「對曰」帶出郭橐駝植樹之法，在於「以能順木之天以致其性焉爾」，同時與他植者相較，則他植者不是太過，就是不及，因此「木之性日以離矣！」其後以種樹之道移之官理，這才是一篇本意所在，所以敍述了官吏愛之適足以害之的情形後，說了一句：「則與吾業者其亦有類乎？」，呂氏註：「一句收歸」（九二頁），全篇意義到此顯豁，才知道原來前面所說的養樹之術，都是用來闡發養人之術的，全篇都在主旨的籠罩之下，絲毫不漏。

顧亭鑑纂輯的《學詩指南》收錄多首詩作，主旨在篇末的也不在少數，如王勃〈滕王閣〉：「滕王高閣臨江渚，佩玉鳴鸞罷歌舞。畫棟朝飛南浦雲，朱簾暮捲西山雨。閒雲潭影日悠悠，物換星移幾度秋。閣中帝子今何在？檻外長江空自流。」在前四句和後四句之下，分別有評云：「四句言閣上之景」、「四句觸景傷情」（一一〇頁），而主旨就是篇末的這番感慨。又如祖詠〈望薊門〉：「燕臺一去客心驚，茄鼓喧喧漢將營。萬里寒光生積雪，三邊曙色動危旌。沙場烽火侵胡月，海畔雲山擁薊城。少小雖非投筆吏，論功還欲請長纓。」總評說：「此因臨邊而有志立功也。先就地起，中分兩層，寫『望』字語極雄邁，末聯一縱一擒，於收句結出主意」（一二八頁），他以爲主意就是「有志立功」。

林雲銘的《古文析義》，也出現許多精采的例子。如歐陽修〈縱囚論〉可分爲「立論」和「推論」兩部分。「立論」是指：「信義行於君子……此豈近於人情哉？」一段，其中又可一分爲二，由篇首至「此又君子之尤難者也」，是據「理」立論；其後「方唐太宗之六年……此豈近於人情哉？」則是據「事」立論。接著而來的「推論」部分，則是將所立之論深化，它是藉著二問二答來推演的，而主旨就出現在第二「答」的最後一句：「是以堯舜三王之治，必本於人情，不立異以為高，不逆情以干譽。」所以林氏評云：「以正論結上文，無一滲漏，自是千古妙筆。」（二八四頁）再如歐陽修〈醉翁亭記〉可分為「正文」和「補敘」兩部分，正文又形成了「先凡後目」的結構。「凡」的部分是「環滁皆山也……山水之樂，得之心而寓之酒也」一段，其後各段則一一與之對應。首先「若夫日出而林霏開……四時之景不同，而樂亦無窮也」一段，林氏評云：「此段敘亭外之景，單就山一邊言」，此為「目一」，呼應了「凡」中所提到的「山」。然後是：「至於負者歌於塗……滁人游也」一段，林氏評云：「此段敘游人之多，可以增山間佳景」，此為「目二」。再來是「臨溪而漁……頹乎其中者，太守醉也」一段，林氏評云：「此段敘亭中宴飲之樂」，此為「目三」，呼應了「凡」中所提到的「來飲於此」。最後是「已而夕陽在山……而不知太守之樂其樂也」一段，林氏云：「此段敘醉歸之樂」，此為「目四」，呼應了「凡」中提到的「醉」字、「樂」字；不僅如此，主旨也於此出現，即「太守之樂其樂」一句，所以林氏云：「層層轉入『太守樂其樂』正旨，見醉翁之意不在酒，併不在山水之間，在與民同樂上。」（二八七頁）而篇末最後數句：「醉能同其樂……盧陵歐陽修也」，是用以補敘作記之人。

吳闓生所纂之《桐城吳氏古文法》，也有一些例子值得參考，如韓愈的〈雜說四〉，在其前二句，作者先立案：「世有伯樂，然後有千里馬」；隨後說：「千里馬常有，而伯樂不常有」，由此以下反說到底，主旨就出現在末二句：「嗚呼！其眞無馬耶？其眞不知馬也！」所以吳氏評說：「一句收轉，筆力千鈞。」（七一頁）而汪武曹亦云：「總上文意以詠嘆結之。見得未嘗無千里馬，惟無伯樂，則雖有而不知其有也」。又如宋玉〈對楚王問〉，它先是一問，後是一答。就在宋玉「答」的部分裏，作者使用了「賓主」法來安排，「客有歌於郢中者」是「賓一」，「鳳凰上擊九千里」是「賓二」，「鯤魚朝發於崑崙之墟」是「賓三」，而這些「賓」都是爲了陪襯「主（士）」而設，所謂「主」指的是最後數句：「夫聖人瑰意琦行，超然獨處，世俗之民，又安知臣之所爲哉？」吳氏評云：「通篇正意，祇此數語。」（一二八頁）于惺介亦云：「點出正意，最明淨。」所以此文之主旨在篇末。

李扶九的《古文筆法百篇》中，收有許多主旨在篇末的精采文例，如杜牧〈阿房宮賦〉的結構是「先敘後論」，前文以極大之篇幅，極力描寫阿房宮的豪奢侈麗，是「敘」的部分。從「嗟乎！」開始，則是「論」的部分，在此，杜牧先說「一人之心，千萬人之心。秦愛紛奢，人亦念其家」的道理，隨後述說使天下人不敢言而敢怒的結果：「楚人一炬，可憐焦土」。最後再總論：「嗚呼……秦人不暇自哀，而後人哀之；後人哀之而不鑑之，亦使後人而復哀後人也」，眉批云：「以『哀』字作結，言有盡而意無窮，一篇主腦在此。」末引《輯評》亦云：「結處發出本旨，乃知前之鋪陳，俱為垂戒設也」（二一一頁）。還有陶潛〈五柳先生傳〉採的是「先敘後論」之結構，「敘」的部分由一開始到「以此自終」止，寫五柳先生的生活態度躍然紙上。最後「贊曰」的部分才是「論」，主旨亦出現於此，就是「以樂其志」一句，眉批云：「『樂志』二字為立傳主腦。」（一三五頁）。

林景亮的《評註古文讀本》中，主旨置於篇末的文章不下二、三十篇，現在只舉一例看看：即梅曾亮〈觀漁〉，林氏分析其作法，說：「是篇以『人不必躍』作一篇之柱義，通篇不說出本意，逐段為『不必躍』作勢，至末句始行點出，是謂『點睛法』。」（三頁）看這篇文章，前面大部分的篇幅是寫以漁為喻，到了末尾才說：「嗟夫！人知魚之無所逃於池也。其魚之躍者可悲也，然則人之躍者何也？」而此即為主旨所在。

林奉仙的《十五國風章節之藝術表現》中，曾列出一法曰：「點睛法」，她說：「在十五國風中，很多詩篇的最後一章，往往多神來之筆，突出於全篇，好像七彩煙火，突然升空，爆發出絢爛的火花，光彩奪目。這種技巧，我們無以名之，名之曰『點睛法』。」（一三四頁）而這「神來之筆」往往就是主旨的表出。在林奉仙所舉的例子中，我們可以看到確實有這樣的情形。如《鄘風・蝃蝀》：「蝃蝀在東，莫之敢指。女子有行，遠父母兄弟。（一章）朝隮于西，崇朝其雨。女子有行，遠兄弟父母。（二章）乃如之人也，懷昏姻也。大無信也，不知命也。（三章）」她說：「一二章重疊，用比體；第三章則不和前兩章重疊，並且改用賦體。第一二章只是說：女子出嫁，遠離父母兄弟，這首詩究竟在說些什麼，沒有辦法知道。直到第三章，作者才說出這首詩的主旨，是責備男子不守約婚誓言。」（一三九頁）

陳滿銘的《國文教學論叢》中，收有〈談主旨見於篇末的幾篇課文〉一文，分別對詩、詞、散文各舉了一些例子，詞如蘇軾〈念奴嬌〉：「大江東去，浪淘盡，千古風流人物。故壘西邊，人道是、三國周郎赤壁，亂石崩雲，驚濤裂岸，捲起千堆雪。江山如畫，一時多少豪傑。　遙想公瑾當年，小喬初嫁了，雄姿英發。羽扇綸巾，談笑間、檣櫓灰飛煙滅，故國神遊，多情應笑我，早生華髮。人間如夢，一尊還酹江月。」他的賞析是：「末篇也是懷古感遇的作品，是作者在謫居黃州時所寫的。全詞共分三個部分：頭一部分，自篇首至『一時多少豪傑』止，寫赤壁如畫的江山勝景，並由景而及於三國當年破曹的英雄豪傑，作歷史的追溯，以暗含古今興亡的感慨，預為篇末的主旨——『多情』鋪路。第二部分自『遙想公瑾當年』至『檣櫓灰飛煙滅』止，承上個部分的『豪傑』，用『遙想』領入，寫『三國周郎』當年的少年英氣、功業事蹟和不可一世的雄風，隱約地表達出自己無比的仰慕之情，以逼出下個部分的『多情』來。第三部分自『故國神遊』至篇末，首先以『故國神遊』一句，將上兩個部分的敍寫作一收束，然後以『多情應笑我』四句，由古代的周郎拍向自己身上，藉自身年老、一事無成的衰頹形象，有意與周郎的『雄姿』作成尖銳的對比，以表出年華虛度、人生如夢的深切感慨——『多情』來，寫得眞是『感慨雄壯』到了極點。誠如王元美所說的『果令銅將軍於大江奏之，必能使江波鼎沸』（《弇州山人詞評》）啊！」（一〇五—一〇六頁）

(四)主旨見於篇外者

所謂的「言外之意」、「弦外之音」，便是指此類將主旨置於篇外的辭章而言；雖未以文字明示，但令人心領神會，別有一番默契於心的感受。

謝枋得的《文章軌範》中，可以發現主旨在篇外的例子，譬如韓愈〈雜說下〉通篇以「馬」爲說，但正如謝氏所說的：「此篇主意：英雄豪傑必遇知己者尊之，以高爵食之，以厚祿任之，以重權其材，斯可以展布。」（二一八頁）而這番意思完全須讀者在篇外悟出。又如韓愈〈雜說上〉通篇談雲與龍之關係，沒有一字提及君臣，但謝氏評云：「此篇主意謂聖君不可無賢臣，賢臣不可無聖君，聖賢相逢，精聚神會，斯能成天下之大功。龍指聖君，雲指賢臣。」（二一六頁）主旨顯然也置於篇外。

林雲銘的《古文析義》賞析有岳飛〈良馬對〉，此文也以高宗和岳飛的問答構成，雖然通篇談馬，並以良馬和庸馬作一對照，以突顯出良馬的材質來；但它的重點並不在馬的良窳，而是以馬喻人，但此深意並未在篇中點明，因此林氏說：「得良馬與未得，一言可盡，武穆乃將馬之所以爲良、所以爲不良處，細細分別出來，全爲國家用人說法，妙在含蓄不露，若添一語相士，便索然無味。玩不幸相繼以死，今所稱善，而不悟其意國事，可知其行文竟可作一篇《國策》讀。」（七九八頁）此即主旨在篇外之例。又如柳宗元〈鈷鉧潭西小丘記〉乃一記遊之作，但此文眞正的重心絕非摹山繪水而已，林氏說：「子厚游記，篇篇入妙，不必復道。此作把丘中之石，及既售得之後，色色寫得生活，尤爲難得。末段以賀茲丘之遭，借題感慨，全說在自己身上。蓋子厚向以文名重京師，諸公要人，皆欲令出我門下，猶致茲丘於灃、鎬、鄠、杜之間也。今謫是州。爲世大僇，庸夫皆得詆訶，頻年不調，亦何異爲農夫、漁父所陋，無以售於人乎？乃今茲丘有遭而己獨無遭，賀丘所以自弔，亦猶起廢之答，無躄足涎顙之望世。嗚呼！英雄失路至此，亦不免氣短矣！讀者當於言外求之。」（二五六頁）可見柳宗元乃藉此文自抒失意之感慨而已，雖未明言，但我們可以從篇外領會得到。又如陶淵明〈桃花源記〉記述了一則漁人誤入桃花源的故事，筆致閒美，令人神往；但陶淵明在這則故事中是寄有深意的，林氏的看法是：「愚以爲元亮生於晉宋之間，遐思治世，不欲作三代以下人物，爲此寓言寄興，猶王績之醉鄉，不必實有是鄉，白玉蟾之寂光國，不必實有是國也……讀者當得之章句之外可矣」

（六七〇頁）。

顧亭鑑纂輯的《學詩指南》，收錄了許多主旨在篇外的詩例，我們擇要來看：如劉長卿〈尋南溪常道士〉：「一路經行處，莓苔見屐痕。白雲依靜渚，青草閉閒門。過雨看松色，隨山到水源，溪花與禪意，相對亦忘言。」這首詩依次寫「初去尋」、「入其境」、「至其門」、「門外景」、「遠尋」、「止見溪花不見人」（一二四頁），沒有一句提及道士，所以總評說：「此詩以不見道士爲主，句句是尋而不遇，偏寫出所見者如此鬧熱，善用反託之法」，所謂「反託」指不從正面寫，但由言外得其旨的意思。又如李白〈玉階怨〉：「玉階生白露，夜久侵羅襪。卻下水晶簾，玲瓏望秋月。」這四句純是白描，沒有一字涉及人物的心理，但由這一連串的動作，無限幽怨卻流露無遺，因此總評說：「此即景寫情，不言怨而怨獨深」（一四三頁）。

王文濡的《評註宋元明詩》也有類似的例子，如黃庭堅〈何氏悅亭詠柏〉：「澗底長松風雨寒，岡頭老柏顏色悅。天生草木臭味同，同盛同衰見冰雪。君莫愛清江百尺船，刀鋸來謀歲寒節。千林無葉草根黃，蒼髯龍吟送日月。」王氏認爲：「統首借柏喻人，起四句，言天所賦與，賢愚皆同；次二句，言或爲利祿所誘，致改其所守之操；末二句，結到守眞之士，終與凡夫不同，所謂歲寒然後知松柏之後凋者也。」（六十二頁）所以此詩句句在詠柏，同時也是句句在詠人。王文濡另一本《清詩評註》，則收了袁枚〈西施〉：

「吳王亡國為傾城，越女如花受重名。妾自承恩人報怨，捧心常覺不分明。」王氏評道：「西施沼吳之後，又從范蠡以歸五湖；以艷色亡人之國，而不以死殉之，雖不負心，亦屬負恩。詩中亦是此意，妙在絲毫不露，令人自於言外得之。」（一七二頁）所以此詩從字面上看來純是敘事而已，但議論已藏於敘事之中。

林景亮的《評註古文讀本》，賞析了多篇古文，其中有一些的主旨即置於篇外，如劉基〈趙人患鼠〉乃以貓為喻，林氏說：「是篇暗以『無求備於一人』作柱，前路寫貓於有用中寓無用之弊，後幅於無用中寓有用之利」（八頁），由他所用的「暗」字可以看出，這個柱意須由言外求得。又如歐陽修〈甲乙辨〉乃設為甲、乙二人，互為問難，而問難主體是鐘與錢積諸器，但主旨卻不在此，林氏說：「是篇借鐘與錢積諸器，為『實至名歸』反面作證」（二〇頁），其實所謂「反面作證」，就是說不直接入題，而藉由他種事物來表達，因此意在言外。又如柳宗元〈臨江之麋〉乃記一小麋不辨敵友，竟以殞身的故事，林氏的分析是：「是篇以『小人恃寵致禍』作柱，先說麋之與家犬為友，次說麋之與外犬為友，末說麋之至死不悟。而小人恃寵忘禍之意，已隱含於語句之中，是為『渾含法』」（二十二—二十三頁），可見他是將主旨在篇外的情形稱作「渾含法」。又如《莊子．卻楚王聘》是藉楚使與莊子的問答以構成全文的，而其中乃以神龜之喻貫穿，林氏認為：「是篇意在『不甘束縛』，特借龜以設喻。……而通篇始終不說明正意，故又為『渾寫法』」（三〇—三十一頁），所謂「渾寫法」與前面提到的「渾含法」是一樣的。又如戴名世〈記老農夫說〉，林氏分析其作法說：「是篇借農夫以寄感觸。然使將所感之故，逕直暢說，必無蘊藉之觀。文含意未伸，將牢騷抑鬱之意，流露於抑揚呑吐間，故爲『含蓄法』。」（七十五頁）這裡又出現了「含蓄法」，與前二法並無不同。又如龔自珍〈病梅館記〉，這一篇的內容是：「是篇以『療梅』作杜。故先說病梅，次說病梅館，末說療梅。於文爲順敘法。」（林氏語）（一一四頁），但它眞正的重心並不在梅，而在以梅喻人，因此林氏又說：「文說病梅，實爲士之失其眞者寫影耳，故爲寓言體。」林氏說得沒錯，寓言之作除非在最後點清作意，否則主旨全都在篇外。

林紓在《韓柳文研究法》中，對柳宗元著名的〈三戒〉曾進行過分析，他認爲〈臨江之麋〉是：「文不涉人，而但言麋，讀之灼然自了其用意之所在」（一〇二頁）；而〈永某氏之鼠〉則是：「永之鼠，則分宜之鄢懋卿、趙文華耳。倉廩庖廚，悉以恣鼠不問，名爲寵之，是預授之以殺身之機倪，鼠相告偕來某氏，則小人之招其黨類，稱曰無禍，亦就小人眼中所見而言者。至竊齧鬥暴，其聲萬狀，則小人黨中之自鬨，因利而爭，勢所必至。迨後人來居，鼠爲態如故，曲繪小人之無識，禍至不知斂懼，假貓灌穴之事，遂了了在人意中。文用『彼以其飽食無禍爲可恆』句一束，『可恆』二字中，含無盡慨歎，見得權臣當國，引用黨徒，迨一旦勢敗，則依草附木，恣爲豪暴者，匪不盡死，顧終以利故，一不之悟，此所以可哀也。」（一〇三—一〇四頁）林紓將文章與實事牽合起來，一一對照，雖然若合符節，呼之欲出，但畢竟文中始終沒有明言，所以此意須由篇外尋得。而〈黔之驢〉的用意則是：「〈黔之驢〉，喻全身以遠禍也。驢果安其爲驢，尚無死法，惟其妄怒而蹄，去死始近。孔北海、禰正平，皆龐然大物也，乃不知曹操、黃祖之爲虎，怒而蹄之，既無異能，終至於斷喉盡肉而止。故君子身居亂世，終以不出其技爲佳，若徐穉、梅福、茅容者。可謂其眞不爲驢者矣。」（一〇四頁）和前兩篇一樣，種種寓指都只能由讀者意會，並未以言傳。

第二節　綱領的軌數

一、理論

綱領在辭章中扮演著貫串材料的角色，它可以形成單軌或多軌，以起統整詞章的作用。關於這點，自古以來就有人注意到它的重要了。劉勰的《文心雕龍·附會》篇中有一段話，非常值得一看：

凡大體文章，類多枝派，整派者依源，理枝者循幹，是以附辭會義，務總綱領，驅萬塗於同歸，貞百慮於一致，使衆理雖繁，而無倒置之乖，群言雖多，而無棼絲之亂；扶陽而出條，順陰而藏跡，首尾周密，表裡一體，此附會之術也。

其中有一句：「附辭會義，務總綱領」，出現了「綱領」一辭，而由其他的敍述字句，將綱領的作用闡述得十分妥切。

唐王昌齡的《詩格》中說：

先立意則文脈貫通。

這句話，我們在討論主旨時也曾引用過；事實上，這「先立意」除了可以指主旨的確立外，更可以包含綱領的標舉。因爲想使文脈貫通，則必定要靠著綱領來統整所用的材料。

王葆心《古文辭通義》引李塗《文章精義》語云：

務要十句百句，只作一句貫串意脈是也。(十一)，二十四頁)

這「一句」能「貫串意脈」，統領「十句百句」，則分明非綱領莫辦了。

呂祖謙《古文關鍵》中的一段評語就說得更明白了：

> 常使經緯相通，有一脈過接乎其間然後可。蓋有形者綱目，無形者血脈也。

他稱綱目爲「有形者」，是因爲它形諸文字；而以此形諸文字之綱目貫串全文，使文章成爲一個有精神的整體，就好像大動脈帶來流通全身的血液一般，因此他又將這種作用稱爲「無形者血脈也」。

姜夔在《白石道人詩說》中道：

> 大凡詩自有氣象、體面、血脈、韻度。……血脈欲其貫穿，其失也露。

爲什麼說「血脈欲其貫穿，其失也露」呢？大概是因爲他認爲詞貴含蓄，所以不希望綱領的筋節太顯；但他仍肯定詞須「血脈貫穿」。

楊仲弘《詩法家數》（收錄於《詩學指南》）中說：

> 詩之製作之法也……有雙起二句，而作兩股以發其意者；有一意作出者。（二十

七頁）

這段話特別值得注意的是，所謂「一意」是指我們常見的單軌的綱領，而「兩股」則是指詩中的綱領形成了兩軌，以此來貫串全詩。

高琦編的《文章一貫》中，引《場屋準繩》之語，說：

有立兩柱貫一篇者，如蘇老泉〈春秋論〉之類是也。

大約他認爲〈春秋論〉是以「位」和「道」兩柱貫穿全文的。緊接著又說：

有將一字立意貫一篇者，如東坡〈留侯論〉用一「忍」字之類是也

所以他也是注意到了綱領有單軌、雙軌之分。

歸有光的《文章指南》列有數十條法則，其中有三則是與綱領有關的，我們依次來看：首先是「兩柱遞文則」：

> 王陽明〈玩易窩記〉篇內發明易理，而以觀象玩詞、觀變玩占立柱。下即雙承竹節推去，是謂兩柱遞文也。

我們分析一下〈玩易窩記〉中「發明易理」的部分（即後半部），發現它形成了「先凡後目」格，而且是以雙軌來貫穿，我們將此兩軌分別標上Ａ、Ｂ的記號，引錄如下：「居則觀其象而玩其辭（凡Ａ），動則觀其變而玩其占（凡Ｂ）。觀象玩辭，三才之體立矣（目Ａ１），觀變玩占，三才之用行矣（目Ｂ１）；體立故存而神（目Ａ２），用行故動而化（目Ｂ２）；神故智周萬物而無方（目Ａ３），化故範圍天地而無跡（目Ｂ３）；無方則象辭基焉（目Ａ４），無跡則變占生焉（目Ｂ４）。」這樣，我們就可以很清楚地看出來，什麼叫作「兩柱遞文」了。接著便是「下字影狀則」，歸有光說：

> 凡文章托事立論，其用字用意須要與事親切。如韓退之〈送王含秀才序〉，以「醉鄉記」三字生一篇議論，首尾下字影狀，仔細味之，方見其巧。

〈送王含秀才序〉中共有出現四次「醉鄉」，但它並不能算「類字」，因爲「醉鄉」二字關係全文意旨（由「與事親切」、「下字影狀」中可以看得出來），所以「醉鄉」二字實爲本文之綱領。再來便是「立意貫說則」：

> 作文須尋大頭腦，立得意定，然後遣詞發揮，方是氣象渾成。如韓退之〈代張籍與李浙東書〉，以「盲」字貫說；蘇子瞻〈留侯論〉，以「忍」字貫說是也。

過商侯評〈代張籍與李浙東書〉，說：「只就盲目一節，生情描畫。其間忽喜忽悲，或歌或泣，皆極其透切淋漓，聳人觀聽，可謂摹神特絕。」（《古文評註全集》五一九頁）林雲銘評〈留侯論〉，則說：「『忍』字是一篇眼目」（《古文析義》三〇六頁）。可見得他們的意見是一致的：都肯定「盲」字和「忍」字分別爲這兩篇文章的綱領。

江浩然《杜詩集說》引黃生語：

> 詩眼貴亮而用線貴藏，如〈何氏山林〉之五，滄江碣石，風筍雨梅，銀甲金魚，皆散錢也，而以一「興」字穿之，是線在結也。如秦州〈遣懷〉霜露菊花，斷柳清笳，水樓山日，歸鳥棲鴉，亦散錢也，而以「愁眼」二字聯之，是線在起也。

周振甫在《詩詞例話》中對此說法作了闡釋：「這裡舉出三首詩來講線索。杜甫〈陪鄭廣文游何將軍山林〉之五：『㶁水——滄江破，殘山——碣石開。綠垂——風折筍，紅綻——雨肥梅。銀甲——彈箏用，金魚——換酒來。興移無灑掃。隨意坐莓苔。』何將軍山林裡有㶁水，是從江水分出來的；有殘山，是碣石山的分支形成的；有折筍、紅梅；有彈箏，有酒。光說㶁水、殘山、筍、梅、箏、酒，像散錢一般，要有根線來穿起來，這個線索是『興』，即游興。正因詩人游興高，所以欣賞何氏山林中的山和水，筍和梅，而還有彈箏和酒來助興。這個『興』就把全篇貫穿起來，這個線索在結尾點明。杜甫〈遣懷〉：「愁眼看霜露，寒城菊自花。天風隨斷柳，客淚墮清笳。水淨樓陰直，山昏塞日斜。夜來歸鳥盡，啼煞後棲鴉。」這首詩講的景物，好像一句一樣，各各獨立。有霜露，菊花開，風吹柳，聽笳流淚，樓陰，山日，歸鳥，啼鴉。這些獨立景物也像散錢，要用線索貫穿起來。這裡用『愁眼』做線索，下面所寫的種種景物，都從愁眼看出，這就把它們串聯起來了。這個線索放在頭上。」（一三九—一四〇頁）經過周振甫的分析，我們充分地明白了綱領如線，足以串起全章。

李佳《左庵詞話》卷下說：

制一詞，須布置停勻，血脈貫穿。（《中國近代文論類編》二〇一頁）

這說明了詞也和詩、散文一樣，也是須講求綱領的。

來裕恂的《漢文典》在「完全之篇法」中，在講到「承法」時，提到有「分承」：

分承者，分析上文意義以承明之也。如歐陽修〈朋黨論〉：「然臣謂小人無朋，惟君子則有之。其故何哉？」下承以「小人所好者利祿也，所貪者貨財也。當其同利之時，暫相黨引以爲朋者，僞也。及其見利而爭先，或利盡而交疏，則反相賊害，雖其兄弟親戚，不能相保。故臣謂小人無朋，其暫爲朋者，僞也。君子則不然，所守者道義，所行者忠信，所惜者名節。以之修身，則同道而相益；以之事國，則同心而共濟。始終如一。此君子之朋也。」是。（二〇八頁）

他所舉的例子是以兩軌分別承接；雖然在此處僅限於節段，但同樣的觀念若擴大至全篇，就形成了雙軌式的綱領。不僅如此，他在「結法」中，又講到「分結」。

分結者，結處分承上數段也。蘇軾〈石鐘山記〉：「余是以記之，蓋嘆酈元之簡，而笑李渤之陋也。」唐順之〈信陵君救趙論〉：「故信陵可以爲人臣植黨之戒；魏王可以爲人君失權之戒。」（二一六頁）

其實〈石鐘山記〉是三軌：即蘇軾自身的經驗、酈道元的記載和李渤的試驗；而〈信陵君救趙論〉則爲雙軌：即信陵和魏君。所以來裕恂已感覺到了：一篇文章中起著貫穿作用的綱領，可以不只一線。

傅庚生在《中國文學欣賞舉隅》中說：

> 文、錯畫也，章、采也，五色成文而不亂，維其有章矣。不雜五色，則辭貧而意瘠，不明條貫，則雜亂而無章。摛藻抒情者，其意必有所守，其綱必在於綱；欣賞之者，首宜求其旨意，次必尋其脈絡，然後乃可以探驪得珠也。（六五頁）

由「首宜求其旨意，次必尋其脈絡」中，我們可以知道，傅氏也體會到主旨和綱領是分立的。而且由前面的敍述中，我們也認識到綱領所能產生的作用，是非常巨大的。

周振甫的《文章例話》中，曾分析蘇軾的〈賈誼論〉，他所說的「脈絡」，就是綱領：

> 前一種脈絡，像蘇軾的〈賈誼論〉中，用來貫串全篇的脈絡是「自用」。篇中有

點明「自用」的地方像畫中露出的道路，有不點明「自用」的地方像畫中隱去的道路。忽隱忽現，才顯出峰巒起伏，林木茂密。〈賈誼論〉開頭說：「非才之難，所以自用者實難。惜乎賈生王者之佐，而不能自用其才也。」這是全篇的主旨。根據這個主旨，「自用」就成為全篇的脈絡。（二—(二)一二二頁）

周振甫也是認為綱領和主旨是不同的，而〈賈誼論〉的綱領和主旨恰好是分立的，周振甫的賞析十分清楚。

孫移山主編的《文章學》中，有如下的一段話：

寫文章，不論在開頭還是在中間，第一次提到一個人、一件事、一種東西或一個問題，就叫做「起」，下文接著這個人、這件事、這種東西或這個問題往下寫，就叫做「承」。起承關係有單起單承、雙起分承、多起分承等幾種。（一七〇頁）

「單起單承」是指單軌或綱領，「雙起分承」是雙軌式的綱領，「多起分承」則是指三軌以上的了。而且孫移山又特別將「雙起分承」挑出來講：

> 什麼是雙起分承呢？雙起分承就是同時提出兩種事物，或一種事物的兩個方面，然後再分別承接這兩種事物或兩個方面去寫。……如果把雙起的兩個方面用A、B來表示，分承的兩個方面用A1、B1來表示，那麼這種結構的公式就是：
>
> A、B↓A1、B1。（一七一頁）

這種公式的表達方式，眞是十分淸晰的。

陳滿銘有一篇〈從軌數的多寡看凡目法在詞章裡的運用〉（收於《國文天地》十一卷五期），也談到綱領的軌數：

> 作者在創作詞章之際，如果決定採凡（總括）目（條分）的結構來寫，無論是先凡而後目，或是先目而後凡，都會涉及軌數多寡的問題，既可以將主要內容定爲一軌，也可以析爲雙軌或多軌，來統一「凡」和「目」。（五〇頁）

所以他在後面就將綱領分爲「單軌者」、「雙軌者」、「三軌者」、「四軌者」、「五軌及五軌以上者」，並分別舉例討論，令讀者充分地體認到：綱領是如何地以不同的方式貫穿全篇的。

我們在前面所引的諸家說法，都十分肯定綱領的存在及其重要性；而且不管是詩、詞或散文，都可尋出綱領；另外有一點也很値得注意，那就是楊仲弘、《場屋準繩》、歸有光都不約而同地提到綱領有單軌、雙軌之分，識見十分精到；近代的評論家更在前人的基礎上「後出轉精」，提出綱領爲多軌的情形，並且定下明確的名詞，以及淸晰的表出法，令我們受益匪淺。

二、例證

(一)單軌者

綱領屬單軌的文章爲數極爲眾多，而且許多文評家都注意到了，所以留下很豐富的資料，我們擇要來看。

范德機《詩學禁臠》（收錄於《名家詩法》）評賞了杜甫〈思夫〉一詩：「自從車馬出門朝，便入空房守寂寥。玉枕夜寒魚信杳，金鈿秋盡雁書遙。臉邊楚雨臨風落，頭上秦雲向日銷。芳草又衰還不至，碧天霜冷轉無聊。」此詩屬「一字貫篇」格（二三三頁），范德機對此有頗細密的分析：「初聯『守』字貫篇。次聯、頸聯思夫之切，守寂寥之氣象，淚之落、髮之銷、守之切而情之至。尾聯撫時已邁，望車音之不至，與君臣會合之難，而臣之望其君之恩光，爲何如也？」這段話將「守」字如何貫篇，解釋得十分妥切。

過商侯的《古文評註全集》收錄了很多篇綱領爲單軌的文章，如〈趙威后問齊使〉，過商侯的評語是：「國以民爲本，其問王先問民者，重民也；民以食爲天，其問民先問歲者，亦重民也；正見得王之無恙，全在民之無恙。後把齊國養民之人、息民之人、率民行孝之人，下至率民無用之人，逐一問過，每問不說民字，直是知本之論。堪嘆陳仲子遁跡於陵，矯廉半世，卻難免老婦上刑之服，讀之終不禁爲之絕倒。」（二〇九頁）由這段敘述中，我們可以很清楚地體會到：此文綱領就是一個「民」字（或說「重民」）。又如范仲淹〈嚴先生祠堂記〉一開始就說：「**先生，光武之故人也，相尚以道**」，過商侯註云：「『相尚以道』言平素彼此以道相尚也。『道』字包下文『節』字『禮』字在內，先用此句總贊爲一篇之綱，下逐對反覆分贊」（六四六頁），而底下「反覆分贊」的部分，都是以光武和先生對講，所以在「**及帝握赤符……惟光武以禮下之**」一段之下，過商侯又註云：「此是先生尚光武以道者」、「此是光武尚先生以道者」；在「**在蠱之上九……微光武豈能遂先生之高哉？**」一段之下，過商侯再註云：「互贊光武先生……此言相尚處正所以相成」，在「**而使貪夫廉、懦夫立，是大有功於名教也**」之下，則說：「此獨歸到先生，一句結住」；而最後乃用一段贊歌，以結束全文。

林雲銘《古文析義》中精采的例子也相當多，如漢武帝〈下州郡求賢詔〉這一短文，用的是「凡、目、凡」的結構。其首二句「蓋有非常之功，必待非常之人」是「凡」，而綱領也出現於此，即「非常」二字，所以林氏評：「『非常』二字是眼目。」（一五〇頁），而底下一段：「故馬或奔踶而致千里……亦在御之而已。」是「目」，其中「目一」是「賓」，指「奔踶之馬」；「目二」是「主」，指「負俗之士」，二者皆爲「非常之物（人）」。最後二句則爲「凡」：「其令州郡察吏民有茂材異等，可爲將相及使絕國者。」林氏評：「止言『察』，不言『擧』，以非常人不易得也。」可見此文一路以「非常」二字貫串。所以林氏在總評時又說：「覷定『非常』二字，把平日所云賢良方正及力田孝悌等語，盡情閣置一邊，與高帝歌大風、思猛士同一氣概，同一眼孔，眞知人善任使之言也。」又如屈原〈卜居〉，它可分爲「引子」和「正文」兩部分。引子指開始數句：「屈原既放……不知所從。」這用以敍「卜居之由」（林氏語），而所以卜居，乃因「蔽障於讒」，所以林氏總評云：「『蔽障於讒』四字，是一篇之綱。」（一二四頁）至於「正文」則是以「問答」構成。在屈原的長答裡，有八個「寧」字、八個「將」字，乃「請卜之詞」、「應篇首『心煩慮亂，不知所從』句」（林氏語），而所以「心煩慮亂，不知所從」，乃因「蔽障於讒」。就是其後的「世溷濁而不清……誰知吾之廉貞」一段，也「應篇首『竭智盡忠，而蔽障於讒』句」（林氏語）。甚至最後詹尹釋策而謝曰：

「……用君之心，行君之事，龜策誠不能知事。」一樣因「蔽障於讒」，而無可如何。眞是一意貫串，了無雜滓。又如陸游〈跋李莊簡公家書〉是採「順敍」法寫成的，其綱領爲「憤切慷慨形於色」中的「憤切慷慨」四字，林氏云：「『憤切慷慨』四字是一篇之綱。」（三二八頁）其首句：「李文參政罷政歸鄉里」，寫「憤切慷慨」，是因「不爲秦檜所容」（林氏語）而罷政。接著：「某年二十矣……憤切慷慨形於色」，寫罷政之後之「憤切慷慨」，而一篇綱領就在此提出。其後：「一日平旦來……使人興起」，集中在被謫一事上寫李莊簡之「憤切慷慨」。最後：「後四十年……猶想見其道青鞵布襪時也」，則寫流露於李莊簡家書上之「憤切慷慨」。可謂一語盤旋到底。

《學詩指南》也錄了一些詩例，可以一看。如李白〈月下獨酌〉：「花間一壺酒，獨酌無相親。舉杯邀明月，對影成三人。月既不解飲，影徒隨我身。暫伴月將影，行樂須及春。我歌月徘徊，我舞影零亂。醒時同交歡，醉後各分散。永結無情遊，相期邈雲漢。」題目之下有註云：「此題著眼『獨』字」（一〇五頁），總評也說：「題本獨酌，詩偏幻出三人，以月影伴說，反覆推勘，愈形其獨。從寂靜中做得如許鬧熱，眞仙筆也」，然而不管有多熱鬧，寫的畢竟是一「獨」字。又如王維〈竹里館〉：「獨坐幽篁裡，彈琴復長嘯。深林人不知，明月來相照。」此四句之下都分別有評注語：「提『獨坐』起」、「承言『獨坐』之趣」、「仍頂『獨坐』作轉」、「借月照託醒『獨坐』意收」（一三六頁），總評又說：「此一意貫到底法」、「此詩著眼『獨坐』二字，始終一意」，可見得它是以「獨坐」爲中心，一意盤旋到底的，而「獨坐」之「獨」既是綱領，也是主旨。

林景亮的《評注古文讀本》也收有多篇綱領爲單軌的文章，如薛福成的〈貓捕雀〉，乃先以貓捕雀之故事，描摹出貓之殘忍，而且又從此推擴至「憑權位、張爪牙，殘民以自肥者」，這更是殘忍，所以「忍」字即爲全篇之綱領，而這「忍」字乃由「烏虖！何其性之獨忍於人哉？」一句帶出，林氏也說：「是篇以『忍』字爲全篇之樞紐」（一頁）。又如劉大櫆〈樵髯傳〉，林氏說：「是篇以樵髯之疏放作柱，首段特提出『疏放』二字，是爲提綱法」（一一九頁），看看此文，一開始即說「樵髯翁……性疏放」，然後據此分別敍寫：首先是「傳讀書之疏放」，其次是「傳奕棋之疏放」，又其次是「傳治病之疏放」，最後是「傳遊以見其疏放」（眉批語）（一一八頁），由此可見，「疏放」二字確實形成綱領，以貫穿全篇。

胡楚生的《柳文選析》，在賞析〈捕蛇者說〉時，引用了朱宗洛之語：「作者意中先有『苛政猛於虎』句，因借捕蛇立說，想出一毒字，爲通篇發論之根。或從捕蛇之毒，形出供賦之尤毒。或極言供賦之毒，見得捕蛇之毒尚不至是。至說到捕蛇雖毒，形以供賦之毒亦不敢以爲毒，則用意更深更慘。至其抑揚唱嘆，曲折低徊，情致正復纏綿也。中間兩段，將供賦捕蛇，或對勘，或互說，顛倒順逆，用筆固極變化，而題意亦透發無餘矣。至其前後伏筆，及呼應收束，亦一字不苟。『毒』爲通篇眼目，起處『則曰』以下，已透出毒字意矣，卻只將『貌若甚慼者』句，虛虛按住，而於自己口中說出，此其用筆之變也。以下隨作一跌，轉處著大『慼』字，『汪然出涕』字，此從自己目中，看出毒字。中二段，又從捕蛇者口中形出毒字，此其用筆之又變也。前云『余悲之』，後云『余聞而愈悲』，只增一二字，而前後呼應深淺，令閱者心目了然，此又其筆之以不變爲變也。」（六十四—六十五頁）這段分析眞是精采極了，完全可以循序看出「毒」字是如何貫通全文的。

陳弘治的《詞學分論》也有觸及綱領者，如評吳夢窗〈玉漏遲〉時，對其詞句一一作了分析：「『雁邊風訊小，飛瓊望杳，碧雲先晚。』『雁邊』句言無消息；『飛瓊』比其人；『碧雲』句用江淹詩『日暮碧雲合，佳人殊不來』，正切合『望』字。『露冷闌干，定怯藕絲冰腕。』二句想像其人此時之情狀。比『望』深一層寫。『淨洗浮空片玉，勝花影春燈相亂。』此寫望時之景。『片玉』謂月。『秦鏡滿，素娥未肯、分秋一半。』承前句寫月；『分秋一半』切中秋。（以上前段）『每圓處即良宵，甚此夕偏饒、對歌臨怨。』再承前寫月：首句推開一筆，二三句仍拍合。『萬里嬋娟，幾許霧屏雲幔。』寫月被雲遮，隱喻人隔山川，暗寫『望』字。『孤兔淒涼照水，曉風起，銀河西轉。』寫自夜望至曉。『摩淚眼，瑤臺夢回人遠。』結語繳回首三句意，不脫『望』字。全首以起端第二句『望』字，作一篇之主。」（一六八—一六九頁）可見「望」字即為此首詞作之綱領。

(二)雙軌者

篇章中若以雙軌進行鋪陳，則此兩軌可以起著互相呼應、補足、映襯的作用，所以是很好的寫作方式；而運用此種方式寫成的篇章也很多。

呂東萊的《古文關鍵》中，形成兩軌的篇章有歐陽修的〈朋黨論〉，它採「凡、目、凡」的結構寫成。第一個「凡」為篇首數句：「臣聞明黨之說，自古有三，惟幸人君辨其君子小人而已」。「目」的部分可分為「論」和「敍」兩部分。「目一」是「論」，指的是：「大凡君子與君子以同道為朋……則天下治矣」一段，其中又形成「凡、目、凡」的結構，即以「小人之僞朋」和「君子之眞朋」作比較，再得出結論：「故為人君者，但當退小人之僞朋，用君子之眞朋，則天下治矣！」而「目二」則是「敍」，從「堯之時」開始，到「人雖多而不厭也」為止，這一段又採用了「先目後凡」的結構來寫，即前面敍述了許多「君子之眞朋」（如舜、周武王）和「小人之僞朋」（如紂、漢獻帝、唐昭宗）的例子，而在後面總括起來，得出結論，即「夫前世之主……人雖多而不厭也。」最後，歐陽修統合「目一」和「目二」，寫道：「嗟乎！治亂興亡之跡，為人君者可以鑒矣！」再次回應了篇首的「凡」。這一篇文章，從頭到尾都是以「君子之眞朋」、「小人之僞朋」雙軌貫串起來的，所以呂氏在「故爲人君者，但當退小人之僞朋，用君子之眞朋」旁，評此爲「一篇大意。」（一〇九頁）又如歐陽修〈爲君難論下〉，採的是「先凡後目」的結構。「凡」從篇首到「此然後爲聽言之難也」爲止，在這裡就出現了兩軌，即「若聽其言則可用，然用之有輒敗人之事者（Ａ），聽其言若不可用，然非如其言不能以成功者（Ｂ）」，所以呂氏評：「一篇主意先說兩段」（一一五頁），其後的「目」可分爲兩部分，「目一」爲「敍」，「目二」爲「論」。「目一」從「請試舉其一二」開始，到「王翦是也」爲止，在這一大段中，作者舉了兩個例子：趙括代表的是「此聽其言可用，用之輒敗人事者」（Ａ），王翦代表的是「初聽其言若不可用，然非如其言不能以成功者」（Ｂ）。「目二」從「且聽計於人者宜何如」開始，直到最後，其中分兩層：「且聽計於人者宜何如……此所以爲難」一段，是第一層；「予又以爲……不可勝數也」一段，進而提到「樂用新進（Ａ），忽棄老成（Ｂ）」，是第二層，皆以雙軌貫串。但值得注意的是：第二層用到了「平提側注」法，也就是說後面側注到「樂用新進」（即「用其言輒敗人事」者）（Ａ）之上。不過，大體而言，仍是以雙軌貫通到底的。

吳楚材選、王文濡評註的《古文觀止》中，也有一些很不錯的例子，首如《左傳‧陰飴甥對秦伯》，此文乃以對話形式構成，但陰飴甥的回答卻佔了絕大部分的篇幅，而在他的答話中，又是以君子和小人並舉，一直貫到篇末，所以篇中有如此的評語：「即承上君子小人說來，雙開雙合，章法極整、又極變」、「前兩段，並述君子小人意中事」（二十七頁），總評亦云：「尤妙在借君子小人之言，說我之意」，可見君子、小人形成了雙軌，以貫穿全文。次如《禮記·晉獻文子成室》，其首二句「晉獻文子成室，晉大夫發焉」是引子，其後是張老之言：「美哉輪焉……聚國族於斯」（A）；接著又是趙武之言：「武也……於九京也」（B）；而末尾則用君子言：「善頌善禱」作結，評注曰：「頌者，美其事而祝其福（註：A軌）。禱者，祈所以免禍也（註：B軌）。張老之言善于頌（註：A軌），文子所答善于禱（註：B軌）」（一二五頁），在此分別回應了前幅的張老、趙武之言。可見這是很齊整的雙軌式「先目後凡」格的文章。

吳闓生的《古今詩範》中錄有一首蘇軾的〈王維吳道子畫〉，其詩如下：「何處訪吳畫，普門與開元。開元有東塔，摩詰留手痕。吾觀畫品中，莫如二子尊。道子實雄放，浩如海波翻。當其下手風雨快，筆所未到氣已吞。亭亭雙林閒，彩暈扶桑暾。中有至人談寂滅，悟者悲涕迷者手自捫。蠻君鬼伯千萬萬，相排競進頭如黿。摩詰本詩老，佩芷襲芳蓀。今觀此壁畫，亦若其詩清且敦。祇園子弟盡鶴骨，心如死灰不復溫。門前兩叢竹，雪節貫霜根。交柯亂葉動無數，一一皆可尋其源。吳生雖妙絕，猶以畫工論。摩詰得之於象外，有如仙翮謝籠樊。吾觀二子皆神俊，又於維也斂衽無閒言。」這首詩形成了「凡、目、凡」的結構，第一個「凡」是指篇首「何處訪吳畫……莫如二子尊」一段，其中首二句講吳道子，三、四句講王維，然後又合起來說，因此形成了雙軌；而且在其後分別由「目一」和「目二」承接起來發展。「目一」爲「道子實雄放……競進頭如黿」一段，吳闓生評：「以上吳」（一五五頁）；「目二」是「摩詰本詩老……一一皆可尋其源」，吳闓生評：「以上王」。末段則從「吳生雖妙絕」開始直到最後；其中首二句論吳道子，接著的二句論王維，然後又合起來說，但獨賞於王維。可見此詩從頭到尾，都以王維和吳道子二人兩兩較論，鋪陳而下。

李扶九的《古文筆法百篇》中的一些文章也形成了雙軌，如韓愈〈龍說〉，依眉批之評，可劃分爲五節，形成「先目後凡」的結構，而「四目」之間，又彼此構成「縱收」之關係。「凡」是指第五節，即：「《易》曰：雲從龍，既曰龍，雲從之矣。」眉批云：「末節言龍必有雲，無雲則亦非龍」，這就可看出雙軌之跡：龍（A）與雲（B）。由此追溯至第一節（目一）：「龍噓氣成雲，雲固弗靈於龍也」，眉批云：「前節言龍之靈（A）。」（一二二頁）第二節（目二）是：「然龍乘是氣……雲亦靈怪矣哉」，眉批云：「次節言龍之靈（註：應爲『雲』之靈）（B）。」第三節（目三）是：「雲、龍之所能使爲靈也，若龍之靈，則非雲之所能使爲靈也」，眉批又云：「三節中言龍之靈（A）。」第四節（目四）是：「然龍弗得雲……乃其所自爲也」，眉批說：「四節中言雲之靈（B）。」前後對應得十分整齊。

喩守眞的《唐詩三百首詳析》也有許多精闢扼要的分析例子，如張九齡〈感遇〉之四：「江南有丹橘，經冬猶綠林。豈伊地氣暖，自有歲寒心（A1）。可以薦嘉客（A），奈何阻重深（B）？運命惟所遇，循環不可尋。徒言樹桃李，此木豈無陰（B1）？」喩氏說：「『可以』兩句，上句找盡上文，下句引起下文」（七頁），也就是以「可以」兩句提起兩軌，分別由前四句和後四句來承繼。又如唐玄宗〈經魯祭孔子而嘆之〉：「夫子何爲者？栖栖一代中（A）。地猶鄹氏邑，宅即魯王宮（B）。嘆鳳嗟身否，傷麟怨道窮（A1）。今看兩楹奠，當與夢時同（B1）。」喩氏分析道：「本詩就完全運用孔子自身的故實來鋪敘，而以一個『歎』字來作杜意。這個『嘆』字含有兩種意義：一種是歎惜的，一種是歎美的。分析的講，一二句是歎惜，三四句是歎美，五六句又是歎惜，七八句又是歎美。將『歎』字的神情，完全托出。再用『嗟』『怨』二字，實爲『歎』字。」（一三八頁）由一字而轉出兩軌，是十分巧妙的。

陳滿銘的《詩詞新論》中收有〈演繹法在詩詞裡的運用〉一文，在「雙軌式」的部分中，可以韋莊〈菩薩蠻〉爲代表，其詞爲：「人人盡說江南好（A），遊人只合江南老（B）。春水碧於天，畫船聽雨眠。　鑪邊人似月，皓腕凝霜雪（A1）。未老莫還鄉，還鄉須斷腸（B1）。」他說：「這是一首抒寫別恨的作品。起二句爲『總括』的部分，寫的是人人所共認的一個事實，那就是：江南由於它有美好的景色、人物，所以是遊人度過晚年的樂土。就這樣，直截了當的拈出『江南好』、『江南老』兩個有著因果關係的意思，以分別領出下面條分的部分來。『春水碧於天』四句，爲『條分一』的部分，緊承總括部分的『江南好』，就作者一己之經歷，各以兩句，依次寫江南景色之麗與人物之美，以敍明『江南』果然爲『好』，使『江南好』得以具象化，以增強它的感染力量。末兩句爲『條分二』的部分，寫的是有家歸不得、必須終老江南的悲哀，以回應總括部分的『只合江南老』作收。」（一九二—一九三頁）。

(三)三軌者

綱領爲三軌的例子比起一、二軌的就少得多了；因爲軌數越多，越須費心地安排其中的聯貫照應，所須的物材、事材也越多，通常篇幅也須隨之擴增。

謝枋得《文章軌範》在評韓愈的〈師說〉時，在「古之學者必有師。師者，所以傳道、授業、解惑也」一句下，評云：「第一段先立傳道、授業、解惑三大綱」（二〇五—二〇六頁），所以底下分別有所承接，其中：「人非生而知之者……其爲惑也終不解矣」一段，是講「人人皆有惑，解惑須從師」；接著是：「生乎吾前……其皆出於此乎？」一段，是講「傳道」；其後「愛其子……其可怪也歟」一段，則是承「受業」再作發揮；至於「聖人無常師……如是而已」一段，則是統前作一結束。而最後提到李蟠的地方，乃用以補敍作記之因。謝枋得又引呂東萊的看法，說：「此篇最是結得段段有力，中間三段自有三意說起，然大概意思相承，都不失師道本意。」所以此文確實是以三軌貫通首尾的。

林雲銘的《古文析義》中，收有蘇軾的〈石鐘山記〉，也是形成了三軌。此文採「先目後凡」的結構來寫，其中「目」又可分爲「敍」和「論」兩部分。「敍」的部分佔絕大篇幅，由篇首至「相應如樂作焉」止，分別記了三人之事：酈元（A）、李渤（B）和作者自身（C）。「論」的部分指：「因笑謂邁曰……自以爲得其實」一段，先由己之經驗（C），論：「事不目見耳聞，而臆斷其有無，可乎？」再歸到酈元身上（A），認爲：「士大夫終不肯以小舟夜泊絕壁之下，故莫能知，而漁工水師雖知而不能言，此世所以不傳也」，並且認爲李渤乃「陋者」（B），是「以斧斤考擊而求之，自以爲得其實」。最後「敍」和「論」都統歸於「凡」的部分，即「余是以記之（C），蓋歎酈元之簡（A），而笑李渤之陋也（B）。」林氏在總評說：「篇首以兩說兩疑總起」，又在篇末說：「雙結篇首二說。」（三一四頁）其實作者自身也應該算上，所以應爲三軌。

李扶九的《古文筆法百篇》也有綱領爲三軌的例子，如周敦頤〈愛蓮說〉，李氏引余自明之說法云：「蓮在衆芳之內最爲高品，幽同夫菊而不傲，艷類牡丹而不俗，故於甚蕃之中，特舉二者以爲陪襯，妙在『可愛』三字包羅在內，並不說壞，立言極有斟酌。」

（一二九頁）所以篇中形成了三軌：即菊（A）、牡丹（B）和蓮（C），文章自首至尾即以此三者彼此相較。篇首云：「水陸草木之花，可愛者甚蕃」，是「總起一筆」，其後：「晉陶淵明獨愛菊（A）；自李唐來，世人甚愛牡丹（B）；予獨愛蓮……不可褻玩焉（C）」，各述其來由，是第一層。而第二層爲：「予謂：菊，花之隱逸者也（A）；牡丹，花之富貴者也（B）；蓮，花之君子者也（C）」，是「此三句辨花之品」；至於第三層是：「噫！菊之愛，陶後鮮有聞（A）；蓮之愛，同予者何人（C）？牡丹之愛，宜乎衆矣！（B）」乃以「此三句辨愛之品」。全文篇幅雖短，但照應得極爲整齊，所以總評說：「章法分明，局度深穩。」

林景亮《評註古文讀本》中有一篇劉基〈蜀賈〉，其第一句是：「蜀賈三人皆賣藥於市」，眉批云：「以三人領起下三項，爲提綱法」（八十七頁），隨後針對這三人分別略作描述：「敍賈人之無道德者不久即富，其稍有道德者則富較遲，其道德純粹者，幾致貧不能以自存。三項鋪敍，一一爲後半作伏線」；底下又起一喻：「昔楚鄙三縣之尹三」，眉批云：「自『昔楚鄙』以下，亦三層分寫」，所以作者對這三者：「其一廉而不獲於上官」、「其一擇可而取之」、「其一無所不取而交於上官」也分別作了描述，而其意自在言外。而總評云：「此段倒應前段，絕不費力」，可見得前喻和後喻彼此相通，而此三軌更脈絡相連。

謝无量的《實用文章義法》曾賞析賈誼的〈先醒篇〉，題目雖爲「先醒」，但他用「後醒」和「不醒」作爲陪襯，以夾出主題，故文章形成了三軌。賈誼在首段就提出了：「……故世主有先醒者，有後醒者，有不醒者」，評註云：「總提，以下分應」（上，一二三頁），所以中段分成三目，一一對應前文。首先是以楚莊王爲例，即：「昔楚莊王即位……此先醒者也」一段，是「目一」；接著以宋昭公爲例，即「昔宋昭公出亡至於境……此後醒者也」一段，這是「目二」；至於「不醒」者，則以虢君爲代表，即：「昔者虢君驕恣自伐……此不醒者也」一段，這是「目三」。而最後以一小段話總結：「故先醒者及時而伯，後醒者三年而復，不醒者枕土而死，爲虎狼食。嗚呼！戒之哉！」註語云：「總收」。可見這篇文章形成「凡、目、凡」的結構，而由三軌貫穿於其間，條理極爲清晰。

陳滿銘有一篇〈從軌數的多寡看凡目法在詞章裡的運用〉（載於《國文天地》十一卷五期），在「三軌者」這一項目中，舉了袁宏道〈晚遊六橋待月記〉爲例，他說：「這篇文章旨在寫西湖六橋風光之盛。作者首先在起段即以開門見山的方式提明西湖六橋最盛的，是春景，是月景，而一日最盛的，是朝煙、夕嵐，這是『凡』的部分；接著以二、三兩段，透過梅、桃、杏之『相次開發』與『歌吹』、『羅紈』之盛來具寫春景，這是『目一』的部分；然後以末段『然杭人遊湖』等七句，取湖光、山色作陪襯，來具寫朝煙和夕嵐，這是『目二』的部分；末了以『月景尤不可言』等六句，拿花柳、山水作點綴，來具寫月景，這是『目三』的部分。這樣以春爲一軌、月爲二軌、朝煙和夕嵐爲三軌，採由凡而目的形式來寫，層次極爲分明。」（五十三頁）

(四)四軌及四軌以上

軌數越多的文章，其綱領的處理就越不容易，所以其數量也就越少；但仍有一些篇章的綱領是在四軌或四軌以上，其前伏後應、前串後連的技巧，頗值得仔細探討，以下我們依次來看。

四軌者，首如吳楚材選、王文濡評註的《古文觀止》中所選錄的《國語、單子知陳必亡》，此文爲「先敍後論」的結構，評註云：「從單子入陳，至及陳所閱歷者，錯綜先敍。後從單子口中，分疏作斷，章法井然。」（九〇頁）而其中的「敍」可以分爲四部分，一開始是個引子，第一部分從「火朝覿矣」開始，直到「川不梁」爲止，註語說：「伏『辰角見』一段案」（A軌）；接著是「野有庾積……墾田若蓺」一段，是「伏『周制有之』一段案」（B軌）；然後是：「膳宰不致餼……縣無旅舍」一段，是「伏『周之秩官』一段案」（C軌）；再來是：「民將築台于夏氏……留賓弗見」一段，是「伏『先王之令』一段案」（D軌），此四段在後文論說的部分，都一一加以對應。就在一段短短的問答作爲過渡之後，帶出陳子的回答，他的回答運用了「先目後凡」法來表出，所以這段話的前幅可以分作四部分，其中：「夫辰角見……是廢先王之教也」一段，是第一部分，註語說：「結『火朝覿』之句」（A軌）；第二部分爲「周制有之曰……是棄先王之法制也」一段，是「結『野有庾積』四句」（B軌）；第三部分爲「周之秩官……是蔑先王之官也」一段，是「結『膳宰不致餼』四句」（C軌）；最後是：「先王之令……是又犯先王之令也」一段，爲第四部分，註語說：「結『民將築台』五句」（D軌）。然後再用幾句話作一個總結：「昔先王之教，茂帥其德也，猶恐隕越，若廢其教（A軌）而棄其制（B軌），蔑其官（C軌）而犯其令（D軌），將何以守國？居大國之間，而無此四者，其能久乎？」註語云：「總收一段，直結出不有大咎國必亡之故」，而其中「廢其教」一句，收前文的第一部分；「棄其制」收第二部分；「蔑其官」收第三部分；「犯其令」自然是收第四部分了。所以在此四軌的貫串下，「敍」與「論」連成一氣，並逼出「不有大咎國必亡」的主旨。而末數句：「六年，單子如楚。八年，陳侯殺于夏氏。九年，楚子入陳。」則是簡單地交代了此事件的結局，以收結全文。另有《戰國策·魯共公擇言》，雖然篇幅較短，但也是形成了四軌的綱領。一開始以「梁王魏嬰觴諸侯於范台，酒酣，請魯君舉觴」數句交代事件的起因，是一個引子。接著的是魯君之言，它佔了絕大部分的篇幅，而他先說了四件應當戒除之事，再用幾句話作個總括，所以是「先目後凡」

格。他所認爲第一件應當戒除之事是「酒」，即「昔者帝女令儀狄作酒而美……後世必有以酒亡其國者」一段，註語說：「當戒者一」（一五八頁）；第二件是「味」，即「齊桓公夜半不嗛……後世必有以味亡其國者」一段，註語云：「當戒者二」；至於「當戒者三」是「色」，即「晉文公得南之威……後世必有以色亡其國者」一段；而「當戒者四」則是「高台陂池」了，即「楚王登強台而望崩山……後世必有以高台陂池亡其國者」一段；條分的部分到此爲止，總括的部分則是下面幾句：「今主君之尊，儀狄之酒也。主君之味，易牙之調也。左白台而右閭須，南威之美也。前夾林而後蘭台，強台之樂也。有一於此，足以亡其國。今主君兼此四者，可無戒與？」這段話分別收納了前面所提到的「酒」、「味」、「色」、「高台陂池」四者，所以註語云：「上隨舉四事，不意歷歷皆應，章法奇妙。」而文章的最後一句：「梁王稱善相屬」，則是此段話所造成的結果。總評有云：「整練而有扶疏之致，嚴重而饒點染之姿。古人作文，不嫌排偶者，正在此也」，爲何有「整練」、「嚴重」、「排偶」的效果呢？正是因爲綱領形成四軌之故。

李扶九的《古文筆法百篇》收有明、郭子章的〈管蔡論〉，它採「先凡後目」法寫成。「凡」指篇首「管蔡之事……獨憾其處殷周之際未善耳」一段，李氏作眉批云：「此段總契通篇」（七一頁），並從中拈出四句：「管蔡者，周之頑民（A），殷之忠臣（B），夷齊之流匹（C），而文王之孝子也（D）」，說：「四句立一篇之案」，也就是說，在此樹立了四軌，因此，後文的「四目」就對應「四軌」而成文了。「目一」是指「其以殷畔……此管蔡所疑於武王也」一段，呼應「周之頑民」（A軌）；「目二」是指：「文王內文明……志足悲矣」一段，呼應「殷之忠臣」（B軌）；「目三」是指「周鼎已定……庶幾有諒其心者矣」一段，呼應「夷齊之流匹」（C軌）；「目四」是指「傳稱太姒生有十男……吾以爲宇與昱之儔而已」一段，呼應「文王之孝子」（D軌）。章法十分嚴整。

黃錦鋐在《中學國文教材教法》中曾談到〈鄭成功與荷蘭守將書〉一文，認爲此文的綱領也是四軌，他說：「例如〈鄭成功與荷蘭守將書〉這篇文章，從文章的各節綱要來說，雖然錯綜反復，但其意思無非是『動之以情』、『說之以理』、『誘之以利』、『脅之以力』四個提綱。如：『我軍入城之時，余嚴飭將士，秋毫無犯，一聽貴國人民之去，若有願留者，余亦保護之，與華人同。』這一節可以說是『動之以情』，又如：『台灣省，中國之土地，久爲貴國所據，今余既來索，則地當歸我。』這一節可以說是『說之以理』，又如：『珍瑤不急之物，悉聽而歸。』這一節可以說是『誘之以利』；又如：『若執事不聽，可樹紅旗請戰，余亦立馬以觀，毋游移而不決也。生死之權，在余掌中，見幾而作，不俟終日，唯執事圖之。』這一節可以說是『脅之以力』。這四節的提綱，假使孤立的來看，只是各節的大意，看不出全文的中心思想。必要把四節意思聯係起來體會，才可以了解，作者初則動之以情，再則說之以理，繼則誘之以利，終則脅之以力，一步緊一步，誘脅勸降的意思，就顯然的表露出來。」（九十六—九十七頁）黃氏的分析相當的精闢清楚。

五軌者如文天祥〈跋劉翠微罪言藁〉，此文之綱領形成五軌，在首段即已提出，與次段一一對應。陳滿銘在賞析這篇文章時，即說：「首先是首段的『崔子作亂於齊』句，與二段『當檜用事時』五句，彼此呼應。」（《國文教學論叢》四三六頁）這是第一軌。其次是首段的「太史以直筆死，其弟嗣書而死者二人」二句，呼應次段的「胡公以封事貶，王公送之詩，陳公送之啓俱貶」三句，此爲第二軌。第三軌是「書者又不輟，遂舍之」二句，啟下文的「而翠微劉公，猶作罪言以顯刺之……猶將甘心焉」一節。第四軌則爲「崔子豈能舍書已者哉」一句，與次段的「公之罪言……而公得爲太史氏之最後者」前後呼應。最後是第五軌，首段的「人心是非之天，終不可奪；而亂臣賊子之暴，亦遂以窮」四句，與次段的「祖宗教化之深，人心義理之正，檜猶如之何哉」遙遙相應。而最後數句：「公之孫方大，出遺藁示予，因感而書」，則是補敍作此跋之原由，以結束本文。可見這篇文章全以太史崔子作亂，和劉翠微顯刺秦檜事，兩相比並而成文；而這兩件事中都有五個類似的重點，彼此相互呼應，因而形成五軌。此章篇幅不大，極爲嚴整綿密，作者能有條不紊、照應得面面俱到，手法是極爲高妙的。

六軌者如《古文辭類纂》中所收的太史公〈談論六家要旨〉，它分三層來寫：第一層指篇首數句：「《易大傳》：天下一致而百慮，同歸而殊途……有省不省耳。」從中提出了陰陽、儒、墨、名、法、道德六家。第二層從「嘗竊觀陰陽之術」開始到「事少而功多」為止，對此六家之優缺分別作了簡約的介紹。第三層從「儒者則不然」開始直到最後，佔了全文最多的篇幅，對這六家有更詳盡的探討，而且又特別偏重於道家；因此可以知道作者的用意，是打算以其他五家來陪襯出道家的。雖然有主從之分，但作者從頭到尾，一直是以六軌貫串到底的。曾滌生云：「司馬遷自敍中，述其父太史公〈談論六家要旨〉，諸家互有得失，而終之以道家為本。」（五十八頁）看法是正確的。

七軌者如《實用文章義法》中，在「前後相應」則所舉之例：宋濂的〈七儒解〉，此篇為「先凡後目」的結構，「凡」即首段「儒者非一也，世之人不察也。有游俠之儒，有文史之儒、有曠達之儒、有智數之儒、有章句之儒、有事功之儒、有道德之儒。儒者非一也，世之人不察也，能察之然後可入道也」，在此提出的七種儒者，在後文的「目」中一一都有對應，形成七軌。而「目」佔了全文絕大部分的篇幅，可分為兩層，第一層從「威以制之」開始直到「然後可入道也」；在這一大段中，宋濂針對這七種儒者，分別介紹他們的特點，並且在一段介紹結束之後，說：「是之謂游俠之儒」、「是之謂文史之儒」、「是之謂曠達之儒」、「是之謂智數之儒」、「是之謂章句之儒」、「是之謂事功之儒」、「是之謂道德之儒」，因此它們承接前段的「凡」的情形，是十分明顯的。第二層從「游俠之儒，田仲王猛是也」開始直到最後。在此，作者先道出儒的種類，再舉人爲例，同時也說出此類儒者的缺點，從「游俠之儒」到「事功之儒」，都是如此，但講到最後一類「道德之儒」時就不同了，此處以孔子爲例，用數倍於前的篇幅加以歌頌贊揚，並說：「我所願則學孔子也」，可見得此文的寫法與太史公〈談論六家要旨〉一樣，也是以其他六種儒者，夾寫出「道德之儒」的與衆不同來；也因此，使得此文從頭到尾都是以七儒並寫，形成了難得一見的七軌式文章。而「前後相應」則的定義是：「凡文章前立數柱議論，後宜鋪應，或意思未盡，雖再三亦可，只要轉換得好，非惟見文字有情，而章法亦見整齊」（上，一一六頁），用這樣的觀點來看這篇〈七儒解〉，是再貼切不過的了。

八軌者如呂武志在《杜牧散文研究》中所提到的〈牛公墓誌銘並序〉一文，他說：「其歌頌牛僧孺，條爲八德，每德必以一具體事例明之，『爲宰相』以下寫其『忠』；『三大邦』以下寫其『厚』；『衣冠單窮』以下寫其『仁』；『李太尉』以下寫其『恕』；至於『莊』、『重』、『敬』、『愼』，莫不皆然，足見其條理井然，層次清晰矣！」（一七六—一七七頁）所以此文的寫法是先「條爲八德」，其後再根據此「八德」：忠、厚、仁、恕、莊、重、敬、愼，一一再加敘寫，遂形成了八軌。

九軌者如金聖歎批的《才子古文讀本》中的一篇：賈誼〈治安策〉。它是一長篇，作者在一開端就開門見山地說：「臣竊惟事勢，可爲痛哭者一，可爲流涕者二，可爲長太息者六」，所謂「一」、「二」、「六」，將此三者相加，即有九軌；而在後面對應的篇幅中，每對應的一軌，即爲可自行獨立的一篇文章，都曾分別標註出來。首先是「可爲痛哭者一」，是從「夫樹國固必相疑之勢」開始直到「可痛哭者，此病是也」，字數頗多，評註說：「已下第一段，痛哭論諸侯王僭擬」（上，一四六頁）。接著是「可爲流涕者二」，評註說：「已下流涕論邊事，爲自許流涕一，爲文帝惜流涕二。文闕。」（上，一四四頁）可見得此處也是分爲二軌來對應的，而且各有各的重點；但他說「文闕」，所以並未在書中引錄出來。到目前爲止已有三軌了。再來便是「可爲長太息者六」，首先爲「一長太息，論民間服用奢僭」（上，一四四頁），乃是從「今民賣僮者」開始到「可爲長太息者此也」結束。其次是「二長太息，論俗吏不知大體，漢又經制不定」（上，一四五頁），以及「已下論立國以定經制爲至急」（上，一四六頁），統爲一軌，是從「商君遺禮義」開始到「可爲長太息者此也」結束，評註又說：「已上二長太息」（上，一四七頁）。接著是全文的第六軌，也就是「三長太息」，乃是「論教太子」（上，一四六頁），即「夏爲天子十有餘世而殷受之……此時務也」一大段。第七軌爲「四長太息」，其重點在「論當審定取舍」（上，一四九頁），即「凡人之智……人主胡不引殷周秦事以觀之也」一段。就在結尾的部分有評：「已上四長太息畢。已下論優禮大臣」（上，一五一頁），所以下一段是「五長太息」，也就是第八軌，從「人主之尊譬如堂」開始到「故曰可爲長太息者此也」結束。在結束的部分，評註道：「已上五長太息畢。不知當時何故卻少一段。」（上，一五三頁）因此原本應該還有「六長太息」，以構成第九軌，但現在卻空缺了。所以此長篇〈治安策〉就變成有九軌的架構，但實際上只有八軌的情形。

附錄：重要引用書目

一、專著

文心雕龍	劉 勰		
古文關鍵	呂東萊	廣文書局	70年7月再版
(正)文章軌範	謝枋得	廣文書局	59年12月初版
詩法源流	傅與礪、楊仲弘	廣文書局	62年9月初版
名家詩法	黃省曾	廣文書局	62年9月初版
作詩體要	楊良弼	廣文書局	62年9月初版
文章一貫	高 琦	台大圖書館	
文章指南	歸有光	廣文書局	74年10月再版
才子古文讀本	金聖歎批、王之績評註	老古文化事業公司	70年8月臺二版
詩學指南	顧龍振	廣文書局	62年4月再版
古文析義合編	林雲銘	廣文書局	78年1月七版

古文評註全集　過商侯選、蔡鑄評註　宏業書局　68年10月再版
古文觀止　吳楚材選、王文濡評註　華正書局　81年10月初版
學詩指南　顧亭鑑、葉葆王　廣文書局　65年5月初版
讀書作文譜　唐　彪　偉文圖書出版社　6年11月
評註古文辭類纂(上、下)　王文濡　華正書局
清詩評註　王文濡　廣文書局　83年10月再版
評註宋元明詩　王文濡　廣文書局　70年12月初版
藝概　劉熙載　廣文書局　58年4月再版
古文筆法百篇　李扶九原選、王扶齡改編　文津出版社
古文快筆貫通解　杭永年　文史哲出版社　74年10月初版
評註文法津梁　宋文蔚　復文圖書出版社　82年2月修訂二版
評註古文讀本　林景亮　臺灣中華書局　58年11月臺一版
古文辭通義(上、下)　王葆心　臺灣中華書局　73年4月臺二版
韓柳文研究法　林　紓　廣文書局　69年7月三版
畏廬論文　林　紓　文津出版社　67年7月出版
漢魏六朝專家文研究　劉師培　臺灣中華書局　71年3月臺五版

實用文章義法	謝旡量	華正書局	79年3月出版
古文範	吳闓生	臺灣中華書局	73年5月臺二版
桐城吳氏古文法	吳闓生	臺灣中華書局	62年9月臺三版
古今詩範	吳闓生	臺灣中華書局	60年9月臺二版
學詩百法	劉坡公	天山出版社	77年10月出版
學詞百法	劉坡公	仁愛書局	74年5月出版
作詩百法	劉鐵冷	廣文書局	80年10月再版
作文百法	許恂儒	廣文書局	78年8月再版
涵芬樓文談	吳曾祺	臺灣商務印書館	69年9月四版
修辭學	曹　冕		
中國文學欣賞舉隅	傅庚生	國文天地雜誌社	79年4月初版
詩論分類纂要	朱任生	臺灣商務印書館	60年8月初版
中學國文教學法	蔣伯潛	泰順書局	61年5月再版
唐詩三百首詳析	喻守真	臺灣中華書局	62年3月臺十三版
中學國文教學法	章微穎	蘭臺書局	62年10月再版
文章筆法辨析	羅君籌		

中國詩學——鑑賞篇	黃永武	巨流圖書公司	65年10月初版
中國詩學——設計篇	黃永武	巨流圖書公司	67年6月一版四印
中學國文教材教法	黃錦鋐	教育文物出版社	70年2月初版
中國美學史資料彙編(上、下)		明文書局	72年8月初版
中國古代文學創作論	張少康	北京大學出版社	1983年12月出版
古文法纂要	朱任生	臺灣商務印書館	73年9月初版
詩法舉隅	林東海	上海文藝出版社	1984年11月第3刷
中國古代文論家手冊	鄭乃臧、唐再興	光明日報出版社	1989年2月出版
文學理論資料匯編(上、下)		華諾文化事業有限公司	74年10月臺一版
李白詩論	阮廷瑜	國立編譯館	75年7月初版
文章學	孫移山	檔案出版社	1986年8月出版
辭章學概論	鄭頤壽	福建教育出版社	1986年10月出版
詩詞例話	周振甫	長安出版社	76年9月再版
修辭學辭典	王德春	浙江教育出版社	1987年5月出版
文心雕龍讀本	王更生	文史哲出版社	77年3月三版
文章結構學	吳應天	中國人民大學出版社	1989年8月第3刷

詩歌鑑賞入門 魏 怡 國文天地雜誌社 78年11月初版
散文鑑賞入門 魏 怡 國文天地雜誌社 78年11月初版
唐宋詞新賞 張淑瓊 地球出版社 79年1月出版
文章學導論 張壽康 新學識文教出版中心 79年1月出版
韓昌黎文彙評 葉百豐 正中書局 79年2月臺初版
詩美學 李元洛 東大圖書公司 79年2月出版
怎樣學習古文 周振甫 國文天地雜誌社 79年6月初版
中國文論大辭典 彭會資 百花文藝出版社 1990年7月初版
歌鼓湘靈 李元洛 東大圖書公司 79年7月出版
韓文選析 胡楚生 華正書局 80年3月二版
修辭通鑑 向宏業 成偉鈞、唐仲揚 中國青年出版 1991年6月出版
篇章修辭學 鄭文貞 廈門大學出版社 1991年6月第1刷
國文教學論叢 陳滿銘 國文天地雜誌社 80年7月初版
詞學今論 陳弘治 文津出版社 80年7月增訂二版
中國近代文論類編 賈文昭 黃山書社 1991年8月第1刷

作文津梁　曾忠華　學人文教出版社　80年10月1日新版
古典文學鑑賞論　劉衍文、劉永翔　上海教育出版社　1992年8月第2刷
中國古代寫作學　王凱符、張會恩　中國人民大學出版社　1992年9月出版
漢文典注釋　高維國、張　格　南開大學出版社　1993年2月第1刷
史記選注匯評　韓兆琦　文津出版社　82年4月初版
韓愈散文研讀　王更生　文史哲出版社　82年11月初版
中學國文教學理論研究　張學波　明文書局　82年12月初版
寫作　劉錫慶、齊大衛　北京師範大學出版社　1994年3月第4刷
文章例話　周振甫　五南圖書出版有限公司　83年5月初版
杜牧散文研究　呂武志　臺灣學生書局　83年5月初版
詩詞新論　陳滿銘　萬卷樓圖書有限公司　83年6月初版
日本學者中國文章學論著選　王水照、吳鴻春　上海古籍出版社　1994年8月第1刷
作文教學指導　陳滿銘　萬卷樓圖書有限公司　83年10月初版
柳文選析　胡楚生　華正書局　83年10月3版
中國古代散文藝術　周　明　江蘇教育出版社　1994年12月第1刷

從作文原則談作文方法　莊建文　臺灣商務印書館　83年3月增訂三版第1刷

文章學與語文教育　曾祥芹　上海教育出版社　1995年4月第1刷

文章學教程　張會恩、曾祥芹　上海教育出版社　1995年第1版第1刷

兩岸暨港新中小學國語文教學國際研討會論文集　國立臺灣師範大學國文系、中等教育輔導委員會　86年6月初版

二、期刊、論文

杜甫律詩研究　徐鳳城　台灣師大碩士論文　73年4月

孟子散文研究　王基倫　台灣師大碩士論文　73年5月

孟子文章修辭析論　鄭義淑　台灣師大碩士論文　75年4月

唐代閨怨詩研究　許翠雲　台灣師大碩士論文　78年5月

十五國風章節之藝術表現　林奉仙　台灣師大碩士論文　78年5月

黃遵憲及其詩研究　張堂錡　台灣師大碩士論文　79年5月

談詞章主旨、綱領與內容的關係　陳滿銘　國文天地7卷5期　83年11月

韓愈詩探析	李建崑	台灣師大博士論文	80年11月
白石道人詞之藝術探微	黃永姬	台灣師大博士論文	83年11月
談詞章的義蘊與運材之關係	陳滿銘	國文天地10卷6期	83年11月
中唐三家寓言研究	顏瑞芳	台灣師大博士論文	84年5月
從軌數的多寡看凡目法在詞章裡的運用	陳滿銘	國文天地11卷5期	84年10月
凡目法在蘇辛詞裡的運用(上)	陳滿銘	國文天地11卷11期	84年10月
凡目法在蘇章詞裡的運用(下)	陳滿銘	國文天地11卷12期	85年5月

國家圖書館出版品預行編目資料

文章章法論／仇小屏著. – 初版 -- 臺北市：
萬卷樓，民 87
面；　　公分
參考書目：面
ISBN 957 - 739 - 196 - 6 (平裝)
1. 中國語言 - 作文

802.7　　　　87014207

文章章法論

著　　者：仇小屏
發 行 人：許素真
出 版 者：萬卷樓圖書股份有限公司
臺北市羅斯福路二段 41 號 6 樓之 3
電話(02)23216565．23952992
傳真(02)23944113
劃撥帳號 15624015
出版登記證：新聞局局版臺業字第 5655 號
網　　址：http://www.wanjuan.com.tw
E－mail　：wanjuan@tpts5.seed.net.tw
承印廠商：晟齊實業有限公司
定　　價：440 元
出版日期：1998 年 11 月初版
2007 年 3 月初版二刷

ISBN 957 - 739 - 196 - 6